7인 1역

렌조 미키히코
양윤옥 옮김

WATASHI TOIU NA NO HENSOUKYOKU
© 2021 Mikihiko RENJO

All rights reserved.
Original Japanese edition published by
KAWADE SHOBO SHINSHA Ltd. Publishers.
Korean translation rights in Korea arranged with
KAWADE SHOBO SHINSHA Ltd. Publishers through JM Contents Agency Co.
Korean translation rights © 2023 by BY4M STUDIO

차례

일러두기

* 본문 괄호 안의 설명은 옮긴이 주입니다.
* 외래어 표기는 국립국어원 외래어 표기법을 따랐습니다.
* 본 도서의 원제는 《私という名の変奏曲 나라는 이름의 변주곡》이며,
  한국어판은 제목을 변경하였습니다.
* 도서 단행본에는 《》, 단편과 노래 및 잡지에는 〈〉,
  그림과 영화에는 「」를 사용했습니다.

나 私

1장

내 옆에 누군가 있다.

정확히 말하면 도쿄 하라주쿠 맨션, 현금 2억 엔과 맞바꿔 구입한 내 집, 휑뎅그렁하니 넓은 거실의 모피 씌운 소파에 누군가가 앉아 있다. 하얀 털이 물결치는 바닥 카펫에 다리를 풀고 주저앉은 나를 마주한 채로.

소파에 앉은 누군가는 당연히 나를 내려다보는 모양새다.

그게 내 계획의 첫 번째 요소였다.

인간은 상대를 내려다보는 시선일 때, 무의식중에 자신이 더 강하고 우위에 서 있다고 착각하기 쉽다. 누군가의 눈에, 낮은 유리판 테이블에 팔꿈치를 짚고 비스듬히 앉아 담배를 피우는 나는 단지 한주먹에 간단히 뭉개버릴 수 있는 토끼나 새끼 양처럼 비쳐질 것이다. 애초에 나는 키가 남들과 비슷한데도 빼빼 말라서 쇼 무대에서 굽 높은 구두를 신고 환한 조명을 받을 때가 아니면 아주 작아 보인다.

나는 항상 작은 것에 비유되었다. 아름다움을 상찬할 때조차 사람들은 '작다'라는 단어를 썼다. 사 년 전 유명한 프랑스 디자이너 르네 마르탱은 나를 '동양의 작은 진주'라 일컬었고, 작년 봄에 〈라이프〉지에서는 '밤에 반짝이는 작은 물방울'이라 묘사했다. 마치 나의 아름다움이 거대한 힘을 가질까봐 두려워서 반드시 가로막지 않으면 위험하다고 생각하는 것처럼.

오 년 전, 그러한 아름다움과 '바람이 불면 쓰러진다'는 어이없는 신화를 만들어낸 너무도 가녀린 몸매를 무기 삼아 나는 패션모델로 스타덤에 올랐다. 그게 모든 일의 시작이었다. 아니, 만일 모델이 되지 않았다면 오 년 후 오늘 밤에 죽는 일도 없었을 테니까 어쩌면 그건 진정한 의미에서 종결이라고 할 수밖에 없는 슬픈 출발이었는지도 모른다.

하지만 그것도 어쩔 수 없었다. 오 년 전의 나는 차가운 미소가 잘 어울리는 얼굴, 가녀린 몸매, 춤추듯이 유연한 몸짓까지 모델로 성공할 조건을 모조리 갖추고 있었으니까.

유리잔 속에서 얼음이 잘그랑 부딪히는 소리가 났다. 소파에 앉자마자 내가 권했던 술은 벌써 누군가 손에 든 유리잔 바닥에 마지막 몇 방울만 남았다. 어제 내가 걸었던 전화에 결국 이 사람은 뜬눈으로 밤을 지새웠을 것이다. 내가 또 다시 어떤 얘기를 꺼낼지, 당장이라도 미쳐버릴 만큼 두려워 술이라도 마시지 않고서는 견딜 수 없는 기분일 것이다.

"술, 더 마셔."

대답을 기다리지 않고 그의 빈 잔에 다시 브랜디를 따라주었다. 재작년 벨기에 여행 때 사들인 크리스털 유리잔에 금빛 술이 찰랑거렸다. 이 맨션에서 이제 곧 일어날 비극을 축복하듯이.

입에 옮기는 것도 잊은 채 멍하니 허공에 떠 있는 술잔을 향해 나는 기분 좋은 미소로 말을 건넸다.

"마시라니까? 걱정할 거 없어."

그게 두 번째 계산이었다.

술은 인간의 평정심을 앗아가고 겁이 많은 자에게도 용기를 불어넣는다. 때로는 사람 하나쯤은 죽여도 괜찮다고 생각할 만큼 광기와도 같은 용기를. 나도 대작하듯이 잔을 입에 옮겨 금빛 술을 마시고 말했다.

"나는 너무 많이 마셨더니 무슨 맛인지도 모르겠네. 두 시간 전부터 마셨거든."

그게 나의 세 번째 계산이었다. 이런 말을 넌지시 건네두면 나중에 이 사람은 내 술잔에 소량의 독약을 넣더라도 내가 그 맛을 알아차리지 못하고 단숨에 둘러 마실 게 틀림없다고 생각할 것이다.

그렇다, 나는 오늘 밤 살해되기 위해 누군가를 내 집에 초대했다.

나는 정말로 기분이 좋다. 그렇건만 이 사람은 내 미소를 믿지 못한 채 수면 부족으로 불그죽죽하게 금이 간 눈으로 의심스러운 듯 나를 보고 있다. 그럴 만도 하다. 이 사람이 가장 두려워하는 말을 내뱉을 때마다 나는 항상 지금처럼 미소를 짓곤 했으니까. 하긴 이 사람도 가면을 쓰고 있는 건 마찬가지다. 공포로 벌벌 떨면서도 매번 내 미소에 전혀 신경 쓰지 않는 척하는 미소를 돌려주었다. 허식의 세계에서만 통하는 일종의 계약처럼 우리는 그런 가면의 미소로 오늘까지 서로를 증오해왔다. 지금도 이 사람은 눈빛에만 언뜻언뜻 의혹을 내비치고 입에는 부드러운 미소를 담고 있다. 누군가는 마침내 술잔을 들어 한 모금 꿀꺽 마시더니 겨우 말문을 열었다.

"오늘 밤은 무슨 볼일이야?"

전혀 신경 쓰지 않는다는 듯이, 내가 어떤 말을 꺼내건 눈곱만큼도 두렵지 않다는 듯이.

나는 그 목소리를 못 들은 척하고 아까부터 테이블 위에 놓아둔 또 한 개의 술잔을 무심한 척 쳐다보았다. 누군가의 눈도 그것을 알아보았다. 그리고 이제야 겨우, 방금 전 누군가 다른 손님이 이 거실에 왔었는지도 모른다고 생각한다. 나는 후훗 웃으면서 말했다.

"응, 조금 전에 다른 손님이 와 있었어. 당신이 오기 직전에…. 복도나 엘리베이터에서 마주치지 않았어? 당신도 아는 사람인데."

누군가는 고개를 가로저었다.

"그래? 안타깝네. 악마에게 영혼을 판 인간의 얼굴이 어떻게 생겼는지 직접 볼 수 있는 기회였는데. 내가 하마터면 그자에게 살해될 뻔했거든."

나는 툭 던지듯이 말하고 돌연 미소를 멈췄다. 조금 전 일이 생각난 척하며 일부러 어깨를 가늘게 떨었다. 동시에 누군가의 얼굴에서도 미소가 사라졌다. 우리는 꽤 오래전에 만난 이후 처음으로 서로를 진지한 시선으로 바라보았다. 내 눈 속에서 연기가 아닌 실제 분노가 불꽃처럼 타올랐다. 하지만 누군가는 물론 이 분노가 조금 전에 뛰쳐나간 인물을 향한 분노라고 생각할 것이다.

"진짜로 나를 죽이려고 했다니까."

다시 한번 과장스럽게 파르르 떨며 테이블에 떨어진 붉은색 밀랍 약봉지를 손톱 끝으로 집어 들었다. 약봉지는 반쯤 벌어져 몇 분 전에 그것을 뜯으려고 했던 자의 손가락 흔적이 그대로 남겨진 것처럼 보였다.

"내가 잠깐 침실에 들어간 사이에 이걸 내 술잔에 넣으려고 했어. 오 초만 늦게 나왔어도 나는 지금쯤 죽어 있었을 거야."

지문이 찍히지 않게 조심조심 은색 매니큐어를 칠한 긴 손톱 끝으로 약봉지를 열고 안에 든 하얀 가루를 슬쩍 테이블에 놓인 술잔 속에 털어 넣었다. 마치 모래시계의 모래 같다고 생각했다. 실제로 이 하얀 가루의 흐름은 내 생명의 시간을 갉아먹고 마지막에는 초읽기로 몰아붙일 것이다. 나와 똑같이 하얀 흐름을 홀린 듯 바라보는 이 사람에게 제대로 나를 살해할 마음을 품게 할 수만 있다면.

하얀 흐름은 남겨진 술을 타고 바다 깊숙이 가라앉는 모래처럼 한순간 반짝였고 그 빛을 끝으로 사라졌다. 유리잔 속에서 얼음이 저 혼자 무너져 금빛 액체가 흔들렸다. 독약을 빨아들인 액체가 살아 있는 생물이 되어 숨 쉬기 시작한 것 같았다. 누군가의 눈 속에 금빛 반사가 출렁였다. 그의 가슴속도 함께 요동치며 서서히 더 큼직한 파도로 거칠어져 가는 것을 눈치채고 나도 모르게 흐뭇해졌다. 나는 테이블 가에 잊힌 것처럼 덜렁 놓인 술잔에 하얀 가루를 넣은 게 아니었다. 내 눈앞에 있는 누군가의 가슴속에 살의라는 이름의 약을 넣은 것이다.

누군가….

물론 그의 이름은 알고 있다. 나이도 경력도, 어떻게 살아가는 자인지도. 아마 나만큼 이 사람에 대해 잘 아는 이도 없을 것이다. 나는 이 사람의 모든 것을 알아버렸다. 아무에게도 들키지 않으려고 꼭꼭 숨겨왔던 중요한 비밀까지. 그래서 항상 나라는 존재를 두려워하며 벌벌 떨고 또한 죽여도 시원찮을 만큼 증오하고 있다. 나는 침대 위에서의 그의 사소한 버릇이며 나이에 어울리지 않는 잠든 얼굴도 알고 있다. 깊이 상처 입었을 때 눈에 어떤 빛이 떠오르는지, 문을 어떤 소리로 노크하는지, 어떤 음식을 좋아하고 또 싫어하는 걸 입에 넣으면 어떤 얼굴을 하는지도 알고 있다. 그런데도 이 사람은 항상 나에게 누군가였다. 지나가다 한두 마디 나눴을 뿐 금세 잊어버려도 되는 사람, 다른 누구라도 상관없는 그런 사람이었다.

만난 지 얼마 안 되었을 때, 서로 일도 팽개치고 밤새 얘기를 나누며 큰 소리로 웃고 떠들던 때조차 문득 이 사람은 대체 누구일까, 왜 나는 이 사람과 이런 곳에 있을까, 의아한 마음이 들었다. 언제든 대화를 멈추고 이 사람 곁을 떠나도 상관없다고 생각했다. 실제로 어느 날 밤인가, 이 사람 집에서 밤새 술을 마실 때 그가 입에 올린 바보 같은 농담에 크게 소리 내 웃다가 웃음이 아직 멈추지 않은 참에 불쑥 일어나 말없이 모피코트를 걸치고 나와버린 적도 있었다. 꽁꽁 얼어붙은 겨울의 새벽 거리는 밤의 의상을 한 겹 한 겹 벗어내며 하루를 시작하고 있었다. 전날과 다름없이 따분한, 지겹도록 따분한 하루를.

값비싼 모피코트를 입고 아직 어둠의 빛깔이 남은 새벽 거리를 누비는 동안 지금까지 대체 누구와 그토록 신나게 웃고 떠들었는지, 이미 기억도 나지 않았다. 오로지 차가운 구둣발 소리를 울리고 하얀 입김을 토해내며 걸었다. 집에 가려고 했는데 왜 그런지 가려고 했다는 것조차 잊어버렸다.

다음에 만났을 때 이 사람은 내게 왜 지난번에 갑자기 가버렸느냐고 물었다. 외로워서, 라고 대답했더니 '웃기는 아이'라는 식으로 대꾸했다. 이 사람은 나를 단 한 번도 이해해준 적이 없다. 이 사람의 집에 찾아갔을 때, 내 노크에 응해 문 틈새로 얼굴을 내밀 때마다 나는 매번 잘못 찾아왔다는 느낌에 휩싸였다. 그런데도 이 사람은 내가 누구보다 자기를 좋아한다고 굳게 믿었다. 그러니 어느 날 내가 던진 그 말이 정말로 뜻밖이라서 그토록 소스라치게 놀랐을 것이다.

"그 일을 세상에 까발려 당신을 파멸시킬 거야. 당신을 폭삭 망하게 할 거라고."

하지만 이 사람은 내 말을 단 한순간도 믿지 않고 마치 나쁜 농담이라도 들은 것처럼 오히려 비웃음으로 응했다.

물론 나를 오해한 것은 이 사람뿐만이 아니다. 작은 몸집의 나에게는 열예닐곱 살 소녀가 입을 만한 유치한 선의 드레스밖에 어울리지 않는다. 그런데도 디자이너들은 하나같이 검게 빛나는 내 눈이며 원래는 회색인데 빨간 립스틱을 바르면 회색도 붉은색도 아닌 신비한 색깔로 변하는 내 입술을 이유로 포도주색 벨벳이든 검은 레이스든 어떤 소재, 어떤 색에나 반짝거리는 금실이 섞인 의상을 입히려 했다. 모두 다 밤에 어울리는 의상뿐이라서 항상 어둠이 내 마음속까지 스며들고 피마저 거무스름하게 변할까 봐 두려웠다. 그들은 나를 어둠 속이 아니면 빛을 발하지 못하는 보석처럼 다루었다. 까맣고 큼직한 눈동자도, 오뚝한 콧날도 진짜 얼굴이 아니었는데.

대개는 어떤 의상이든 상관없다는 생각에 디자이너가 만들어준 드레스를 의기양양하게 입고 나섰지만, 그래도 이따금 5월의 맑은 햇살이 어울릴 듯한 소녀다운 옷이 눈에 띄면 다른 모델이 입기로 정해졌더라도 막무가내로 그걸 입게 해달라고 우기기도 했다. 그런 의상을 입고 쇼 무대를 밟을 때는 음악에 맞춰 가볍게 춤추면서 실제로 아직 열예닐곱 살 소녀였던 시절을 떠올렸다.

　나는 열여덟 살 때까지는 지극히 평범한, 길거리에 나가도 아무도 돌아보는 일 없는 아이였다. 중1 때 화재로 가족 모두를 잃어 조금쯤 음울하게 그늘진 데가 있었지만 친구도 많았고 나를 거둬준 고모 부부가 귀하게 키워줘서 다른 보통 아이들과 별반 다를 것 없이 행복하게 자랐다. 중학교를 졸업하자마자 고모 집을 나와 도쿄 전역에 서른 두 개의 체인점을 가진 양과자점에서 일하며 회사 기숙사에서 지내기 시작했다. 너무도 친절하게 대해준 고모 가족에게 더는 폐를 끼치고 싶지 않았기 때문이다.

　그 시절에는 다른 어느 누구도, 물론 나 자신도 미워한 적이 없다. 가와구치 시의 그 기숙사에서 같은 방을 썼던 나보다 훨씬 더 예쁜 얼굴의 친구가 있었다. 쉬는 날이면 그 친구가 꽃무늬 원피스를 입고 남자 친구가 좋아한다는 값비싼 재스민 향수를 아껴가며 살짝 귀 뒤에 뿌리고 나가는 것을 부러운 눈빛으로 배웅하곤 했다. 하지만 그건 잠시뿐이었다. 나한테도 연인이 생긴 것이다. 기숙사 근처에 있던 철공소 직원으로, 나와 똑같이 별반 눈에 띄지 않는 어디에서나 흔히 만날 듯한 평범한 젊은이였다. 하지만 아침에 눈을 뜰 때마다 창문으로 흘러드는 철공소 소리를 듣는 것만으로도 나는 행복했다. 방 친구는 그때마다 짜증을 내며 창문을 거칠게 닫았지만 철공소 소음 때문이 아니라 내가 행복해하는 모습에 화가 난 것이었다. 그녀는 내가 사랑을 하고 그녀처럼 점점 예뻐질까 봐 두려웠는지도 모른다. 하지만 그 친구가 아무리 심술을 부려도 신경 쓰지 않았다. 나에게는 쇳내가 몸에 밴 젊은 남자 친구가 있었고, 열예닐곱 살 소녀답게 그와의 사랑이 전부였다.

나는 태어나 처음으로 큰돈을 들여 가슴에 리본이 달린 노란색 꽃무늬 옷을 샀다. 그 옷을 입은 나에게 남자 친구는 꽃처럼 예쁘다고 말했다. 일주일 뒤에 맞이한 내 열여덟 살 생일날 저녁에는 옷에 어울리는 작은 브로치를 사주었다. 어디에서나 흔히 만날 듯한 그는 어디에서나 팔 듯한 싸구려 브로치밖에 사주지 못했지만 그래도 유리 방울들이 내 가슴에서 행복의 상징처럼 빛났다. 내 청춘이 얻은 단 하나의 광채였다. 레스토랑 테이블 너머로 남자 친구는 그 빛을 눈부신 듯 바라보며 말했다.

"그 옷을 입으니까 내 손이 닿지 않는 먼 곳에 있는 사람 같아."

실제로 그게 우리의 마지막 만남이 되고 말았다.

하지만 그때는 설마 그다음날 밤에 운명을 뒤바꿔버릴 끔찍한 사고가 날 줄은 꿈에도 생각을 못했기 때문에 나는 농담을 건넸다.

"정 그렇다면 오늘 밤에 이 옷을 벗겨보든지."

농담을 진담으로 받아들인 그는 돌아오는 길에 화려한 네온사인 간판이 걸린 모텔로 나를 데려갔다. 하지만 그 요란한 불빛은 우리 나이에 어울리지 않는 것이었기 때문에 나는 당황했다. 주춤주춤 머뭇거리고 입술을 바르르 떨며 말했다.

"아니, 다음에 네 자취방에 갔을 때……."

그가 크게 상처받은 듯한 시선을 길 위의 어둠으로 향했을 때, 나는 이 사람과 결혼하겠다고 마음속으로 다짐했었다.

다음 날 밤, 누구에게나 그렇듯이 사고는 갑작스러운 우연으로 내게 덮쳐들었다. 인적 없는 사거리에서 신호등이 파란불로 바뀌기를 기다려 걸음을 뗀 순간, 신호를 무시하고 달려온 차의 불빛이 엄청난 굉음과 함께 나를 덮쳤다. 가장 먼저 다리, 그리고 얼굴이 차체에 튕겨 내 몸은 길바닥에 나동그라졌다. 차를 운전한 사람은 다행히 나를 길바닥에 버려두고 갈 만큼 잔인하지는 않았다. 정신을 잃은 나를 자신이 잘 아는 병원으로 싣고 갔고 거기서 치료받게 해주었다. 나는 다음 날 아침에야 겨우 의식을 되찾았다.

"우측 다리와 턱뼈, 그리고 코뼈가 부러졌어. 다리 골절은 한 달이면 나을 거야."

의사의 설명에 나는 얼굴 쪽은 어떠냐고 재우쳐 물었다. 의사는 시선을 피하며 선뜻 대답하지 못했다. 붕대 위로 오른쪽 턱을 더듬어보았다. 순간, 녹아내린 쇠를 잡은 듯한 뜨거움이 온몸을 꿰뚫었다. 그게 통증이라는 것도 알지 못한 채 비명을 내질렀다. 얼굴은 두 군데가 골절된 데다 오른쪽 뺨도 3센티미터쯤 떨어져 나갔다. 갑작스러운 그 사고는 내 얼굴과 함께 운명까지도 송두리째 바꿔버린 것이다.

"이거, 진짜로 독약이야?"

누군가의 목소리가 바로 귀 옆에서 들려왔다. 금빛 술에서 시선을 들었다. 누군가의 눈이 암울한 기색을 미소로 감춘 채 태연한 척 나를 보고 있었다. 누군가─마흔다섯 살이든 스물네 살이든 상관없는, 남자든 여자든 어떤 직업을 가졌든 어떤 과거가 있었든 상관없는, 길거리에서 잠시 스쳐 지나는 행인과 다를 바없는 누군가.

　나는 이 사람을 내 인생을 엉망으로 망가뜨린 한 사람으로서 증오한다. 그렇다고 이 사람이 특별하다는 건 아니다. 나는 지난 오 년 동안 만난 사람들 모두를 증오한다. 나에게 매일같이 꽃다발이며 편지를 보낸 셀 수 없이 많은 사람들을 증오한다. 내게 보낸 뜨거운 상찬이며 나를 동경한다는 열렬한 팬레터를 조금이나마 관심을 갖고 읽어본 것은 오 년 전 처음 받은 세 통뿐이었다. 같은 비행기에 탔던 탑승객이며 택시 창문 너머 행인까지도, 나는 모두를 증오한다.

　다만 내게 사인을 해달라고 들이대던 팬들과 이 사람 사이에 차이가 있다면 그건 이 사람 또한 나를 죽이고 싶을 만큼 증오한다는 점이다. 하지만 이 사람만 내게 특별한 의미가 있는 것도 아니다. 나를 죽이고 싶을 만큼 증오하는 인간은 내 주위에 이 사람을 포함해 일곱 명이나 된다. 남자 넷 여자 셋. 실제로 조금 전까지 이 집에 있었던 자도 나를 죽이려다가 실패했다.

　오늘 밤 나를 죽일 인간으로 그 일곱 명 중 누구를 선택하든 상관없었다. 내가 이 사람을 최종적인 살인자로 선택한 건 그저 잠깐의 변덕 같은 것이다. 일주일 전에 나를 죽일 사람을 결정했을 때와 똑같은 잠깐의 변덕으로 나는 방금 파리행도 갑작스럽게 취소했다. 원래부터 대통령 부인이 참석한다는 중요한 컬렉션 출연을 내 멋대로 취소해버리고 대신 내게 처음 말을 건넨 남자에게 몸을 맡기며 사랑한다고 지껄인 적도 있었다. 열여덟 살 때는 양과자점 출근 시각에 일 분만 늦어도 얼굴이 새파래지고, 술 취한 손님이 외설스러운 말 몇 마디만 던져도 벌벌 떨었는데.

하지만 서로 알게 된 뒤 처음으로 나는 이 사람에게 관심이 생겼다. 진짜로 독약이냐고 무심한 척 물어보는 이면에서 무슨 생각을 하는지, 그리고 지금부터 내 말이나 연기에 어떤 심리적 움직임을 보여주게 될지, 매우 흥미롭다.

"내가 조곤조곤 캐물었지. 그랬더니 벌벌 떨면서 청산가리라고 겨우 실토하고는 도망쳤어."

누군가의 얼굴에서 다시 미소가 사라지고 미간에 깊은 주름이 새겨졌다. 아직도 내 말을 의심하는 것이다. 나는 독약을 넣은 술잔을 들고 열대어가 달랑 한 마리 흐느적거리는 수조 앞으로 다가가 팔을 내밀어 술을 아주 조금 물속에 따랐다. 이름도 모르는 물고기는 잠시 아무 일 없이 헤엄쳤지만, 이윽고 한순간 첨벙 물소리를 내며 튀어 오르더니 파란색과 흰색 줄무늬의 몸을 뒤틀면서 눈 깜짝할 사이에 물 밑바닥으로 가라앉았다.

나는 손에 든 술잔을 파르르 떨며 지금까지 잊고 있었던 분노가 새삼 치밀어 오른 것처럼 말했다.

"자칫하면 내가 이런 꼴로 죽어 나자빠졌을 거야."

몸을 돌렸지만, 누군가는 내가 쳐다보는 것도 알지 못한 채 죽은 물고기에 시선을 고정하고 있었다. 이윽고 내 눈길을 깨달은 모양이지만 그 후에도 얼굴 대신 스웨터에 눈길이 가 있었다. 물고기와 꼭 닮은 파란색과 흰색의 굵은 줄무늬 스웨터였기 때문이다. 이것도 나의 소소한 계산이다. 만일 이 사람이 내심 내가 죽기를 바랐다면 방금 물고기의 운명이 나의 운명으로 겹쳐 보였을 것이다. 물고기와 똑같이 파란색과 흰색 줄무늬를 뒤틀며 바닥에 쓰러지는 몽상이 머릿속을 스쳤을 것이다. 한순간의 몽상을 이 사람에게 주기 위해 나는 일부러 여기저기 가게에 문의해 이 스웨터를 찾아냈다. 침묵의 눈은 이면에서 내가 죽어 넘어지는 모습을 상상했는지 아닌지, 대답 같은 건 들려주지 않았다. 하지만 틀림없이 성공했다고 생각했다. 머릿속 한 귀퉁이에서는 여태껏 자신을 괴롭혀온 여자가 죽는 모습을 상상하고 내게 들키지 않게 은밀한 미소를 지었을 게 틀림없다. 그리고 죄 없는 물고기가 아니라 이 여자가 죽었어야 한다고 아쉬워했을 것이다.

내 술잔을 다시 테이블에 내려놓았다. 다만 이번에는 여차할 때 이 사람이 손에 잡기 쉽도록 이전보다 조금 위치를 당겨서.

"대체 누가 그런 끔찍한 짓을…."

"청산가리는 일반인이라면 쉽게 구할 수 없지만 의사라면 다르잖아. 그래도 설마 살해하려고 할 만큼 나를 미워했다니, 전혀 생각도 못 했지 뭐야."

이름은 말하지 않았지만 이 정도면 이 사람의 머릿속에 한 남자의 얼굴이 떠올랐을 것이다. 내가 이번 봄에 입원했던 도쿄의 종합병원 의사의 얼굴이. 그는 마흔다섯 살로 한창 사리에 밝을 나이인데도 스무 살 이상 나이 차가 나는 나와 보름 만에 사랑에 빠져 아내와 자녀가 있는 가정을 내팽개쳤다. 올봄에 그의 이혼이 성립되기도 전에 우리는 약혼했다. 하지만 석 달 후 여름에는 벌써 내 쪽에서 그와의 약혼을 파기했다는 기사가 주간지마다 실렸다. 나는 지난 오 년 동안 무수한 연애 사건으로 주간지를 장식해 왔지만 이건 그중에서도 가장 큰 스캔들이었다. 어떤 주간지는 순진한 중년 남자를 갖고 놀다 걷어찬 천성적인 팜므 파탈이라고 썼다. 또 어떤 주간지는 중년 의사가 이 스캔들 때문에 그동안 병원에서 어렵게 쌓아온 지위마저 무너질 위기에 처했다고 썼다.

"이미 결론이 났는데도 오늘 저녁에 또 불쑥 찾아온 거야. 얼굴이 음울한 게 뭔가 이상하다 싶긴 했지만 그래도 설마…."

손톱 끝으로 빈 약봉지를 집어 전등 불에 비췄다. 내 시선은 밀랍 종이를 통해 붉은 어둠과 그 가장자리에 걸린 누군가의 왼쪽 눈을 찬찬히 관찰했다.

"어머, 지문이 찍혀 있네? 경찰에 신고해버릴까. 미수에 그쳤어도 살인 사건이 날 뻔했잖아. 이것만으로도 그 사람은 체포될걸."

붉은 어둠 한 귀퉁이에서 그 사람의 눈은 딱하다는 듯한 기색을 보였다. 하지만 그건 살해되지 않은 내가 아니라 살해에 실패한 중년 남자에 대한 동정이었다. 왜 성공하지 못했는가, 왜 이 여자를 죽여주지 못했는가, 그런 안타까움이 가득 담긴 눈빛으로 보였다. 그가 죽여줬다면 자신의 고민도 후련하게 씻겨나갔을 것이라는 안타까움이다. 적어도 레스토랑을 나온 뒤에야 그날의 메뉴에 더 맛있는 특별 코스가 있다는 말을 들었을 때와 같은 실망감을 맛보았을 게 틀림없다.

아직 기회는 있어, 그가 놓쳤다면 당신이 다시 기회를 만들면 되잖아.

나는 그 눈을 향해 얘기해주고 싶은 충동에 휩싸였지만 가까스로 그 말을 꿀꺽 삼켰다. 결코 입 밖에 내서는 안 될 말이다. 내가 살해되기를 원한다는 것은 절대로 상대에게 들키지 않은 채로 이 사람이 나를 죽이도록 해야 한다. 원격조종처럼 서서히, 멀리 우회하는 말을 슬쩍슬쩍 내비치며 마지막 덫으로 몰아가야 하는 것이다.

그렇다, 중년 의사가 어렵사리 잡은 좋은 기회를 코앞에서 놓친 것에 대해 이 사람이 실망감을 맛보고 있는 것이라면 그 실망감을 새로운 기대를 향한 용수철로 바꿀 수 있게 나는 이렇게 한마디를 던져주면 된다.

"이 정도 약이라면 죽는 데 오 초도 안 걸렸을 거야."

나아가 기회는 자기 손으로 다시 만들 수도 있다고 알려주기 위해 이런 말을 던져주었다.

"이 술잔을 요만큼만 당겨서 내 입에 넣었다면 나는 벌써 죽었겠지? 너무 끔찍해."

생각난 대로 내뱉은 그 두 가지 말에 누군가는 아무 반응도 보이지 않았다. 하지만 그건 겉으로만 태연한 척하는 것이다. 무표정한 눈의 뒤쪽에서는 분명 변화가 일어났다. 술잔을 요만큼만 움직이면 이 여자를 간단히 죽일 수 있다…. 내가 노린 그대로 이 사람의 머릿속에 그런 생각이 떠올랐을 것이다. 게다가 그 두 가지 말을 그저 흘려들었다고 해도 초조해할 필요는 없다. 나에게는 아직 몇 가지 계산이 남아 있다.

재빨리 그다음 덫을 치기 위해 일부러 진한 한숨을 내쉬었다.

"아무튼 바보 같은 사람이라니까. 의사인 데다 나이가 마흔다섯 살이나 됐으면 조금 더 머리를 썼어야지. 이건 뭐, 길에서 충동적으로 생판 타인을 죽이는 열대여섯 살 어린애나 똑같지 뭐야."

"무슨 말이야?"

누군가는 그렇게 물었다. 이 사람이 드러낸 관심에 나는 피식 웃음지었다. 하지만 이 사람은 물론 그것이 어리석은 의사에게 던져진 비웃음이라고 생각했을 것이다.

"아니, 여기 집 안 곳곳에 그 사람의 지문이 남아 있잖아. 문짝만이 아니야. 이 테이블에도, 유리잔에도, 브랜디 술병에도, 그리고 저쪽 테이블과 재떨이에도 찍혀 있을걸."

나는 조금 떨어진 백목 테이블에 시선을 던지며 말했다. 그 테이블에는 카세트테이프리코더와 조화 장미가 가득한 꽃병, 유리 재떨이가 있고 재떨이 안에는 몇 개비인가 꽁초가 버려져 있었다.

"지문뿐만이 아니야. 저 꽁초로도 그 사람이라는 걸 단박에 알지. 그 사람, 멋있는 척 골루아즈 담배만 피우거든. 약혼 발표 때도 신나게 그 얘기를 떠벌렸으니까 웬만한 사람들은 다 알걸? 게다가 여기 밀랍 종이 약봉지의 지문도 있잖아. 이런 상황에서 내가 살해되면 경찰에서는 그야말로 오 초도 안 되어서 범인이 누군지 알아낼 거야."

"하지만 죽인 뒤에 지문은 전부 닦아내고 약봉지도, 입을 댄 유리잔도, 재떨이도 깨끗이 치우고 떠날 계획이었겠지."

"그런가? 하긴 이대로 두고 갈 만큼 바보는 아닌지도 모르겠다. 그렇다면 동기는 어떻지? 죽이고 싶을 만큼 나를 미워할 사람이라면 이미 다 알려진 대로 그 사람 한 명뿐이야. 경찰에서는 동기가 분명하다는 점에서도 그 사람을 가장 먼저 의심할 거야. 며칠 전이었나, 그때도 집에 찾아와 죽이겠다고 소리소리 질렀어. 우리 집에 드나드는 미치코라는 가사도우미, 알지? 그 여자가 다 봤거든. 내가 살해되면 가장 먼저 가사도우미가 증언해줄 거야."

"하지만 알리바이를 준비해놓고 찾아왔다면?"

"알리바이?" 나는 깔깔깔 웃었다. "당신, 그거 몰랐어? 내가 내일부터 십오 일 일정으로 파리에 가잖아. 이 집에 자유롭게 드나드는 건 가사도우미뿐인데 그 여자는 이달 말에나 올 거야. 십오 일 동안 내가 보이지 않아도 설마 살해되었다고 생각할 사람은 없다는 얘기야. 사체는 11월 30일에나 발견되겠지. 그러면 경찰에서도 내가 며칠 몇 시에 살해되었는지 확실히는 알 수 없게 돼. 사망 추정 일시가 확실하지 않은 범죄인데 알리바이를 준비해봤자 아무 의미도 없는 거 아닌가? 그 사람도 내가 십오 일 동안 여행을 떠난다는 거, 다 알고 있어."

왜 이 사람은 의사가 알리바이를 준비했는지 아닌지에 신경을 쓸까. 나는 생각을 굴려보았다. 이건 좋은 징후다. 이 사람은 실제로 이 집에서 살인 사건이 일어났을 경우, 경찰이 즉각 그 의사를 범인으로 체포해갈지 어떨지를 염려하는 것이다. 혹시라도 의사가 명백한 알리바이를 준비했다면 경찰은 체포할 수 없을 것이고, 다른 사람들도 용의 선상에 오르게 된다. 그걸 걱정하는 것이다. 그래서 아직 나를 살해할 결심까지는 못했다. 하지만 이 사람은 틀림없이 이번 기회를 이용해 어떻게든 나를 죽이기로 마음먹었다. 자기가 죽여도 모든 혐의가 내게 걸어차인 바보 같은 의사에게로 향할 테니까. 그렇다, 그야말로 어렵사리 얻은 좋은 기회인데 그걸 이용하지 않는다면 이 사람은 진짜 바보다.

나는 그의 걱정을 덜어주기 위해 신중하게 말을 골랐다.

"게다가 그 사람, 오늘이 며칠인지도 제대로 모르는 것 같았어. 나한테 배신당한 충격으로 신경증에 걸린 듯한 기미였거든. 이번 달부터 병원도 쉬고 하루 종일 집에만 틀어박혀 있었대."

그리고 이렇게 덧붙였다.

"하지만 알리바이라면, 아마 그걸 써먹을 거야."

나는 의미심장한 얘기인 척 거기서 일단 말을 끊고 백목 테이블 위 테이프리코더를 흘끗 쳐다보았다. 시선뿐만 아니라 그쪽을 향해 담배 연기도 후욱 뿜었다. 뭔가 생각하는 척하며 부연 연기가 사라지는 것을 가만히 지켜본 뒤에야 입을 열었다.

"맞아, 나를 죽이고 싶은 사람이 있다면 안성맞춤의 알리바이가 될 만한 게 있어. 간단하지만 틀림없이 잘 먹힐 거야. 하긴 그러려면 오늘 밤 안에 내가 살해되어야 해…. 어때, 알려줄까?"

누군가의 눈이 순간 불꽃의 빛깔로 번득였다. 성공이다. 누군가는 천천히 고개를 끄덕였다.

"싫어, 그걸 알려주면 당신이 정말로 나를 죽일 수도 있잖아. 그 의사만이 아니라 당신도 나를 죽이고 싶어 했지?"

"죽이다니, 말도 안 돼…."

누군가는 다급하게 취소하려고 했다. 하지만 실패했다. 입꼬리가 파르르 떨린 것이다. 이전보다 더 당황해서 경련하는 입가를 팔꿈치를 짚은 손바닥으로 가렸다. 가려지지 않은 얼굴로 애써 다정한 웃음을 지었다. 그렇다, 조금씩 이 사람은 결심을 굳혀가고 있다.

"그래? 언젠가 죽여버리겠다는 말, 당신한테서도 들었는데."

누군가는 그건 농담이었다고 대답했다. 그리고 어물어물 그때는 불끈 화가 났을 뿐이라고 말을 이어갔지만, 잘 들리지 않는 목소리였다.

"좋아, 그렇다면 알려줄게. 너무 웃기는 방법이거든."

나는 술을 꿀꺽 마시고 취해서 입이 가벼워진 척하며 빠른 말투로 주워섬겼다. 이미 완전히 외워버린 얘기를 연기가 서툰 배우가 입 끝으로만 대사를 읽듯이 줄줄 쏟아내며 나는 오로지 벽시계 소리만 듣고 있었다. 일 초 일 초 확실하게 나를 죽음으로 이끌어가고 있다. 내 말 한마디 한마디는 이 사람의 가슴속에 살의를 심어갔다. 죽음은 이제 곧 나를 안아줄 것이다. 이 사람들의 손에 엉망으로 망가져버린 몸을 죽음만은 차갑고 창백한 손으로 다정하게 보듬어줄 것이다.

오 년 전 어느 날, 내 얼굴을 사고로 파괴해버린 남자는 경찰에 신고하지 않는 것을 조건으로 전 재산을 털어 나를 뉴욕의 세계 최고 실력자라는 성형외과 의사에게 데려갔다. 그렇게 이전보다 더 아름다운 얼굴을 만들어주었다. 어느 날 길거리에서 그 새로운 얼굴에 눈독을 들인 유명한 사진작가는 나를 작업실로 데려가 카메라 앞에 세웠다. 그리고 이런 얼굴에는 다른 화장법이 어울린다면서 립스틱이며 아이섀도로 내 얼굴을 온통 칠해버렸다. 또 어느 날은 유명한 여성 디자이너가 잡지 사진을 봤다면서 접근하더니 자신이 디자인한 의상을 입혀 무대에 세웠다. 그리고 또 어느 날, 그리스 조각처럼 단정한 얼굴의 신인 디자이너는 나를 파리에 데려가 자신이 잠자리를 함께한 세계적으로 유명한 동성애자 디자이너에게 나를 팔아넘겼다. 또 어느 날은 나와 마찬가지로 이름이 널리 알려진 한 살 많은 패션모델이 친근한 얼굴로 다가와 친구가 되자면서 내 왼쪽 젖가슴에 자신과 똑같은 나비 문신을 하라고 권했다. 또 다른 날, 어느 섬유회사의 젊은 사장은 나를 호텔로 청해서 1억 엔의 돈다발로 내 몸을 샀다. 그리고 다른 돈다발을 풀어 자신이 고른 새빨간 드레스를 입히고 자기 회사의 TV 광고에 출연시켰다. 그리고 또 어느 날, 레코드 회사의 젊은 여성 디렉터는 내 음성이 꽃의 꿀 같다면서 서툰 노래를 부르게 해서 목소리까지 돈으로 바꾸었다….

한 여자에게서 모든 것을 없애버리고 죽음으로 몰아넣는 데는 단지 이레 동안이 필요할 뿐이었다. 한 여자의 몸을 조각내고 살을 샅샅이 먹어치우는 데는 일곱 명의 손과 입만 있으면 충분했다. 나는 이따금 거울 속에서 이제는 전혀 내가 아니게 된 괴물의 얼굴을 발견하고 눈을 돌려버리곤 했다. 그 돌려버린 눈으로 항상 멍하니 죽음만을 응시했다.

죽음이 초침 소리와 함께 드디어 내게 찾아오려 하고 있었다. 나를 죽이고 싶을 만큼 미워하는 일곱 명 중 누구여도 상관없는 한 명, 그 사람에게 의기양양하게 알리바이 조작 방법을 알려주면서, 지난 오 년 사이의 또 하루, 저주스러운 기념일이 생각났다. 어느 날, 쇼가 끝나고 무대 뒤편으로 팬이라면서 한 여자가 밀고 들어왔다. 그리고 단둘이 남았을 때, 웃는 얼굴 그대로 내게 말했다.

"너, 성형수술 했지?"

그렇게 그녀가 나를 협박해 맨 처음 돈을 뜯어 갔다. 일주일쯤 전에 호텔 레스토랑에서 누군가와 이야기할 때, 묘한 시선을 느끼고 돌아본 적이 있었다. 한 여자가 잡아먹을 듯한 눈빛으로 나를 보고 있었다. 내 모든 것을 까발리겠다는 듯한 눈빛이 두려워 곧바로 얼굴을 가렸지만 그 여자는 역시 그때 그 거친 시선으로 내 얼굴이 가면이라는 것을 알아본 것이다.

성형수술은 완벽했다. 새로 얻은 얼굴은 약간 차가워 보이기는 해도 보통 성형처럼 인공적인 선은 어디에도 없었다. 눈도 코도 턱도 신의 조형물로밖에는 생각되지 않을 만큼 자연스럽게 완성되었다. 처음 붕대를 풀고 병원 거울로 얼굴을 마주했을 때, 내가 느꼈던 구토감이며 부르짖은 비명은 그것이 만든 얼굴이었기 때문이 아니라 그 얼굴의 어디에서도 인공적인 수술의 흔적이 전혀 느껴지지 않았기 때문이었다. 지극히 자연스럽게 나는 딴 여자의 얼굴을 하고 있었다. 한순간, 내 몸이 예전 그대로인 것과 그걸 바라보는 나 자신의 의식이 존재한다는 게 오히려 믿어지지 않았다. 교통사고를 낸 남자는 그 수술을 위해 전 재산을 던졌지만 충분히 그에 값할 만한 얼굴이었다. 그래서 그때까지 누구에게도 들킬 걱정은 한 적이 없었다. 나와 의사, 그리고 교통사고 가해자 외에는 아무도 알지 못하는 비밀을 그 여자는 단 한 가지 이유 때문에 알아챘다. 그 여자는 그 뒤에도 뻔질나게 찾아와 돈이며 보석이며 값비싼 의상을 빼앗아갔다. 하지만 매번 불안감을 몰고 오는 그 여자를 거추장스럽게 여기면서도 나는 다른 일곱 명에게처럼 증오심을 품은 적은 없었다. 적어도 그 여자는 돈은 빼앗아갈지언정 내 인생까지 빼앗지는 않았기 때문이다.

하지만 그 여자의 협박도 잠시 뒤에는 아무 의미도 없게 된다….

초침의 반주伴奏가 멈추고 나는 어느새 얘기를 끝냈다. 누군가는 눈이 둥그레져 있었다. 자신을 죽이고 싶어하는 상대에게 알리바이 조작 방법을 알려주는 나의 어리석음에 감탄한 듯이. 이 사람도, 그리고 다른 여섯 명도 항상 나를 인기와 미모로 인해 스스로를 잃어버린 어리석은 여자라고 생각해온 것이다. 조금 더 어리석은 여자로 보이기 위해 나는 일부러 테이프리코더에서 그 테이프를 꺼내 소파 위에 휙 던졌다.

"이 테이프야. 실은 그냥 재미 삼아 녹음했어. 알잖아, 내가 사람들 놀래키기 좋아한다는 거."

작은 소리로 웃으며 나는 누군가를 올려다보았다.

술에 취한 척 흐리멍덩한 눈빛을 만들었기 때문에 누군가는 이제 반색하는 표정을 감추려고도 하지 않았다.

"어때, 완벽한 방법이지?"

내 말에 누군가는 말없이 고개를 끄덕였다.

"하지만 실제로 써먹지는 말아줘."

"에이, 설마."

누군가는 웃었다. 하지만 저절로 입가가 파르르 떨렸기 때문인지 문득 웃음소리를 멈추고 다시 팔꿈치를 괴어 한쪽 뺨을 가렸다. 입가의 떨림이 오른쪽 눈 밑의 살집에 전해져 간밤의 불면으로 거뭇거뭇해진 그늘이 탄력 끊긴 고무줄처럼 두어 번 경련했다. 그게 오래전에 봤던 외국영화의 주인공과 비슷해서 나는 웃음이 터질 뻔했다. 야심과 질투와 증오 그리고 아마도 애정 때문에 친구를 살해한 주인공이 제 범죄를 알아차린 사람까지도 죽이기로 결심하는 장면이었다. 주인공을 연기한 명배우는 단 세 번, 눈 밑의 그늘을 떠는 것만으로 한순간 가슴속에 솟구쳐 오른 살의를 기막히게 표현해냈던 것이다. 나는 실제로도 피식 미소를 지었다.

"그래, 아직 나를 죽일 생각은 없겠지. 나한테 그만큼 앙갚음을 당하면서도 당신은 소심해서 그런 짓을 시도할 용기도 없거든. 근데 지금부터 내가 하는 말을 들으면 달라질걸? 아마 진짜로 죽이고 싶어질 거야."

그리고 다시 변덕이 도진 척하며 문득 웃음을 지워버렸다. 그리고 눈이 마치 못이라도 된 듯이 누군가의 눈 속을 노려보았다. 벌겋게 녹이 슨 위험한 못처럼.

"이제 당신과의 관계에도 지쳤어. 당신도 어지간히 내 협박의 말이 듣기 싫었겠지? 세상에 밝혀버리겠다, 비밀을 지키고 싶다면 내 노예가 되어라, 나를 엉망으로 망가뜨렸다… 항상 똑같은 소리잖아. 나도 더 이상 말하기도 싫어. 이쯤에서 끝낼 거야. 그래서 편지를 썼어."

누군가의 얼굴빛이 확 달라졌다. 지금까지 내가 회회낙락했던 게 역시 연극이었다는 것을 깨달은 모양이다. 이 연극 뒤편에 또 한 편의 연극이 감춰져 있다는 것도 모른 채.

나는 자리에서 일어나 창가 책상에서 봉투 하나를 가져왔다. 물론 술에 잔뜩 취했다고 착각하게 하려고 두어 번 휘청거리는 것도 잊지 않았다. 창문의 하얀 커튼 틈새로 얼핏 내다본 거리는 한밤중이었다. 가을답게 맑은 어둠의 저만치 아래쪽에 네온사인 불빛이 평소보다 조용히 빛나고 있었다. 이 맨션은 창문으로 저 먼 곳까지 내다보이는 도심의 야경이 자랑거리다. 실제로 나 혼자 집에 있을 때는 창가에 서서 오래도록 밖을 바라보기도 한다. 하지만 단 한 번도 도심의 불빛에 감동한 적은 없었다. 단지 입을 꾹 다물고 감옥의 벽을 바라보는 죄수 같은 눈빛으로 유리창 너머에 펼쳐진 인간의 극채색 쾌락의 소굴을 내려다볼 뿐이었으리라.

봉투에서 일곱 장의 종이를 꺼내 툭 던져주자 누군가는 가로채듯이 집어 들었다. 한 글자 한 글자 읽어 내려갈 때마다 눈빛은 경악과 공포의 빛이 진해져 갔다. 덥지도 않은데 붉으락푸르락하는 얼굴, 이마에 배어난 진땀을 나는 빙긋이 미소를 지으며 지켜보았다. 이 미소는 다른 어떤 표정보다도 나를 뼛속까지 악에 물든 잔인한 여자로 보이게 할 것이다.

사실은 대체 왜 그렇게 놀라는 거냐고 되묻고 싶은 기분이었다. 일곱 장의 종이에 적힌 내용은 지금까지 내가 수없이, 진짜 신물이 날 만큼 얘기해온 것이다. 이 사람이 조금이라도 싫은 내색을 할 때마다 나는 툭툭 내뱉었다.

"어머, 괜찮겠어? 사람들한테 다 얘기해버려도?"

그리고 지금과 똑같이 잔인한 미소를 지으며 그 얘기를 처음부터 끝까지 거듭 들려주었다. 이 사람은 그때마다 불쾌하게 일그러진 얼굴을 다정하게 웃는 얼굴로 급히 바꾸었다.

하지만 오늘 밤은 약간 다르다. 다 읽은 뒤에도 이 사람은 억지웃음을 짓지 않는다. 그럴 여유가 없는 것이다. 경악이 그의 감정을 굵은 철삿줄로 꽁꽁 묶어버렸다. 종이에 적힌 내용보다 봉투에 적힌 수신인이 더 놀랍고 두려운 모양이었다.

봉투에는 매주 160만 부의 판매 부수를 자랑하는 주간지의 편집부 주소와 '오자와 유지'라는 기자 이름이 적혀 있다. 신랄한 글솜씨와 스캔들을 낱낱이 파헤치는 기사로 그쪽 업계에서는 모르는 사람이 없는 인물이다. 그자의 이름을 물론 이 사람도 알고 있다. 콘도르를 닮은 얼굴이고, 실제로 그의 손에 사생활이 파헤쳐진 연예인과 유명인 몇몇은 쪼아 먹힌 시체 꼴이 되어 업계에서 자취를 감췄다. 오로지 진실만을 밝히는 것으로 유명하지만, 나에 관한 두 번의 기사에는 단 한 마디의 진실도 없었다. 그가 묘사한 '마음 내키는 대로 차를 바꿔 타듯이 남자를 차례차례 갈아타는, 섹스와 밍크코트에서밖에는 진실을 찾지 못하는 속수무책의 어리석은 여자'도 아니고 '허식 속에서나 광채를 내뿜는 모조 다이아몬드'도 아니다. 그의 기사는 도리어 내 인기에 불을 붙이는 반작용으로 끝이 났지만, 나는 심술궂고 거짓투성이인 그 기자가 그리 싫지는 않았다. 왜냐면 그가 쓴 글 따위는 웃어넘길 수 있을 만큼 나 자신이 몇 배는 속수무책의 어리석은 가짜 인간이었기 때문이다.

봉투에서 다시 또 하나의 물건을 꺼내 이번에는 가로채지 못하게 꽉 잡고 누군가에게 내보였다. 벌써 오랫동안 이 사람을 두려움에 떨게 해온 물건이었다.

"이걸 동봉하면 그 기자도 편지에 적힌 내용을 의심하지 않겠지? 난 이제 진짜 지겨워졌어. 내일 파리로 떠나기 전에 우편으로 보내버릴 생각이야."

그런 짓을 했다가는 너 역시 파멸이다, 적어도 지속적으로 협박해 왔다는 사실을 네 입으로 까발리는 셈이 아니냐….

누군가는 그렇게 반격을 했다. 이미 질리도록 들었던 그 말에 나는 고개를 저으며 역시 지겹도록 해온 말을 돌려주었다.

"협박이라고? 내가 단 한 번이라도 돈 같은 걸 요구한 적이 있어?"

"대체 왜…."

왜 이런 지독한 짓을 하는가, 왜 이렇게 나를 증오하는 것인가….

누군가는 지겹지도 않은지 똑같은 말을 되풀이했다. 영원히 답을 찾을 수 없는 수수께끼에 오로지 주문呪文처럼 '왜'라는 말을 반복할 수밖에 없다는 듯이.

나는 재떨이를 집어 던지고 싶은 충동에 휩싸였다. 하지만 목젖과 입을 떨었을 뿐, 가까스로 충동을 억눌렀다.

"이제 지겹다니까? 몇 번이나 말해줘야 속이 시원해? 그래도 또 듣고 싶다면 좋아, 말해줄게. 당신이 나를 엉망으로 망가뜨렸기 때문이야. 나를 원망하는 건 말이 안 되잖아, 나를 이런 끔찍하고 지독한 여자로 만든 건 바로 당신이라고. 그래, 당신한테만 책임이 있는 게 아니라고 하고 싶겠지. 좋아, 얼마든지 말씀하셔. 수없이 설명해주지 않으면 이해를 못 하는 모양이니까 다시 말해줄게. 당신만 책임이 있는 건 아닌지도 모르지. 하지만 그렇다고 당신 책임이 없어지는 건 아니야. 당신이 내게 접근하지만 않았어도 나는 아직 예전의 나로 돌아갈 기회가 있었어. 잘 들어, 아까 당신은 이 편지가 세상에 알려지면 나도 파멸할 거라고 했지? 왜 내가 파멸하는데? 나한테 아직도 망가지지 않은 아름다운 부분이 남아 있다고 생각해? 나는 진즉에 파멸했어. 협박했다는 게 알려진다고 한들 내가 뭘 잃을 게 있지? 당신이야 잃을 게 너무 많겠지만 나한테는 아무것도 없어. 얼굴도 몸도 마음도 이미 다 잃어버렸단 말이야!"

몸속에서 끓어오르는 분노를 말과 함께 토해냈다. 오늘 밤이 사람이 나를 찾아온 이후로 내가 처음 내뱉은, 연극이 아닌 진심에서 튀어나온 말이었다. 불처럼 달아오른 혀에서 술 냄새가 풍풍 풍기는 게 나 스스로도 느껴졌다. 분노가 폭발해 정말로 조각조각 분해되어 무너져 내릴 듯한 몸을 마지막 생명의 끈을 붙잡고 가까스로 버티는 느낌이었다.

그건 이 사람도 마찬가지다. 폭풍을 정면으로 얻어맞은 것처럼 저절로 얼굴이 홱 돌아가고 옆얼굴에 절망이 새겨졌다. 지금까지의 어느 때보다 가장 깊은 절망과 체념이었다. 마침내 자신이 가장 두려워하던 순간이 다가왔다고 깨달은 것이다. 귓불까지 부들부들 떨고 있었다. 내 부르짖음이 메아리가 되어 휑뎅그렁한 집 안과 이 사람의 귓속을 뒤흔든 것이다. 절망이 깊은 나락에서 또 다른 감정으로 바뀌어 솟구치는 것을 지켜보려고 나는 그 사람을 지그시 응시했다. 분노의 여진으로 흔들리는 몸을 겨우겨우 다독이며 다시 한번 냉혹한 미소를 짓고 오늘 밤을 위해 준비해둔 마지막 연극에 뛰어들었다.

"오자와 기자는 실제보다 몇 배나 화끈한 스토리로 부풀려 기사를 써내겠지? 당신, 원한다면 이 일로 나한테 협박을 당했다고 다 털어놔. 내가 얼마나 무서운 여자였는지 낱낱이 까발리라고. 나는 파리에서 샹송을 들으며 일본에서 건너오는 그 소음을 가끔은 들어줄게. 어때, 이제 알겠어? 이것 때문에 오늘 밤 당신을 부른 거야. 모든 게 밝혀지기 전에 당신에게 알려주려고. 그래서 조금은 마음의 준비를 하게 해주려고. 안 그러면 충격이 너무 커서 자살이라도 할까 봐서."

이 자는 그리 쉽게 자살할 사람이 아니다. 자신을 위해서라면 망설임 없이 타인의 목숨까지 희생시킬 인간이다. 나는 이 사람의 그런 쩨쩨한 이기주의에 내기를 걸었다.

"어떻게 하면 되겠니…."

누군가의 입에서 신음처럼 말이 새어 나왔다.

"어떻게 하면 봐줄 거야? 그 편지만 보내지 않으면 뭐든 다 할게."

돈이 필요하다면 전 재산을 내줄 거고, 뭐든 원하는 대로 해줄게….

음울한 목소리가 조명 불빛에까지 그늘을 드리웠다.

"난 아무것도 필요 없어. 벗어나고 싶다면 방법이 한 가지 있긴 하지."

"어떤 방법? 뭘 하면 돼?"

나를 돌아보며 누군가는 눈을 번뜩였다. 절망의 암흑 속에 등불이 켜진 것이다. 잔인한 주인이 그나마 먹이를 던져주려는 것을 보고 곧 굶어 죽을 지경이던 말라빠진 개처럼 교활하게 번들거리는 눈빛이다. 몇 초의 침묵 끝에 나는 먹이를 던져주었다.

"오늘 밤 안으로 나를 죽이면 돼."

물론 깔깔 웃으며 곧바로 그 말을 취소했다.

"하긴 당신은 소심해서 그런 건 절대로 못 하지. 그러니까 난 내일 신나게 파리로 떠나고, 그 전에 이 편지는 내 손을 떠날 거야. 당신, 진짜 겁이 많잖아. 그런 주제에 사람을 죽일 수나 있겠어? 그걸 뻔히 아니까 내가 알리바이 조작 방법까지 알려줬지, 자칫하면 내 손으로 내 목을 조르는 일이 될 텐데도 말이야. 아무리 죽이고 싶을 만큼 미워도 당신 같은 사람은 절대로 행동에 나서지 못하거든."

여섯 살 무렵, 내게 똑같은 말을 한 여자애가 있었다. 그 아이는 도벽이 있어서 여기저기 가게에서 작은 물건을 훔쳐 내게 보여주며 자랑하곤 했다. 단순히 나쁜 버릇을 용기라고 착각한 어리석은 아이였다. 내게 자랑을 할 때마다 그 아이는 항상 말했다.

"넌 겁쟁이라서 이런 거 못 하지?"

조용히 놀이터 한구석에 몸을 웅크리고 있던 나는 정말로 겁이 많았다. 물건을 훔치다니, 결코 할 수 없는 무서운 범죄였다. 하지만 겁쟁이라서 못한다는 말을 들을 때마다 나도 할 수 있을 듯한 마음이 들었다. 새처럼 작은 가슴이 벌벌 떨리는데도 나도 할 수 있다고 소리치고 싶어졌다.

그리고 어느 날 내가 그렇게 소리쳤을 때, 그 아이는 나를 작은 문방구로 데려갔다.

"그럼 저거 한 개만 훔쳐 와."

가게 앞 상자에 진열된 크레용을 가리키며 말했다. 벌벌 떨면서도 나는 안으로 한 걸음 내디뎠다. 안쪽에서 주인아저씨의 모습이 얼핏 눈에 띄었지만 마지막 순간까지 내가 보고 있었던 것은 그 아이가 던지는 경멸의 시선뿐이었다.

너 따위, 아무것도 못 하지?

등짝에 따갑게 꽂히는 그 시선에 떠밀린 나는 또 한 걸음 내디뎌 파란색 크레용을 움켜쥐었다. 그대로 문방구를 뛰쳐나와 아직도 떨리는 손으로 작은 전리품을 그 아이에게 쑥 내밀었다. 하지만 그 아이는 분노를 머금은 눈빛으로 흥 코웃음을 쳤다. 나는 손에 든 크레용으로 그 아이의 얼굴을 그어버렸다. 파란 선이 이마에서 뺨으로 뻗어갔다. 상처가 입을 벌려 파란 피가 굵직하게 맺힌 것처럼 보였다. 돌연 울음이 터져버린 나는 그 아이에게 등을 돌린 채 달음박질을 치고 있었다….

지금 내 눈앞에 있는 사람은 어린애가 아니다. 하지만 모든 것을 움켜쥔 내 앞에서 이 사람은 여섯 살이던 나보다 훨씬 더 어려 보였다. 공포의 감옥에 갇혀 꼼짝달싹 못 하는 어린애. 내 가슴속 한구석에 작게 웅크리고 있는 생쥐.

이십 년이 지나 이번에는 내가 그 아이가 되어 문방구 바깥에서 지켜볼 차례였다. 이 사람은 그때의 나처럼 필사적으로 태연한 척하며 흔들리는 시선으로 독약이 든 술잔을 보고 있었다. 벌벌 떨리는 가슴속에서 어떤 말을 되풀이하고 있는지 들리는 것 같았다.

나도 할 수 있어, 이런 간단한 걸 내가 못할 리 없어….

그때 내가 필사적으로 작은 가슴속에서 내내 부르짖었던 말이다. 옆얼굴은 여섯 살 때의 내 등짝처럼 범죄 바깥에 서 있는 자의 여유 만만한 시선을 따가울 만큼 느끼고 있을 터였다.

묵직한 침묵이 흐르고 누군가는 한숨을 내쉬었다. 긴 여운

이 밤의 정적 속에 언제까지고 길게 꼬리를 끌었다. 이윽고 누군 가는 힘없는 목소리로 말했다.

"그래, 나는 사람을 죽이지는 못해. 모든 걸 뻔히 꿰뚫어 보고 있구나."

체념한 듯한 서글픈 눈빛을 슬쩍 내게로 흘렸다. 힘없는 목소리는 내 동정을 사기 위해서가 아니었다. 서툰 연기로 나를 안심시키기 위해서였다. 그런 게 틀림없다. 나는 그 연기에 속아 넘어간 척 콧잔등에 주름을 잡으며 웃었다.

"맞아, 포기하는 게 좋아. 당신도 드디어 모든 걸 내려놓기로 결심한 모양이네. 이제 나하고 똑같아졌어. 건배라도 할까?"

누군가가 손에 든 잔에 내 잔을 쟁그랑 맞부딪쳤다. 유리의 맑고 아름다운 소리가 내 잔 속의 술에 금빛 물결을 일으켰다. 누군가도 자신의 잔을 입에 옮겼다. 유리잔 가장자리에 전등 불빛이 반사해 빛의 동그라미가 그의 오른쪽 눈을 감쌌다. 눈은 더 이상 떨리지 않았다. 가만히 멈춘 채 젖혀진 내 목젖으로 술이 들어가는 것을 지켜보았다. 몇 분 뒤에 그곳에 독약이 든 술이 들어가는 모습을 머릿속에서 그려보고 있으리라.

마침내 나는 그 눈에서 명확한 살의를 보았다.

둥근 빛에 감싸인 눈은 컴컴하고 한없이 허허로운 동굴 같았다.

"술, 한 잔 더 따라줘."

단숨에 잔을 비우고 나는 드디어 결심한 누군가에게 다시 기회를 던져주었다. 결심한 누군가는 이미 두려워하지 않았다.

정말로 밑바닥까지 떨어져 모든 것을 포기해버린 사람처럼 침착해져 있었다. 더 이상 눈빛에서도 표정에서도 아무것도 읽히지 않았다. 하지만 이제는 극히 작은 동작 하나하나가 이 사람이 무엇을 결심했는지 알려줄 것이다.

술에 취해 주위 상황 따위는 전혀 모르는 척 해롱거리면서 모든 주의력을 시야 끝에 끌어모아 누군가의 손의 움직임을 훔쳐보았다. 그리고 손이 지문이 남지 않도록 조심스럽게 술병을 잡는 것을 보았다. 이어서 신중한 손놀림으로 얼음 통에서 얼음 한 조각을 골랐다. 독약이 든 술잔 속에서 녹고 있는 것과 크기도 모양새도 똑같은 얼음 조각을.

얼음을 넣자 잔의 술이 부쩍 늘어났다. 마치 유리잔에 눈금이라도 그려진 것처럼 세 번째 잔의 독약 섞인 술의 높이와 똑같았다. 이 사람은 마침내 결심하고 독약이 든 잔과 내 잔을 바꿔치기할 작정인 것이다.

마지막 장난기가 발동해서 나는 한 마디 덧붙였다.

"아니, 가득 따라줘야지."

누군가는 내심 낙담했겠지만 그런 내색은 털끝만큼도 드러내지 않았다. 정확히 조금 전 자신의 지문이 찍힌 술병의 중간 부분을 잡고 내 잔에 다시 술을 따랐다. 어디에 지문이 찍혔는지 기억했다가 나중에 닦아낼 심산인 것이다. 나는 잔을 들어 이 사람보다 더 주의 깊게 술을 마셨다. 한 모금, 두 모금, 세 모금을 마시자 독약이 든 술잔과 높이가 똑같아졌다. 붉은 숨을 토해내며 잔을 테이블에 내려놓았다. 재떨이를 사이에 두고 독약이 든 술잔과 내 술잔은 광채까지 완전히 똑같아 보였다. 단지 재떨이 건

너편과 이쪽 편이라는 차이밖에 없다. 게다가 술잔 두 개 사이의 거리는 10센티미터 정도뿐이다. 그렇다, 단지 10센티미터만 옮기면 되는 것이다.

완전히 똑같은 두 개의 술잔 중 하나를 마시면 죽음이 찾아오고 다른 하나를 마시면 기분 좋은 취기가 찾아온다는 게 문득 신기한 기적처럼 느껴졌다. 죽음 또한 지금의 나에게는 술보다 기분 좋은 취기인지도 모른다. 모든 것을 잊고 싶어서 자주 술을 마셨지만 어떤 취기도 내가 인간의 잔해에 지나지 않는다는 것을 잊게 해주지는 않았다.

깍지를 끼고 얌전히 무릎 위에 놓인 누군가의 손을 멍하니 바라보며 지금 내가 몇 마디 던지면 이 사람이 어떤 얼굴을 할지 상상해보았다.

"당신, 나를 죽이려고 하지? 근데 실은 살해당하려고 전부 내가 꾸민 거야."

또다시 어설픈 농담을 한다면서 못마땅한 얼굴을 할까. 나는 또한 그 손에 내 손을 얹는 장면을 상상했다. 우리의 관계는 공범과 비슷해서 서로 손도 맞잡곤 했으니까. 하지만 우욱 구토감이 몰려와 목을 비볐다. 나는 결코 이 사람의 손을 잡지 않을 것이다. 나를 인간이 아닌 괴물로 만들고 과거의 모든 것을 앗아간 이런 사람과는 결코.

술 때문에 속이 울렁거린다고 생각했는지 누군가는 눈치 빠르게 내게 권했다.

"조금만 더 마시고 인제 그만 끝내는 게 좋겠다."

조금만 더…. 마지막으로 독약이 든 술을 마시게 하려는 것

38

이다.

그때, 전화벨이 울렸다.

"대체 누구야, 이런 시간에?"

나는 짜증을 내면서 몸을 일으켰다. 몇 번이나 휘청거리며 사이드보드 옆 전화의 수화기를 들었다. 한 남자의 목소리가 흘러나왔다. 그 목소리를 들으면서 눈앞의 벽에 걸린 위트릴로의 그림 「두유 마을의 교회」를 바라보았다. 그저 흔한 복제화였다. 하지만 진품을 구입할 돈이 있었다고 해도 나는 가짜를 선택했을 것이다. 그림 속 하얗고 쓸쓸한 교회는 가짜라서 더욱더 나와 잘 어울렸으니까. 유명한 이 그림을 위해 몇천, 몇만 장의 복제화가 인쇄되었을까. 지금의 나는 그런 한 장에 지나지 않는다.

그림에서 시선을 슬쩍 돌려 액자 유리에 비친 누군가의 눈을 보았다. 그 눈도 내 쪽을 응시하고 있었다. 교회 그림 속 초록빛 울타리와 눈이 겹쳐졌다. 그저 멍한 눈이었다. 악마에게 영혼을 팔자마자 신이 휘두른 분노의 지팡이를 맞아 석고 조각상으로 바뀌어버린 자처럼. 수화기 속 남자 목소리와 함께 일 분이 지났다.

"변명 따위, 제발 그만둬. 이제 더 이상 당신 목소리도 듣고 싶지 않아!"

그런 말과 함께 수화기를 내동댕이쳤다. 그리고 다시 비틀비틀 돌아와 테이블 앞에 앉았다.

"그 의사야. 어쩌면 저렇게 치근덕거리는지 모르겠어. 이런 끔찍한 짓을 했으면서 뭘 용서해달래? 술에 엄청 취했나 봐. 집에 가서 또 퍼마신 모양이지. 그야 술을 들이켜고 싶은 기분도 이

해는 되지만."

"혼자서?"

"당연하지. 왜… 그런 걸 물어봐?"

누군가는 아무것도 아니라면서 고개를 저었다. 바보같이 아직도 그 의사의 알리바이를 걱정하고 있다. 내 사체가 발견되는 건 십오 일 뒤라서 부검을 통해서는 정확히 사건이 언제 일어났는지 알아낼 수 없는데도. 게다가 내가 이 사람에게 알려준 알리바이 조작 방법은 사망 추정 시각이 확실하지 않다는 조건 아래 비로소 성립하는 것인데도.

나는 방금 걸려온 전화 따위 아무 관심도 없는 척하면서 재떨이의 이쪽 편 술잔을 손에 들었다. 이 사람은 눈치채지 못했지만 내 유리잔에는 바닥 쪽에 희미한 흠집이 있다. 나는 통화하는 동안 일 분 넘게 이 사람에게 등을 돌리고 있었다. 물론 일부러 그런 것이다. 술잔을 바꿔치기할 기회를 주기 위해서.

하지만 손에 든 잔은 바닥의 작은 흠집이 별똥처럼 빛났다. 아직 술잔을 바꾸지 않은 것이다. 왜 이런 좋은 기회를 놓쳤을까. 이제는 결심한 줄 알았는데 내가 잘못 본 것인가. 아니, 나는 마음속에서 머리를 가로저었다. 방금 그 전화 때문이다. 누구에게서 걸려온 것인지 귀를 기울여 듣다 보니 잔을 바꿔치기할 여유가 없었던 것이다. 염려할 것 없다. 이 사람은 분명히 결심했다. 이 집이 자신의 손에 의해 이제 곧 살인 현장이 되리라는 것을 알고 있다. 그 결심의 실행 직전에 외부에서 살인 현장으로 전화가 걸려온 것이다. 혹시라도 통화 상대에게 자신이 와 있다는 것과 이름 등을 발설해버리면 모든 게 물거품이 된다.

40

나는 시계를 흘끗 쳐다보았다. 벌써 한 시간이 지났다. 더이상 기다릴 수는 없다. 다시 한번, 이번에야말로 진짜 기회를 주도록 하자.

조금 더 마시려다가 마음이 바뀐 척하며 술잔을 테이블에 내려놓고 나는 말했다.

"어째 써늘하네. 침실에서 담요 한 장만 갖다줄래? 아, 아냐, 내가 갈게. 서랍 안쪽에 있어서."

비틀거리며 침실에 들어가 문을 살짝 닫았다. 2센티미터쯤 틈을 남기고. 침실은 썰렁한 어둠에 감싸여 있었다. 손끝으로 벽을 더듬어 전등 스위치를 눌렀다. 협탁 위의 작은 전등에만 불이 켜지면서 침대 하나만 덜렁 놓인 방이 그늘진 보랏빛으로 떠올랐다. 침대 시트는 회색과 흰색의 대담한 체크 무늬지만 보랏빛인지 어둠인지 알 수 없는 얇은 베일에 뒤덮인 것처럼 보였다. 거기서 나는 처음으로 죽음을 실감했다. 이제 잠시 뒤에 나는 침대 위에서 고통으로 몸부림치며 숨을 거둘 것이다. 하지만 고통도 죽음도 내게는 아무런 공포도 몰고 오지 않았다. 저 보랏빛 옅은 어둠을 수의 삼아 어느 누구에게도 방해받는 일 없이 마음껏 깊은 잠을 탐할 것이다. 예전에 양과자점에서 일하던 시절, 휴일이 오기를 손꼽아 기다렸던 것처럼 나는 기나긴 휴식을 설레는 심정으로 기다린다. 죽음의 때가 가까워지면서 마침내 그 무렵의 참된 나 자신으로 돌아갈 수 있다는 마음이 들었다. 그렇다, 오로지 죽음만이 참된 나를 다시 되찾아주는 것이다.

벽에는 큼직한 붙박이장이 세 개 있었다. 거실 쪽에도 조금 더 큰 게 있기 때문에 왜 침실에 세 개씩이나 달렸는지도 모르는 채 나는 내내 그중 두 개를 텅 비워두었다. 장롱 하나에만 담요 여섯 장과 야시시한 네글리제 스무 벌이 정리되어 있다. 네글리 제는 모두 근처 대형 쇼핑몰에서 구입한 싸구려뿐이다. 이 방에 서는 단 한 번도 디자이너들이 온갖 장식으로 꾸며낸 옷 따위는 입어본 적이 없다. 침실에 들어간 지 삼 초 만에 담요 한 장을 찾 았지만, 나는 대체 담요가 어디에 처박혔는지 모르겠다고 일부 러 큰 소리로 투덜거렸다. 그리고 발소리를 죽여 문 옆으로 다가 가 틈새로 거실을 살펴보았다. 수조 너머로 누군가의 등짝이 훤 히 보였다. 뒷모습이었지만 테이블에 허리를 숙인 채 손을 움직 이고 있었다. 수조의 물이 흔들려 그 등도 신기루의 환영처럼 따 라 흔들렸다.

다시 일 분쯤 기다렸다가 침실을 나왔다. 누군가는 소파에 느긋하게 앉아 술잔을 입에 옮기고 있었다. 나는 담요로 몸을 감 싸고 테이블 앞에 앉았다. 실제로 추웠다. 지난 오 년 동안 항상 추웠다. 거실에서 항상 담요를 둘러쓰고 통증처럼 엄습하는 추 위를 견디곤 했다. 실용적인 목적뿐인 낙타색의 군데군데 얼룩 진 담요가 나에게 가장 어울리는 의상이라는 것은 아무도 알지 못했다. 이제 곧 나는 조금 더 어울리는 의상을 몸에 두르게 될 것이다. 다시 한번 재떨이 이쪽편의 술잔에 손을 내밀었다. 이제 는 연극이라는 것도 잊어버리고 진지하게 유리잔 바닥으로 시선 이 내달렸다.

흠집이 없었다.

술잔을 바꾼 것이다. 이 사람은 마침내 파란색 크레용을 움 켜쥐었다. 마지막 장난기가 도져서 당신도 더 마시라면서 내 술잔을 내밀어 누군가의 잔에 따라주려고 했다. 누군가는 순간적으로 손을 뒤로 물렀다. 그 바람에 내 술잔에서 금빛 태풍이 일었다. 누군가의 얼굴이 창백해졌다. 내 잔에서 술이 몇 방울 떨어져 카펫에 스며든 것이다. 하지만 극히 소량이라서 금세 태풍이 가라앉자 노골적으로 안도하는 표정을 보였다. 누군가는 이제 더 이상 얼굴빛을 감추려고도 하지 않았다. 조금 전까지 줄곧 유지해온 평정심은 완전히 사라지고, 이제 더 이상 못 마신다고 떨리는 목소리로 중얼거렸다.

"흥, 내가 입을 댄 것은 못 마시겠다? 그래, 이제 그만 가봐. 나도 이것만 마시고 잘 거니까…."

내뱉듯이 말하고 술잔을 손에 든 채 자리에서 일어나 다시 비틀비틀 침실로 향했다. 하지만 문 앞에서 돌아서서 술잔을 높이 들어 올렸다. 누군가는 납 인형처럼 뻣뻣해진 채 유리알처럼 멍한 눈으로 나를 보았다. 처음으로 살인이라는 엄청난 범죄에 제 손을 더럽힌 인간이 막상 그 순간이 닥치자 아무 생각도 안 나는 모양이었다. 마치 자신이 사형대에 세워진 듯한 얼굴이었다. 이제 몇 초가 남았을까. 누군가의 귀는 내 귀보다 한층 더 예민하게 재깍재깍 움직이는 초침 소리를 헤아리고 있을 것이다.

이제 곧 찾아올 나의 죽음과 납 인형에 건배의 미소를 날렸다. 살인자와 피해자는 2미터 거리를 두고 삼 초 동안 서로를 응시했다. 살해하려는 자와 살해당하기를 원하는 자가 마치 아름다운 사랑을 나누는 공범처럼 시선을 주고받았다.

입술이 술잔 가장자리에 닿았다. 이번 사건을 계획할 때, 최후의 몇 초 동안 과연 어떤 생각을 할지 이래저래 상상했었다.

독약이 목을 타고 넘어가면 내게 남겨진 시간은 단 오 초뿐이다. 오 초 후에는 엄청난 고통이 덮쳐서 아무 생각도 할 수 없다. 가까스로 문을 열고 침대까지 가는 게 고작이리라. 그때 내 머릿속에는 무엇이 떠오를까. 뉴욕 병실의 하얀 벽일까. 첫 쇼 무대에서 발이 엇갈려 넘어질 뻔했던 장면일까. 의미도 없이 내처 걸었던 새벽 거리일까. 파리의 호텔에서 게이 디자이너가 아무 애정도 없는 손으로 느닷없이 내 젖가슴을 움켜쥐었을 때의 감촉일까⋯.

하지만 실제로 마지막 순간이 닥쳐오자 돌연 내 눈앞에는 새파랗게 아름다운 바다가 펼쳐졌다. 열여덟 살 생일날 저녁, 나를 모텔에 데려가는 데 실패했던 수줍음 많은 남자 친구와 단 한 번 바다에 놀러 간 적이 있었다. 도쿄 인근의 바다는 사실은 파랗지도 아름답지도 않았다. 관광객과 쓰레기로 뒤덮인 채 바다는 비를 쏟을 듯한 회색빛 하늘을 탁하게 비춰내고 있었다. 그렇건만 지금 그 바다는 지중해보다 남태평양보다 더 아름답게 반짝이며 내 눈앞에 펼쳐졌다. 모래사장에 드러누운 남자 친구의 쇳내음을 풍기는 등짝에 나는 한 움큼의 모래를 뿌리며 놀았다. 손가락 사이로 스르륵 흐르는 모래를 좋아하던, 작은 행복이 잘 어울리던 여자애였다. 그가 간지럽다는 듯이 고개를 들고 얼굴을 찡그리며 웃었을 때 정말로 눈물이 날 만큼 행복해했던 지극히 평범하고 외로움 타는 아이였다⋯.

나는 아직 미소를 짓고 있다. 누군가는 숨을 죽이고 그런 나를 바라보았다. 이 사람은 언젠가 경찰에 체포된다면 지금 미소 짓는 얼굴과 오 초 후의 고통스러운 얼굴, 어느 쪽의 얼굴로 나를 떠올릴까.

내 얼굴이라고?

오 년 동안, 거울을 볼 때마다 잡지 화보와 신문에 실린 사진을 볼 때마다 나를 괴롭혀온 물음표와도 드디어 헤어질 때가 왔다. 금빛 술이 바닷가의 모래가 되어 저절로 내 입을 벌리고 흘러들었다. 나는 지금의 내게 가장 잘 어울리는 죽음의 의상을 입을 것이다. 그리고 마지막 쇼 무대가 시작되리라. 오 초 후 고통에 찬 비명과 함께.

나는 인생에서 비명을 세 번 터뜨렸다. 온 가족을 태워버린 뻘건 불길이 나마저 집어삼키려 했을 때, 교통사고로 실려간 병원에서 붕대 위로 망가진 턱뼈를 만졌을 때, 그리고 뉴욕의 병실에서 거울 속의 완전히 다른 여자 얼굴을 발견했을 때….

마지막 모래가 흘러 떨어졌다. 내 시야에는 온통 금빛이 넘쳐서 더 이상 누군가의 얼굴을 볼 수 없었다.

일 초. 술잔을 바닥에 떨어뜨리고 침실 문 손잡이를 움켜잡았다. 이 초. 유리잔이 깨지는 소리를 들으며 복수라는 말을 떠올렸다. 삼 초. 정적 속에서 나는 기다렸다. 사 초. 오로지 기다리고 또 기다렸다. 오 초, 뱃속에 흘러든 모래가 돌연 뻘건 용암이 되어 목구멍으로 솟구쳤다.

온몸이 뒤틀리는 열기와 격통을 느끼기도 전에 비명이 목을 뚫고 터져 나왔다. 아니, 통증이 아니었다. 그건 몸 밑바닥에서 튀어나와 나를 뒤흔드는 무서운 힘이었다. 그 힘이 내 머리를 깨뜨리고 제멋대로 문을 밀치고 머리부터 침실 쪽으로 무너뜨렸다. 침대로 가야 한다. 불덩어리가 점점 더 솟구쳐 입에서 벌써 뭔가 흘러나왔다. 비명조차 끊기고 머리를 산산이 깨뜨리는 분화 같은 소리만 울렸다. 더 이상 한 걸음도 내디딜 수 없다. 오 년 동안 낯선 거리를 헤집고 다녔으나 이제는 단 한 걸음도. 그래도 태풍 속을 미친 듯이 날아가는 나비처럼 마지막 몇 걸음을 날았다. 드디어 침대다. 마침내 그곳에 가닿았다. 이제는 일 초도 기다릴 수 없다. 겨우겨우 몸을 틀어 등을 대고 누웠다. 한순간 금이 간 머리 틈새에서 엄청난 벨 소리가 울렸다. 뭔가의 개막 신호처럼. 무슨 신호일까…. 더는 아무것도 생각할 수 없다…. 내 몸은 침대가 아니라 돌연 암흑 밑바닥으로 내던져졌다….

発見者

발견자

2장

11월의 마지막 날이었다.

저물어가는 가을의 마지막 반짝임인지 그날 아침 도쿄 거리는 옅은 황금빛으로 물들었다. 그러다가 오후에 느닷없이 그늘이 지면서 회색 구름이 번지더니 군데군데 파란 틈을 남긴 채 빗방울이 후드득 떨어졌다. 벌써 차가운 겨울비였다.

오타 미치코가 하라주쿠 맨션 침실에서 사체를 발견한 것은 비가 내리기 시작한 무렵이었다. 그녀는 삼 년 전 인기 패션모델 미오리 레이코가 이 맨션으로 이사했을 때부터 가사도우미로 드나들었다. 일은 정기적인 건 아니고 레이코가 연락할 때만 나갔다.

레이코는 생활이 불규칙해서 매일같이 전화가 걸려올 때가 있는가 하면 해외에 나가 두 달이고 세 달이고 연락이 없을 때도 있었다.

생활이 불규칙한 것은 패션모델 일 때문만은 아니었다. 레이코는 몹시 변덕스러운 성격이었다. 내일은 꼭 아침 일찍 와달라고 해서 가보면 집에 없거나 한밤중에 전화를 걸어 뜬금없이 샴페인 두 병을 구해오라고 했다. 언젠가는 모델 일을 나간 곳에서 불쑥 무리한 부탁을 하기도 했다.

"한 시간 뒤에 집에 도착해요. 그때까지 깨끗하게 청소해주세요. 어젯밤에 손님이 다녀가서 집 안이 난장판이에요."

같은 하라주쿠라도 미치코는 역 뒤쪽의 임대주택에서 살고 있어서 오모테산도에서 한참 안쪽으로 들어간 그녀의 고급 맨션까지는 달음박질을 쳐도 이십 분은 걸린다. 그리고 남은 사십 분 사이에 난장판이 된 집을 깨끗이 청소한다는 건 불가능한 일이다. 손님들과 술자리를 한 날에는 이게 정말 근처에서 가장 비싸다는 그 맨션인가, 하고 눈을 의심할 만큼 온통 어질러져 있었다. 게다가 얘기했던 시간보다 십오 분쯤 일찍 돌아와서 아직도 청소를 안 했느냐고 부루퉁한 목소리로 나무라기까지 했다.

청소를 하면 아줌마 발소리 너무 시끄러워요, 그만 가보세요, 라고 짜증을 내기도 하고 뭔가 먹고 싶다고 해서 일껏 차려주면 이제 그건 입에 당기지 않네요, 다른 걸로 해주세요, 라고 태연히 지시하기도 했다.

미모와 인기를 거머쥐면 겨우 스물세 살의 젊은 여자도 저토록 거만해지는 건가, 하고 미치코는 뒤에서 한숨을 쉬곤 했다. 삼 년 전만 해도 잡지에 실린 레이코의 사랑스럽게 웃는 사진을 보거나 어쩌다 그녀의 가녀린 목소리를 들으면 같은 여자라도 호감이 느껴졌던 터라서 뭔가 크게 배신을 당한 기분이었다. 아니, 데뷔 초에는 실제로도 웃는 얼굴 그대로 순수한 여자였을 것이다. 폭발적인 인기와 엄청난 수입, 국내 톱 모델에서 세계 톱 모델로 화려하게 치고 올라갔다는 자신감이 한 여자를 비뚤어지게 만든 것이다. 삼 년 전, 처음 도우미 일을 시작한 무렵에는 그래도 아직 순진한 귀염성이 있었는데 날이 갈수록 성격이 괴팍해졌다. 그리고 그것과 반비례하듯이 아름다움과 웃음의 화사함은 짙어졌다. 그 정도의 미모를 소유한 자는 인간성 따위 진흙탕에 처박는 게 균형이 맞는 거라고 말하는 것만 같았다. 악의 꽃이란 땅속에 지저분한 뿌리를 무성하게 뻗치지 않고서는 피어나지 않는 것인지도 모른다.

하지만 어떤 어이없는 요구를 해도 미치코는 자신보다 열세 살이나 어린 레이코를 항상 웃는 얼굴로 대해왔다. 한 달 전쯤이었나, 레이코가 돌연 접시를 내던지며 소리쳤다.

"이런 맛없는 걸 나더러 먹으라는 거예요? 어머, 왜 웃고 있어? 화를 내면 되잖아요, 이런 일을 당하면 화를 내라구요!"

그렇게 쏘아붙일 때도 미치코는 끝까지 웃음을 고수했다. 레이코의 말대로 돈을 위해서, 그리고 작은 경멸을 위해서였다.

일은 불규칙해도 다달이 정기적으로 꽤 높은 보수가 나왔다. 남편을 병으로 잃은 뒤 아이 둘을 떠안은 채 가사도우미 일에 뛰어들었지만, 가족 셋이 남들만큼 먹고살고 게다가 나중을 위해 저축도 가능할 만큼 후한 월급이 일을 하지 않은 달에도 착착 들어왔다. 원래 다른 일은 모두 거절하고 레이코가 도쿄에 있는 동안은 전담으로 하루도 빠짐없이 나온다는 조건이었다. 보수는 그 조건에 묶여 한밤중에 샴페인 한 병을 사러 도쿄 시내를 동동거리며 뛰어다니고 접시와 함께 신경질적인 잔소리가 날아와도 충분히 감수할 만큼의 액수였다. 월급뿐만이 아니다. 언젠가 가슴에 단 브로치가 정말 예쁘다고 무심코 칭찬했을 때였다.

"이거? 갖고 싶으면 드릴게요."

그러더니 이삼십만 엔은 될 듯한 다이아몬드 박힌 브로치를 아무 망설임 없이 가슴에서 떼어내 건네주었다. 선물이며 꽃, 과일과 지역 특산품, 한 번도 안 입은 새 옷과 액세서리, 가방이며 구두를 마구잡이로 내주었다. 인심이 좋아서 그런 게 아니었다. 미치코를 쓰레기통으로 생각하는 것이다. 사실 옷이나 구두는 레이코보다 두 배는 뚱뚱한 미치코에게 거의 쓸모가 없었다. 이건 줘도 못 입는다고 기분 상하지 않게 슬쩍 내비쳤더니 레이코는 의아한 눈빛으로 쳐다보며 말했다.

"못 입으면 내버리면 되죠."

오히려 왜 그러느냐는 듯한 표정이었다. 하긴 물건을 줄 때마다 내던지듯이 거친 손짓이었다. 그 손은 자기보다 나이 많은 아줌마가 굽실거리는 것을 마치 공주님이 된 기분으로 즐기는 것 같기도 하고, 이따위 물건은 쓰레기일 뿐이라고 자신의 수입을 과시하려는 것 같기도 했다.

그나마 이 집의 가사도우미로 일하면서 좋은 점이라고는 그것뿐이었다. 미오리 레이코는 오만하고 변덕스러운 이중인격자, 악마에게 인간성을 팔고 대신 미모를 손에 넣은 여자라고 미치코는 항상 마음속으로 경멸했다.

특히 불쾌한 것은 분별없이 사내들을 끌어들이는 것이었다. 자정이 다 된 시각에 호출해 술상을 차리게 하고, 미치코의 귀가 있다는 것도 아랑곳하지 않고 침실에서 서로 희롱거렸다. 때로는 미치코의 눈앞 소파에서 상스러운 꼴을 연출하기도 했다. 듬뿍 쥐여준 월급이 무언의 협박이 되어 외부에 말이 새어나갈 걱정은 없다고 얕잡아봤는지, 미치코의 존재 따위는 아예 신경도 쓰지 않았다. 아니, 일부러 미치코의 귀와 눈을 괴롭히려고 사내들의 간지럼에 깔깔거리며 웃고 애무를 받을 때 더욱더 몸을 배배 꼬는 것처럼 느껴질 때도 있었다.

사내들은 나이도 직업도 다양했다. 그야말로 머리가 핑핑 돌 만큼 줄줄이 갈아치웠다. 처음 이 년 동안에는 한 달에 한두 번 반드시 찾아오는 남자가 세 명 있었다. 뺨에 수염을 기른 서른 살 정도의 사진작가, 대체 몇 살인지 덩치는 커다란 게 피부는 묘하게 허여멀건 엘리트 사업가, 거기에 미치코도 잡지를 통해 얼굴을 아는 이나키 요헤이라는 신인 디자이너였다. 아니, 사진작가와 사업가도 잡지인지 신문인지, 아무튼 본 적이 있는 얼굴이었다. 끊임없이 바뀌는 남자들 중에서도 그 세 명은 특별한 관계라고 금세 알았다. 하지만 올 2월쯤부터 약속이라도 한 듯이 그들의 발길이 뚝 끊겼다. 실은 그 뒤에도 각자 레이코의 집에 오기는 오는 모양인데 그때마다 왜 그런지 레이코가 미치코를 내보내곤 했다.

3월 어느 날, 밤중에 항상 하던 대로 전화가 울렸다. 담배를 사 들고 가보니 레이코는 현관문만 빼꼼 열고 손을 쑥 내밀었다. 안을 들여다볼까 봐 담배만 받아들고는 얼른 문을 닫아버렸다. 한순간이지만 현관 참에 확실히 사진작가의 스크화가 있었다. 여름에는 근처 사거리에서 신호등을 기다리는 벤츠 안에 레이코가 사업가 남자와 나란히 앉아 있는 것을 보았다. 며칠 뒤에는 이나키 요헤이 목소리로 전화가 걸려왔다. 미치코가 받아 전해주었지만 레이코는 통화가 끝나자마자 인제 그만 가보라는 게 얼른 쫓아내려는 눈치였다.

남자만이 아니다. 이전에는 뻔질나게 드나들던 여성 디자이너 마가키 기미코도, 막상막하로 유명한 모델 이케지마 리사도 2월을 경계로 발길이 뚝 끊겼다. 아마도 2월에 무슨 일이 있었던 게 아닐까. 막연한 추측이었지만 2월 하순쯤에 레이코가 기묘한 짓을 저질렀기 때문에 더욱더 그런 생각이 들었는지도 모른다. 그녀가 과도로 사람을 찌른 것이다.

그날 오후 느지막이 미치코는 레이코의 집에 갔다.

"내일 저녁에 나, 집에 없을 거니까 그때 와서 청소해줘요."

전날 밤에 전화로 그렇게 지시했기 때문이다. 하지만 항상 들고 다니는 여벌 열쇠로 문을 열고 들어가자 식당에 인기척이 있었다. 반쯤 열린 문으로 미치코가 안을 들여다본 것과 안에 있던 레이코가 뒤돌아선 게 거의 동시였다. 레이코는 혼자가 아니었다. 손님 하나가 와 있었는데 레이코가 순간적으로 그 앞을 가로막고 섰다. 화려한 옷차림으로 젊은 여자라는 것을 알았을 뿐이다. 한순간 이케지마 리사인가 했지만 그 모델은 레이코보다 키가 10센티미터는 크다. 그때 본 여자는 레이코와 키가 거의 비슷했다.

"아줌마, 오늘 아니고 내일이라고 했잖아요. 날짜 착각했어요?"

자기가 착각했으면서도 레이코는 성난 소리를 냈다. 날짜를 착각했다고 화를 낸 게 아니다. 들키고 싶지 않은 장면을 들켜서 놀람이 분노로 표출된 것 같았다. 하지만 놀란 건 미치코 쪽이었다. 아직 이른 저녁인데도 레이코는 잠옷 차림이었고 옷자락에는 빨간 피가 선명하게 묻어 있었다.

침실부터 청소하라는 지시가 떨어져서 미치코는 그 피의 이유를 생각할 겨를도 없이 자리를 떴지만, 일 분도 안 되어 부르는 소리가 들렸다. 식당으로 돌아가 보니 손님은 이미 떠나고 없었다. 침실에 가 있던 일 분 사이에 현관문 소리가 들렸으니까 아마 그 틈에 돌아간 모양이다. 아니, 황급히 달아났다는 게 더 정확할 것이다. 문 닫는 소리가 몹시 거칠었으니까. 그 사이에 레이코는 언제 당황했느냐는 듯이 평소처럼 차가운 무표정으로 미치코의 눈앞에서 잠옷을 벗어 던지며 말했다.

"이거 내버려요. 그리고 여기 바닥, 핏자국 남지 않게 깨끗이 닦아주세요."

그러고는 대답할 새도 없이 욕실로 가버렸다. 식탁에도 바닥에도 제법 많은 양의 피가 튀었고 옆에는 피 묻은 과도가 떨어져 있었다. 레이코가 찔린 게 아니었다. 잠옷을 벗었을 때 몸 어디에도 다친 데가 없었다. 레이코가 과도로 조금 전의 그 여자를 찌른 게 틀림없었다. 전에도 남자 손님과 사소한 일로 다투다 과도를 휘두른 적이 있었던 것이다. 피의 양이 상당했으니 그 여자는 꽤 큰 부상을 입었을 터였다. 혹시 경찰이 출동하는 건 아닌지 겁이 났지만 욕실에서 나온 레이코는 태연한 얼굴로 젖은 머리를 닦으며 말했다.

"뭘 그렇게 걱정스러운 얼굴을 하고 있어요? 크게 다친 것도 아닌데."

하지만 한 가지 약속해달라고 덧붙였다.

"이런 얘기, 아무한테도 하면 안 돼요. 알았죠?"

그 뒤로 경찰에서 연락이 오는 일도 없었고, 미치코도 그런 거에 일일이 놀랐다가는 이 여자의 가사도우미 노릇은 못 한다는 생각에 그냥 잊기로 했다. 어차피 칼부림까지는 아니더라도 미치코 자신을 포함해 레이코와 얽힌 사람들은 모두가 정신적인 피해자인 것이다. 어느샌가 잊었는데 그래도 이따금 그 피의 색깔이 떠오르곤 했다. 마침 그 무렵부터 자주 드나들던 다섯 명의 발길이 뚝 끊긴 것과 연결되면서 새삼 그 일에 뭔가 중요한 의미가 있었던 게 아닌가 싶었다.

사진작가와 신인 디자이너와 사업가, 세 명 이외의 남자들은 레이코에게는 하룻밤 가슴에 달아보는 브로치 따위의 장식에 지나지 않았다. 남자들은 그녀의 미모와 허영의 먹잇감이었다. 마음을 빼앗으면 더 이상 볼일이 없는지 어떤 고가의 브로치가 됐건 마구잡이로 내버리곤 했다.

그중에서도 가장 큰 희생자는 지난 5월 중순에 레이코와 약혼했다가 여름에 접어들자마자 걷어차인 사사하라 노부오라는 의사일 것이다. 도쿄의 대형 병원에서 내과 부장이라는 직위에까지 오른 중년 의사였다. 하지만 자기 나이도 잊었는지 레이코가 놓은 사랑의 덫에 덜컥 걸려들었다. 전격적인 약혼 발표 후 석 달 만에 아내와 정식으로 이혼했다. 그리고 직후에 레이코 쪽에서 일방적으로 약혼을 파기해버렸다. 이 스캔들을 모든 주간지가 와글와글 떠들어댈 때, 미치코는 일말의 책임을 느끼지 않을 수 없었다. 사사하라 노부오가 그 일로 직위까지 잃게 되었다는 얘기를 듣자 적잖이 양심에 찔렸다.

두 사람이 알게 된 것은 지난 4월 레이코가 과로로 쓰러져 사사하라가 근무하는 병원에 보름 정도 입원한 때였다. 공식적인 발표로는 뉴욕, 파리, 도쿄 컬렉션 일정이 연달아 이어졌기 때문이라고 했지만, 실은 남자들과 밤마다 술 파티를 벌이며 방탕하게 생활한 끝에 얻은 과로였다. 입원 기간에 미치코는 내내 곁에 붙어서 돌봐줘야 했다. 병실 침대 위에서 레이코는 평소보다 더 제멋대로 변덕을 부렸다. 노래를 듣겠다고 해서 맨션에 달려가 급히 시디를 챙겨왔더니 속이 울렁거려 노래 따위는 못 듣겠다고 고개를 홱 돌렸다. 밤에는 미치코를 못 자게 들볶으려는 것인지 일부러 엄살을 떨어서 허겁지겁 의사를 부르러 달려가야 했다.

그런데 어느 날, 웬일로 상냥한 목소리로 아줌마, 하고 부르더니 묘한 애기를 했다.

"저기, 사사하라 선생님에게 내 얘기 좀 해줄래요? 착하다, 지나칠 만큼 순수하다, 순정파다, 라고 말해주시면 돼요. 주간지에 실린 기사는 모두 거짓말이라고 하세요. 그러면 다음 달부터 월급도 더 올려드릴게."

누군가 병문안하며 들고 온 백장미 꽃잎을 한 장 한 장 뜯어내며 그렇게 말했던 것이다. 바닥에 흩어진 흰 꽃잎을 바라보며 이 여자가 이번에는 의사 선생의 백의를 갈기갈기 찢어놓을 심산이구나, 하고 등골이 오싹해졌다. 그래도 지시하는 대로 따를 수밖에 없었다.

미치코가 들려준 애기대로 레이코를 착하고 순수하고 순정파라고 굳게 믿었던 것이리라. 사사하라는 8월에 일어난 레이코의 돌연한 변심과 약혼 파기를 도저히 받아들일 수 없는 모양이었다. 9월부터 10월까지 몇 번이나 전화를 하고 직접 찾아와 현관 벨을 누르기도 했다. 레이코는 집에 있으면서도 없는 척했다. 어쩌다 전화를 받아도 험한 말만 퍼붓고 수화기를 내동댕이쳤다.

"대체 언제까지 똑같은 소리를 할 거야!"

물론 사사하라가 딱하기는 했다. 하지만 지나치게 집요한 것에는 미치코도 질려버렸다. 주간지에 '미오리 레이코, 약혼 파기 위자료로 사사하라에게 2천만 엔 지불'이라는 기사가 실린 적도 있었다.

"위자료를 2천만 엔이나 받아갔으면서 왜 징징거리는 거야!"

언젠가 레이코가 통화 중에 그런 말을 한 걸 보면 아마 사실일 것이다. 주간지에는 '사사하라는 이혼한 전처에게 위자료로 전 재산을 내주고 무일푼이었기 때문에 레이코의 2천만 엔을 말없이 수용한 것으로 보인다'라고 나와 있었다. 그게 사실이라면 사사하라의 일 처리 방식도 남자답지 않다고 생각되었다.

"아줌마, 그 남자가 집에 와도 절대 안에 들이지 말아요."

레이코가 단단히 당부했지만, 11월이 되면서 그게 아마 7일 저녁이었을 텐데, 미치코가 주방에서 식사 준비를 하는 참에 초인종이 울렸다. 주류점에 부탁해둔 맥주 배달이 온 줄 알고 문을 열자 사사하라가 힘으로 밀고 들어왔다. 마침 레이코가 무릎길이의 훤히 비치는 네글리제 차림으로 침실에서 나온 참이었다. 전날 밤에도 남자 둘을 데려와 밤새 떠들고 놀다가 그 시각까지 자고 있었던 것이다.

"저 사람, 못 들어오게 하랬잖아!"

레이코가 미치코에게 짜증을 내며 소리쳤다. 의사는 머리를 부여잡고 소파에 털썩 앉아 신음하듯이 말했다.

"레이코, 제발 이유를 말해줘."

"이유? 그런 거 없어. 단 하루 만에 싫어진 적도 있어. 당신은 석 달씩이나 만나줬으니까 그나마 괜찮은 거 아냐?"

레이코는 립스틱도 바르지 않은 회색빛 입술에 여유만만한 미소를 띠며 말했다. 어린 여자가 코끝으로 아버지 나이대의 남자를 대하는 것을 보며 미치코의 머릿속에는 주간지 기사의 '타고난 팜므 파탈'이라는 말이 떠올랐다. 초췌해져 버린 사사하라는 봄에 만났을 때와는 전혀 다른 사람처럼 폭삭 늙어 보였다.

"병원을 휴직하기로 했어. 어쩌면 사표를 내야 할지도 몰라. 하지만 레이코만 내게 돌아와 주면 다 잃어도 두렵지 않아."

그저 똑같은 말을 되풀이할 뿐이었다. 겨우 스물세 살이지만 남자와 밀고 당기는 데 선수급인 여자 앞에서 평생을 성실하게 의사 일만 해온 남자는 어린애나 마찬가지였다.

"너, 처음부터 나를 갖고 놀 생각이었지?"

아무리 애원해도 들어주지 않자 사사하라는 증오가 불길처럼 솟구치는 모양이었다.

"흥, 말도 안 돼. 마흔 넘은 남자가 할 얘기가 아니잖아?"

레이코는 피식 코웃음을 쳤다. 동시에 사사하라의 손에서 유리 재떨이가 공중으로 날았다. 재떨이는 레이코의 어깨를 스치고 등 뒤의 벽에 부딪혀 산산이 깨졌다.

"넌 내 손으로 죽일 거야!"

창백한 얼굴에서 음울한 목소리를 쥐어짜듯이 부르짖고 사사하라는 뛰쳐나갔다. 그 등에 대고 레이코는 차가운 비웃음을 퍼부었다.

"죽이기는? 그럴 용기도 없는 주제에."

그의 음울한 목소리가 단순한 위협만은 아닌 것 같아 미치코는 염려하는 말을 건넸다.

"괜찮아요. 금세 또 전화해서 엉엉 울면서 사과할걸?"

레이코는 들은 척도 않고 그런 소동 따위 벌써 잊어버린 얼

58

굴로 음식 접시를 가리키며 툴툴거렸다.

"아줌마는 이런 거밖에 못 해요?"

레이코의 말대로 한 시간 뒤에 전화가 걸려왔다. 수화기를 든 미치코에게 사사하라는 사과부터 했다.

"아주머님, 조금 전에는 죄송했습니다. 너무 지쳐서 나도 모르게 불끈했어요."

그러고는 레이코가 전화를 안 받을 거라고 예상했는지 전언을 부탁했다.

"다음 주에 파리에 간다고 하던데 그전에 꼭 한번 만나자고 얘기해주십시오."

미치코가 수화기를 든 채 그대로 전했다.

"그런 전화는 안 받아요! 얼른 끊어요."

레이코는 부루퉁한 얼굴로 쏘아붙이고 홱 침실로 들어갔다. 그래도 사사하라는 포기할 수 없는 모양이었다. 미치코가 레이코는 15일 아침에 파리로 떠난다고 슬쩍 얘기해줬더니 그 전에 한 번 더 연락하겠다면서 전화를 끊었다.

그걸 전해야 할지 말지 난감해서 미치코는 아예 입을 다물어버렸다. 실제로 15일 전에 사사하라가 연락을 했는지, 레이코가 거기에 응해 사사하라를 만났는지, 미치코는 알지 못했다. 그리고 닷새 뒤인 11월 10일, 파리로 출발할 날이 다가오자 레이코가 말했다.

"오늘부터 월말까지 안 와도 돼요. 12월 1일에 귀국이니까 그 전날에 청소는 꼭 해주세요."

"짐 꾸리는 거 도와주지 않아도 괜찮아?"

"됐어요, 이번에는 가볍게 갈 거니까."

그런 얘기를 주고받았지만 그 참에 좀 이상한 일이 있었다.

"아차, 내가 11월 30일에는 집에 일이 좀 있어. 29일에 미리 와서 청소해도 되지?"

어차피 아무도 없으니 하루쯤 미리 와도 괜찮겠다는 생각에 그렇게 물었다. 그러자 레이코의 표정이 갑작스레 험악해졌다.

"집안에 어떤 일이 있건 호출하면 꼭 온다는 조건으로 월급을 듬뿍 쥐여주잖아요. 반드시 30일에 오셔야 해요. 하루라도 더 일찍 왔다가는 절대 안 봐줘요. 내가 돌아와서 먼지 상태 보면 금세 알아요. 약속 안 지키면 당장 해고예요."

몹시 화난 얼굴로 쏘아붙였다. 미치코가 이상하다고 생각한 것은 10월 초에 뉴욕에 다녀올 때도 똑같은 얘기를 했지만, 그때는 마음대로 하라고 쉽게 응해주었기 때문이다. 자기가 없는 동안에 나를 집 안에 들이지 않으려는 특별한 이유라도 있는 건가. 그런 의문이 들었지만 영문을 알 수 없어서 또 변덕이 도졌나 보다, 생각하고 말없이 물러 나왔다.

그리고 11월 30일, 미치코는 별수 없이 시골 고향 집의 아버지 13주기 제사에는 아이들만 보내고 자신은 청소를 위해 맨션으로 걸음을 옮겼다.

미치코가 현관문을 연 것은 정확히 오후 2시 8분이었다.

문을 열자마자 저절로 미간이 찌푸려졌다. 이상한 냄새가 코를 찔렀기 때문이다. 고기가 썩는 듯한 냄새였다. 레이코를 마지막으로 본 게 10일이었다. 즉 파리 출발 나흘 전부터 지시한 대로 청소하러 오지 않았다. 그 사이에 또 누군가를 불러들여 술 마시고 놀다가 남은 음식을 치우지도 않고 여행을 떠난 모양이라고 생각했다.

하지만 현관에 들어서자 널찍한 거실은 깨끗한 편이었다. 원래 벽이며 바닥에 깔린 카펫까지 모두 다 회색이고 소파만 빨간색과 파란색의 원색이다. 소파 뒤를 타고 길게 흰색 선반이 있어서 거기에 화분이며 수조를 놓은 것 외에는 장식이라고 할 게 아무것도 없는 공간이었다. 그리 어질러지지는 않았지만 역시 손님이 다녀간 모양이었다. 유리판 테이블 위에 위스키병과 얼음 통이 있었다. 유리잔이 하나밖에 없어서 혼자 마셨나 했는데 재떨이에 남겨진 여러 개의 꽁초는 레이코의 것이 아니었다. 그녀는 흰색 필터의 담배만 피우는데 그 꽁초에는 필터가 없었다. 손님 중에 필터 없는 담배를 피우는 사람이라면 미치코가 알기로는 단 한 명뿐이다. 역시 그 의사가 레이코가 여행을 떠나기 전에 이 집에 다녀간 건가.

테이블 위에 또 한 가지, 약봉지인 듯한 붉은 밀랍 종이가 있었다. 하지만 미치코는 그것보다 수조 바닥에 가라앉은 열대어 한 마리에 시선을 빼앗겼다. 10일에 이 집에 왔을 때 틀림없이 수조는 텅 비어 있었다.

레이코는 첫해에 이따금 열대어를 사들여 수조에 풀어놓곤 했다. 열대어를 기르는 취미가 있었던 게 아니다. 산소통도 없고 먹이도 주지 않아 물고기는 하루가 지나면 차례차례 바닥에 가라앉았다. 레이코는 그런 식으로 죽어가는 모습을 즐겼던 것이다.

"또 한 마리, 죽었네…."

혼자 중얼거리며 잔인한 미소와 함께 마치 죽음에 홀린 것처럼 빠져들었다. 하지만 일 년쯤 지나자 그 놀이에도 싫증이 났는지 벌써 이 년째 수조는 물도 없이 텅 빈 채 자리만 차지하고 있었다. 아마 여행 떠나기 전에 또 변덕이 도져 한 마리를 사 온 모양이었다. 수조에 코를 대봤지만 아까부터 엉겨드는 이상한 냄새는 죽은 물고기 때문도 아닌 것 같았다.

맨션에 오는 길에 내리기 시작한 비가 드디어 본격적으로 쏟아졌다. 흰색 커튼 너머로 창밖이 어두워지는 게 눈에 들어왔다. 빗소리는 안 들리지만 벌써 저녁 어스름이 휑한 거실에 고여 있었다. 벽 쪽의 스테인드글라스 전등은 불이 켜진 채였다. 레이코가 전등도 안 끄고 외출하는 일은 드물지도 않지만, 보름 가까이 그 채색된 불빛이 아무도 없는 거실의 어둠 속에 떠 있었을 것을 생각하니 어쩐지 으스스했다.

사사하라가 내 손으로 죽이겠다고 부르짖으며 음울한 얼굴로 소파에 앉아 있던 모습이 눈에 선했다. 대체 둘이 만나서 무슨 얘기를 나눴을까. 레이코가 그토록 험하게 대꾸했던 걸 생각하면 관계가 회복되기는 어려웠을 터였다. 둘이서 과연 대화가 잘 풀렸을까. 혹시…?

나중에 생각해보니 그 물음표가 유일한 예감이었다.

테이블 옆에 떨어진 담요를 집어 들고 미치코는 침실로 다가갔다. 문 바로 앞에 유리잔이 깨진 채 산산이 흩어졌고 카펫은 얼룩져 있었다. 그 의사가 이번에도 술잔을 내던졌는가. 그런 생각을 하며 문을 열었다. 그와 동시에 이상한 냄새가 이번에는 분명하게 콧속을 쿡 쑤시듯이 덮쳐들었다. 미치코는 저도 모르게 담요로 얼굴 아랫부분을 가렸다. 냄새를 막으려고 했는지, 순간적으로 치민 구토를 막으려고 했는지는 알 수 없다.

담요 너머로 침대를 가로지르듯이 반듯하게 누워 있는 사람의 몸이 보였다. 처음에는 다른 여자인 줄 알았다. 베갯머리의 스탠드는 불이 꺼졌고 창문에 두툼한 커튼이 드리워져 문밖에서 흘러든 거실의 연한 불빛은 침대에 쓰러진 여자의 얼굴까지는 비춰내지 못했다. 단지 파란색과 흰색의 줄무늬 스웨터와 무릎 밑 길이의 회색 스커트만 보였다. 미치코는 그런 스웨터를 본 기억이 없었다. 스커트 자락이 말려 올라갔고 침대 밑으로 축 늘어진 다리가 실패한 조각처럼 추하게 뒤틀려 있었다. 점토색의 그 다리를 보고 죽었다는 것을 알았다.

문 옆의 스위치를 켰다. 처음에는 스탠드용 스위치를 눌렀는데 전구가 떨어졌는지 불이 켜지지 않았다. 두 번째 스위치를 누르자 천장 조명이 켜지면서 침실은 단번에 환해졌다.

미치코는 천천히 침대로 다가갔다.

부채처럼 펼쳐진 머리카락 속에 얼굴이 있었다. 그래도 아직 다른 여자인 듯한 느낌이 들었다. 어지간히 고통으로 몸부림쳤는지 그건 얼굴이 아니라 부품이 망가진 기계 같았다. 열린 입은 깊은 어둠을 삼켰다. 죽은 뒤 상당한 시간이 흐른 모양이었다. 몇 날 몇 밤의 어둠이 그 입으로 흘러들어 몸속을 온통 암흑으로 칠해버렸을까. 입 주위에는 토사물이 곰팡이처럼 들러붙어 있었다.

몇 분이나 그곳에 서 있었을까. 이윽고 미치코는 자신의 입가에 미소가 번지는 것을 깨달았다.

"아줌마, 그러고도 가사도우미라고 할 수 있어요?"

삼 년 전, 이 여자가 처음 욕을 퍼부었을 때부터 언젠가는 이런 날이 올 줄 알았다는 느낌이 들었다. 이런 날이 오기를 오래 오래 기다려온 것 같기도 했다. 삼 년 동안 이날을 위해 열세 살이나 어린 여자가 퍼붓는 온갖 굴욕을 견뎌왔는지도 모른다.

내 손으로 죽이겠다는 그 의사의 말을 들었을 때, 미치코는 저도 모르게 정말 그렇게 해주기를 빌었다. 그때도 하마터면 미소를 지을 뻔했다. 레이코에게서 고액의 월급을 받는 한, 그런 일이라도 벌어지지 않고서야 자신이 먼저 관계를 끊기는 너무도 어려웠기 때문이다. 7일 저녁에는 레이코의 눈이 무서워 지그시 억눌렀던 미소가 지금 내 얼굴에 번지고 있다….

비명이 들렸다.

사체의 입에서 튀어나온 비명인 줄 알고 소스라치게 놀랐지만 이내 자신이 내지른 소리라는 것을 알았다.

비명과 함께 어떻게 침실을 뛰쳐나와 거실 전화의 다이얼을 돌렸는지 한참 나중까지도 미치코는 생각나지 않았다.

한 시간 뒤, 미치코는 1층 관리실에서 형사 두 명을 마주하고 자신이 기억하는 모든 것을 낱낱이 진술했다. 이미 죽은 사람이니 앞으로 단돈 1엔도 나올 리 없다. 이제 더 이상 감추고 말고 할 것도 없었다. 미치코가 말하지 않은 것은 사체를 발견했을 때 자신이 미소를 지었다는 것뿐이었다.

7일 저녁에 중년 의사가 찾아와 '내 손으로 죽일 거야!'라고 소리쳤다고 말했을 때, 그리고 사건 현장에 남겨진 담배꽁초는 아마 그 의사가 피웠을 거라고 말했을 때, 내내 무표정하던 형사의 눈이 작은 빛을 내뿜었다.

3장

警察

경찰

밤이 깊어갈수록 경찰서 창문을 때리는 빗소리가 점점 더 거칠어졌다. 맨션에 드나들던 가사도우미에 의해 사체가 발견된 뒤로 벌써 여덟 시간이 지났다.

형사과장 아사이가 이제 겨우 밥다운 밥을 먹은 참에 두 명의 형사가 돌아왔다. 코트와 바짓가랑이가 빗물에 젖어 있었다. 나이가 더 많은 오니시 형사가 둔중한 동작으로 의자에 앉더니 마스크를 벗고 컹컹 기침하면서 고개를 홰홰 저었다. 사사하라 노부오의 이혼한 전처와 아이가 사는 요코하마에 가봤지만 아무 수확도 없었다, 라는 신호였다. 한 시간 전에 이미 요코하마 역에서 전화 보고는 받았다. 지난 7월에 정식으로 이혼한 뒤로 한 번도 만난 적이 없고 아무 연락도 없었다고 한다. 그 두 달 전인 5월, 사사하라와 미오리 레이코의 약혼이 전격 발표되기 직전부터 이미 아내 야스코는 아이를 데리고 친정으로 간 모양이었다.

"여간 쌀쌀한 게 아니더라고요. 그이가 죽었겠죠, 라고 퉁명스럽게 쏘아붙이던데요."

오니시는 그렇게 말하고 다시 컹컹 기침을 했다.

사체 발견 현장에서 채취한 수많은 지문과 스기나미 구 다카이도에 소재한 사사하라의 자택에서 찾은 그의 지문이 일치한다는 게 밝혀졌다. 그 단계에서 이번 일은 살인 사건으로 확정되었다. 당연히 주요 용의자로 사사하라 노부오의 이름이 올랐다. 사건 현장에 남겨진 지문 중에서 특히 침실 문 앞의 깨진 유리잔 조각과 붉은 약봉지에 찍혀 있던 게 가장 유력한 증거였다. 피해자의 사인으로 밝혀진 청산화합물이 약봉지에 극소량 남아 있었고 유리잔 파편이며 카펫 얼룩에서도 발견되었다.

그 밖에도 담배꽁초의 타액으로 알아낸 혈액형이 사사하라와 일치하는 AB형이었다. 담배는 외제 골루아즈였는데 사사하라가 평소에 즐겨 피우던 것이었다. 거기에 가사도우미 미치코의 증언도 있었다. 또한 사사하라의 자택 현관 앞에 쌓인 신문을 보니 일주일째 집을 비운 모양이었다. 그 정도면 용의자로 지목하기에 충분한 증거였다.

이제 곧 나올 부검 결과를 확인하지 않고서는 자세한 시각까지는 알 수 없지만, 아사이는 사건 발생 시각을 12일부터 14일 사이의 밤 시간으로 추정했다. 현재까지의 탐문 수사에 의하면 미오리 레이코의 생전 모습을 마지막으로 목격한 사람은 맨션 관리인이었다. 12일 오후 1시쯤에 선글라스를 쓴 레이코가 쇼핑을 하고 왔는지 종이봉투를 안고 공동현관으로 들어왔다. 인사도 없이 경비실 앞을 지나쳐 엘리베이터를 탔다고 했다. 늦어도 14일 밤 이전이라고 판단한 것은 그다음 날 아침에 레이코가 파리로 떠날 예정이었기 때문이다. 캐리어에서 항공권도 발견되었다. 밤이라는 건 사건 현장의 거실 조명이 계속 켜져 있었기 때문이다. 침실 침대 옆 스탠드도 스위치가 켜져 있었다. 즉, 사건 발생 이후에 전구가 끊긴 것으로 보였다.

사사하라는 11월 초 병원에 한 달간 휴가를 신청했다. 7일 저녁에는 레이코의 맨션에 찾아와 "내 손으로 죽일 거야!"라고 소리쳤고, 이어서 걸려온 전화에서는 파리로 떠나기 전에 꼭 한 번 만나자는 전언을 남겼다. 게다가 닷새 뒤인 12일 오후에는 병원에 나타나 한 시간쯤 머물렀다. 휴가를 신청했으면서 왜 출근했는지, 동료들이 의아하게 생각했다. 그때 독약을 챙겨간 것이라고 보면 얘기가 맞아떨어진다.

사사하라가 주요 용의자라는 것은 아직 정식으로 발표하지 않았지만 아마 언론에서도 이미 짐작하고 있을 터였다. 패션 모델에도 인기 스타에도 별 관심이 없는 아사이는 미오리 레이코라면 이따금 눈에 들어온 사진이나 영상으로 겨우 얼굴이나 아는 정도였지만, 사사하라와의 약혼과 파혼은 연예계의 초대형 스캔들이었다.

레이코가 살해되었다는 소식에 기자들은 인터뷰를 따려고 가장 먼저 사사하라의 자택으로 달려갔고 그 참에 경찰이 그 집을 수색한 것도, 그가 벌써 며칠째 자취를 감춘 것도 알았을 것이다.

"오니시, 어떻게 생각해? 역시 사사하라는 도주한 건가?"

"예에, 그렇다고 봐야겠지요."

평소처럼 느릿느릿한 말투로 오니시가 대답했을 때, 전화벨이 울렸다. 아사이는 둘을 위해 남겨둔 도시락을 건네준 뒤에 수화기를 들었다. 미오리 레이코가 살던 맨션의 이웃 주민들을 상대로 탐문에 나선 형사에게서 온 것이었다. 12일부터 14일까지, 밤 시간에 그 집에 드나든 인물을 목격한 사람이 있는지 알아봤지만 아직 별다른 수확은 없다는 얘기였다.

수화기 너머로 덜덜 떠는 소리가 들렸다. 추운 날씨에 더이상 탐문을 계속해봤자 별 볼 일 없다. 인제 그만 귀가하라고 지시했다. 미오리 레이코가 살던 602호실은 복도 끝이고 바로 옆에 비상계단이 있다. 유명 모델이라더니 역시 스캔들이 두려웠던 모양이다. 지금까지 그곳에 드나든 자들은 대부분 공동현관이 아니라 비상계단 쪽을 이용했다고 한다. 그 계단은 대낮에도 인적이 드문 숲을 마주하고 있다.

수화기를 내려놓자 도시락을 먹던 형사가 문득 젓가락을 멈추고 말했다. 오카베 게이조라는 스물여덟 살의 젊은 형사다.

"자살로 볼 수는 없을까요?"

"왜 그런 생각을 했어?"

"자살이 아니라고 판단한 것은 첫째로 파리에 갈 예정, 절대 자살할 사람은 아니라는 가사도우미의 증언, 그리고 약봉지에 미오리 레이코의 지문이 없었던 점 때문이잖습니까."

"그렇지. 게다가 청산가리 약봉지에 사사하라의 지문도 있었어. 그거면 충분하잖아?"

"네⋯."

아직도 뭔가 석연치 않은 듯 오카베가 말끝을 흐렸다. 그러자 옆에서 오니시가 물었다.

"12일에 사사하라가 병원 약품실에 들어간 것을 목격한 자는 없었습니까?"

"아, 그거? 사사하라가 그날 2시쯤 병원에 다녀갔어. 근데 그 시간에 근무했던 약품실 담당 약사가 오늘 휴가라서 만나지를 못한 모양이야. 급히 소재를 알아보라고 병원 측에 얘기는 했다는데⋯. 청산가리의 반출을 목격한 자가 나타난다면 사사하라를 즉시 체포해야지."

그렇게 말했을 때 다시 전화벨이 울렸다.

부검실에 나간 형사에게서 온 것이었다. 사망 추정일은 11월 14일로 나왔으나 그 전후 2일 정도의 오차는 불가피하다는 얘기였다. 역시 12일 밤부터 14일 밤으로 보는 게 타당할 것이다. 나아가 세세한 부검 결과를 설명해준 끝에 "그런데 말입니다"라고 의미심장하게 한 박자 뜸을 들이더니 전혀 다른 얘기를 꺼냈다.

이윽고 아사이는 미간을 찌푸리며 수화기를 내려놓았다. 오니시와 오카베에게 마지막에 들은 얘기부터 전했다.

"피해자 미오리 레이코의 얼굴에 성형수술 흔적이 있다는 거야. 게다가 얼굴 각 부위를 아주 정교하게 수술했대."

"성형수술이라고요?"

오카베가 깜짝 놀란 듯 목소리를 높였다. 그는 키도 훤칠하고 얼굴도 멀끔한데 목소리가 생김새와는 영 어울리지 않았다. 몹시 컬컬한 목소리와 얼굴이 어떻게 어울리지 않는지 정확히 설명하기는 어렵지만, 오카베가 그렇게 큰 소리를 낼 때마다 서툰 성우의 대사를 듣는 것 같은 불편한 느낌이 들었다.

"진짜 실력 있는 명의가 수술해준 모양이네요. 다른 스캔들은 많았어도 성형 얘기는 나온 적이 없거든요. 차가운 인상이지만 성형 특유의 인공적인 느낌이 전혀 없었어요. 와아, 그렇구나, 모든 남자의 가슴을 설레게 했던 그 얼굴이 성형이었다니."

오카베가 한숨을 내쉬며 말했다.

용의자

容疑者

4장

노크 소리가 들렸다. 침대에서 일어나 나이트 테이블의 시계를 보니 11시 20분이었다.

"한 시간 뒤에 이 호텔 823호실로 와주게."

아까 전화로 말했던 그 시각이다. 하마노는 항상 시간에 정확했다. 시간뿐만이 아니다. 그가 병원에서 처음으로 인간적인 신뢰감을 느낀 후배였다. 칠 년 전에 내과 부장으로 승진했을 때, 갑작스레 다들 굽실거렸지만 하마노 혼자만은 태도에 변함이 없었다. 그런 점도 마음에 들었다.

문의 외시경에 눈을 대고 확인한 뒤에 천천히 잠금을 풀었다. 말없이 고개 숙여 인사하는 하마노를 안으로 들이고 문을 단단히 걸어 잠갔다. 좁은 싱글룸이다. 하마노는 의자에 앉히고 그는 침대 끝에 자리를 잡았다.

"설마 형사가 미행하지는 않았겠지?"

"괜찮습니다. 경찰에서는 아직 제가 선생님께 신세 진 사이라는 건 알지 못해요. 4시쯤에 병원으로 형사 두 명이 찾아왔는데 저한테는 어떤 질문도 없었습니다. 그리고 아까 전화로 말씀하신 대로 프런트를 통하지 않고 옆의 출입구로 들어와서 엘리베이터를 탔어요."

벌써 일주일째 호텔 방에 틀어박혀 있느라 초췌해진 그의 얼굴을 하마노는 안경 너머에서 믿을 수 없다는 눈빛으로 잠시 멍하니 쳐다보았다. 하지만 곧바로 그 시선을 돌리며 분명한 목소리로 물었다.

"정말로 선생님이 죽였습니까?"

하마노의 눈을 응시하는데 왜 자신이 열 살 연하의 이 의사를 신뢰하고 아껴왔는지 비로소 알 것 같았다. 나를 닮은 것이다. 나와 똑같은 눈빛이다. 세상을 너무 고지식하게 바라보는 눈빛.

그는 고개를 가로저었다.

"아니, 나는 죽이지 않았어."

"하지만…."

"그날 밤에 내가 레이코의 집에 갔던 것은 사실이야. 12일 오후에 병원에 잠깐 들렀었지? 그때 슬쩍 집어온 독약을 들고…. 레이코가 문도 열어주지 않을까 봐 걱정했는데 뭔가 좋은 일이라도 있었는지 순순히 안에 들여줬어. 빈틈을 노려 술잔에 그 독약을 타려고 했어. 하지만 약봉지를 뜯으려는 순간에 레이코에게 들켜버렸어. 그게 뭐냐고 캐묻는 바람에 결국 청산가리라고 실토할 수밖에 없었어. 그다음에는 오로지 자기를 죽이려고 했느냐는 비난만 듣다가 아무 변명도 못 하고 그 집에서 쫓겨났어. 그날 밤에 내가 그 집에서 한 일은 그게 전부야."

"그러니까 죽이려고는 하셨다는…."

하마노의 말을 그는 고개를 저어 가로막았다.

"죽이고 싶은 마음이 없었던 건 아니지. 하지만 나 같은 사람은 절대 실행에 옮기지 못해. 실은 그날 밤에 레이코의 눈앞에서 죽어버리자는 어리석은 생각을 품고 찾아간 거였어. 독약을 내 술잔에 타려고 했던 거야."

"그럼 자살하실 생각으로?"

놀랐는지 저절로 목소리가 높아진 하마노에게 그는 검지를 입에 대며 조용히 하라고 지시했다. 호텔은 벽이 얇아서 실제로 옆방에서 희미하게 음악 소리가 들려왔다. 목소리를 낮춰 다시 한번 똑같은 질문을 하는 하마노에게 그는 고개를 끄덕였다.

"지금 생각해보면 참으로 어처구니가 없네. 그런데 10월쯤부터 내가 신경증이 심해졌어. 자네는 내 말을 믿지?"

지그시 그의 눈을 마주 보던 하마노는 거기서 자신의 상사라기보다 쥐덫에 걸린 가엾은 중년 남자를 봤던 것이리라. 그에게서 눈을 떼지 않고 천천히 고개를 끄덕였다.

"그러시다면 그런 얘기를 경찰에 가서….."

"그건 안 돼. 아무래도 실제로 레이코를 죽인 자가 쳐놓은 함정에 빠진 것 같아. 아니, 내 얘기를 들어봐. 그날 밤에 내가 약봉지를 테이블에 남겨둔 채 그 집을 뛰쳐나왔고, 그 뒤에 거의 나와 교대하듯이 레이코를 찾아간 자가 있었어. 레이코도 이제 곧 손님이 올 거라고 말했었고. 내가 그 집을 나온 지 삼십 분쯤 지나서 사과 전화를 했는데 아무래도 누군가 옆에 있는 눈치였어. 아마 레이코는 방금 자신이 살해될 뻔했다는 얘기를 자랑이라도 하듯이 그자에게 떠들어댔겠지. 참으로 무서운 여자야. 내가 감쪽같이 속아 넘어갔지. 레이코라면 우스갯소리처럼 내게 살해될 뻔했다는 얘기를 떠벌렸을 거야, 청산가리 봉지를 일부러 내보이면서. 그리고 그 얘기를 들은 사람이 전부터 레이코가 죽기를 원했던 자라면 얘기가 어떻게 되겠나. 절호의 기회라고 생각하고 독약을 써먹으려고 하지 않았겠어?"

"그러니까 그자가 레이코 씨를 죽이고 선생님에게 누명을 씌웠다는 말씀이에요?"

그는 크게 고개를 끄덕였다.

"그자가 누군지, 선생님은 아세요?"

하마노는 진지한 눈빛으로 한 마디 한 마디를 천천히 끊어 가며 물었다.

"아니, 남자인지 여자인지도 알지 못해. 다만 짐작하는 건 있어."

그렇게 말하고 그는 메모지 한 장을 꺼내 하마노에게 내밀었다. 호텔 이름이 인쇄된 메모지에 여섯 명의 이름이 적혀 있었다.

"약혼한 무렵에 레이코가 나한테 얘기해준 적이 있어. 자신을 죽이고 싶어할 만큼 미워하는 자가 일곱 명이라고. 한 명 한 명 이름을 들면서. 이유까지는 말해주지 않았지만, 정확히 그렇게 얘기했어. 사진작가, 여성 디자이너, 신인 남성 디자이너, 광고 모델을 했던 회사의 젊은 사장, 동료 패션모델, 그리고 레이코의 음반을 제작해준 여성 디렉터…. 나야 거의 들어본 적도 없는 이름이었지만, 레이코를 사귀면서 차츰 누군지 알게 됐어. 틀림없이 여기 적힌 이 이름들을 말했어. 자네도 알 만한 사람이 있지?"

하마노는 편지지에서 눈을 떼지 못한 채 고개를 끄덕였다.

"레이코가 그 얘기를 할 때, 나는 농담인 줄 알고 별로 중요하게 생각하지 않았어. 빙글빙글 웃으면서 한 얘기고, 나로서는 그녀를 죽이고 싶을 만큼 미워하는 사람이 있다는 게 믿어지지 않았으니까. 하지만 내가 끔찍한 배신을 당하고 보니 비로소 알겠더군. 올여름에 나는 내 경험을 통해 그 여자를 죽이고 싶어할 사람이 분명히 있다는 것을 깨달았어. 여기 적혀 있는 자들은 아마 나보다 더 끔찍한 짓을 당했고 그래서 실제로 죽이고 싶을 만큼 증오했겠지. 범인은 틀림없이 이 중에 있어."

편지지를 들여다보던 하마노가 고개를 들고 의아한 표정을 지었다.

"방금 일곱 명이라고 하셨지요? 여기에는 여섯 명만 적혀 있는데요."

그는 하마노에게서 다시 메모지를 받아들고 창가의 작은 테이블에서 볼펜을 가져와 여섯 명의 이름 밑에 물음표 하나를 써넣었다.

"그 얘기를 할 때 레이코가 손가락을 꼽아가며 한 명 한 명 이름을 알려줬어. 그런데 일곱 번째로 약지였나, 실은 한 명 더 있는데 그 사람 이름은 지금은 말해줄 수 없다면서 손가락을 입에 댔어. 남자 같긴 한데 나는 누군지 짐작도 못 하겠어. 내가 아는 건 이 여섯 명뿐이야."

"이 얘기를 경찰에 해보시는 건 어떻겠습니까."

"바로 그것 때문이야, 오늘 자네를 부른 것은."

그는 자리에서 일어나 창가로 다가갔다. 너무나 길었던 하루도 이제 끝나려 하고 있었다. 비는 밤을 깎아내며 쏟아졌다. 저 아래쪽에서 자동차 라이트가 흐느적거리고 있었다.

"경찰이 나를 체포하는 건 이제 시간문제야. 아까 텔레비전 뉴스에 아직 내 이름은 없었지만, 내일이면 신문에도 텔레비전에도 얼굴과 이름이 나오겠지. 호텔 직원 몇 명이 이미 내 얼굴을 알고 있어. 즉시 경찰에 신고할 거야. 벌써 엿새째인지 이레째인지, 아무튼 병원에 휴가를 낸 뒤부터 날짜 감각이 이상해져서 정확히 기억도 안 나지만, 다카이도 집에 틀어박혀 있다가는 미쳐버릴 것 같아서 호텔로 옮겨왔어. 호텔에서도 역시 마찬가지였지만…. 경찰은 내가 도주했다고 생각할 거야. 물론 체포된다면 방금 자네에게 했던 얘기를 형사에게 모두 털어놓아야지. 하지만 믿어줄 리가 없어. 형사는 내 성품까지는 알지 못하잖아. 아니, 형사뿐만이 아니지. 병원 직원들도, 헤어진 아내와 아이들도 믿어주지 않을 거야. 내 말을 믿어줄 사람은 내 성품을 잘 아는 자네뿐이야…. 거기 적힌 이름들을 경찰에 말해봤자 도움이 안 될 게 뻔해. 나 이외에 레이코에게 살의를 품은 사람이 있었다고 해도 사건 현장의 증거는 하나같이 나를 가리키고 있잖아. 그 여섯 명에 대해서는 아마 수사도 안 할 거야. 가능하면 내가 직접 진범을 찾아내는 게 가장 좋을 텐데 이미 내게 허락된 시간은 그리 많지 않아."

"혹시 그 역할을 저한테 맡기시겠다는…."

그는 몸을 돌려 성실한 눈빛으로 자신을 바라보는 젊은이에게 말없이 고개를 끄덕였다.

"하지만 제가 어떻게…. 이름쯤은 들어봤지만 저는 이 여섯 명과는 일면식도 없어요."

"먼저 이 일을 맡아줄지 말지, 그것부터 대답해주겠나?"

그의 말에 하마노는 잠시 테이블 위의 재떨이에 쌓인 꽁초를 바라보며 고심하는 기색을 보였다. 이윽고 안경을 쓱 올리면서 고개를 들었다. 시선이 안경 렌즈를 뚫고 나올 만큼 날카로웠다.

"알겠습니다. 방법만 있다면 뭐든 해봐야지요."

하마노의 확실한 대답에 그는 감사를 표하듯이 꾸벅 머리를 숙였다.

"방법이라기보다 도박이라는 게 맞겠지. 하지만 이렇게 된 이상, 도박이라도 해보는 수밖에 없어."

그는 다시 침대 끝에 앉아 메모지에 적힌 이름들을 손으로 짚어가며 말했다.

"우선 한 명 한 명에게 전화를 걸어 반응을 살펴보자. 내가 그날 밤 우연히 레이코의 맨션 뒤쪽에 있었는데, 당신이 안색이 확 변한 채 6층에서 비상계단을 뛰어 내려와 도망치는 것을 목격했다, 그렇게 얘기하면…."

"말하자면 포커의 블러핑 같은 거네요."

"맞아. 일곱 번째의 남자는 포기하더라도 혹시 여섯 명 중에 정말로 범인이 있다면 틀림없이 뭔가 반응을 보일 거야. 반드시 걸려든다고 장담은 못 해도 만일 제대로 걸릴 경우에는…."

그는 누구든 특이한 반응을 보일 경우에 어떻게 대처해야 하는지, 자세히 설명해주었다. 한 마디도 놓치지 않으려는 듯 진지하게 귀를 기울이던 하마노는 얘기가 끝나자 확인을 위해 자신의 입으로 다시 한번 계획을 복창했다.

"그리고 그 단계까지 갔을 때 경찰에 신고하라는 말씀이시군요."

하마노가 마지막 말을 했을 때, 마침 베갯머리 시계의 초침이 자정을 가리켰다.

"어쨌든 현재로서는 이것 말고는 다른 방법이 없어. 어때, 자네가 맡아줄 거지?"

"알겠습니다. 잘 될지 어떨지는 모르지만 어떻든 할 수 있는 데까지 해보겠습니다."

그렇게 대답하는 하마노를 지켜보다가 그는 가방에서 50만 엔을 꺼내 내밀었다.

"아뇨, 보수는 필요 없…."

"그게 아니라 실제로 비용이 들 거야. 그러기 위한 돈이야."

하마노는 잠시 말이 없었지만 이윽고 돈을 받아 레인코트 안주머니에 넣었다. 그게 그의 대답이었다.

"나는 내일이라도 체포될 것 같아. 여기서 길게 버텨봤자 모레까지야."

"어딘가 사람들 눈에 띄지 않는 데로 옮기시는 게 좋지 않을까요?"

"그래서는 경찰에 진짜로 도주했다는 인상을 심어주게 돼. 오히려 궁지에 몰릴 뿐이지. 나는 여기서 기다릴 생각이야. 그러는 게 좋아. 명심해, 언제가 됐든 내가 체포되면 그다음 날부터라도 계획을 실행에 옮겨줘. 아마 자네한테 피해가 가는 일은 없을 거야. 혹시 여섯 명 중 누군가가 자네 전화를 악의적인 장난 전화라고 경찰에 신고하더라도 자네 목소리는 평범한 편이니까 걱정할 거 없어. 다만 한 가지, 꼭 말해둘 게 있어. 만일 누군가 걸려든다면 그 누군가는 이미 레이코를 죽인 경험이 있는 살인자야. 자네 목숨까지도 노릴 수 있어. 그자와 불가피하게 접촉해야 할 때는 특히 조심해야 돼."

그 말에도 하마노가 고개를 끄덕였기 때문에 그는 긴 숨을 내쉬었다. 한 달 동안에 처음으로 안도 비슷한 감정을 느꼈다. 특히 저녁 뉴스를 통해 레이코의 사체가 발견된 것을 알았을 때부터 몸속 깊은 곳에서 일렁이던 것이 하마노의 대답을 얻어내면서 급속히 잠잠해져 갔다. 역시 내가 생각했던 그대로의 인물이다….

어쨌든 주위에 있는 자들 중에서 하마노는 내 말을 믿어주는 유일한 사람인 것이다.

일 분 뒤, 자리에서 일어나는 하마노에게 그는 미소를 지으며 인사를 건넸다.

"전부터 자네에게 한 가지 충고하고 싶은 게 있었어. 자네는 나를 닮아 지나칠 만큼 성실하지. 행여나 나처럼 못된 여자에게 너무 진지하게 빠져들어 실수하지 않도록 조심해."

농담이라고 생각했는지 하마노 쪽에서도 미소를 건넸다.

"어쩌면 범인이 사소한 실수를 저질러서 경찰에서는 나보다 그쪽에 의심의 눈초리를 보낼 수도 있겠지? 이 모든 게 나만의 지나친 걱정인지도 모르겠다."

"그렇다면 다행입니다만…."

복도로 나선 하마노에게 그는 마지막으로 한 마디를 건넸다.

"프런트에 얼굴 들키지 않게 조심해."

두 사람은 문이 닫히기 직전에 공범처럼 말없이 눈빛으로만 인사를 주고받았다.

찰칵 문이 잠기고 다시 혼자가 된 방 안에서 그는 소리 내어 중얼거려보았다.

"그래, 이건 도박이야."

그렇다, 큰 도박이다. 하지만 지금은 이 도박에 운명을 맡길 수밖에 없다….

경찰이 다른 사람을 의심하는지도 모른다고 하마노에게 말했지만, 자신은 전혀 그렇게 예상하지 않았다. 적어도 현재까지는 용의자를 그 한 사람으로 좁혔을 것이다. 반드시 체포된다는 건 이제 거의 신념 같은 것이었다.

그리고 다음 날 정오 뉴스에 그의 얼굴이 거의 확정적인 범인으로서 화면에 나왔다. 한 시간 뒤, 문을 두드리는 소리가 울렸다. 텔레비전 뉴스에서는 아나운서가 딱딱한 목소리로 결정타는 병원 약사의 증언이라고 전하고 있었다. 약사는 그가 12일에 병원에 왔을 때 약품실 보관창고에서 약병의 내용물을 호주머니에서 꺼낸 붉은 종이에 넣는 것을 목격했다고 말했다. 야마네 하루코 약사가 틀림없었다. 그녀는 그가 특수 약품 보관고의 열쇠를 잠깐 달라고 말했을 때부터 수상쩍어했다. 문틈으로 누군가의 시선이 느껴지더니 역시 의심 많은 작은 눈으로 엿보고 있었던 모양이다.

노크 소리가 끊기고 열쇠를 꽂는 기척이 들렸다. 그는 침대에 앉은 채 가만히 기다렸다. 형사들이 들어와 체포 영장을 내밀고 수갑을 채웠을 때도 전혀 저항하지 않았다. 지칠 대로 지쳐 아무 생각도 나지 않았다. 그는 실제로 자신이 도주 중인 범인인 것처럼 느껴졌다. 수갑이 채워진 손으로 흐트러진 머리칼을 쓸어 올리고 수염이 덥수룩한 뺨을 비볐다.

비는 오전 중에 걷혔다. 경찰차 뒷좌석에 앉은 그의 수갑에도 빛이 비쳤다. 약간 얼어붙은 아름다운 겨울 빛이었다. 그는 자신을 끼고 양쪽에 앉은 두 형사 중 누구에게랄 것도 없이 물었다.

상의 안주머니에 골루아즈 마지막 한 개비가 남았는데 그걸 피워도 괜찮겠습니까….

警察

경찰

5장

아사이뿐만 아니라 다른 형사들도 사사하라 노부오가 범인이라고 확신했다. 단 한 사람, 전날 밤에 "자살로 볼 수는 없을까요?"라고 이의를 제기했던 젊은 형사 오카베만 여전히 다른 가능성을 고민하는 눈치였다. 하지만 선배 형사들의 의견을 거스를 수 없었는지, 아니면 그리 확실한 근거가 있는 것은 아니었는지 적극적으로 자기 의견을 주장하지 않았다.

사사하라는 취조실에서 계속 묵비하고 있었다. 식사를 권해도 고개를 저으며 지금은 그냥 자고 싶다고 대답할 뿐이었다. 실제로 벌써 며칠째 잠을 제대로 못 잤는지 충혈된 눈 주위가 부석부석했다. 아사이에게는 그런 눈도 살인을 범한 한 가지 증거로 보였다. 자신을 배신한 여자를 살해한 뒤, 양심의 가책과 경찰이 언제 체포하러 올지 모른다는 불안감에 지난 며칠 동안 밤의 어둠이 몹시 두려웠을 것이다. 사사하라는 호텔 숙박부에 가명을 써넣었다. 특징이 거의 없는 흔한 생김새라서 직원 몇몇이 '거동이 수상한 사람'으로 그를 용케 기억해주지 않았더라면 체포는 한참 더 늦어졌을 것이다. 하지만 사체 발견과 동시에 경찰이 움직일 거라고 예상하고 일찌감치 숨어든 호텔에서도 제대로 잠들지 못했던 모양이다. 딸 같은 나이의 젊은 여자에게 빠져들었다가 배신을 당하고, 원한을 푸는 것과 맞바꿔 모든 것을 잃고 만 중년 의사에게 아사이는 동년배 남자로서 약간의 동정심을 느끼지 않을 수 없었다.

하지만 아무리 딱해도 경찰로서는 한시바삐 범인의 자백을 받아내야 한다. 위협도 해보고 어르고 달래도 봤지만 아무 효과가 없었다. 사사하라는 팔짱을 낀 채 마치 사형 집행을 기다리는 죄수처럼 체념이라기보다 달관에 이른 듯한 무표정의 얼굴로 지그시 앉아 있었다.

입을 연 것은 단 한 번, 담배를 권했을 때였다. 골루아즈 외에는 피우지 않는다고 하길래 왜 꼭 그 담배냐고 이유를 물어보았다. 자신은 오로지 의사라는 성직聖職에 성실히 임하는 것만이 인생의 전부여서 아내와 자녀는 물론이고 주위의 다른 사람들도 평범하고 따분한 사람으로 여겼다, 스스로도 그걸 잘 알고 있었기 때문에 인생에 뭔가 특별하고 소소한 장식 같은 게 필요했다, 골루아즈 담뱃갑의 그림이며 다른 담배에는 없는 강한 향기가 그 장식이다, 라고 대답했다. 그리고 모두가 그 담배는 나한테 어울리지 않는다고 했지만 레이코만은 잘 어울린다고 말해주었다. 레이코를 사랑한 건 어쩌면 그것 때문인지도 모른다, 라고 덧붙였다. 하지만 말을 한 것은 그때뿐이었다. 그런 레이코를 왜 죽였느냐고 질문을 던지자 사사하라의 입은 굳게 닫혀버렸다.

결국 사사하라에게서 사건에 관한 진술은 한 마디도 듣지 못한 채 12월 2일 저녁을 맞이했다. 체포한 지 만 하루 하고도 세 시간이 지났다.

그러는 동안에도 형사 여러 명이 사사하라의 범행을 뒷받침할 만한 증거를 찾아 도쿄 전역을 뛰어다녔다. 하지만 수확이라고 할 만한 것은 나오지 않았다. 다만 병원에 탐문을 나갔던 형사에게서 한 가지 묘한 보고가 들어왔다.

"사사하라 밑에서 일하던 하마노 야스히코라는 젊은 의사가 선생님은 절대로 살인을 저지를 분이 아니라고 강력히 주장하더라고요."

하지만 35세의 그 내과 의사가 평소부터 사사하라의 신임을 받았다는 말을 듣고 아사이는 그런 주장은 무시하고 넘어가기로 했다.

아사이는 우선 범행 날짜와 시각만이라도 특정하고 싶었다. 마침내 그날 저녁에야 사사하라가 그 질문에 대답 비슷한 것을 내놓았다.

"14일 밤에… 레이코의 집에 가기는 갔습니다."

하지만 그 집에 갔다는 것을 인정했을 뿐, 살해 사실에 대해서는 어떤 말도 하지 않았다. 그뿐만 아니라 어쩌면 13일 밤이었는지도 모른다, 11월 초부터 병원에 휴가를 신청했기 때문에 날짜 감각이 없어졌다, 라는 식의 애매한 얘기였다.

"병원에 갔던 게 12일이었던 건 기억합니다. 왜냐면 하마노 의사가 위로해주듯이 오늘이 선생님 생신이네요, 라고 말했으니까요. 하지만 그다음 날에 레이코의 집에 갔는지 아니면 그다음 다음 날이었는지, 이상하게 기억이 흐릿해요. 그때 레이코가 파리에 간다는 얘기를 한 것 같은데 그게 내일이라고 했는지 모레라고 했는지도 가물가물합니다."

그런 식이었다. 찾아간 시각을 물었을 때는 아예 경찰을 얕본다고 생각할 수밖에 없는 대답을 했다.

"정확히는 기억나지 않아요. 분명한 것은 밤이라는 것뿐입니다. 어스름한 저녁때였던 것 같기도 하고, 자정이 넘은 한밤중이었던 것 같기도 하고."

그러고는 그뿐, 다시 입을 딱 다물어버렸다. 유치장에서도 잠을 못 잤는지 사사하라의 눈은 전날보다 더 벌게져서 탁한 피

색깔을 띠었다.

아사이는 결국 포기하고 취조실을 나왔다. 그리고 오 분 뒤, 4시 23분에 전화벨이 울렸다.

세이조 경찰서의 아사이와 같은 직급의 형사과장이었다. 여러 번 얼굴을 마주한 사이였지만 아사이의 인사를 가로막듯이 다급하게 본론을 꺼냈다.

"삼십 분 전에 월드섬유회사의 젊은 사장이 세이조 자택에서 엽총으로 자살을 했어. 사와모리 에이지로라는 사업가야. 꽤 유명한 사람이니까 이름쯤은 들어봤을 거야. 유서가 발견됐는데 자살의 가장 큰 이유는 경영 악화로 회사가 부도 직전까지 몰린 거였어. 하지만 꼭 그것 때문만은 아니더라고. 유서 마지막 부분에 자신이 모델 미오리 레이코를 살해했다고 적어놨더라니까. 사사하라라고 했던가, 그 의사를 어제 체포했지? 근데 이쪽 유서를 보니 아무래도 범인은 사사하라가 아닌 것 같아…."

아사이는 어떻게 수화기를 내려놓았는지도 기억나지 않았다. 즉시 형사 두 명을 데리고 경찰서를 뛰쳐나와 차를 타고 사와모리 에이지로라는 자의 자택으로 향했다. 두 명의 형사 중 한 명이 오카베였다. 그는 아사이에게서 얘기를 듣자마자 눈을 번뜩였다.

"월드섬유는 미오리 레이코가 텔레비전 광고 모델로 출연했던 회사예요. 삼 년 전쯤에 그 광고 덕분에 인기가 폭발했거든요."

진홍빛 드레스를 입고 빙산 위에서 불꽃에 타오르는 나비처럼 춤추는 광고, 라고 설명해주었다. 하지만 아사이는 날마다 업무에 쫓겨 텔레비전은 뉴스 말고는 본 적도 없고 관심도 없어서 전혀 알지 못했다. 다만 나비라는 말에 피해자의 왼쪽 젖가슴에 새겨진 검은 나비 문신이 생각났을 뿐이다. 아무리 아름다운 인기 스타였어도 미오리 레이코라는 여자는 그에게 골치 아픈 사건을 떠안긴 일개 사체일 뿐이었다.

사와모리 에이지로에 대해서는 아사이도 약간의 지식이 있었다. 창업자인 부친이 세상을 떠난 뒤, 37세의 젊은 나이로 사장 자리를 물려받았다. 굴지의 대기업이라는 건 허울뿐이고 실상은 경영 부진으로 여차하면 망할 거라는 소문이 자자하던 월드섬유를 단 이 년 만에 다시 일으켜 세운 수완 좋은 사업가라고 했다. '인생은 개척이다'라는 신조 아래 '투혼'이라는 말을 가장 좋아한다고 들었다. 다각 경영에 특별한 재능을 발휘했고 타사와의 경쟁에는 악랄하다고 할 만큼 강하게 밀어붙이는 방식으로 차례차례 뚫고 나갔다. 젊다고는 해도 이제 40대 중반일 텐데 최근에 우연히 읽어본 업계 전문지 속 사진에는 여전히 예리하고 길쭉한 눈매에 청년 같은 혈기가 남아 있었다. 이런 사람은 아차 한 차례만 좌절해도 위험할 텐데, 라고 얼핏 생각했었는데 아무래도 그 예감이 맞아떨어진 모양이다.

그야말로 젊은 사장답게 자택은 현대적인 감각이 돋보이는 건물이었다. 옛 가옥이 늘어선 조용한 고급 주택가를 살짝 벗어나 그곳만 다른 세계를 구축하고 있었다. 집 건물까지도 자기주장이 강하고 그만큼 고립되어 있기도 했다. 동네의 특성인지 대문 앞에 구경꾼은 그리 많지 않았다. 신문기자와 경찰 관계자들만 밀치락달치락하고 있었다. 마침 사체가 들것에 실려 현관

문을 나서는 참이었다. 우르르 몰려드는 기자들의 카메라를 헤치고 아사이 일행은 대문 안으로 들어갔다. 기자들 어깨 너머로 들여다보니 들것의 사체는 담요에 덮여 있었다. 담요 주름 모양을 통해 짐작되는 몸이 의외로 작았다. 작은 몸으로 지나치게 거대한 야망을 품었고 결국 자신에게 걸맞지 않은 무게에 짓눌려 버린 것이리라.

얼굴 아는 중년 형사의 안내를 받아 아사이 일행은 자살 현장인 2층 침실로 올라갔다. 아직 현장검증 중이어서 담당자들이 다급하게 움직이고 있었다.

아사이가 자는 방의 세 배는 될 듯한 널찍한 침실에는 두 개의 침대가 있었다. 창가 쪽 침대에 뿌려진 아직 생생한 핏자국을 천장의 샹들리에 불빛이 비추고 있었다. 애용하던 엽총으로 관자놀이를 쏴서 머리 반이 날아가는 즉사였다고 한다. 십 년을 함께 살아온 부인의 말에 따르면 벌써 이 년 남짓 회사 경영이 잘 풀리지 않았다. 특히 올봄부터 이래저래 고민이 많은지 남들 앞에서는 전과 다름없이 건강한 얼굴로 허세를 부렸지만 그만큼 집에 돌아왔을 때는 비참해했다. 더구나 지난 한 달 가까이는 신경증이 아닌지 걱정스러울 만큼 음침한 얼굴이었다는 것이다.

"오늘 아침에 이상한 전화가 왔었다고 합니다."

세이조 경찰서의 중년 형사가 아사이에게 그렇게 말을 건넸다.

"아침 8시경이었대요. 아침 식사 때는 평소와 다름없었는데 그 전화를 받은 뒤에 갑자기 얼굴이 새파래져서 부인이 회사에 무슨 일 있느냐고 물었답니다. 그랬더니 혼잣말처럼 이제 끝장이다, 라고 중얼거리면서 오싹할 만큼 서글픈 미소를 지었다는군요. 그 길로 침실에 틀어박혀 나오지 않았고, 정오쯤 부인이 점심 식사가 준비됐다고 말하려고 올라갔더니 안에서 문을 걸어 잠근 채 지금은 피곤하니 밥은 저녁 때 먹겠다, 어디서 전화가 오거나 손님이 찾아와도 연결하지 말라고 했답니다. 그리고 4시에 돌연 2층에서 총성이 울려서 부인이 열쇠로 문을 따고 침실에 뛰어든 거예요."

"아침에 온 전화라는 건 뭐지요?"

"그게…." 미간을 좁히며 형사는 말끝을 흐렸다. "통화 내용도 유서에 적혀 있으니까 직접 보시죠."

중년 형사가 아사이를 창가 책상 앞으로 데려갔다.

세련된 디자인의 스웨덴 수입품 책상과는 어딘지 어울리지 않는 옛날식 봉투가 있었다. 아사이는 장갑을 빌려 끼고 봉투 옆의 유서를 손에 들었다. 봉투에 적힌 '유서'라는 글자만 붓글씨고 본문은 펜으로 쓴 것이었다. 획 끝이 심하게 삐쳐 올라간 글씨체였다. 오후 한나절 내내 썼는지 총 삼십여 장이나 되었다. 그중 스무 장쯤까지 지난 이 년 동안 회사를 버텨온 것은 자신의 허세였을 뿐, 그 이면에서 회사가 어떻게 부진의 늪에 빠졌는지, 경위가 상세히 적혀 있었다. 삼 년 전과 이 년 전에 해외 수출용으로 개발한 두 종류의 신섬유가 양쪽 다 판매 실적이 부진해서 그 적자를 다각 경영의 다른 사업으로 메우다 보니 침식의 구멍이 점점 더 커졌다. 이 년 전부터는 이중장부를 만들어 분식결산으로 겨우겨우 은행 대출을 받았지만 이번 가을에는 그것마저 한계에 달한 모양이었다.

이어서 아내와 가족, 회사 직원들에게 보내는 사죄의 말이 적혀 있었다. 그리고 '실은 여기까지 쓰고 펜을 내려놓을 생각이었으나 죽음을 앞두고 역시 모든 것을 참회하고자 한다'라는 말과 함께 느닷없이 '미오리 레이코는 내가 살해했다'라는 문장이 이어졌다.

십 년을 내조해온 아내에게는 진심으로 미안하지만, 삼 년 전 레이코를 처음 만난 순간부터 나는 사랑에 빠졌다. 최초의 순간, 대화를 나누기 전의 일별만으로 이미 그녀의 아름다움과 매력을 단 한 번이라도 손에 넣으려면 돈을 얼마나 준비해야 하는지를 생각했다. 처음 정한 금액은 5천만 엔이었다. 그녀가 "처음 뵙겠습니다"라고 고개 숙여 인사하고 머리칼을 휘날리며 미소 지었을 때, 액수를 다시 1억 엔으로 상향했다. 나에게는 사랑 또한 하나의 사업이었다.

그 뒤로 레이코를 내 품에 안기 위해, 레이코와의 밤을 누리기 위해, 얼마나 많은 돈을 투자했는지 모른다. 처음 한동안은 회사 경영의 그늘도 아직 깊지 않았기 때문에 나는 최대한 자금을 쏟아부었다. 돈 봉투와 보석과 맨션을 선물하고 그만큼 아름다워지는 레이코를 보면서 실제로 큰 사업에 성공한 것처럼 뿌듯한 기쁨을 느꼈다. 아니, 앞서 말했던 대로 회사 경영이 악화되어 막대한 부채를 떠안게 된 뒤에도 나는 그녀에게 계속 돈을 투자했다. 물론 모든 것은 레이코를 내 것으로 만들기 위해서였다.

실제로 우리 사업에 도움이 될 수 있게 레이코를 회사의 텔레비전 광고 모델로 기용했다. 빙산 위에서 타오르는 불꽃 나비의 이미지는 내가 직접 제안한 아이디어였다. 그 광고가 레이코를 일개 모델이 아니라 인기 스타의 자리로 올려줬지만, 실은 창백한 얼음도 빨간 불꽃도 레이코라는 여자 그 자체였다. 때로는 잔인할 만큼 차갑고 때로는 역시 잔인할 만큼 뜨거웠다. 나는 그녀의 거친 양면을 모두 사랑했다. 그렇다, 사랑했던 것이다. 결코 사랑받은 적은 없었다. 자신의 아름다움에 오만하다고 할 만큼 자부심을 가진 그녀는 나를 단지 제 아름다움의 노예로 생각했다. 내가 보내는 돈이며 보석을 당연히 받아야 할 공물처럼 생각했다.

그래도 처음 이 년쯤은 나를 위해 미소를 지어주고 때로는 귀엽게 어리광을 부리기도 했다. 그것이 단순한 연기에 지나지 않았다고 깨달은 것은 올해 들어서부터였다.

1월 초의 어느 날 밤, 품에 안으려는 내 손을 홱 밀쳐내며 레이코가 말했다.

"당신이란 인간, 너무 싫어. 처음 봤을 때부터 싫었어."

당시에는 그저 농담이라고만 생각했다. 그때 그녀가 미소를 짓고 있었기 때문이다. 그다음에는 항상 하던 대로 변덕이 난 것뿐이라고 흘려 넘기려고 했다. 싫다, 라는 말을 확실하게 들은 것은 그때가 처음이었다. 실제로 농담이나 변덕으로 받아들일 만큼 가벼운 말투였다. 하지만 곧바로 그녀의 미소 짓는 눈 속에서 차가운 빛을 발견하고 거짓말이 아니라고 겨우 실감했다. 아니, 차가운 눈빛은 이미 한참 전부터 감지하고 있었다. 나 자신의 마음을 속이며 알아차리지 못한 척했을 뿐이다.

"알고 있어." 나는 대꾸했다. "내가 네 몸을 돈을 주고 샀지. 좋아, 오늘 밤은 얼마나 주면 되겠니?"

내가 수표책을 꺼내자 레이코는 냉랭하게 말했다.

"은행에 갚을 돈은 없어도 내게 줄 돈은 있는 모양이지?"

실제로 그녀는 그렇게 말했다. 회사 사정이나 빚에 대해 한 번도 얘기한 적이 없는데도. 깜짝 놀라는 내게 그녀는 사진 몇 장을 보여주었다. 우리 회사의 비밀 장부를 찍은 사진이었다. 두 달 전, 갑작스럽게 회계 감사가 들어왔을 때 장부를 일주일쯤 레이코의 방 서랍에 보관해달라고 했던 것조차 순간적으로 잊어버리고 나는 되물었다.

"어떻게 네가 이 장부를?"

그 일주일 사이에 레이코는 한 대학생에게 장부를 보여주고 우리 회사의 비밀을 모조리 알아낸 것이었다.

"왜 이런 사진을 찍었어?"

내가 물어보자 그녀는 당연한 일처럼 대답했다.

"그야 물론 경찰에 보여주기 위해서야. 나는 당신을 파멸의 구렁텅이에 밀어 넣고 싶거든."

그러고는 내 넥타이 끝을 잡더니 날카로운 과도로 후려쳤다. 넥타이 반절이 내 목 밑에서 잘려 나가 레이코의 손에 남았다. 마치 내 인생을 잘라간 것처럼 그걸 단단히 움켜쥐고 웃고 있었다. 이 여자는 정말로 신고할 생각이다, 라는 확신이 들었지만 그래도 여전히 농담으로 넘기려고 했다.

"왜 나를 파멸시키려는 건데?"

나는 웃는 얼굴로 물었다.

"왜냐고? 당신이 돈으로 나를 사려 들었기 때문이야. 1억 엔이라고? 당신은 내가 아니라 여자라는 상품을 샀을 뿐이야. 당신과 잠자리를 할 때마다 나는 인간이 아니었어. 망가질 대로 망가져서 내 몸은 더 이상 원래대로 돌아갈 수 없게 됐어."

"너와 잠자리를 한 사람이 나뿐만은 아닐 텐데?"

"하지만 당신이 처음이었어."

"그건 거짓말이지. 나를 만나기 전부터 이미 남자들과 일으킨 스캔들로 주간지가 들썩들썩했잖아."

"당신과 잠자리를 시작한 뒤부터의 스캔들은 대부분 사실이야. 하지만 그 이전의 기사는 죄다 가짜 뉴스였어. 호텔에서 당신과 첫 밤을 보냈을 때 나는 몸만은 아직 어린아이처럼 아름다웠어. 그 전에 함께 침대에 오른 건 르네 마르탱이 유일했어. 하지만 마르탱은 게이였어. 그러니까 같이 잤다고 할 수도 없어."

"그런 거짓말을 잘도…."

비난을 퍼부으려고 했지만 수화기를 드는 소리에 말문이 턱 막혔다. 레이코가 칼끝으로 세 자리 숫자의 다이얼을 돌리고 있었다. 나는 왈칵 달려들어 전화를 끊었다. 수화기를 꾹 누르면서 여전히 모든 것을 어이없는 장난쯤으로 치부하려고 나는 껄껄 웃었다.

"내 몸은 당신의 돈 때문에 회복할 수 없을 만큼 더럽혀졌어. 그 복수로 이번에는 내가 당신에게서 모든 것을 빼앗을 거야."

그로부터 11월의 그날 밤까지, 전화기를 붙들고 몇 번이나 똑같은 말을 들어야 했는지 모른다.

사진까지 찍어둔 것을 보면 이미 장부를 숨겨준 작년 가을

부터 나를 파멸시키겠다는 계획이 레이코의 머릿속에 있었던 것이다. 왜 그토록 나를 혐오하고 증오하는지 제대로 이해하지도 못한 채 나는 완전히 그 여자의 수중에 떨어졌다. 전부터 그녀에게서 악의 향기 같은 것을 느끼고 무엇보다 그 향기에 홀렸지만, 그건 내가 생각했던 향수 같은 달콤한 향기가 아니었다. 사람을 고통스럽게 질식시키는 암울한 썩은 냄새였다.

레이코는 협박의 말을 내뱉을 때마다 항상 웃었지만 단 한 번도 농담이었던 적은 없었다. 돈을 요구한 적도 없었다. 그녀가 원한 것은 단지 나의 파멸뿐이었다. 레이코는 '복수'라느니 '앙갚음'이라는 말을 자주 들먹였다. 당신의 더러운 손에 내 온몸이 시커멓게 변해버렸으니 앙갚음을 하겠다, 라는 식으로. 하지만 그런 말은 변명에 지나지 않았다. 단지 나를 괴롭히고 상처 입히고 무너뜨리는 것에서 말할 수 없는 쾌감을 느꼈던 것뿐이다.

아무리 아름다운 미소를 짓고 있어도 기어코 그 여덟 장의 사진을 경찰에 건네리라는 것을 나는 알고 있었다. 곧장 실행에 옮기지 않은 것은 하루라도 더 내가 괴로워하는 모습을 지켜보려는 것 때문이었다. 서서히 말려 죽인다는 말이 있지만, 레이코가 노리는 게 그것이었다. 노예를 일격에 죽여 없애기가 아까워서 물과 불로 괴롭히며 공포에 찬 표정을 실컷 즐기다가 그것도 싫증이 난 참에 죽여버리라고 명령하는 고대 제국의 잔인한 왕녀였다. 끈질기게 나를 괴롭힌 끝에 아름다운 미소를 지으며 수화기를 들어 세 개의 숫자를 돌릴 작정이었던 것이다.

전에는 자기 쪽에서 먼저 연락한 적이 한 번도 없었던 레이코가 2월부터는 뻔질나게 회사로 전화를 걸어 자신의 맨션 혹은 고지마치에 내가 임대해둔 오피스텔로 불러냈다. 그리고 이 년여 동안 내가 그곳에서 돈다발을 과시하며 그녀의 몸을 차지했던 것처럼 그녀는 여덟 장의 사진을 은근슬쩍 내비치며 내 마음을 실컷 조롱했다. 사진을 빼앗아 찢어버리는 건 간단한 일이었지만 그래봤자 소용없었다. 나는 이름도 모르는 어느 대학생에게 필름을 따로 맡겨둔 것이다.

그 무렵, 나는 회사 일로 이미 위험한 줄타기를 하고 있었다. 그녀는 금세라도 줄을 끊고 나를 깊은 나락에 떨어뜨리려고 여덟 장의 사진을 칼처럼 치켜들고 잔뜩 겨누고 있었다. 업무상으로도 긴장과 불안의 연속이었다. 하지만 무엇보다 레이코가 나를 호출해 한 시간이고 두 시간이고 원망의 말을 늘어놓다가 문득 기분이 상한 듯 수화기를 집어 드는 그 순간이 가장 두려웠다.

"대체 왜 그래? 내가 지난 이 년 동안 돈을 얼마나 많이 쥐여줬는데?" 한 번은 나도 모르게 소리치며 대든 적이 있었다. "그 진주 목걸이도 내가 준 거야!"

분노한 고함을 침묵의 미소로 듣고 있던 레이코는 목에 걸린 목걸이를 홱 잡아 뜯었다. 그리고 테이블 위에 흩어진 진주를 긁어모았다. 돌려줄게, 라면서 진주를 한 알 한 알 내 입에 쑤셔 넣었다. 처음 한 알 외에는 도저히 삼킬 수 없어 마지막 진주알이 입에 들어오자마자 구토감에 화장실로 뛰어갔다. 시큼한 냄새의 다갈색 액체 속에서 여러 알의 진주가 거품 방울처럼 번들거렸다. 또다시 토했지만 그래도 삼켜버린 첫 한 알은 토해낼 수 없었다.

진주는 몸속 깊은 어둠 속에 가라앉아 오래도록 번들번들 빛을 냈다.

"이러지 마, 그 사진을 경찰에 넘기지 않아도 우리 회사는 어차피 이제 곧 망할 거라고."

가을 중반쯤에는 그렇게 애걸한 적이 있었다.

"어머, 그럼 그 전에 경찰에 보내야겠네." 레이코는 웃는 얼굴 그대로 말을 이어갔다. "나는 내 손으로 당신을 파멸시키고 싶거든."

그로부터 한 달 뒤, 마침내 그날 밤이 닥쳐왔다. 전날, 레이코는 회사로 전화를 걸어 평소보다 더 유쾌한 목소리로 말했다.

"파리로 떠나기 전에 한 가지 처리해야겠어."

이번에야말로 그녀가 실행에 옮길 작정이라는 것을 알았다. 11월 들어 회사 자금 사정은 마침내 밑바닥까지 떨어졌지만 그래도 기적처럼 어느 은행과 대출 건이 성사되어가는 참이었다. 원하는 만큼 대출을 받기만 하면 어떻게든 앞으로 이삼 년은 버틸 수 있었다. 무슨 수를 써서라도 레이코가 그 수화기를 들지 못하게 해야 했다.

다음 날 저녁 맨션에 찾아가자 예상대로 레이코는 모든 것을 밝히겠다고 말했다. 경찰에 연락하는 대신 악명 높은 주간지 기자에게 사진을 첨부해 편지로 제보하겠다는 것이었다. 경찰이든 기자든 내가 파멸한다는 건 똑같다. 삼 년 전에 '란론'이라는 이상한 이름을 붙인 신개발 섬유의 수출에 실패한 뒤로 내가 내리는 최악의 예상은 번번이 들어맞았다.

나를 파멸시킬 편지를 한 자 한 자 읽어보면서 비로소 레이코를 처음 만난 시기와 사업적인 감이 빗나가기 시작한 시기가 우연히도 일치한다는 것을 깨달았다. 그건 우연이 아니었다. 레이코에게 접근한 것이 내 감을 어그러뜨려 저 높은 곳까지 치고 올라가던 성공의 계단에서 발을 헛디디게 했다. 지나치게 완벽한 아름다움은 반드시 희생자를 낳게 마련이다. 내가 그 희생자였다. 실제로 그날 밤 파란색과 흰색의 줄무늬 스웨터를 입은 레이코는 한없이 아름다웠다. 한 남자의 운명을 가녀린 손에 움켜쥐고 짓뭉개면서 영원으로 이어지는 빛처럼 반짝였다. 레이코가 내 손에서 편지지를 낚아채 사진과 함께 다시 봉투에 넣었을 때, 나는 살인을 결심했다.

최악의 상황에서 은행 대출 얘기가 나온 것처럼 그날 밤 막다른 궁지에서 나는 기적 같은 신의 가호를 느꼈다. 그날 밤 레이코를 찾아온 게 나만이 아니었다. 사사하라 노부오, 올여름에 레이코와의 약혼과 파혼으로 한바탕 소동을 일으킨 그자가 내가 가기 직전에 그 집에 다녀갔고, 게다가 준비해온 독약으로 레이코를 죽이려다가 실패했던 것이다.

한 번도 만난 적은 없지만 이전부터 나와 동년배인 성실하기만 한 그 의사를 나는 딱하게 생각해왔다. 약혼을 발표할 무렵에 레이코와 주고받은 얘기가 있었다.

"모범생 중년 남자를 갖고 노는 거, 너무 재미있어."

"네가 얼마나 무서운 여자인지 그 의사 선생에게 다 얘기해줄까?"

"얼마든지 일러바치세요. 어차피 이번 여름에는 걷어찰 생각이니까."

레이코는 하품을 해가며 그렇게 대꾸했다. 그리고 실제로 사사하라는 8월에 보기 좋게 걷어차였다. 레이코도 잃고 가정도 잃고 직위마저 위태로운 처지가 되었다. 사사하라 또한 나와 똑같이 아름다움과 악의 여신의 희생자였다.

사사하라가 조금 전에 자신을 죽이러 왔었다고 레이코는 마치 재미난 얘기처럼 말했다. 의사 선생은 약봉지를 뜯기도 전에 레이코에게 들키는 바람에 그대로 테이블에 버려둔 채 뛰쳐나갔다고 했다. 게다가 레이코는 제 입으로, 지금 자신이 살해된다면 경찰은 틀림없이 그 의사 선생을 체포해갈 것이라는 말까지 했다.

그 여자가 긴 손톱 끝으로 약봉지를 뜯어 장난처럼 사사하라가 남겨둔 술잔에 톡톡 털어 넣었을 때, 내 머릿속에는 '이득'이라는 단어가 떠올랐다. 살인도 내게는 하나의 사업이었는지 모른다. 상대는 놀랄 만큼 좋은 조건을 준비해놓고 이제 나의 동의만 기다리는 단계였다. 도장을 찍는 대신, 독이 든 술잔과 레이코가 마시던 술잔을 바꿔놓기만 하면 된다. 레이코는 술에 잔뜩 취해서 유리잔의 미세한 차이 따위, 알아볼 리 없었다. 그래도 레이코가 자신의 잔에 얼음을 넣어달라고 말했을 때, 최대한 독약이 든 술잔 속 얼음과 비슷한 크기의 얼음을 골라 넣었다.

나는 늘 목구멍에 뭔가 걸린 듯한 불쾌감을 느껴왔다. 올봄에 진주 한 알을 억지로 삼켰을 때부터 시시때때로 그런 불쾌감이 덮쳤다. 어쩌면 진주를 삼킨 순간부터 기회만 있으면 레이코를 죽이자고 생각했는지도 모른다. 그리고 기회가 바로 코앞에 있었다. 독약이 든 금빛 술에서 그때의 토사물 색깔이 떠올랐다.

삼켜버린 진주를 이번에는 정말로 토해내지 않으면 안 된다고 생각했다.

레이코가 담요를 찾으러 침실에 들어갔을 때, 나는 지문이 남지 않도록 손수건을 이용해 두 개의 술잔을 잽싸게 바꿨다. 다시 거실로 나온 레이코는 전혀 알아차리지 못한 채 독약이 든 잔을 손에 들었다. 그리고 삼 분이 흘러갔다.

"난 자야겠어. 당신은 그만 가봐."

레이코는 그렇게 말하고 비틀비틀 일어나 침실 문 앞에서 그 술을 마셨다. 몇 초 뒤, 끔찍한 비명을 지르며 온몸을 뒤틀더니 쓰러지듯이 침실 안으로 들어갔다. 비명은 다시 오 초쯤 이어졌고 나는 그 사이에 삼 년 전 광고의 아름다운 불꽃 춤을 머릿속에 떠올렸다.

그리고 비명이 끊기자 재빨리 행동에 나섰다. 침실에 가보니 레이코가 침대 위에 쓰러져 있었다. 그건 이미 사체였다. 튀어나올 듯 부릅뜬 눈이며 일그러진 입만 봐도 죽은 것을 알았지만 확인차 손목의 맥을 짚었다. 생명의 소리가 끊긴 손목은 지독히 차가웠다. 불꽃은 다 타버리자 빙산의 창백한 한 조각으로 변했던 것이다.

거실로 돌아와 백목 테이블에 놓인 사사하라의 담배꽁초가 든 재떨이를 유리 테이블 쪽으로 옮기고 거기에 레이코의 꽁초 몇 개를 섞었다. 유리 재떨이에 있던 내 몫의 꽁초는 종이에 싸서 호주머니에 넣었다. 유리 재떨이와 내가 마시던 술잔은 세면실에 가져가 깨끗이 씻어서 유리잔은 주방 찬장에 넣고 재떨이는 백목 테이블에 올려놓았다. 손수건으로 그날 밤 그 집에 찍힌 내 지문을 꼼꼼히 닦아냈다. 맨션에 도착했을 때 현관문을 여닫은 것은 레이코 자신이었다. 그 뒤로 내가 손댄 부분이라야 두세 군데밖에 없었다. 게다가 어디에 손이 닿았는지 정확히 기억해뒀기 때문에 사사하라의 지문은 남겨두고 내 것만 닦아내는 작업은 간단히 끝낼 수 있었다. 마지막으로 세 번, 세심하게 거실을 둘러본 뒤에 손수건으로 손잡이를 잡고 현관문을 열었다.

그렇게 나는 처음 도착했을 때는 예상도 못했던 살인자가 되어 그 집을 나왔다….

유서는 그다음에, 살인을 저지른 며칠 뒤에 회사 부도 소문이 퍼져 결국 은행 대출은 받지 못한 채 끝이 났으니 레이코를 살해한 게 아무 쓸모 없게 되었다, 그래도 후회는 없다, 끔찍한 협박에 시달리면서도 여전히 진심으로 레이코를 사랑했기 때문에 내 손으로 매장한 것에 만족감마저 느낀다, 라고 이어졌다. 그리고 은행에서의 전화가 끊긴 순간부터 죽음을 생각했다, 어제 예상대로 사사하라가 체포된 것을 알았지만 이제 그것도 아무 의미가 없다, 라는 내용을 간결하게 썼고, 마지막 부분에 전화에 대한 언급이 있었다.

오늘 아침 8시에 남자 목소리로 전화가 걸려왔다.

"내가 그날 밤 우연히 미오리 레이코의 맨션 뒤쪽에 있었어. 당신이 얼굴빛이 확 변한 채 6층에서 비상계단을 뛰어 내려오는 것을 목격했다고. 당신 얼굴은 잡지 등에서 여러 번 봐서 잘 알지. 오늘 텔레비전에서 미오리 레이코가 살해된 게 14일 전후의 밤이라는 뉴스를 봤어. 정확히 그 무렵의 밤 시간이었지? 당신, 왜 그렇게 급하게 도망쳐 나왔는지 이유를 좀 알고 싶은데….”

남자가 말했다. 그러고는 내가 어떤 질문을 해도 계속 침묵을 지키더니 이윽고 내일 다시 연락하겠다는 말을 남기고 전화를 툭 끊었다. 남자라는 것만 알았을 뿐, 아무 특징도 없는 메마른 목소리였다. 나와 레이코는 지난 삼 년 동안 세심하게 주의를 기울여 둘의 관계를 아내에게도 언론에도 들키지 않고 지내왔는데 레이코를 살해하고 드디어 모든 것을 청산한 마지막 순간에 실수를 하고 말았던 것이다.

전화가 끊긴 뒤에도 나는 수화기를 움켜쥔 채 남자가 왜 경찰에 연락하지 않고 나한테 전화했는지 생각해보았다. ‘협박’이라는 단어가 떠오르기까지 몇 초쯤 걸렸다. 그렇다, 협박을 해온 것이다. 이해득실을 따진다면 내가 레이코를 살해한 건 아무 이득도 없었다. 오히려 큰 손해였다. 결국 또 다른 인간에게 협박을 당하기 위해 아무 의미도 없는 살인을 저지른 셈이었다.

수화기를 내려놓고 모든 게 끝났다는 생각과 함께 맥없는 웃음을 지었다. 남자는 아직 회사 부도 소문은 알지 못하는 것이다. 잡지에 실린 허장성세의 기사만 믿고 큰 돈줄을 잡았다고 희희낙락하고 있을 게 틀림없다. 그는 ‘내일’이라고 말했다. 내일이라는 단어가 그가 걸어온 전화로 더 이상 내게는 아무 의미도 없다는 것을 그자는 아직 알지 못한다….

그렇게 아침에 받은 수수께끼의 전화에 대해 얘기하고 있었다. 그리고 그야말로 야심 많은 사업가답게 '나는 죽음이 두렵지 않다. 죽음에도 정면으로 도전해 영원의 어둠을 내 손으로 개척하고자 한다'라는 말로 유서는 끝을 맺었다.

아침에 걸려온 전화는 유서에 나온 대로 협박의 의도가 있었던 게 틀림없다. 사와모리의 자살이 보도되면 더 이상 전화할 리는 없겠지만, 혹시라도 내일 그자에게서 다시 전화가 온다면 우리 쪽에도 알려달라고 세이조 경찰서 형사에게 부탁해두고 아사이는 그 집을 나왔다. 현관에서 구두를 신을 때, 바로 옆 응접실 문이 활짝 열려 있어서 벽에 걸린 사와모리의 초상 사진이 보였다. 사와모리는 사진에서도 위압적으로 가슴을 내밀고 어깨를 젖힌 채 눈은 저 위쪽의 뭔가를 잡으려는 듯 매섭게 노려보고 있었다. 아사이는 유서 말미의 문장이 생각났다. 자살은 사업에도 여자에도 실패한 이 사람의 마지막 허세였던 것이리라.

돌아오는 차 안에는 묵직한 공기가 흘렀다. 사건 날 밤의 목격자이자 협박자이기도 한 수수께끼의 남자의 존재도 마음에 걸렸다. 하지만 아사이는 무엇보다 유서에 담긴 너무도 갑작스러운 고백에 압도되었다. 상세히 서술한 내용만 봐도 고백에 거짓은 없다고 판단되었다.

"유서에 사사하라를 딱하게 생각했다고 적혀 있었지요?" 조수석에서 오카베가 말을 건넸다. "회사가 부도에 몰리자 자살을 결심한 사와모리가 자신의 죽음으로 사사하라를 구해주려고 그런 엉터리 고백을 했을 수도 있어요."

"그런 거라면 오늘 아침에 걸려온 협박 전화는 뭐지? 그런 전화가 왔다는 건 부인이 분명하게 증언했어."

"그건…."

아사이의 질문에 오카베가 말끝을 흐리자 또 다른 형사가 대답에 나섰다.

"단순한 장난 전화일 수도 있잖아요. 사와모리와 레이코의 관계를 알고 있던 누군가가…."

"유서에 아무에게도 둘의 관계를 들키지 않았다고 적혀 있었어."

"하지만 사와모리가 레이코의 맨션에 자주 드나들었다니까 누군가 두 사람의 관계를 알고 있었다고 봐도 될 것 같은데요."

아사이의 머릿속에 가사도우미 오타 미치코의 얼굴이 떠올랐다. 하지만 전화 목소리는 남자였다. 오카베도 같은 생각을 한 모양이었다.

"그러고 보니 가사도우미가 낯익은 사업가가 드나들었다고 했는데…."

혼잣말처럼 그렇게 중얼거리더니 질문을 이어갔다.

"근데 그 협박자의 말이 사실이라면 그자도 좀 이상하잖아요? 사건 날 밤에 왜 하필 그 비상계단 뒤쪽에 있었을까요?"

오카베의 지나치게 카랑한 목소리에 왠지 짜증이 나서 아사이는 대답 없이 차가 경찰서에 도착할 때까지 입을 꾹 다물었다.

경찰서에 도착해 아사이가 아직 아무 말도 하지 않은 사이에 오니시가 느릿느릿 의자에서 일어나며 말했다.

"사사하라가 레이코의 맨션에 갈 때 청산가리를 소지했다고 드디어 인정했습니다."

마치 아사이가 경찰서를 뛰쳐나갈 때를 기다리기라도 한 것처럼 입을 열었다는 것이다.

"하지만 청산가리는 자기가 먹고 죽을 작정으로 가져갔고, 결국 약봉지도 다 뜯지 못한 채 그 집에서 쫓겨났다고 주장하네요. 그냥 둘러대는 소리일까요?"

사와모리의 유서에 대해 아직 알지 못하는 오니시가 멍하니 물었다. 이틀 전부터 계속된 오니시의 기침 소리에도 짜증이 나서 아사이는 험악한 얼굴로 고개를 가로저었다. 청산가리를 자살을 위해 소지했는지 어떤지는 확실치 않다. 하지만 그가 약봉지를 뜯지도 못하고 레이코의 집을 뛰쳐나왔고, 따라서 레이코를 살해하지 않았다는 건 이제 틀림없는 것 같았다.

6장

誰か

누군가

창밖에 하얗게 눈이 날렸다. 북녘 도시는 벌써 한겨울이다. 호텔 최상층의 창유리를 타고 흘러내리는 눈은 아직 가느다란 실이지만 저 아래쪽으로 갈수록 다른 실들과 만나 굵게 꼬여서 바닥에 광대한 백색 천을 짜나갔다. 삿포로 거리의 불빛은 하얗게 물결치는 그 천에 다양한 색깔의 비즈를 누벼 넣은 것처럼 아름답게 비쳤다.

내년 봄 컬렉션에는 거짓말처럼 아름다운 저 흰색을 살려보면 어떨까. 그녀는 그런 생각을 더듬다가 문득 거짓말이라는 단어를 입 밖에 내어 중얼거렸다.

"거짓말…. 그래, 전화한 그 남자는 거짓말을 한 거야."

실내가 따뜻해서 창유리에는 흐릿하게 김이 서렸다. 그녀는 손바닥으로 부채 모양만큼 닦아내고 그곳으로 창밖을 내다보고 있었다. 하지만 방금 자신의 목소리와 함께 토해낸 입김이 다시 시야를 닫아버렸다. 오늘 아침, 아직 잠이 덜 깬 상태로 들었던 남자의 목소리도 부옇게 흐려진 유리 반대편처럼만 생각날 뿐이었다. 내가 그날 밤 우연히 미오리 레이코의 맨션 근처에 있었다….

아니, 그게 아니라 맨션 뒤쪽에 있었다고 했다. 그리고 거기서 비상계단을 급하게 뛰어 내려오는 나를 봤다고 말했다. 마치 내가 레이코를 살해했다고 생각하는 듯한 말투였다. 그렇다, 그날 밤 나는 레이코의 맨션에 갔었다. 하지만 그건 사사하라 노부오라는 의사가 이미 레이코를 독살한 뒤였다. 침실에서 레이코의 사체를 발견하고 순간적으로 나는 이곳에 오지 않은 것으로 하자고 마음먹었다. 안 그러면 의심을 살 수 있었기 때문이다.

그런 생각으로 급하게 그 맨션을 뛰쳐나왔던 것이다.

오늘 아침 전화한 남자는 거짓말을 했다. 사체를 발견한 충격으로 내가 얼굴이 창백해지고 벌벌 떨었는지는 모르지만, 비상계단을 급하게 뛰어 내려오지는 않았다. 오히려 발소리를 안 내려고 평소보다 천천히 내려왔다. 한 단 한 단 천천히…. 애초에 나는 키가 작아서 항상 굽이 10센티미터나 되는 하이힐을 신는다. 그날 밤도 마찬가지였다. 그런 높은 힐로 위험하게 경사진 계단을 뛰어 내려올 리가 없지 않은가. 나는 그 계단을 항상 다리 아픈 노파처럼 천천히 시간을 들여 오르내렸다. 특히 올해 2월 말부터는 그전보다 더 천천히 한 단 한 단 확인하듯이 오르내렸다. 2월 말에 레이코가 갑작스럽게 디자인 스케치의 복사본을 내 눈앞에 들이댔을 때부터…. 그날부터 레이코를 만나러 계단을 올라갈 때도, 레이코와 헤어져 계단을 내려올 때도 내 머릿속에는 생각하지 않으면 안 될 것들이 마구 소용돌이쳤으니까….

"나는 죽이지 않았어."

다시 한번 그녀는 혼잣말을 중얼거렸다. 그래, 나는 죽이지 않았어. 그런데도 왜 오늘 아침 온 전화에 대고 그런 대답을 해버렸을까.

"모레, 다시 전화하세요."

메마르고 개성 없는 남자의 목소리에 어떻게 대답했는지, 또렷이 기억난다.

"내가 지금 일 때문에 도쿄를 떠나야 해요. 모레 돌아온 뒤에, 그래요, 그 말이 사실이라면 모레 밤 11시에 이 번호로 다시 전화하세요. 어떤 얘기든 받아줄 테니까. 그때까지 그날 밤 나를 봤다는 건 아무한테도 말하지 마세요."

목소리를 떨면서 왜 그런 식으로 대답해버렸을까. 경찰에 신고하지 왜 나한테 전화했느냐, 그렇게 쏘아붙였으면 좋았을 텐데. 설령 전화한 남자가 경찰에 신고한다고 해도 사사하라가 체포된 이상, 나와는 무관한 일인데.

그날 밤 레이코의 집에 간 것은 맞지만 사체를 발견하고 무서워서 앞뒤 생각할 겨를도 없이 도망쳤다, 라고 말하면 아마도 믿어줄 터였다. 나한테는 레이코를 죽일 만한 동기가 전혀 없는 것이다. 레이코와의 관계가 지옥의 싸움판으로 변한 올 2월 말 이후에도 표면상으로는 서로 다정한 미소를 주고받았고, 누구나 우리를 예전처럼 사이좋은 디자이너와 모델이라고 생각했다. 내가 레이코를 죽이고 싶을 만큼 증오한다는 것을 아는 사람은 장본인 레이코뿐이었다. 그리고 레이코는 이미 죽어버렸다. 오래전에 내가 '악마와 천사, 어느 쪽에 입을 맞춰도 어울린다'라고 극찬했던 그녀의 입술은 이제 어떤 말도 하지 못한다. 게다가 내가 그날 밤 레이코의 집에서 문제의 사진과 필름을 훔쳐 온 것은 영원히 어느 누구에게도 알려질 일이 없다. 그 사진과 필름은 역시 그날 밤에 아카사카 맨션의 옛날식 난로에 처넣어 불태워버렸으니까.

오늘 아침에 전화를 끊은 뒤, 그녀는 서둘러 옷을 갈아입고 집을 나왔다. 삿포로의 호텔 연회장에서 오후 3시에 열리는 패션쇼에 참석하기 위해 하네다 공항에서 치토세행 비행기를 탔다. 도쿄를 떠날 때는 맑았던 하늘이 치토세 공항에 내려서자 쥐색으로 꽁꽁 얼어붙어 쉴 새 없이 눈을 쏟아냈다. 하늘뿐만 아니라 계절 하나를 통째로 건너뛴 것처럼 느닷없이 어깨에 떨어져 작은 물방울로 사라지는 눈이 거짓말 같기만 했다. 그렇다, 거짓말이다. 모두 다 거짓말이다. 오늘 아침의 전화도, 그날 밤의 일도, 요정이나 작은 악마처럼 내 곁에서 웃고 장난치던 그 여자가 올 2월에 갑작스럽게 무서운 협박자로 표변한 것도….

문을 노크하는 소리가 났다. 현재 하는 디자인 일을 반절 넘게 맡고 있는 야마가미 아키라가 오늘 패션쇼의 매상을 들고 온 것이다. 작년부터 지방에서 하는 쇼는 모두 야마가미에게 넘겼는데 최근 들어 젊은 디자이너들의 활약은 눈부신 데가 있었다. 실은 한 세대 전까지는 디자이너라고 하면 오트 쿠튀르로 유명 인사나 재벌가 사모님들에게 특권층이라는 허영심을 채워주는 의상을 만들어주는 존재였다. 하지만 최근 십 년 사이에 패션은 일반 대중을 위한 산업으로 바뀌었다. 특히 젊은이가 문화의 중심에 서면서 십 대와 이십 대가 구매층에서 가장 큰 비중을 차지하고, 그런 세대의 감각을 민감하게 캐치해 내는 젊은 디자이너들이 인기를 끌었다. 견직물의 프라이드보다 목면의 대중성이, 파리의 엘레강스보다 뉴욕의 현대성이, 오트 쿠튀르보다 기성품이 패션의 주류가 되어가고 있었다.

그녀도 언제까지나 이십 년 경력과 견직물의 프라이드에만 기댈 수는 없었다. 선배 디자이너는 물론이고 파리나 밀라노의 세계적 디자이너들까지 전통의 성채를 지키면서도 한편에서 기성복 제조에 착수했다. 심지어 가구며 주방 용품과 침구에 자신의 이름을 찍어 판매망을 넓히기에 혈안이었다. 냉장고며 이불에까지 '기미코 마가키'라는 이름을 넣는 것은 자부심이 허락하지 않았지만, 그래도 지난 이삼 년 동안 오트 쿠튀르에 주력하던 데서 프레타포르테로 서서히 변화를 꾀해왔다. 지난가을 컬렉션에도 목면을 사용한 편한 디자인을 대폭 도입했다. 파리와 도쿄에서의 컬렉션에서는 여전히 그녀의 특기인 고전적인 선을 기조로 보석만큼 값비싼 의상을 중심에 앉혔지만, 지방 컬렉션에는 당일 완판을 목표로 80퍼센트는 젊은이 대상의 대중적인 옷을 내놓기로 했다. 그리고 올해부터는 그런 지방 컬렉션에 그녀도 직접 얼굴을 내밀며 가능한 한 젊은 대중들과의 접점을 늘리려고 노력하고 있었다.

이곳 삿포로까지 일부러 찾아온 효과가 있었는지 쇼 행사장은 젊은 여성들로 가득 차고, 프레타포르테라고 해도 보통 기성복보다 몇 배는 비싼 옷들이 쇼가 끝나고 삼십 분 만에 완판되었다. 게다가 목표했던 물량의 두 배 가까운 추가 주문도 들어왔다.

야마가미가 테이블에 꺼내놓은 돈다발과 수표가 오늘 행사의 성공을 말해주고 있었다.

"네 덕분이야. 내년부터는 오트 쿠튀르와 프레타를 완전히 나눠서 프레타 쪽의 디자인은 전적으로 네게 맡길 생각이야."

그녀의 말에 열여섯 살 연하의 야마가미는 미소로 답했다. 방을 나가는 참에 긴 머리를 넘기며 돌아보았다.

"행사장은 정리가 끝났습니다. 폐장하고 열쇠를 프런트에 돌려줘도 될까요?"

"아니, 그냥 그대로 둘래? 그 공간에는 훨씬 더 잘 어울리는 무대 배치가 가능할 것 같아. 내년 봄 쇼도 이곳을 이용할 생각이니까. 내가 이따 내려가서 고민해볼게."

야마가미는 여성스러운 핑크빛 입술로 다시 미소를 짓고 방을 나갔다.

그녀는 곧바로 수표를 손끝으로 헤아리며 액수를 계산해보려고 했다. 하지만 손가락은 어느새 세월의 페이지를 넘기고 있었다. 그렇다, 오 년 전에는 그 여자애도 단지 이런 수표 한 장에 지나지 않았다….

오 년 전 가을, 그녀는 한 잡지 화보에서 바다를 배경으로 얇은 흰 드레스를 입고 홀로 서 있는 열일고여덟 살의 여자애를 보았다. 순간 전율과도 같은 감동이 밀려왔다. 아직 소녀인데도 지나칠 만큼 까만 눈동자에는 성숙한 여성의 권태감이 떠돌고, 천사처럼 부드러운 곡선의 입술에는 악과 밤의 어둠을 닮은 신비한 암색暗色이 있었다. 흰 드레스에 비쳐 보이는 실루엣에도 모델을 위해 태어난 듯 가늘고 유연한 선이 있었다. 흰 드레스를 입혀 바닷가에 세워둘 여자애가 아니야, 밤의 어둠을 배경으로 까만 라메(금실, 은실 등의 반짝이는 금속 실인 라메사를 넣은 직물) 드레스를 입혀야지. 이 아이라면 내 디자인의 고전적인 라인을 이케지마 리사보다 훨씬 더 잘 소화해낼 게 틀림없어.

그렇게 확신하고 그녀는 즉시 그 사진을 찍은 사진작가 기타가와 준에게 연락했다. 기타가와는 당시 삼십 대의 신인 사진작가로, 그녀도 일을 통해 얼굴은 알고 있었다. 기타가와는 그 여자애를 우연히 길에서 발견해 스카우트했다고 말했다. 잡지 사진을 보고 벌써 영화사에서도 배우로 키우고 싶다는 제안이 들어온 모양이었다. 하지만 배우는 될 수 없는 아이라는 게 기타가와의 생각이었다. 아주 매력적인 표정을 가졌지만, 그게 단지 두 종류뿐이라는 것이다. 화려함의 어딘가에 그늘진 뜨거움을 함께 짜 넣은 듯한 신비한 시선, 얼음이 불타오르는 기적마저 믿게 할 듯한 시선뿐이었다.

"그래, 모델이야. 모델로서는 완벽한 표정이지."

그녀는 수화기에 대고 저도 모르게 그렇게 부르짖었다.

실제로 만나보니 예상보다 키가 작았지만 아름다움은 사진보다 훨씬 더해서 얼굴의 화려함이 자그마한 몸매를 커버해주었다. 당장 자신이 디자인한 검은 레이스의 옷을 입혀봤더니 생각했던 대로 디자인의 고전적인 라인이 여자애의 얼굴과 몸매에 어우러져 지금까지의 어떤 모델보다 생생하게 살아났다. 표정뿐만 아니라 허공을 떠도는 듯한 몸짓도 애초에 모델로 태어난 아이라고 할 수밖에 없었다.

그녀는 그 자리에서 백만 엔 수표를 끊어 여자애에게 건넸다.

한 달 동안 워킹을 연습한 것만으로 곧장 쇼 무대에 세웠다. 그녀가 디자인한 의상을 살려주는 것만이 아니라 여자애를 보고 있으면 상상력이 자극을 받아 차례차례 새로운 디자인이 떠올랐다. 쇼를 코앞에 두고 새로운 디자인으로 다시 만든 다섯 벌의 드레스를 무대에 올렸다. 그날 쇼의 꽃은 인기 모델 이케지마 리사였다. 하지만 손님들이 뜨거운 상찬의 시선을 보낸 것은 다섯 벌의 새로운 드레스와, 드레스의 아름다움을 완벽하게 표현해낸 한 명의 신인 모델이었다. 그 쇼 무대 때부터 그녀는 여자애에게 미오리 레이코라는 이름을 붙여주었다.

그녀의 쇼 무대에 두세 번 등장한 것만으로 레이코는 다른 디자이너들의 주목을 받았다. 반년 후 가을 컬렉션에는 벌써 일류 디자이너들이 레이코의 스케줄을 놓고 쟁탈전을 벌였다. 그리고 석 달 뒤에는 일본 패션계의 원로 다지마 신지가 병상의 몸을 이끌고 레이코를 위해 서른 벌의 이브닝드레스를 디자인했다는 게 알려지면서 큰 화제를 불렀다. 안타깝게도 암에 걸린 다지마는 한 달 후에 세상을 떠났고 그 얘기는 기획만으로 끝나버렸다. 하지만 두 달 뒤에 파리의 톱 디자이너 르네 마르탱이 봄 컬렉션에 돌연 레이코를 기용했다. 단 일 년 만에 미오리 레이코의 이름은 유럽에까지 알려져 이케지마 리사를 능가하는 톱 모델로 손꼽히게 되었다.

인기를 얻은 것과 함께 레이코에 대한 나쁜 소문이 떠돌았다. 건방지고 변덕스럽다, 제멋대로 군다, 젊은 디자이너의 일 따위는 태연히 핑크를 낸다, 디자인이 마음에 안 들면 일부러 개막 직전에야 나타나 관계자들을 힘들게 한다….

그런 소문이 결코 근거 없는 가짜 뉴스가 아니라는 것을 그녀도 알고 있었다. 하지만 자신의 이름을 세상에 알리게 해준 걸 고맙게 생각했는지 그녀 앞에서는 딱히 불만을 토로하는 일도 없었고 그녀가 연락하면 언제라도 스케줄을 조정해 쇼에 나와주었다. 다만 변덕스러운 데가 있는 건 사실이었다. 기분이 좋은지 깔깔 웃어대는가 싶더니 문득 차가운 옆얼굴을 내보이며 한 마디도 안 하기도 하고, 쇼 개막 직전에야 나는 저 옷이 더 좋다면서 그녀가 몇 날 며칠 고민해가며 공들여 만든 드레스를 싹 무시하고 자신에게 맞지도 않는 소녀 같은 옷을 고집하기도 했다. 하지만 그런 변덕도 작은 악마 같은 이 아이의 신비한 매력이라고 그녀는 호의적으로 생각해왔다.

데뷔하고 이 년 뒤, 대기업 섬유회사의 텔레비전 광고가 불씨가 되어 모델로서만이 아니라 스타로서도 인기에 불이 붙었다. 전국의 젊은 팬들이 보내는 뜨거운 성원과 함께 뒤에서는 예전보다 더욱 좋지 않은 소문이 떠돌았다. 디자인이 마음에 안 든다면서 르네 마르탱의 쇼 무대 도중에 뛰쳐나왔다, 그 여자가 파리에 가는 건 남자 사냥을 위해서다….

인기가 폭발하는 것과 동시에 레이코는 하라주쿠의 맨션으로 거처를 옮겼고, 그때까지 매니지먼트를 해준 모델 클럽에서도 독립했다. 그전부터 하기 싫은 일은 태연히 펑크를 내고 반쯤은 이미 독립한 모양새로 자기가 원하는 대로 일했었다. 그런 식으로 제멋대로 구는 일이 독립과 함께 한층 더 심해졌다.

그녀 앞에서도 이전처럼 귀여운 변덕쯤으로 봐줄 수 없는 오만한 태도를 취하기 시작했다. 레이코는 특히 검은색과 보라색, 거기에 골드나 실버 같은 밤을 위한 색깔이 잘 어울리고 다른 색도 대체로 무난하게 입어냈다. 유일하게 절대 어울리지 않는 게 흰색이었다. 흰색을 입으면 피부가 창백하게 보여서 묘하게 허전한 느낌이 났다. 다른 디자이너들도 쇼의 피날레를 장식하는 웨딩드레스만은 레이코에게 입히지 않았다. 창백한 피부와 표정에 배어든 밤의 어둠이 결혼 축가의 명랑함과는 너무도 어울리지 않는 것이다. 오히려 상복이 더 잘 어울릴 것 같아서 한번은 쇼의 마지막을 레이코의 상복으로 장식해볼까, 진심으로 고려해본 적이 있을 정도였다. 그런데 어느 쇼에선가 자신이 꼭

118

웨딩드레스를 입겠다, 입게 해주지 않으면 이번 쇼뿐만 아니라 앞으로 어떤 쇼에도 나가지 않겠다고 펄펄 뛰며 화를 냈다. 그때 웨딩드레스를 입기로 정해진 모델은 이케지마 리사였다. 레이코의 기분을 풀어주겠다고 톱 모델 리사를 화나게 할 수는 없었다. 어떻게든 달래보려고 했지만 결국 레이코는 쌩하니 대기실을 나가버렸다. 내내 선생님, 선생님, 하며 따르더니 어느새 호칭이 '당신'으로 바뀌고 사소한 일에도 불평을 늘어놓고 있었다.

그래도 레이코를 잃고 싶지 않아서 그런 행동까지 눈감아줬지만, 그 무렵의 오만함에는 아직 어딘가 천진한 데가 있었다. 펄펄 뛰며 화를 내도 다음에 만나면 웃는 얼굴로 죄송하다고 순순히 사과하고 기분을 풀어주려는 듯 유난히 애교를 떨며 매달렸다.

그런데 올 2월 말의 어느 날 밤이었다. 갑작스럽게 그 일이 일어났다.

그날 밤, 도쿄 거리에도 지금처럼 하얀 눈발이 날렸다. 한밤중에 일을 끝내고 돌아와 잘 준비를 하는 참에 차임벨이 울렸다. 문을 열어보니 레이코가 검은 레이스의 옷을 입고 서 있었다. 자신의 맨션에 사람들을 불러 파티를 하다가 너무 따분해서 혼자 빠져나왔다, 라고 말했다. 차가운 밤공기 때문인지 평소보다 피부가 창백한 게 검은 레이스가 지나칠 만큼 잘 어울렸다. 종이 여러 장을 둘둘 말아 리본으로 묶은 것을 품에 꺼안듯이 들고 있었다. 그녀는 레이코를 거실로 안내하고 술을 내주었다. 레이코는 술잔을 기울이며 십여 분을 방금 전 파티에서 들었다는 우스운 이야기도 해가며 즐거운 듯 종알거렸다. 그리고 그녀가 "정말

잘 어울린다, 그 옷"이라고 칭찬했을 때였다. 레이코가 문득 자리에서 일어서더니 쇼 무대처럼 춤을 추면서 물었다.

"생각나요, 이거? 당신이 처음 내게 입혔던 옷인데."

미디 기장의 옷자락 끝을 일부러 어긋나게 만들었는데 그게 찰랑거리면서 레이코의 무릎을 검은 혓바닥처럼 핥고 있었다.

"물론 기억하지. 몸매가 그때와 전혀 달라지지 않았어. 아까부터 놀라고 있었지. 역시 그 옷이 가장 레이코다워."

그녀가 말을 마치자마자 문득 레이코는 동작을 멈췄다. 그리고 웃음을 지은 채 말했던 것이다.

"이 옷, 너무 싫어. 옷뿐만이 아니야. 이걸 디자인한 중년 아줌마도 진짜 싫어."

미소와는 다르게 전혀 딴 사람 같은 목소리였지만, 너무도 갑작스러운 말이라서 그녀는 농담이라고 생각할 수밖에 없었다. 지금까지 레이코가 그렇게 노골적인 말투를 쓴 적은 없었던 것이다.

그녀가 피식 웃어넘기려고 하자 레이코는 소파 위에 놓인 둘둘 말린 종이의 리본을 풀었다. 그리고 한 장 한 장 그녀의 눈앞에 들이대며 말했다.

"나는 돌아가신 다지마 선생님이 디자인한 옷이 아니면 좋아하지 않거든요."

"어, 어떻게 그걸 네가 갖고 있어?"

저절로 신음 같은 소리가 튀어나왔다.

작년 가을 컬렉션 석 달 전이었다. 좋은 착상이 떠오르지 않아 괴로워하던 그녀에게 레이코가 그 서른 장의 디자인 그림을 가져와 말했던 것이다.

"이걸 쓰시는 게 어때요? 하나같이 멋진 이브닝드레스예요."

한눈에도 다지마 신지의 손에서 나온 디자인임을 알아볼 수 있는 스케치였다.

"어떻게 된 거야, 돌아가신 선생님 그림이잖아?"

"마지막에 병문안을 갔을 때 나한테 주셨어요. 나를 위해 병실에서 아무도 몰래 그리셨대요. 유서라고 생각하신 거겠죠. 누군가에게 만들어달래서 입으라고 하시던데, 죽어가는 사람이 디자인한 옷이라니, 어쩐지 꺼림칙해서 아무한테도 보여주지 않고 그냥 넣어뒀죠. 근데 요즘 당신이 너무 힘들어하는 것 같아서⋯. 이 옷, 만들어 봐요, 내가 쇼 무대에 입고 나가줄 테니까."

그녀는 반사적으로 고개를 저었다. 그런 짓은 할 수 없다는 뜻이 아니었다. 디자인 하나하나가 참신해서 죽음을 코앞에 둔 노인의 작품이라는 게 도저히 믿어지지 않았다. 디자인의 선은 예전의 다지마와는 다르게 기발한 발상이었지만 여자의 목이 지나치게 긴 것이며 얼굴에 숙인 눈만 그려 넣는 특징은 틀림없이 다지마의 것이었다.

"다지마 선생님 작품이라는 거, 아무도 몰라요. 걱정할 거 없어요."

레이코가 그렇게까지 말해줬기 때문에 그 자리에서 다음 컬렉션에 그걸 쓰기로 마음먹었던 것이다. 이런 디자인을 사장시키는 건 너무 아깝다, 라는 것이 타인의 디자인을 도용하는 꺼림칙함에 대한 그녀의 변명이었다.

실제로 사용한 것은 서른 벌 중 스무 벌이지만, 가을 컬렉션에서는 예상대로 그녀에 대한 평가가 부쩍 높아졌다. 고객도 다른 디자이너들도 그녀에게 아직 그런 기발한 선을 생각해내는 신선한 재능이 남아 있다는 것에 눈이 둥그레졌다. 새삼 다지마는 천재였다고 통감할 수밖에 없었다. 선 하나하나가 온전히 레이코만을 위한 것이어서 레이코가 드레스를 돋보이게 하고 드레스 또한 레이코를 돋보이게 했다. 자신은 이만큼 레이코에게 잘 어울리는 드레스는 만들지 못한다고 깨달았다. 다행히 아무도 디자인에 의심을 품는 일은 없었다.

레이코가 그걸 들고 왔던 날, 밤을 새워 모조리 자신의 손으로 다시 그리고 다지마의 원화는 불태워버렸다.

그런데 그 그림들이 다시 눈앞에 나타난 것이다.

"내가 복사해뒀거든요."

레이코는 종이로 그녀의 뺨을 스윽 훑으며 말했다.

"왜 네가 그걸…."

"물론 이 그림들을 세상에 알려서 당신의 명예를 땅에 떨어뜨리기 위해서죠. 명예만이 아니에요. 당신의 모든 걸 잃게 만들 거예요."

레이코는 당연한 일이라는 듯이 대답했다.

"대체 왜…. 나는 너를 모델로 키워준 사람이야. 지금 네가 누리는 성공은 모두 내가 만들어준 거란 말이야."

레이코는 깔깔거리며 웃었다.

"성공? 이렇게 속속들이 망가졌는데 어떻게 이게 성공이죠? 당신처럼 원래부터 거짓투성이인 사람에게는 딱 맞는 세계 겠죠. 하지만 나한테는 전혀 아니에요. 그런데도 당신은 차례차 례 거짓 옷을 입혀 나를 뼛속까지 더러운 색깔로 물들였어요. 이 따위 옷, 나는 한 번도 좋아서 입었던 적이 없다구요."

레이코는 유리잔의 술을 옷자락에 쏟더니 라이터로 불을 붙였다. 검은 레이스가 불꽃이 되어 타올랐다. 진홍색과 검은색 의 두 가지 불길이 뒤섞이는 것처럼 보였다. 그대로 레이코는 놀 라서 멍해져 버린 그녀에게 덮치듯이 안겨들었다.

"철저히 파멸시켜드릴게."

귓가에 대고 속삭이는 레이코의 목소리도 불처럼 뜨거웠 다. 그녀가 입고 있던 네글리제가 레이코의 옷자락의 불을 빨아 들여 후르르 타올랐다.

"이러지 마."

작게 부르짖으며 저항했지만 그녀를 껴안은 레이코의 팔 에는 믿을 수 없을 만큼 힘이 담겨 있었다.

"이거 놔!"

꽁꽁 묶인 채 고개만 내저으며 그녀는 소리쳤다. 두 사람의 머리칼이 엉켰다. 다음 순간, 서로 끌어안은 채 카펫 위에 쓰러졌 다. 그 충격으로 네글리제의 불은 꺼졌지만 레이코의 옷자락에 는 아직 빨간 조화라도 누벼놓은 듯 불꽃이 점점이 남아 있었다.

조화가 검은 연기를 피우고 있어….

멍하니 그런 생각을 하면서 반사적으로 소파 쿠션을 집어 불꽃을 내리쳤다.

그 후 팔 개월 동안 그녀는 그 작은 행동을 수없이 후회했다. 왜 그때 레이코의 옷에 붙은 불꽃을 꺼줬을까. 그대로 내버려 뒀으면 어리석은 여자가 실수로 옷에 술을 흘리고 담뱃불이 붙어 사망한 사고로 끝났을 것이다. 진홍빛 불길에 휩싸여 죽어가는 게 독살보다는 훨씬 더 그 아이에게 잘 어울리는 죽음이었을 것이다. 그런데 그걸 자신이 구해주고 말았다.

옷에 붙은 불이 꺼지자 그녀는 바들바들 떨리는 손으로 디자인 복사본을 움켜쥐고 라이터를 켰다. 복사본 한 장이 화라락 타면서 불꽃의 파편이 허공을 날았다.

"그래봤자 소용없어요." 바닥에 쓰러진 레이코가 킥킥거리며 말했다. "따로 사진을 찍어뒀거든요. 얼마든지 태워보세요."

그리고 지옥 같은 팔 개월이 시작되었다….

그녀는 수표 다발을 테이블에 툭 던져버렸다. 담배를 찾아 피우면서 벽에 걸린 거울을 보았다. 마흔여덟 살의 나이 든 여자가 고통스럽게 미간을 찌푸리고 있었다.

담배 연기를 훅 뿜어 얼굴을 지워버리고 자리에서 일어섰다. 이제 아무것도 다시 떠올릴 필요는 없다. 레이코는 죽었고 그녀의 집에서 가져온 사진과 필름은 다 태워버렸으니 이제 팔 개월의 고통은 모두 거짓이 된 것이다. 나는 다지마의 디자인을 도용한 적도 없고, 그것 때문에 그 아이에게 협박을 받은 적도 없다. 그건 모두 다 거짓이다….

"네, 얼마든지 찢으세요. 태워보시라고요. 또 인화해드릴 테니까."

그 아이가 한 달에 두 번은 그녀를 불러내 트럼프 카드처럼 사진을 펼쳐놓고 미소를 지어가며 마치 노래하듯이 위협하는 것을 그저 굴욕감을 곱씹으며 꾹꾹 참았던 것도.

"기미코 선생님은 돌아가신 다지마 선생의 영향을 크게 받으셨나 봐. 어쩐지 요즘 들어 라인이 비슷해진 것 같지 않나요?"

사람들 앞에서 그 아이가 큰 소리로 떠들 때마다 등줄기가 서늘해졌던 것도.

"내가 이렇게 부탁할게. 그 필름, 나한테 팔아. 내가 돈은 얼마든지 줄게."

그녀가 매달리듯이 애원했던 것도 전부 다 거짓이다.

그때 자신만 화상을 입고 그 아이는 상처 하나 없었지만, 그것도 거짓이다.

이십 년을 허식의 세계에서 살아오는 동안, 그녀는 어떤 진실도 자신에게 불리할 때는 모두 거짓이라고 제 마음까지 속이는 게 습관이 되었다. 그것만이 이 세계에서 어떻게든 살아남을 수 있는 무기였다. 그러지 않았다면 겉보기에는 화려해도 극채색 의상 속에 썩어 문드러진 살을 감추고 있는 이 세계에서 여자 혼자 몸으로 특별한 도움도 없이 마흔여덟 살까지 헤쳐 나올 수 없었다.

그녀는 호텔 방을 나와 엘리베이터를 타고 1층으로 내려갔다. 로비와 연결된 행사장은 두툼한 문 세 개가 나란히 이어졌다. 가장 앞쪽의 로즈룸이라는 공간이 오늘 패션쇼를 치른 곳이었다. 폭설 때문인지 로비에는 인기척이 없었다. 아무도 없는 소파 앞쪽에 텔레비전이 켜져 있었다. 아나운서의 말소리가 흘러나왔다. 로즈룸의 문을 열려다가 문득 '오늘 오후 4시, 도쿄 세타가야 구 세이조에서 월드섬유회사 사장 사와모리 에이지로 씨가 엽총으로 자살했다고 합니다'라는 뉴스가 귀에 들어와 그녀는 몸을 돌렸다.

텔레비전 화면은 자살한 사람의 자택을 보여주었다. 이어서 나온 사진 속 남자를 그녀는 잘 알고 있었다. 레이코가 광고 모델로 출연한 섬유회사 사장이다. 삼 년 전 기성품에도 진출하기로 마음먹었을 때 레이코에게 부탁해 한 차례 만난 적이 있었다. 키가 작은 편인데도 어깨 너비를 강조하려는지 묘하게 가슴을 젖히며 거드름을 피우는 남자였다. 그때는 아무래도 수상쩍은 느낌이 들어 결국 다른 섬유회사와 제휴했다. 그런데 그가 자살을 했다는 것인가.

그녀는 머뭇머뭇 텔레비전 쪽으로 다가갔다. 자살 동기는 회사의 경영 부진 때문인 것으로 추정된다는 말에 이어 신경증이라는 단어가 들렸다. 그리고 화면이 다시 아나운서로 돌아오는 것과 함께 그 아이의 이름이 나왔다.

"며칠 전 패션모델 미오리 레이코 씨가 독살당한 사건이 큰 충격을 안겼지만, 사와모리 씨의 유서에는 레이코 씨를 자신이 살해했다, 레이코 씨에게 2월경부터 회사 경영에 대한 일로 협박을 당했고 그런 이유로 살해했다, 라는 내용이 적혀 있었다고 합니다. 경찰에서는 이미 이 사건으로 레이코 씨의 전 약혼자였던…."

저도 모르게 목까지 튀어나온 비명을 가까스로 두 손으로 틀어막았다. 프런트 직원이 의아한 듯 이쪽을 쳐다보는 것을 깨닫고 그녀는 입술을 파르르 떨며 미소를 짓고 텔레비전 앞을 떠났다.

거짓말이야!

그렇게 소리치려고 했던 것이다.

행사장의 묵직한 문을 힘주어 열고 안으로 들어갔다. 실내
는 단지 칠흑의 어둠이었다. 손으로 더듬더듬 스위치를 찾아 누
르자 천장의 연한 불빛이 널찍한 공간을 비춰냈다. 깨끗이 정리
되어 단지 회색 벽과 회색 카펫이 깔린 바닥뿐이었다. 이 공간에
서 바로 세 시간 전까지 음악이 연주되고 드레스가 우아하게 휘
날리고 옷자락이 가볍게 펄럭일 때마다 사람들의 박수가 끓어오
르는 축제가 연출되었다. 하지만 그 행사도 1천6백만 엔의 현금
만 남기고 끝나버렸다. 바로 몇 시간 전의 화려함을 환상으로도
떠올리기 힘들 만큼 공간은 썰렁하게 얼어붙고 괴괴하게 가라
앉았다. 쇼가 끝난 것뿐만 아니라 허식의 빛깔로 물들었던 지난
이십 년이 얼어붙은 벽의 공간에 갇혀 모두 다 끝나버린 듯한 마
음이 들었다.

그녀는 천천히 뒷손으로 문을 닫았다. 그날 밤에도 그랬다.
그날 밤에도 그녀는 장갑을 낀 손으로 천천히 침실 문을 뒷손으
로 닫았다. 너무 힘을 주는 바람에 오른쪽 손목의 화상 자국이 방
금처럼 욱신거렸다. 힘을 주지 않으면 그 아이가 다시 침대에서
일어나 금세라도 거실로 나올 것만 같았다. 심장에 귀를 대고 그
소리가 영구히 끊겨버린 것을 분명하게 확인했는데도….

그러고는 거실 테이블을 치우기 시작했다. 의사의 물건만
남기고 자신의 것은 지문까지 모조리 그 방에서 지워버려야 했
다. 하지만 왜 그랬을까. 왜 그런 짓을 했을까.

아까 텔레비전 뉴스를 보면서 왜 거짓말이라고 소리치려

고 했을까.

유서는 거짓말이야! 그 키 작은 젊은 사장이 범인일 리 없어. 바보 같은 중년 의사도 범인이 아니야. 아무도 레이코를 죽이지 않았어….

아무도 없고 아무것도 없는 공간의 너무도 차가운 공기는 그녀에게 더 이상 어떤 거짓도 허락하지 않았다. 이십 년 동안 몸에 둘렀던 거짓의 의상이 벗겨지고 그녀는 벌거숭이로 남겨졌다. 경찰에도, 오늘 아침 전화한 남자에게도 얼마든지 거짓말을 할 수 있지만, 쓸쓸하기 짝이 없는 이 공간에서는 어떤 거짓말도 할 수 없었다.

그렇다, 나는 다지마 선생의 디자인을 훔쳤다. 그것 때문에 그 아이에게 협박을 당했다. 팔 개월 동안 고통을 받았다. 그 아이는 정말로 내게서 모든 것을 앗아갈 작정이었다. 팔 개월 후인 11월의 어느 날, 그 아이에게서 전화가 걸려와 그야말로 신이 난 목소리를 냈을 때, 이제 협박 놀음도 끝이라는 것을 알았다. 다음 날 밤, 나는 그 아이의 집으로 연결되는 비상계단을 평소처럼 한 단 한 단 천천히 확인하면서 올라갔다. 차임벨을 누르자 곧바로 문이 열리고 그 아이가 얼굴을 내밀며 미소를 지었다. 내가 안에 들어갔을 때, 그 아이는 분명 살아 있었다. 그리고 한 시간 반 뒤, 내가 그곳을 나올 때는 죽어 있었다. 침대 위에 쓰러진 그 아이의 심장에 귀를 대고 확인했으니까 그건 틀림없다.

그렇다, 내가 죽인 것이다.

아무도 미오리 레이코를 죽이지 않았다. 나 말고는 누구도….

그리고 집을 나와 비상계단을 내려왔다. 이번에도 천천히 한 단 한 단 확인하면서. 한 단을 내려올 때마다 거짓말이야, 라고 가슴속으로 중얼거리면서. 다 내려올 때까지 모든 것을 거짓으로 만들어버리자고 생각했고, 실제로 마지막 단에서 발을 뗐을 때 내가 그 집에서 무슨 짓을 했는지, 그 아이에게 무슨 짓을 했는지, 다 잊어버렸다.

달음박질을 친 것은 그때부터였다. 그렇건만 오늘 아침에 전화한 사람은 어째서 내가 계단을 뛰어 내려왔다고 말했을까. 그자도 나와 마찬가지로 거짓말쟁이였을까. 그자는 대체 뭘 원하는 걸까. 키 작은 젊은 사장은 왜 유서에 자신이 그 아이를 죽였다는 거짓말을 남겼을까. 아나운서가 신경증이 이러니저러니 했었다. 죽기 전에 나와 마찬가지로 거짓과 진실의 구별도 못하고 그런 엉터리 같은 말을 남겼던 것일까. 언젠가 정말 죽고 싶어졌을 때, 나는 유서에 어떤 말을 남기게 될까….

그녀의 눈에 눈물이 맺혔다. 불쑥 하얀 종잇장이 머릿속에 떠오른 것이다. 최소한 죽기 전에나마 진실을 남겨두고 싶은데 그녀의 인생에는 글로 남길 만한 진실한 말 따위, 단 한 마디도 없었다.

북녘의 도시에서, 눈에 갇힌 호텔에서, 축제가 끝난 공간에서, 마흔여덟 살의 여자는, 한 살인자는 오로지 고독하고 또 고독했다.

7장

誰か

누군가

요요기 공원 뒤쪽의 카페, 창가 자리에 앉아 그는 다시 오늘 아침 전화의 의미를 생각하고 있었다. 그리고 또 한 가지, 불과 일 분 전에 카페의 텔레비전 뉴스에서 흘러나온 사와모리 에이지로라는 젊은 사업가의 자살의 의미를….

어째서 전화 목소리는 그런 말을 했는가. 어째서 사와모리는 유서에 미오리 레이코 살해를 고백했는가.

하지만 어느 쪽도 의미를 파악하지 못한 채 그는 멍하니 텔레비전 화면을 지켜보았다. 그때 '교통사고'라는 아나운서의 목소리가 들렸다. 멍한 시선의 초점이 맞춰지면서 화면의 사고 현장이 생생하게 보였다. 차 프런트가 찌그러지고 유리는 산산조각이 났다. 그는 반사적으로 고개를 돌려버렸다. 카페 창문 너머로 흘러간 시선은 밤바람이 도로 가로등 아래 흩어진 마지막 낙엽 몇 장을 빙글빙글 휩쓸고 올라가는 것을 포착했다. 그의 머릿속에서도 사고라는 단어가 회오리쳤다. 오 년 전부터 사고라는 단어를 들을 때마다 조건반사처럼 머릿속에 그런 차가운 회오리 바람이 덮쳐들었다.

회오리 속에서 항상 그렇듯이 한 여자의 얼굴이 나타났다. 얼굴은 반절 넘게 찌그러졌다. 어렸을 때 점토로 엄마 얼굴을 만들다가 실패해서 바닥에 내던진 적이 있었다. 점토는 추하게 찌그러져서 그게 진짜 얼굴이 아니라는 걸 알면서도 어린 마음에 공포감이 엄습했다. 여자의 얼굴은 망가진 점토와 흡사했다. 실제 인간의 얼굴은 결코 그런 식으로 찌그러져서는 안 되는데 그 여자는 실제 인간이었다. 게다가 내동댕이친 것은 이번에도 그의 손이었다. 정확히 말하면 그의 손이 핸들을 잡은 자동차였다.

132

오 년 전까지 그의 인생은 순조롭게 흘러갔다. 스포츠카로 고속도로를 쌩쌩 내달리는 식이었다. 실제로도 그는 스포츠카를 갖고 있어서 그날 밤에도 유쾌하게 내달렸다. 단지 그게 고속도로가 아니라 심야의 도심 뒷길이었다는 게 비극의 한 가지 원인이었다. 게다가 약간 술에 취해 신이 난 상태였기 때문에 사거리 신호등의 빨간색에서 아무런 위험도 감지하지 못했다. 그의 인생과 80킬로미터로 신나게 내달리던 차에 돌연 한 여자가 뛰어들었던 것이다.

급브레이크를 밟고 곧바로 차에서 내렸다. 길바닥을 껴안듯이 쓰러진 여자를 발견하고 삼 초쯤 망설였다. 하지만 의식을 잃은 여자를 차에 싣고 곧장 근처에 있는 지인의 성형외과로 데려갔다. 삼 초쯤 여자를 그대로 두고 도망칠까 망설였던 것인데 그는 정신을 잃고 꿈쩍도 안 하는 여자를 한밤중의 도로에 내버리고 갈 만큼 잔인한 인간은 아니었다. 물론 뺑소니를 치고도 끝까지 붙잡히지 않을 거라고 생각할 만큼 어리석은 인간도 아니었다.

원장은 친구 아버지이자 대학 시절에는 자기 아들보다 그를 더 좋아해 자주 술자리에 불러주던 분이었다. 그가 깊은 한숨을 내쉬며 말했다.

"다리는 곧 낫겠지만 얼굴은 도저히 원래대로 되돌릴 수 없어."

"어떻게든 방법이 없겠습니까?"

그는 몰아붙이듯이 물었다. 방법만 있다면 돈은 얼마든지 댈 생각이었다. 이 년 전에 아버지가 돌아가시면서 고향 집을 물려받은 형이 재산 분할이라고 1천5백만 엔을 보내줬다. 그 돈을 다 써도 좋다고 생각했다. 한참을 고개만 가로젓던 원장은 문득 조용한 눈빛으로 말했다.

"현재 국내 의료 기술로는 도저히 어렵지만, 이 의사라면 가능할지도 모르겠다."

그리고 독일인인 듯한 이름을 알려주었다. 뉴욕의 유명한 미용성형 외과의라고 했지만, 물론 그는 알지 못했다.

"할리우드 여배우 중 몇 명은 그의 손이 만들어낸 작품이라고 들었어. 아무튼 놀랄 만큼 솜씨가 좋아. 성형수술을 했다는 걸 아무도 모를 정도야. 그가 일본에 왔을 때 내가 두 번 만났어. 자신이 수술한 사람들의 사진을 보여주는데 얼굴선이 실로 자연스러웠어. 자네가 결심만 하면 소개장은 내가 써주겠네. 물론 그 여자 얘기도 들어봐야겠지만."

그는 단 오 초 만에 결심했다. 다행스럽다고 할까, 여자는 가족이 없었다. 아마 망가진 얼굴을 누구에게도 보여주고 싶지 않았는지, 친척과 친구는 몇 명 있지만 어디에도 연락하지 말아달라고 했다.

"뉴욕에서 수술을 받게 해줄 테니까 이번 일은 경찰에 비밀로 할 수 있을까?"

그의 말에도 여자는 조용히 고개를 끄덕였다.

여자의 망가진 얼굴을 제대로 본 것은 단 한 번, 여권용 사진을 찍을 때뿐이었다. 사고 때는 얼굴을 살펴볼 겨를도 없었고 그 뒤에는 새 얼굴로 바뀔 때까지 내내 붕대에 감겨 있었기 때문이다. 도쿄를 떠날 때와 뉴욕에 도착했을 때, 공항에서 여자는 두 번 붕대를 풀어야 했지만 그는 여자 얼굴이 아니라 세관 직원의 얼굴만 쳐다보았다. 도쿄와 뉴욕의 공항 직원들은 무표정을 유지하며 여자의 얼굴에서 느꼈을 놀람을 조금도 드러내지 않았다. 도쿄 병실에서 여권용 사진을 직접 찍어주며 그가 보였던 표정과 똑같았다. 아니, 렌즈를 통해 들여다보며 그는 여자에게 미소까지 건넸다. 하지만 사진을 찍자마자 다시 붕대를 감았을 때는 자칫 노골적인 안도의 한숨을 흘릴 뻔했다. 비행기 안에서도 여자는 붕대로 얼굴을 가리고 선글라스를 낀 채 창문 너머 운해雲海를 멍하니 바라보며 가만히 앉아만 있었다.

뉴욕 병원의 벽은 도쿄의 어떤 병원보다 더 하얀 색깔로 칠해져 있었다. 독일인 의사는 예전에 브라질인지 어딘지에서 체포되었다는 나치 장교를 닮은 풍모였지만 선량한 미소를 지으며 말했다.

"나는 반드시 비밀을 지킬 테니 걱정할 거 없다고 말해주시오. 사고를 당하기 전의 얼굴 사진은 가져왔습니까?"

도쿄의 성형외과 원장이 뉴욕에 보낸 편지에는 곧바로 답장이 왔고, 거기에도 예전 얼굴 사진을 최대한 많이 가져오라는 지시 사항이 적혀 있었다. 그는 도쿄를 떠나기 열흘 전에 여자에게 그 얘기를 전했지만 그녀는 고개를 저었다. 지금까지 살던 곳에 사진이 몇 장 있겠지만, 그곳에는 이제 돌아가고 싶지 않다는 것이었다.

여자는 자신의 과거에 대해 말하고 싶지 않은 눈치였다. 여자 대신 여권을 만들 준비를 할 때, 본적이 신주쿠 구라는 것과 현주소가 가와구치 시에 소재한 기숙사로 되어 있다는 것은 알아냈다. 하지만 여자는 그곳은 예전에 지내던 곳이고 지금은 다른 집으로 옮겼다고 말했다. 그렇다면 자신이 그 집에 가서 사진을 가져오겠다고 하자 여자는 다시 고개를 저었다.

"이번 사고는 아무에게도 알리고 싶지 않아요. 짐도 별로 없으니까 그냥 그대로 두면 돼요. 뉴욕에서 돌아오는 대로 다시 이사할 생각이에요. 지금 그 집에는 짐도 별로 없고 사진도 없어요. 그 대신 그림으로 그려줄게요. 제가 그림은 잘 그리는 편이에요."

턱뼈가 부서져 입을 움직일 수 없었기 때문에 톱니바퀴가 닳아빠진 듯한 목소리가 붕대 틈새로 새어나왔다.

여자는 가방에서 그때 도쿄에서 그린 다섯 장의 자화상을 꺼내 독일인 의사에게 내밀었다.

"이게 예전 얼굴이에요."

여자는 그렇게 말했다. 정면에서, 옆에서, 비스듬한 각도에서 실제 사진처럼 선명하게 얼굴이 그려져 있었다. 지극히 평범한 얼굴이었다. 아르바이트 통역이 여자의 말을 전하자 의사는 그림을 들여다보며 연신 고개를 끄덕이다가 물었다.

"이보다 더 아름다운 얼굴로 만들고 싶지 않습니까?"

여자는 잠시 생각해본 뒤에 대답했다.

"가능하면 더 아름답게 해주시면 좋겠어요."

의사는 만족스러운 듯 고개를 끄덕이고 지우개와 연필을 들더니 그림 속 여자의 코를 약간 높이고 눈은 살짝 크게 하고 뺨을 깎아낸 뒤에 여자 쪽으로 내밀었다. 선글라스 너머로 그림을 찬찬히 보더니 붕대를 감은 얼굴은 말없이 고개를 끄덕였다.

수술은 성공적이었다. 사 주일 뒤, 의사가 수정한 그림보다 더욱더 아름다운 얼굴로 변한 여자를 데리고 그는 뉴욕 거리를 구경했다. 마천루 사이사이를 걸으며 여자에게 물었다.

"정말로 아름다워졌어. 뉴욕까지 오기를 잘했지?"

실제로 사흘 전에 병실에 갔다가 지극히 자연스럽고 아름답게 빛나는 얼굴을 보았을 때, 기적이라도 일어난 듯한 놀람을 느꼈다. 여자의 대답을 들으려고 돌아봤을 때도 길 가던 흑인 두 명이 못 박힌 듯 여자 쪽을 쳐다보며 휘파람을 날렸다. 여자가 아무 대답도 하지 않아서 그는 다시 물었다.

"어때, 기쁜 거지?"

여자는 잠시 뒤에야 겨우 네에, 라고 작은 소리로 대답했다. 그 표정에서 여자의 속마음을 읽어낼 수는 없었다. 의사가 아직 이 주일 동안은 얼굴 근육을 움직여서는 안 된다, 먹을 때도 말할 때도 조심해야 한다고 당부했던 것이다. 자유의 여신상을 봤을 때도, 맨해튼의 야경을 봤을 때도, 여자는 아직 붕대라도 감고 있는 것처럼 무표정했다. 그게 화가 난 것처럼 보여서 그는 내심 걱정스러웠다. 몇 번이나 기쁘지 않으냐고 물었고 그때마다 여자는 네에, 라고 가는 숨이 새어 나오는 듯한 목소리로 응했다.

삼 일 동안 뉴욕을 구경하고 도쿄로 돌아왔다. 밤늦게 두 사람은 도쿄의 한 레스토랑에서 저녁 식사를 한 뒤에 헤어졌다. 일본에 돌아가면 지금까지와는 다른 삶을 살고 싶다고 말하는 여자에게 그는 조심스럽게 말했다.

"아직 2백만 엔쯤 남았는데, 원한다면 줄게."

하지만 여자는 자기도 저금해둔 게 좀 있다면서 거절했다.

변함없이 무표정이어서 마음속으로 무슨 생각을 하는지는 알 수 없었지만, 수술비로 1천만 엔이나 들었으니 더 이상 부담을 끼치고 싶지 않은 모양이라고 혼자 짐작했다. 여자는 요리에도 거의 손을 대지 않고 별다른 말도 없었다. 결국 아직 표정을 짓지 못해 인간의 얼굴로 완전히 완성되지 않은 상태인 여자와 그렇게 헤어졌다.

헤어지는 참에 그는 말했다.

"새로 방 구하면 연락해줄래? 그리고 힘든 일이 있으면 언제든지 연락해."

여자는 짧게 고개를 끄덕였다. 하지만 그뿐, 그 뒤로 이 년 동안 아무 연락도 없었다.

이 년 동안 여자가 어떻게 지내는지 그가 전혀 몰랐던 것은 아니었다. 솔직히 말하면 그 사고에 대해서는 얼른 잊고 싶었고, 그러기 위해서는 여자에 대한 것도 지워버리고 싶었다. 헤어지는 참에 연락하라고 했던 것은 단순히 책임감 때문에 던진 말이었다. 하지만 연락이 없었어도 여기저기서 그 얼굴을 마주치지 않을 수 없었다. 그가 1천만 엔을 들여 만들어준 얼굴이 미오리 레이코라는 신인 패션모델의 얼굴로 잡지 화보에, 지하철 차내 광고에 불쑥불쑥 나타났던 것이다. 자신이 한 여자에게 부여해준 얼굴이 남자들의 뜨거운 시선, 여자들의 선망의 시선을 받는다는 것을 알고 그는 설명할 수 없는 만족감을 느꼈다. 하지만 그 얼굴을 볼 때마다 사고 때의 둔탁한 충격이며 파인더 너머로 들여다본 파괴된 얼굴이 떠오르곤 했다.

잡지를 읽기가 무서워졌다. 이 년 후에 그 얼굴이 텔레비전 광고에까지 등장하자 텔레비전도 켜지 않게 되었다. 유일한 구원은 여자 쪽에서도 사고에 대한 기억은 다시 떠올리고 싶지 않은지 그에게 아무 연락도 안 한다는 것이었다. 자신의 미모가 인공적으로 만들어졌다는 것을 알고 있는 유일한 사람이라서 여자 쪽에서도 그를 피하고 싶을 터였다. 미오리 레이코는 성형에 대해 침묵을 지켰다. 원래부터 타고났다고 생각할 수밖에 없는 자연스럽고 매력적인 미소로 세상을 속이고 있었다.

그런데 텔레비전 광고에 등장하고 두 달 뒤, 지금부터 삼년 전의 어느 겨울밤이었다.

동료와 밤늦게까지 술잔을 기울이다가 요요기 오피스텔에 돌아가자 문 옆 계단에 한 여자가 웅크리듯이 앉아 있었다. 연한 갈색의 야수 같은 커트 머리가 흘러내려 얼굴을 반쯤 가리고 있었다. 은회색 밍크코트 차림이라서 실제로 한 마리의 아름다운 야수처럼 보였다. 누군지도 모른 채 그가 인사를 건네자 여자는 신음을 내더니 긴 손톱 끝으로 머리를 쓸어 올렸다. 이쪽을 올려다보며 그 얼굴이 미소를 지었다. 그가 돌아오기를 기다리는 사이에 잠이 들었던 걸까, 아직 꿈의 베일이 미소를 감싸고 있었다.

순간, 이 년 전 뉴욕의 의사가 여자에게 해준 것은 시술이 아니라 마술이었구나, 라고 생각했다. 잡지 사진에서 이미 여러 번 봤지만 처음으로 직접 마주한 미소는 눈과 코와 입술을 악기 삼아 완벽하게 조화로운 음악을 연주하는 것 같았다. 아마도 의사는 여자가 어떤 식으로 미소 짓게 될지, 작은 근육의 움직임까지 정밀하게 계산해 이 여자의 얼굴을 만들었는지도 모른다는 생각까지 들었다.

"오랜만이네요."

그렇게 말을 건네는 여자의 목소리는 꿀이 뚝뚝 떨어질 듯 달콤했다. 실제 목소리를 들은 건 그게 처음이었다. 의사도 이 목소리는 알지 못했겠지만 그 소리에 맞춰 입술 모양까지 바꿔준 듯한 느낌이었다.

그는 상당히 술에 취한 여자를 집으로 데려갔다.

"크게 성공했던데? 멀리서나마 응원했어."

"그렇지도 않아요. 이 세계라는 게 별로 행복하지 않거든요." 여자는 미소의 그늘이 짙어지더니 그 표정 그대로 중얼거렸다. "외로울 때가 더 많답니다."

패션계의 속내를 실제로 들여다보면 얼마나 지저분한 곳인지 모른다는 얘기를 한참 했다. 그리고 문득 말을 끊었다가 다시 입을 열었다.

"이 년 전이었나요? 헤어질 때 힘든 일이 있으면 언제든 연락하라고 했죠?"

"그랬지. 아, 무슨 힘든 일이라도 있는 거야?"

그의 말에 여자는 술 취한 눈으로 잠시 멍해져 있었다.

"글쎄 뭐가 힘들었나…. 아, 그렇지, 방금 전까지 사람들과 같이 있었는데 너무 외로워서 그만 죽자고 결심했어요. 그랬더니 문득 당신이 생각나서…. 이상하죠, 당신은 그 사고 때 내 끔찍한 얼굴을 다 봤고, 그래서 가장 떠올리고 싶지 않은 사람인데. 실은 전부터 보고 싶어서 몇 번이나 찾아오려고 했어요."

"지금이라도 왔으면 됐지. 나도 보고 싶었어."

그가 미소를 지으며 말하자 다정한 분이시네, 라고 불쑥 중얼거리더니 잠깐 쉬게 해달라면서 여자는 코트를 입은 채 그의 침대 한쪽에 몸을 눕혔다.

한참이나 빨지 않은 시트여서 자칫 모피코트가 더러워질 것 같았다. 그가 걱정이 되어서 그렇게 말했더니, 괜찮아요, 이런 시시한 밍크코트, 라고 대답했다.

두 시간쯤 자고 그녀는 일어났다.

"고마워요. 그만 갈게요."

그렇게 집을 나가려다가 그녀는 침대 외에 거의 아무것도 없는 방을 둘러보며 물었다.

"이 방, 좋아요. 죽고 싶을 만큼 외로워지면 또 와도 돼요?"

그는 고개를 끄덕인 뒤 조심스럽게 말했다.

"차로 데려다줄까?"

그녀는 고개를 저었다.

"밤거리 걷는 걸 좋아하니까 걸어서 갈래요."

그리고 계단에 의지하는 듯한 발소리를 울리며 돌아갔다. 차 조심해, 라는 인사를 하려다가 그는 급히 그 말을 꿀꺽 삼켰다.

이후로 그녀는 한 달에 한 번은 그의 집에 찾아왔다. 특히 외국에서 돌아왔을 때는 공항에서 곧장 달려와 국내에서 몇십만 엔을 호가하는 라이터며 시계를 선물이라면서 건네주었다.

"괜찮아요, 돈은 남아돌 만큼 많으니까. 당신도 좋은 직장에 다니니까 경제적으로 힘들지는 않겠지만, 혹시라도 필요할 때는 언제든지 말해요. 수술비 천만 엔도 갚아줄까 했거든요."

아니, 그건 내 책임이니까, 라고 대답하자 그녀는 흐뭇한

듯이 웃었다.

"그래요, 그 천만 엔은 당신의 착한 마음이라고 생각하고 받아둘게요. 나, 처음에는 당신을 원망했어요. 하지만 이 업계에 들어와 보니 조금은 알겠더라고요. 진짜 더러운 인간들이 득실 득실해요. 사람을 엉망진창으로 상처 입히고 그러고도 여차하면 책임 회피에 급급한 자들뿐이에요. 당신은 그래도 할 수 있는 만 큼은 해줬는데."

그녀가 그쪽 세계에서 행복하지 않다는 건 사실인 것 같았 다. 패션계의 내막을 자주 들려주었지만 참으로 허영심과 에고 이즘과 질투가 소용돌이치는 썩어빠진 세계였다. 그녀의 몸이 1억 엔의 돈으로 매매된 적도 있다는 말을 듣고 그가 분개하자 그녀는 다시 미소를 지으며 말했다.

"당신은 착해요."

그런 세계에 지쳐 잠깐의 위안을 바라며 찾아온다는 건 그 도 알고 있었다. 그녀는 완전히 과거를 내버렸다. 새 얼굴이 된 뒤로 한 번도 예전의 친지는 만난 적이 없고, 그들 쪽에서도 설마 인기 모델 미오리 레이코가 과거에 알고 지냈던 그 아이인 줄은 모르는 모양이었다. 연락해온 사람은 아무도 없다고 했다.

"모르겠죠, 이렇게 변해버렸는데."

빨간 매니큐어 때문에 그것도 만든 것처럼 보이는 손톱 끝 으로 그녀는 만들어진 얼굴을 쓰다듬으며 말했다.

새 얼굴은 그녀가 그린 자화상의 선이 모두 없어진 건 아니 었다. 친척이나 친구라면 예전에 자신들이 알던 아이와 미오리 레이코가 많이 닮았다는 느낌은 받았을 것이다. 하지만 그 평범한 얼굴이 이토록 아름답게 변하는 건 기적 같은 일이라서 결국 딴사람이라고 생각했을 것이다.

하지만 그녀는 스스로 과거와의 관련을 일절 끊어내려고 하는 것 같았다. 어느 날 그녀가 얘기한 적이 있었다.

"텔레비전은 광고 외에는 나가지 않기로 했어요. 내 목소리는 특징이 강해서 예전에 알던 사람들이 눈치챌 것 같아."

성형수술을 들킬까 봐 두려워하는 것만은 아닌 모양이었다.

"과거 일은 떠올리기 싫어요. 얼굴이 변하고 사는 세계도 달라지고, 이제 예전으로는 돌아갈 수도 없어요."

그렇게 말하는 그녀에게 그가 미안하다는 얼굴을 하자 "괜찮아요, 당신 책임이 아니에요"라고 오히려 그녀 쪽에서 위로하는 투가 되었다.

"이 얼굴이 성형이라는 걸 아는 사람은 당신뿐이에요."

술에 취해 그렇게 말한 것도 그날 밤이었다. 아닌 게 아니라 미오리 레이코의 얼굴이 인공적으로 만들어진 것을 아는 사람은 그녀 자신과 그, 그리고 뉴욕의 의사뿐이었다. 그 의사를 소개해준 원장에게는 귀국 후에 수술이 성공적이었다는 소식만 알렸을 뿐이다.

"하지만⋯." 그녀는 문득 생각난 듯 의미심장한 웃음을 지으며 말했다. "실은 한 명 더 있어요, 금세 알아본 사람이. 근데 그 사람이 나를 협박하고 있답니다."

그런 위험한 얘기를 그냥 흘려 넘길 수는 없었다. 미오리 레이코의 성형을 누군가 알았다면 그가 교통사고를 낸 것도 알려지고 만다. 레이코는 원망하지 않는다고 했으니 이제 새삼 경찰에 신고하고 나설 리는 없지만, 남의 얼굴을 뭉개는 사고를 낸 것은 누구에게도 들키고 싶지 않았다.

"그게 누구지?"

걱정이 되어 물어보니 그녀는 고개를 저으며 이름은 말하고 싶지 않다는 의사를 표했다.

"어떻게 그걸 알았어?"

"그 사람한테는 어쩔 수 없이 들키게 되어 있어요."

"하지만 친지들이 예전의 너와 닮았다고는 생각해도 설마 동일 인물인 줄은 모를 텐데? 레이코도 그렇게 말했잖아."

"하지만 그 사람은…." 그녀는 하려던 말을 담배 연기로 얼버무렸다. "아이, 됐어요. 잊어버려요, 방금 한 얘기는."

"그래도 그 사람이 협박을 한다면서?"

"괜찮아요, 푼돈을 뜯어가는 거니까. 돈이라면 얼마든지…. 아이, 잊어버리라니까요. 혹시라도 난처한 일이 생기면 상의할 테니까."

그녀는 그 말을 잊어버리게 할 마술처럼 담배 연기를 그의 얼굴에 후욱 뿜었다. 아무래도 마음에 걸렸지만 그날 밤 딱 한 번 얘기했을 뿐, 두 번 다시 그 말을 꺼내는 일은 없었다.

그것과는 전혀 다른 의미에서 그녀가 '협박'이라는 말을 내뱉은 것은 그때로부터 일 년 반이 지난 올해 3월이었다.

일 년 반 사이에 그와 미오리 레이코의 관계는 부쩍 친밀해졌다. 어느 날, 두 달 만에 찾아온 레이코는 그의 침대에 나란히 누웠다.

144

"여태 로마에 가 있었어요. 방금 돌아온 참이에요."

먼저 그에게 손을 내민 것은 그녀 쪽이었다. 그는 그 손을 미처 거절하지 못했다.

그 뒤로 올 때마다 그는 그녀를 품었다. 레이코는 곧잘 그의 벗은 등을 쓰다듬으며 말하곤 했다.

"당신뿐이에요. 같이 자도 더럽혀진 기분이 안 드는 사람은."

언젠가 정사가 끝나고 누워 있는 참에 레이코가 침대 옆 선반에서 모래시계를 꺼냈다.

"이 모래시계, 깨도 돼요?"

무심코 고개를 끄덕이자 레이코는 침대 옆에 살짝 쳐서 시계를 깨뜨렸다. 그리고 그 안의 모래를 손가락 사이로 주르륵 그의 등에 흘렸다. 그는 놀라서 몸을 움찔했다.

"똑같은 얼굴을 하네?"

그녀는 어딘가 먼 곳을 보는 시선으로 그렇게 중얼거렸다.

"누구랑?"

그렇게 묻자 그녀는 말없이 고개를 저었다. 벌거벗은 왼쪽 젖가슴에 새겨진 검은 나비 문신이 같이 흔들렸다.

"전부터 궁금했는데, 왜 그런 문신을 했어?"

"글쎄 왜 그랬을까…. 이케지마 리사라는 모델, 알아요? 그 여자가 자기는 빨간 나비 문신을 했는데 똑같이 해보는 게 어떠냐고 가슴을 보여줬을 때, 이 어리석은 여자와 똑같은 곳까지 나를 떨어뜨리면 의외로 이 세계에서도 행복하게 지낼 수 있다는 마음이 들더라고요. 네, 맞아요, 그거예요."

남의 일처럼 말하더니 모래를 비비며 그의 등을 애무했다.

이 여자는 나를 사랑하는지도 모른다, 라고 생각했다. 그리고 그녀가 정말로 이곳이 아닌 어디서도 위로를 찾지 못한다면 그라도 가능한 대로 사랑해주고 싶었다. 그녀의 성격도, 모델답게 비쩍 말랐지만 부드러운 선을 가진 그녀의 몸도, 사랑해줄 수 있었다. 하지만 얼굴만은 도저히 그럴 수가 없었다. 세상의 젊은 이들을 매료시킨 그 얼굴이 그에게는 단지 혐오감을 부르는 흉물이었다. 그녀의 아름다운 얼굴을 보면 언젠가 단 한 번 파인더를 통해서 봤던 망가진 점토 같던 얼굴이 이중 노출 사진처럼 또렷이 겹쳐졌다. 그래서 그녀를 안을 때는 안경을 벗었다. 그래도 희미하게 떠오르는 흉물을 시야에서 지우려고 베개에 자신의 얼굴을 찍어 눌러야만 했다.

물론 그건 마음속 깊이 숨겨두었다. 하지만 작년 여름에 실수를 하고 말았다. 술기운에 취한 눈에 문득 그 흉물이 떠올라 저절로 고개를 홱 돌려버렸다. 급히 아무 일도 아닌 척하며 다시 시선을 맞췄지만 이미 그녀의 차가운 옆얼굴이 기다리고 있었다.

"그 얼굴이 생각났군요. 당신도 역시… 그런 거였어."

레이코는 혼잣말처럼 중얼거렸다. 그는 고개를 저으며 대충 둘러대 수습하려 했지만 그녀의 눈에는 벌써 눈물이 차오르고 있었다.

"됐어요, 이제…."

굵은 눈물이 뺨을 타고 스커트 위로 떨어졌다.

"우는 거 아니에요. 거짓 눈에서 흐르는 거니까 이 눈물도 가짜야…."

그렇게 한참 동안 옆얼굴의 시선을 멍하니 발치에 떨구고 있었다. 그런 게 아니라고 되풀이하는 그의 변명이 통했는지 한참 만에야 이쪽을 보며 미소를 지었다.

"그러게. 나, 정말 배배 꼬였나 봐."

그 뒤에도 그녀는 한 달에 한 번은 찾아와 그의 품에 안겼고 두 사람의 관계는 전과 다름없이 다시 반년 동안 이어졌다. 그녀에게 딱히 이상한 기색은 없었다. 하지만 나중에 생각해보니 몇 가지 마음에 짚이는 게 있었다. 유난히 명랑하게 떠들고 웃어댔다. 그리고 그 웃음소리에 시름을 날려보냈는지 예전처럼 일에 대한 하소연이나 외롭다는 말도 하지 않았다. 그리고 그가 얘기할 때는 왜 그런지 살짝 열린 핸드백을 이따금 이쪽으로 밀어놓곤 했다. 작년 말, 어느 날 밤에 근처에서 일어난 살인 사건이 화제에 올랐다. 그때 그녀가 불쑥 물었다.

"당신, 사람을 죽인 적은 없어요?"

있어, 라고 그는 대답했다. 술에 취했고 그녀가 평소보다 더 기분 좋게 웃고 떠들었기 때문에 가벼운 농담쯤으로 털어놓은 것이었다. 정확히 말하면 농담은 아니었다. 조금 더 정확히 말하면 그건 살인이라고 할 수 없었다. 작은 과실이었다. 그가 대충 수습했기 때문에 아무도 그 죽음과 그를 연결 지어 의심하지 않았다. 그녀가 "언제?"라고 물었지만, 그건 이미 칠 년이나 지난 옛날 일이었다. 그때는 내가 지나치게 말이 많았나, 하고 마음속이 뜨끔했었다. 하지만 힘들었겠네, 라면서 위로해주는 그녀의 미소에서는 어떤 수상한 낌새도 감지되지 않았다.

그런 미소를 그녀는 올 3월 초까지 이어갔다. 그 역시 내내 미소를 유지했다. 흉물 같은 얼굴에 대한 혐오감은 가슴 한쪽에 몰아넣고 미소로 나름대로 잘 속여왔다고 생각했다. 하지만 미소로 속였던 것은 그녀 쪽이었다.

올 3월 초, 갑작스럽게 그 일이 그를 덮쳤다.

그날 밤에도 찾아와 품에 안겼던 그녀는 자정이 지난 참에 밖에 나가자고 했다.

"자동차로 고속도로 드라이브나 하죠."

전에도 똑같은 제안을 한 적이 있었기 때문에 그는 아무런 의심 없이 그녀를 조수석에 태우고 수도고속도로를 달렸다.

차가 시부야의 네온사인 사이를 빠져나가려던 때였다. 차 안 가득 울리던 비발디 음악을 갑자기 꺼버리더니 그녀는 핸드백에서 다른 카세트테이프를 꺼내 스테레오에 넣고 한껏 볼륨을 높였다. 그와 동시에 남자 목소리가 엄청난 음량으로 터져 나왔다. 너무도 큰 소리였기 때문에 가까스로 알아들은 것은 "살인이라기보다 사고", "칠 년 전"이라는 말뿐이었다. 테이프가 끝날 때까지 그게 자신의 목소리라는 것도 깨닫지 못했다.

돌연 정적이 내려앉았고 그러고도 한참 동안 그는 그 소리가 믿어지지 않았다.

"왜 이런 걸…."

그때까지도 미소를 잃지 않은 채 그는 물었다.

"내가 핸드백 속에 녹음기를 감춰뒀거든요. 당신이 뭔가 재미있는 얘기를 해주지 않을까 기대하면서. 근데 사람을 죽인 것까지 털어놓을 줄은 생각도 못 했어요. 탐정에게 조사를 의뢰했더니 당신이 고백한 대로 칠 년 전 4월에 한 사람이 죽었더라고요. 오키 쇼지라는 한창나이의 회사원이라던데?"

"왜 그런 걸…."

헛소리처럼 흘러나온 그의 말에 그녀는 또렷하게 대답했다.

"물론 경찰에 신고하기 위해서죠. 왜 웃어요? 나, 지금 당신 협박하는 거예요."

목소리에는 웃음기가 담겼지만 룸미러 속의 두 눈은 번뜩이면서 운전석에 앉은 한 마리 사냥감을 노려보고 있었다.

"더 빨리 달려요. 나를 쳤을 때와 똑같은 속도로!"

그녀는 외치듯이 말하고 테이프를 되감더니 다시 스위치를 눌렀다. 이번에는 더욱더 볼륨을 높여서….

텔레비전은 어느새 꺼졌고 카페 점원이 짜증 난 얼굴로 그를 흘끔거리고 있었다.

그는 부스스 몸을 일으켰다. 카페를 나와 자신의 오피스텔을 향해 요요기 언덕길을 걷기 시작했다. 올 3월부터 그는 이런 식으로 밤늦게까지 카페에서 뭉그적거리다가 집에 돌아가는 게 습관이 되었다. 그녀가 죽었는데도 여전히 그 습관을 버리지 못하는 자신이 우스웠다.

아니, 어차피 그녀가 살아 있을 때도 이건 헛수고였다. 아무리 밤늦게 집에 돌아가도 그녀는 그가 받을 때까지 계속해서 전화벨을 울려댔으니까. 하지만 전화가 울릴까 봐 움찔움찔하면서 집에 틀어박혀 있는 것도 도저히 견딜 수 없었다….

그는 어두운 언덕길을 피곤한 다리를 질질 끌며 걸었다. 자동차 라이트가 옆을 스쳐 갔다. 하지만 아무리 피곤해도 이제 두 번 다시 운전대는 잡을 수 없다. 3월의 어느 날 밤을 시작으로 그녀는 기분 내키는 대로 전화를 걸어 요구하곤 했다.

"지금 차 갖고 고속도로 입구로 나올래요?"

수도고속도로 입구에서 그가 오기를 기다려 차에 타는 것과 동시에 테이프를 넣고 볼륨을 최대로 높였다. 계속 달리지 않으면 안 되는 차 안에서 수없이 반복해서 왕왕 울리는 자신의 목소리에 그는 귀를 막는 것조차 허락되지 않았다. 이따금 그녀는 고속도로에서 내려가 경찰서 앞에 차를 세우게 했다. 차가운 눈빛으로 경찰서와 그를 번갈아 보았다. 테이프에서 흘러나온 목소리는 닫힌 차창을 깨부수고 그 경찰서까지 쏟아져 나갈 것만 같았다.

한 번은 실제로 그 테이프를 들고 차 문을 열더니 천천히 경찰서 쪽으로 걸음을 옮겼다. 그가 붙잡지 않았다면 미소를 머금은 채 정말로 경찰서 안으로 들어갔을 것이다. 사랑한다, 결혼하자, 라고 애걸복걸 달래는 그의 말도 소용없었다. 작년 여름에 혐오감으로 고개를 홱 돌렸던 것을 그녀는 결코 용서하지 않았다.

"그때 알았죠. 당신은 착한 척했을 뿐이에요. 뉴욕에 데려가고 전 재산을 던진 것도 단지 그 사고가 경찰에 알려지는 걸 막기 위해서였어요. 당신은 항상 내 얼굴을 피했죠? 당신도 그자들과 똑같이 거짓말만 하는 인간이야."

"당신의 두 가지 범죄에는 명백한 증거가 있어요. 하나는 이 테이프, 또 하나는 내 얼굴이죠. 음주 운전에 과속과 신호 위반으로 한 여자를 깔아뭉갠 증거가 이 얼굴에 분명하게 남아 있잖아요."

항상 똑같은 미소, 사냥감을 노리는 똑같은 눈빛, 똑같은 말이었다. 그리고 이번 11월 중순, 한밤중의 드라이브와 테이프 목소리와 협박의 말도 이제는 단조롭게 느껴질 만큼 지쳐버린 어느 날 밤, 그녀는 전화를 걸어 노래라도 하듯이 말했다.

"파리로 떠나기 전에 당신 일도 깨끗이 정리할 거야."

그는 걸음을 옮기면서 고개를 가로저었다. 이제 그런 건 떠올리지 말자. 그보다 오늘 아침 전화의 의미를 생각해보자. 오늘 아침의 그 기묘한 전화의 의미를….

"내가 그날 밤에 우연히 미오리 레이코의 맨션 뒤쪽에 있었어. 당신이 안색이 홱 변한 채 비상계단을 뛰어 내려오는 것을…."

그가 걸었던 전화에 두 사람은 왜 그토록 놀람과 공포의 목소리로 응했던 것일까. 이전에 미오리 레이코를 1억 엔의 돈으로 사들인 사와모리라는 자는 전화를 받고 여덟 시간 뒤에 마치 내 전화 목소리가 방아쇠였던 것처럼 자살을 해버렸다. 자신이 레이코를 죽인 범인이라고 고백하고…. 아니, 신경증 증세가 있었다니까 어쩌면 내 전화가 사와모리의 머릿속에 어이없는 망상을 심어버렸는지도 모른다. 유서에 적어둔 고백은 모두 엉터리로 지어낸 것이리라. 하지만 마가키 기미코 쪽은 왜 그토록 겁을 내면서 모레 다시 전화하라고 대답했을까. 그 중년 여성 디자이너가 레이코를 죽였을 리는 없다. 그런데도 왜 내 전화를 묵살하지 못했을까.

어쩌면 마카키 기미코도 그날 밤 그녀의 집에 갔던 게 아닐까. 아마도 내가 다녀온 다음에? 그리고 침실에서 사체를 발견하고 자신이 의심을 받을지도 모른다는 우려 때문에 도망치듯이 비상계단을 뛰어 내려온 것일까….

그렇다, 나는 전화를 받고 그다음 날 밤에 레이코의 맨션에 갔었다. 문을 열어준 그녀가 유독 기분이 좋아 보였기 때문에 나는 오늘 밤으로 모든 게 끝이라고 생각했다. 실제로 오십 분 뒤에 그녀는 테이프를 봉투에 넣어 그걸 한 주간지 기자에게 보내겠다고 했다.

테이프에 고백한 대로 칠 년 전, 나는 사람 한 명을 죽음으로 몰아넣었다. 하지만 그건 살인이 아니라 과실이었다. 근무처 병원에서 죽어가는 환자에게서 불과 일 분쯤 눈을 떼고 곁에 있던 만화 잡지를 읽은 것뿐이다. 일 분 뒤, 따분한 만화에서 시선을 들었을 때 호흡기 방울이 보이지 않았다. 산소흡입기 줄을 입가에 붙여둔 테이프가 떨어졌던 것이다. 급히 테이프를 다시 붙이고 간호사를 부르러 달려갔기 때문에 아무에게도 들키는 일 없이 넘어갔다. 어차피 그다음 날에는 죽었을 환자였다. 그 과실은 단지 죽음을 하루 앞당긴 것뿐이다. 하지만 그게 세상에 알려지면 나는 몇십 년의 장래를 모조리 잃지 않으면 안 된다. 단 일 분, 줄이 입에서 떨어진 것만으로도 사람을 죽음에 몰아넣을 수 있다. 인간에게 죽음을 안겨주는 건 너무도 간단하다. 그날 밤에도 두 개의 술잔을 슬쩍 바꿔치기한 것뿐이었다. 그것만으로 그녀를 죽이고 사사하라 노부오를 범인으로 만들 수 있었다.

그녀는 침대 위에서 분명하게 죽어 있었다. 몹시 혼란스럽고 당황했지만 그래도 맥이 완전히 정지한 것을 잘못 짚었을 리는 없다. 왜냐하면 나는 의사니까. 그녀의 얼굴은 헤벌어진 입술에 비명의 여운을 남긴 채 추하게 일그러져 있었다. 그 얼굴에서 딱 한 번만 교통사고 후의 흉물을 떠올리고 이제는 다 잊자고 생각했다. 우리 두 사람은 이번에야말로 진짜 가해자와 피해자의 관계가 되고, 나는 마침내 그 점토 얼굴을 완전히 짓뭉개버린 것이다….

예상대로 사사하라는 경찰에 체포되었다. 하지만 예상치 못한 일 두 가지가 생겼다. 우선 사사하라가 나에게 진범을 찾아달라고 부탁해온 것이다. 항상 나를 자신과 닮았다고 착각하는 어리석은 사십 대 아저씨는 전혀 알지 못했다. 진범을 찾아달라고 부탁한 눈앞의 남자가 바로 진범이라는 것을.

하긴 그럴 만도 하다. 4월에 레이코가 간에 약간 문제가 생긴 것을 핑계로 왜 우리 병원 내과 병동에 입원했는지, 사사하라는 진짜 이유를 알지 못했다. 당연히 나와 그녀의 관계도 전혀 눈치채지 못했다. 그녀가 큰돈을 들여 병원에서도 최상급의 일인실에 입원한 가장 큰 이유는 나를 협박하기 위해서였다. 그녀는 내가 야근하는 날 밤에만 통증이 있다면서 나를 병실로 불러들였다. 베개 밑에서 테이프를 꺼내 한밤중의 복도에까지 들릴 만큼 큰 음량으로 내 목소리를 왕왕 울려서 나를 벌벌 떨게 했다.

겨우 퇴원해서 안도한 것도 잠시, 다음에는 갑작스럽게 사사하라와 약혼을 발표해서 내 심장을 오그라들게 했다. 왜 사사하라와 약혼했는지, 그 이유도 나는 알고 있었다. 약혼 발표 기자회견 다음 날 밤, 그녀는 다시 한밤중에 드라이브로 나를 불러냈다. 왜 그 사람과 약혼했느냐고 묻자 그녀는 소리 없이 웃으며 대꾸했다.

"그야 뻔하잖아요?"

기억 속의 그 흉한 얼굴을 도저히 사랑할 수 없었던 나에 대한 앙갚음으로 내 직속상관을 손에 쥐고 위협의 강도를 더욱 높이려는 게 틀림없었다. 하지만 스무 살 넘게 나이 차가 나고, 성실한 것 외에는 아무런 장점도 없는 의사에게도 이내 싫증이 났는지 그녀는 얼마 뒤에 약혼을 파기했다. 그때는 정말로 안도의 한숨을 내쉬었다. 하지만 그건 한참 잘못 짚은 것이었다. 그 뒤로도 다시 삼 개월 동안 한밤중의 드라이브가 이어졌으니까….

밤은 단지 깜깜한 암흑이고 겨울 추위에 바람까지 꽁꽁 얼어붙었다. 그는 앞으로도 날이면 날마다 똑같은 밤길을 걷지 않으면 안 될 듯한 절망감에 휩싸였다. 그녀를 살해하고 한밤중의 드라이브에서 마침내 해방되었다. 차에서는 내렸지만 이제 멈추는 것조차 허락되지 않는 어두운 길을 한없이 걸어야 하는 것인가….

공중전화 부스가 눈에 띄어서 휴식을 찾듯이 그 안으로 들어갔다.

오늘 아침에 전화가 연결된 것은 두 사람뿐이다. 아직 네 명이 남았다. 내일 아침에 할까 하다가 오늘 밤 안에 끝내버리기로 했다. 사사하라가 호텔 메모지에 적어준 용의자 목록을 꺼냈다. 한 사람 한 사람의 이름 밑에 그가 직접 알아낸 자택과 직장, 두 개의 전화번호가 적혀 있었다. 맨 앞의 두 명은 이미 연락을 끝냈다. 그가 예상조차 못 했던 또 한 가지 일은 맨 앞에 적힌 이름 '사와모리 에이지로'에게 오늘 일어난 일이다. 범인일 리 없는 사람이 살인을 고백하고 자살하는 건 상상도 못했다. 또 한 사람, 마가키 기미코에게도 혹시 상상조차 못한 일이 일어나는 건 아닐까…. 그녀도 이번 사건에서 뭔가 남에게 알리고 싶지 않은 비밀을 갖고 있다. 그게 아니면 그녀도 어리석은 사업가처럼 자신을 범인이라고 착각한 것인가…. 그런 거라면 좋다. 범인이 많으면 많을수록 진범에게는 유리하다.

사사하라는 메모지를 건네주면서 그의 목소리를 경찰에 들킬 염려는 없다고 말했다. 하지만 그는 오히려 들키기를 바라고 있었다. 그가 이런 식으로 사사하라를 돕기 위해 범인을 찾고 있다는 게 알려지면 일단 자신은 용의선상에서 벗어나게 될 것이다. 사사하라의 부탁을 받아들여 실행에 옮긴 것은 단지 그 이유 때문이었다. 누군가 한 사람에게 자신의 목소리를 확실하게 남겨두어야 한다….

그는 목록의 맨 마지막에 찍힌 물음표에 안경 렌즈의 초점을 맞췄다. 사사하라가 이 물음표를 영원히 풀지 못하기를 기도했다. 그곳에 적혀야 할 이름은 '하마노 야스히코', 자신의 후배이자 누구보다 성실하다고 믿었던 자라는 것…. 그것만은 사사하라가 끝까지 알지 못하기를 빌었다.

목록의 세 번째 이름 기타가와 준의 두 개의 전화번호 중에 어느 쪽에 연락할지 망설였다. 미오리 레이코의 얼굴이 인공적인 성형인 줄도 모르고 항상 바다며 호수며 숲을 배경으로 그녀의 아름다움을 겨냥해 왔던 사진작가는 작업실과 자택 중 어느 쪽에 있을까.

그는 결국 작업실 쪽을 선택했다. 손가락이 일곱 개의 숫자를 눌렀다. 차 한 대가 스쳐 지나갔다. 겨울밤의 정적 속에 단지 그 차 소리만 울렸다.

그렇다, 오늘 밤 안으로 끝내버리는 게 좋다.

협박자의 목소리에는 밤의 어둠 쪽이 훨씬 더 잘 어울릴 테니.

8장

누군가

誰か

전화가 끊긴 뒤에도 그는 일 분 가까이 수화기를 움켜쥐고 있었다. 오른손에 들고 있던 몇 장의 사진은 어느 틈엔가 발치에 떨어졌다. 겨우 수화기를 내려놓고 그는 사진들을 주워 모았다.

어제 신인 디자이너 이나키 요헤이가 소개해준 열아홉 살 모델의 사진이다. 소개라기보다 영업이었다. 인기 사진작가 기타가와 준이 셔터를 눌러주면 어떤 여자라도 일류 모델이 될 수 있다고 생각하는 것이다. 물론 그 젊은 게이 디자이너가 영업을 한 것은 이 여자애가 아니라 그녀에게 입힐 자신의 옷이다. 그걸 노리고 2백만 엔의 돈 봉투까지 놓고 갔다. 시험 삼아 오늘 저녁에 작업실에 불러 촬영 작업을 진행했다. 하지만 작업이 끝나자 여자애는 갑자기 입고 있던 옷을 벗어던지고 핑크빛 가느다란 팔로 그의 목을 휘감으며 품에 안겨들었다. 그렇다면 그건 다른 돈이었던 건가.

그렇다, 아마도 이나키가 지시했을 것이다.

"기타가와 준은 여자에 약해. 딱 한 번만 자면 돼. 그러면 잡지든 텔레비전이든 광고든 줄줄이 일이 들어올 테니까."

여자애는 이케지마 리사와 미오리 레이코를 꿈꾸며 지시에 따른 것이다. 열아홉 살의 아직 단단한 젖무덤은 바람에 희롱이라도 당하듯이 잘게 두근거리는 심장 소리를 전하며 떨고 있었다.

언젠가 레이코가 말했다.

"이나키는 끔찍한 인간이에요. 르네 마르탱에게 영업을 해야 한다면서 나를 파리의 호텔 방으로 데려갔어요. 알죠, 마르탱이 남자만 사랑한다는 거? 호텔 방에서 마르탱의 손이 나를 짓뭉

갰어요. 이나키를 사랑했던 손으로…. 마르탱도 이나키도 여자를 증오하는 자들이면서….”

이나키는 또다시 너무도 차가운 미모에 감춰진 악마의 얼굴로 한 여자애를 제물로 삼았다. 물론 그 제물이 자신의 지갑에 채워줄 큰 이익을 계산속 빠삭한 손끝으로 셈하면서….

여자애들은 호화로운 꿈의 의상을 걸치는 대가로 순결을 잃는다. 마치 정결한 처녀의 몸은 악마의 손으로 짜낸 아름다운 의상에는 적합하지 않다는 듯이.

오 년 전에 그가 길거리에서 스카우트한 여자도 꿈의 의상을 입기 위해 자진해서 제물이 되었다. 그녀는 유명해질 수만 있다면 뭐든 할 거라고 말했다. 배우보다는 모델이 더 낫다, 모델이라면 틀림없이 성공한다, 라는 그의 말에도 순순히 고개를 끄덕였다. 수수께끼처럼 무표정한 얼굴이었지만 미처 감추지 못한 기쁨으로 입가가 파르르 떨렸다. 그리고 그가 찍어준 화보며 포스터를 무기로 그녀는 세상을 헤엄치기 시작했다. 표면은 에메랄드빛으로 반짝이지만 물속 깊이 무수한 피라냐 떼가 사냥감을 노리며 기다리는 호수에서.

사 년이 지나 피라냐 떼는 그녀의 모든 것을 뜯어먹어 버렸다.

올 3월 초부터 그녀는 돌연 그에게 분노를 들이댔다.

“내 몸뚱이는 모조리 뜯어먹혔어요. 이제 뼈만 남아 쓰레기와 함께 버려지기를 기다리는 신세예요.”

그건 모두 자기 책임이라고 그는 반발했다.

“나는 네가 원하는 대로 스타 모델을 만들어줬을 뿐이야.”

"네, 스타가 되고 싶었죠. 하지만 그 대가로 내 몸을 제물로 바쳐야 하는 세계라는 건 알려주지 않았어요."

"나는 너한테는 손을 대지 않았어."

"대신 여자의 몸을 상품으로만 보는 세계로 나를 밀어 넣었죠."

분명 그는 한 번도 레이코를 범한 적은 없었다. 레이코의 아름다움은 렌즈 너머에 있을 뿐, 적어도 그가 육체적 욕망을 느낄 만한 것이 아니었다. 그의 직업적 소재로는 완벽했다. 카메라 렌즈로 바라보면 미오리 레이코는 이미 여자도 인간도 아닌 하나의 아름다움이었다. 셔터를 누를 때마다 엄청난 아름다움을 초점에 사로잡았다는 감촉이 있었다. 욕망을 느꼈다면 레이코를 톱 모델의 반열에 올리고 그 자신의 명성을 떨치게 해준 사진들은 찍지 못했을 것이다. 여자는 몸으로 범하는 것이지 렌즈로 범하는 게 아니라는 것이 그의 신조였다. 올 3월, 레이코가 갑작스럽게 표변해서 그를 위협하기 시작한 뒤에도 그는 소재로서의 레이코를 사랑했다.

"당신이 사진을 찍을 때마다 나는 살갗이 한 겹 한 겹 타들어 가는 느낌이었어요. 이번에는 내가 당신을 태워버릴 차례예요. 살갗만이 아니죠, 기타가와 준이라는 이름도 장래도 모두 불태워버릴 거예요."

3월의 어느 날 밤, 레이코는 그런 말과 함께 핸드백에서 사진 한 장을 꺼내 이 작업실 테이블 위에 내던졌다. 사진에는 지중해 바다와 모터보트, 그리고 운전석 핸들에 몸을 기대고 눈을 감은 채 거센 바람 소리를 자장가처럼 듣고 있는 레이코의 옆얼굴,

그리고 또 하나, 보트 뱃머리 앞쪽 바다에서 고개를 쑥 내민 얼굴 하나가 찍혀 있었다. 프랑스 사람일 터인 남자의 얼굴은 자신을 덮친 보트에 공포에 찬 표정을 짓고 있었다. 아니, 짓고 있다는 정도의 평범한 표정이 아니다. 공포는 그의 얼굴을 뒤틀어 인간이 아니라 포효하는 야수의 얼굴로 바꿔놓았다.

작년 5월, 로마 컬렉션에 참석한 레이코를 살레르노에서 따로 만났다. 그가 운전하는 자동차로 이탈리아에서 남프랑스까지 지중해 연안을 돌았다. 그때의 사진이었다. 니스의 바다를, 리비에라의 석양을 배경으로 그는 마음껏 레이코의 모습을 찍었다. 일본에 돌아와《바다여, 여자의 신비》라는 제목으로 출판한 그때의 사진집을 그는 자신의 작업 중에서 가장 뛰어난 작품이라고 생각했다. 하지만 그 사진집에 단 한 장, 실을 수 없는 사진이 있었다.

어느 인적 드문 해안가에서 바위에 묶여 있는 모터보트를 발견했을 때, 차 따위는 버려두고 질주하는 보트 위에서 머리를 휘날리는 레이코의 사진을 찍고 싶은 충동에 휩싸였다. 보트 주인은 어디 있는지 알 수 없었다. 단 십 분이면 된다는 생각으로 무작정 레이코를 보트에 태우고 바다로 나갔다. 파란빛에 초록 그늘이 스며든 바다는 사람 하나 없이 정적 속에 반짝이고 있었다. 아니, 그런 줄로만 알았다. 그래서 한껏 속도를 올려 레이코를 운전석에 보내고 자신은 뒷자리로 옮겨 연거푸 셔터를 눌렀다. 순간, 바다에서 뭔가가 고개를 쑥 내밀었다. 렌즈 너머로 그렇게 감지했을 때는 이미 늦었다. 셔터를 누르는 순간, 가벼운 충격이 덮쳤다. 반사적으로 운전석의 레이코를 밀쳐내고 모터를 껐다. 일순 모든 것이 고요해졌다. 등 뒤에 길게 그어진 하얀 거품의 궤적을 레이코와 둘이서 멍하니 지켜보았다. 이윽고 거품이 사라지고 다시 파란 거울 같은 바다가 돌아왔을 때, 그것이 둥실 떠올랐다. 이미 백여 미터 거리로 멀어졌지만 그는 그게 사체라는 것을 알았다….

그날 밤 두 사람은 마르세유의 호텔에서 묵었다. 다음 날 아침, 부족한 프랑스어 지식으로 호텔 신문을 샅샅이 살펴보았다. 한 귀퉁이에 주앙 레 팽에 별장을 가진 파리의 사업가 자크 뒤랑이 바다에서 사망했다는 기사가 실려 있었다. 자세한 원인은 알지 못하는 것 같았다. 아마 영원히 알지 못할 것이다. 두 사람은 사체를 그대로 버려둔 채 즉시 해안가로 돌아와 원래의 바위에 보트를 묶어두고 단숨에 마르세유까지 차를 몰고 도망쳤던 것이다. 목격자는 아무도 없었다. 보트에 지문이 남았겠지만 그게 우연히 곁을 지나던 일본인 남녀의 지문이라는 건 알 수 있을 리 없다. 마르세유 항구의 술집에서 이틀 밤을 떠들썩하게 술을 마시며 두 사람은 단지 우연에 우연이 겹쳐서 일어난 하나의 죽음을 잊어버렸다.

일본에 돌아와 공항에서 헤어질 때, 레이코는 마치 재미난 화제인 것처럼 말했다.

"그 순간에 사진이 찍혔을지도 모른다고 했죠? 만일 진짜로 찍혔으면 나한테도 보여줘요."

레이코는 원래부터 그런 잔혹한 면이 있었다. 언젠가 잡지에서 기이한 질병 때문에 남자인지 여자인지도 알 수 없게 변한 사람의 얼굴 사진이 실렸는데 그걸 한참이나 들여다보았다. 지나치게 조용한 그녀의 시선은 보통 사람이라면 외면할 만한 사진 속 얼굴에 홀렸다고 밖에는 생각되지 않았다. 한참이 지나 레이코는 드디어 그의 시선을 깨닫고 돌아보았다.

"너무 재미있는 사진 아니에요?"

혹박하다고 할 미소로 동의를 청해왔다.

"취향도 이상하네. 나는 그냥 오싹하기만 한데."

"그런가? 인간의 얼굴이나 몸은 망가지기 위해서 있는 거예요."

혼잣말처럼 중얼거리고 다시 사진을 들여다보았다. 사진 속의 문드러져 가는 눈도 레이코를 마주 보고 있어서, 지나치게 아름다운 눈과 너무도 추악한 눈의 시선이 조용함을 유지한 채 기묘할 만큼 단단히 얽혀들었다. 거울 속에서 자신의 아름다운 얼굴을 보는 데도 싫증이 난 건가, 아니면 추악한 얼굴에서 자신의 아름다움을 재확인하고 자신감에 취한 건가.

조금 무서운 여자구나, 라고는 생각했지만 별반 신경 쓰지 않았다. 그는 레이코를 렌즈로밖에는 이해하려 하지 않았다. 단지 렌즈 너머의 아름다움으로만 볼 뿐이어서 그녀가 어떤 성격이든 아무 관심이 없었다. 끊임없이 나쁜 소문이 들려왔지만 제대로 귀담아들은 적도 없었다. 게다가 레이코는 기타가와 준이라는 이름의 이용 가치를 잘 알고 있어서 그와의 작업을 펑크내거나 도를 넘어 함부로 말하는 일 따위는 없었다.

지중해에서의 사고 사진을 보고 싶다고 했을 때도 그래서 그는 별반 심각하게 생각하지 않았다.

현상한 사진에는 분명 그 순간이 찍혀 있었다. 아무도 모르게 숨겨두었다가 다음에 레이코가 왔을 때 보여주었다.

"죽는 순간에 인간은 이렇게 추한 얼굴이 되는구나…."

흥미롭다는 듯이 중얼거리더니 사진을 핸드백 속에 넣었다.

"그런 사진은 얼른 태워버려. 필름은 이미 처분했어."

"왜요? 이 사진, 내가 최고로 아름답게 찍혔는데? 괜찮아요, 프랑스인의 얼굴 부분은 잘라서 없앨 거니까."

그리고 그의 걱정스러운 얼굴을 향해 미소를 지었다.

"걱정 마세요, 우린 공범이잖아요."

아니, 입은 미소를 띠었지만 눈 속 깊은 곳에서 차가운 번뜩임이 바늘처럼 그를 쿡 찔렀다. 그리고 그 번뜩임이 그를 파멸로 몰아넣는 계획의 첫 신호였다는 것을 그로부터 열 달 뒤인 올 3월 초에야 겨우 깨달았다. 레이코가 갑작스럽게 협박에 나서기 전까지 그는 전혀 짐작도 못했던 것이다.

"프랑스에서 일어난 사건이지만 일본 경찰에 신고해도 괜찮겠죠?"

그의 운명이 걸린 사진을 손끝으로 팔랑팔랑 흔들면서 그때도 레이코는 재미난 얘기처럼 웃으면서 말했다. 그래서 그냥 농담이라고 생각했다. 항상 악취미적인 농담으로 주위 사람들이 거북해하는데도 혼자 깔깔 웃으면서 좋아하는 여자인 것이다.

그날 밤만이 아니었다. 그로부터 8개월 동안 협박의 말을 던질 때마다 레이코는 재미있다는 듯이 웃었고 그도 계속 농담으로 넘기려고 했다. 어느 날 밤인가, 술에 취해 느닷없이 이치가야의 맨션에 들이닥쳐 책장의 사진집을 한 권씩 찢어발겨 온 방에 그의 업적이 잔해가 되어 흩어졌을 때도. 또 어느 날 밤에는 카메라를 들고 문제의 사진 속 프랑스인과 똑같은 얼굴을 하라고 요구했을 때도.

레이코가 하라는 대로 얼굴을 일그러뜨렸지만 그녀는 만족하지 않고 부루퉁하게 말했다.

"그런 표정이 아니잖아요. 죽음이 코앞에 닥쳤어요, 좀 더 입을 길게 찢어야죠."

가까스로 지시한 대로의 표정을 만들자 레이코는 연거푸 셔터를 눌러 플래시 세례를 퍼부었다.

"좋아, 좋아요, 내가 됐다고 할 때까지 그대로 가만히 있어요."

그 필름을 그의 손으로 현상하게 한 뒤에 완성된 사진을 찬찬히 들여다보며 말했다.

"아니야, 아직 뭔가 부족해. 이번에는 더 똑같이 해봐요."

그렇게 여러 번에 걸쳐 사진에 찍혔을 때도 그는 이건 레이코가 좋아하는 농담일 뿐이라고 자신에게 되뇌었다. 그렇게라도 하지 않았다면 더 일찍 죽이고 말았을 것이다.

파인더의 작은 구멍으로 언젠가 기병奇病 환자의 얼굴 사진을 들여다볼 때처럼 지나치게 조용한 레이코의 시선이 흘러나온다고 느끼면서 그는 얼굴 근육을 한계까지 뒤틀곤 했다.

"인간의 얼굴이나 몸은 망가지기 위해서 있는 거예요."

레이코의 목소리가 끊임없이 머릿속에 떠오르고, 때로는 잔뜩 뒤틀린 얼굴 쪽이 실제 내 얼굴이라는 착각에 사로잡히면서도 그는 여전히 이건 레이코의 별쭝맞은 취미일 뿐이라고 생각하려고 했다.

농담이 아닌 진심이라고 깨달은 것은 팔 개월째 시달리던 지난달의 어느 날 밤, 그녀의 맨션에서 문제의 사진과 사진 속 프랑스인과 똑같이 얼굴을 일그러뜨린 그의 사진을 한 장씩 봉투에 넣었을 때였다.

"이거, 주간지 기자에게 보내려구요."

"너도 공범이잖아! 이 사진이 세상에 알려지면 너도 똑같이 파멸하는 거라고!"

팔 개월 만에 그가 드디어 진지하게 대꾸했을 때, 레이코의 얼굴에서도 미소가 사라졌다.

"내가 파멸한다고? 내게 아직도 망가지지 않은 아름다운 부분이 남았다고 생각해요? 당신은 잃을 게 너무도 많지만 나는 더 이상 잃을 거라고는 아무것도 없어요. 얼굴도 몸도 모두 다 잃어버렸으니까!"

미소의 안쪽에서 드러난 얼굴은 분노로 뒤틀렸다. 그는 그때까지 레이코에게 두 가지 표정밖에 없다고 생각했었다. 하지만 그늘진 미소와 신비한 눈빛 안쪽에 또 한 가지, 그런 생생한 분노를 터뜨리는 여자의 얼굴이 있었다. 입술은 바들바들 떨렸다. 떨면서도 빨간색과 회색이 섞인 아름다운 색감을 그대로 유지하고 있었다. 오 년 전, 그는 미모와 야심 외에는 아무것도 없는 가난한 여자애에게 그 입술 색깔을 만들어주었다. 눈썹 끝에는 부드러운 커브를 주고 눈꺼풀의 섀도에 연한 보랏빛을 넣어 눈동자의 그늘을 강조하고 작은 코 옆에는 핑크와 검정이 섞인 점을 찍는 것으로 지나치게 높은 코에 가련함을 부여했다. 여자

166

애는 그 화장법을 고수해서 오 년 동안 톱 모델의 자리를 지켜냈다. 즉 레이코는 그의 손이 만들어낸 조각상이었다.

그녀의 돌연한 분노에 자신의 조각상이 마침내 영혼을 가진 진짜 인간이 되어 나타난 듯한 놀람을 느꼈다. 이상하게도 분노가 그 얼굴의 아름다움을 파괴해 추하게 뒤틀렸을 때, 그는 비로소 거센 욕망을 느꼈다. 그리고 동시에 그날 밤 안에 이 여자를 죽이자고 마음먹었다….

이나키가 소개해준 여자애의 사진을 들여다보며 그는 이 여자애와는 세 번을 자고 끝이었어, 라고 생각했다. 미오리 레이코나 이케지마 리사가 될 수 있는 아름다움의 싹은 보이지 않았다. 그는 그 사진을 찢어 쓰레기통에 던져버렸다. 이나키에게서 2백만 엔을 받았지만 백만 엔을 돌려주면 해결될 것이다. 하긴 계산속 빠삭한 그자가 그 정도로 포기할 리는 없다. 기타가와 준의 이름을 빌려 일본 최고의 모델을 만들어내기 위해 또다시 새로운 여자애를 보낼 것이다. 그 대가로 치부해두면 된다.

그는 하품을 하고 위스키 병에 직접 입을 대고 한 모금 마신 뒤 암실로 향했다. 천천히 문을 열고 안으로 들어가 뒷손으로 문을 닫았다. 익숙한 암적색 빛이 몸속까지 물들이는 것 같았다. 아무 볼일도 없는데 왜 자신이 암실에 들어왔는지 그는 알지 못했다. 레이코를 살해한 뒤로 그는 이유도 없이 암실에 틀어박히곤 했다. 마치 빨간 암색만이 자신의 범죄를 감춰준다는 듯이.

하지만 그가 잊고 싶은 것은 범죄가 아니라 두 개의 얼굴이었다. 지중해의 새파란 바다에서 쑥 튀어나왔던 프랑스 남자의 얼굴, 그리고 지난 달의 어느 날 밤, 침대에 쓰러져 누워 있던 레이코의 얼굴이다. 각각 죽음 직전과 죽음 직후라는 차이는 있었지만, 뭉크의 그림을 연상시키는 턱과 입의 뒤틀림은 똑같았다.

지중해에서 사고를 냈을 때와 똑같이 그는 그날 밤 살인 현장인 침실에서도 냉정했다. 우선 거실로 돌아가 작업용 카메라를 가져왔다. 그리고 렌즈를 레이코의 입 가까이에 댔다. 이 분쯤 지났는데도 렌즈가 흐려지지 않는 것을 보고 완전히 죽었다는 것을 알았다. 그는 렌즈에 눈을 대고 레이코의 사후 얼굴에 초점을 맞춰 몇 초 동안 들여다보았다. 생전의 레이코를 렌즈 너머로만 이해해왔던 그는 그녀의 죽음도 렌즈를 통하지 않고서는 확인할 수 없었다.

전기스탠드의 연한 불빛이 침실 안을 비추고 있었다. 온통 그늘진 보랏빛이었다. 렌즈가 만들어내는 보랏빛 소용돌이에 휘감긴 채 죽어 나자빠져 이제는 아름다움의 마지막 한 조각마저 잃고 단지 흙덩이로 변해버린 여자는 개미처럼 작게 보였다. 이 여자의 본명은 무엇이었을까, 생각해봤지만 기억나지 않았다. 단지 살아 있을 때 두세 번 문득 한숨이라도 쉬듯이 중얼거렸던 "너무 외로웠어"라는 목소리만 귓속에 되살아났다. 그렇다, 피라냐들이 헤엄치는 진흙탕 속에서 한 여자는 단지 외로웠던 것이리라. 지난 팔 개월 동안의 끔찍한 협박도, 이십 분 전에 내보인 돌연한 분노도, 모두 그 탓이었을 것이다. 생각해보면 진짜 레이코에 대해서는 "너무 외로웠어"라는 말 이외에는 아무것도 알지 못했다. 그 프랑스인에 대해 자크 뒤랑이라는 이름 이외에는 아무것도 알지 못했듯이.

자신이 죽음으로 몰아넣은 두 남녀에 대해 아무것도 알지

168

못한다는 게 어쩐지 기묘하다고 생각하면서 그는 렌즈에서 눈을 떼고 살인 현장을 나왔다. 그 맨션에 다녀간 흔적을 모조리 지워 없애고 복도로 나와 비상계단을 뛰어 내려왔다. 남프랑스에서의 사건 때와 마찬가지로 목격자는 아무도 없다고 믿었다.

하지만 목격자가 나타난 것이다. 조금 전 전화에서 남자 목소리는 그날 밤 그가 비상계단을 뛰어 내려오는 것을 봤다고 말했다. 침착하게 행동하려고 했는데 역시 남의 눈에는 다급하게 구는 것처럼 보였던 것일까. "안색이 홱 변한 채 비상계단을 뛰어 내려오는 것을…"이라고 그자는 말했다. 그는 수화기에 대고 대꾸했다.

"어이없는 농담이군. 협박할 생각이라면 경찰에 신고해도 전혀 상관없어. 나는 어떤 나쁜 짓도 하지 않았으니까."

실제로 죄책감 따위는 없었다. 레이코를 살해했다고 해도 남프랑스에서의 사건과 똑같이 우연에 우연이 겹쳐 일어난 사고 같은 것이었다. 그날 밤에는 지난여름에 레이코에게 걷어차인 중년 의사가 먼저 그녀를 죽이려다가 실패했다. 그의 살의를 슬쩍 빌려 단지 독이 든 술잔과 레이코의 술잔을 바꿔치기한 것뿐이었다. 일 초도 걸리지 않았다. 그런 싱거운 행위를 범죄라고, 살인이라고 할 수 있을까. 남프랑스에서와 똑같이 그다음 날에는 이케지마 리사가 마침 초대해줘서 나가사키의 호텔에서 밤새 술에 취해 떠들고 놀면서 자신이 살인을 범한 것도 잊어버렸다. 그로부터 보름 가까이 지나 죄를 저지른 데 대한 꺼림칙함은 이미 그의 마음속 어디를 찾아봐도 털끝만큼도 없었다.

그렇건만 어째서 항상 이 암실을 나서는 것과 동시에 두 사람의 마지막 얼굴이 뇌리를 찌르는지 알 수 없었다. 아니, 처음 한동안은 단지 그 프랑스인과 레이코의 얼굴이라고 생각했다. 하지만 레이코를 죽이고 나흘째 되던 날 밤, 그게 두 사람의 얼굴이 아니라 자신의 얼굴이라는 것을 깨달았다. 지난 팔 개월 동안 레이코의 지시에 따라 여러 번에 걸쳐 자신이 카메라 앞에서 지었던 그 얼굴이다. 레이코를 죽이는 것으로 파멸은 틀어막았지만 이제는 불쑥불쑥 고통으로 일그러진 자신의 얼굴이 그를 괴롭혔다. 레이코가 찍은 그 사진들은 모두 불태워버렸다. 하지만 아무리 씻어내려 해도 뇌리에 찍힌 사진 속 자신의 얼굴만은 씻어낼 수 없었다.

어느새 암실 구석에 웅크리고 앉아 그는 저도 모르게 손바닥으로 얼굴을 더듬었다. 사진에서와 똑같이 죽음을 코앞에 둔 공포와 고통의 표정이 얼굴에 떠 있는 것만 같았기 때문이다.

레이코는 팔 개월 동안 수없이 '복수'라는 말을 했다. 어쩌면 이게 그 여자의 복수인지도 모른다. 앞으로도 나는 문득문득 두려워져서 손바닥으로 얼굴을 더듬으며 표정을 확인하려 할 것이다. 그리고 언젠가 실제로 공포와 고통이 새겨진 얼굴로 죽어갈 것이다….

몸을 더욱더 작게 웅크리고 손끝만 벽의 스위치에 내밀어 붉은 등을 껐다. 암실은 완전한 암흑에 감싸였다. 그는 작은 개미가 되어 어둠 속에 녹아들었다.

전화벨 소리가 울리기 시작했다. 한 차례 끊기는가 싶더니 다시 울렸다. 협박자가 또 전화한 것일까. 아니면 그자가 정말로 경찰에 가서 그날 밤 목격한 장면을 신고한 것일까.

하지만 아무것도 걱정할 것 없다. 암흑의 가장 어두운 구석에 숨어 있으면 괜찮다. 어둠이 철벽이 되어 누군가 다가오는 것을 거부해줄 것이다. 어둠만이 그 얼굴들을 씻어준다. 자크 뒤랑의 얼굴, 레이코의 얼굴, 그리고 나의 그 얼굴을….

9장

誰か

누군가

"전화를 안 받네…."

그는 혼잣말을 중얼거리며 수화기를 내려놓고 벌써 옷을 벗은 채 침대 끝에 앉아 있는 여자를 돌아보며 물었다.

"기타가와가 어딘가 외출한다고 했어?"

여자애는 백치처럼 입을 헤벌린 채 고개를 저었다. 이름이 분명 요시다 가즈코라고 했다. 조금 더 근사한 모델다운 이름을 지어줘야겠네….

그가 미간을 찌푸렸기 때문에 기분이 좋지 않다고 오해했는지 여자애가 피식 웃으면서 말했다.

"그 선생님, 아마 내가 마음에 들었을 거예요. 알려주신 대로 내 몸에 손을 댔을 때 바르르 떨었거든요."

미간을 찌푸리는 것은 그의 습관이다. 그렇게 하면 그리스 조각상을 닮은 얼굴의 짙은 윤곽이 한층 더 강조되기 때문이다. 하지만 여자애의 말을 듣자마자 그는 진짜로 미간을 찌푸리며 버럭 소리쳤다.

"닥쳐, 아무 말도 하지 마!"

느닷없는 고함에 여자애는 얼굴이 샐쭉해져서 그제야 입을 다물었다. 왜 화를 내는지 알지 못했기 때문이리라, 고양이 같은 눈에 의아한 빛이 떠 있었다. 그가 화를 낸 것은 우선 이 여자애 때문이었다. 애교 있는 달달한 목소리에 보통 남자라면 욕망을 느꼈을지도 모르지만 그에게는 단지 짜증을 부를 뿐이었다. 게다가 그 목소리는 어딘지 미오리 레이코와 비슷했다. 목소리만이 아니다. 방금과 똑같은 말을 사 년 전 파리의 호텔 로비에서 레이코의 입을 통해 들었던 것이다.

"국제적인 무대에 서보고 싶지 않아?"

사 년 전에 그런 말로 레이코를 유혹해 파리에 데려갔다. 그리고 르네 마르탱의 호텔 방으로 안내했다. 두 사람을 남겨두고 그는 로비에 내려와 기다렸다. 두 시간이 지나 레이코는 엘리베이터를 타고 곧장 그에게로 왔다.

"아마 마음에 들었을 거야. 알려준 대로 내게 손을 댔을 때 바르르 떨었거든." 그렇게 말하고는 미소를 지으며 덧붙였다. "그리고 이런 건 부끄러워서 못 한다고 눈물을 글썽이는 척하라고 했지? 그것도 그대로 했어."

남자만 사랑하고 여자라면 모조리 미워하는 프랑스인이 레이코에게 무슨 짓을 했을지 그는 잘 알고 있었다. 하지만 레이코는 어떤 일도 당한 적이 없는 것처럼 태연한 얼굴로 물었다.

"당신, 질투 나지 않아? 그 늙은이와 내가 그런 짓을 했는데도?"

"난 그런 남자, 사랑하지 않아."

그 늙은이의 주름 자글자글한, 디자이너라고는 생각되지 않는 투박한 손을 그가 매번 말없이 받아들인 것은 오로지 야망 때문이었다.

"그래, 당신은 자신밖에 사랑하지 않지. 그래서 여자를 미워하는 거야. 나를 그 늙은이에게 밀어 넣은 것도 나를 미워하기 때문이잖아?"

레이코의 말을 농담으로 받아치려고 그는 "위"라며 프랑스어 발음으로 달콤하게 대답했다.

"하지만 덕분에 나는 세계 최고의 모델이 되고 당신도 르네 마르탱 바로 뒷자리에 앉는 세계적 디자이너가 될 수 있겠지? 우린 공범 같은 거네."

그렇게 레이코는 오히려 큰 성공이라는 듯이 말했던 것이다.

"몸에 상처는 나지 않았어?"

"전혀. 걱정할 거 없어. 나는 성공하고 싶거든. 유럽에서도 유명해질 거야. 마르탱이 디자인한 의상을 입을 수만 있다면 어떤 아픔이라도 견뎌야지. 게다가 나는 상처 따위 무섭지 않아. 인간의 몸이란 상처 입기 위해 존재하는 거야…. 하긴 중요한 상품이니까 조심해야겠네."

항상 아래로 숙여서 쓸쓸해 보이는 눈을 동그랗게 뜨고 레이코는 장래에 대한 꿈에 부풀어 금빛으로 환하게 빛났다. 등 뒤의 로비 유리창 너머로 낙엽이 휘날려서 파리도 똑같은 금빛으로 빛나고 있었다.

그때 이 여자라면 괜찮은 공범이 되겠다고 생각했다. 실제로 쇼 무대와 파티에서 사람들의 어깨 너머로 서로를 발견하면 둘이서만 아는 무언의 눈빛으로 한순간 시선이 마주치곤 했다. 똑같은 쇠사슬로 마르탱에게 붙잡혀 있는 것만이 이유가 아니었다. 둘은 꼭 닮은 존재였다. 똑같이 이 세계에서의 왕좌를 꿈꾸었고, 무기라고는 미모와 야심 밖에 없었다. 사진작가 기타가와 준은 항상 피사체가 아닐 때의 레이코에게는 아무 관심도 없다는 투로 말하곤 했다.

"나는 카메라 렌즈를 벗어나면 레이코가 어떤 여자인지 전혀 몰라."

하지만 그는 잘 알고 있었다. 미오리 레이코는 단지 자신의 꿈에 탐욕스러운 인간이었다. 어린 시절에 동화의 세계를 통해 알아버린 꿈을, 어느 날 갑자기 공주로 다시 태어나는 꿈을, 성장한 뒤에도 잊지 못한 것이다. 자기 스스로 옛날이야기의 주인공이 되기 위해 어떤 희생이든 지불할 각오가 되어 있었다. 그리고 그가 그랬던 것처럼 타고난 미모는 레이코에게 야망이라는 또 하나의 무기를 안겨주었고, 야망은 다시 레이코를 한층 더 아름다운 여자로 만들어 꿈의 계단을 몇 칸씩 뛰어오를 수 있는 특별한 구두가 되어주었다.

그가 레이코에게 소개해준 사람은 르네 마르탱만이 아니었다. 자신이 아는 각계의 유명 인사의 이름을 내밀 때마다 레이코는 즉시 소개해달라고 졸랐다. 그리고 보답이라도 하듯이 레이코도 자신이 사귄 각계 요인들을 그에게 소개해주었다. 서로 소개하고 소개받은 그런 인물들 덕분에 껑충껑충 꿈의 계단을 몇 칸씩 뛰어오를 수 있었다.

레이코는 올해 초부터 느닷없이 그를 미워하며 무서운 말을 퍼부었다.

"다들 피라냐였어. 내 살을 뜯어먹고 이득을 노리는 자들이야. 당신도 그중 한 사람이었어."

하지만 파티에서 그가 소개해준 유명 인사들을 수수께끼 같은 미소로 차례차례 포로로 만들어가는 레이코는 다른 누구보다 힘센 피라냐로 세계 전부를 뜯어먹으려는 것처럼 보였다. 그와 보조를 맞추듯이 톱 모델 자리까지 올라갔지만 그 앞에서 레이코가 분에 넘치는 야심을 노골적으로 드러낸 것은 텔레비전 광고를 계기로 인기가 폭발한 다음부터였다.

"패션계 같은 좁은 세계에서 톱에 올라봤자 별거 없어. 더 유명해져서 더 많은 사람들의 시선을 끌어야지."

만날 때마다 입버릇처럼 그런 말을 했다. 그런 때도 몹시 차가운 무표정이었지만 목소리에서는 그전보다 강한 열기가 느껴졌다.

"오무라 류조의 부인이 당신 단골이라면서? 오무라는 재계의 거물이잖아. 다음에 꼭 소개해줘요. 물론 부인이 아니라 오무라 류조 쪽이야."

"어머, 존 가즐리를 알아요? 그럼 다음에 일본에 왔을 때, 꼭 소개해줘. 언제까지고 르네 마르탱의 시대가 아니잖아. 존 가즐리, 엄청 플레이보이라던데? 몸쯤이야 얼마든지 내드려야지."

그리고 파티에서 소개한 그런 남자들과 레이코는 어느새 자취를 감추곤 했다. 하룻밤 몸을 제공한 대가로 레이코가 무엇을 얻었는지는 금세 알 수 있었다. 오무라가 회장을 맡은 자동차 회사의 신제품 광고에 레이코의 얼굴이 자동차보다 크게 나온 것은 소개한 지 한 달 뒤였다. 존 가즐리가 대통령 부인도 참석하는 자신의 쇼에 일부러 일본에서 레이코를 불러 출연시킨 것도 소개한 지 겨우 보름 뒤였다.

"뉴욕의 내 친구가 〈라이프〉지 편집에 발언권을 가진 사람을 잘 안다는데 좀 도와줄래요?"

바로 작년 봄에만 해도 그런 말을 했었다.

"〈라이프〉지 표지에 실리는 거, 예전부터 내 꿈이었어. 하지만 그 사람, 마르탱처럼 여자는 사랑하지 않는다네요. 나 혼자만의 힘으로는 어떻게 해볼 수가 없잖아. 그 대신 〈보그〉지 편집인은 내 손안에 있으니까 당신이 디자인한 의상을 실어달라고 부탁해볼게."

매사에 결단이 빠른 그는 일 분도 안 되어 〈보그〉지 여섯 페이지를 교환 조건으로 레이코의 부탁에 응했다. 그리고 두 달 뒤에 둘이서 뉴욕으로 건너갔다. 여름에는 그녀의 얼굴이 〈라이프〉지의 표지를 장식하고 그가 디자인한 의상은 〈보그〉지의 페이지를 장식했다. 레이코의 지인이 소개해준 허연 돼지 같은 놈과 뉴욕 뒷거리 호텔에서 한 침대에 든 것은 레이코를 위해서가 아니었다. 〈보그〉지 여섯 페이지는 〈라이프〉지 표지 이상으로 그가 오래 전부터 꿈꿔왔던 것이다.

두 사람은 그렇게 주거니 받거니 서로의 꿈을 키워왔다. 공동 작업도 여러 번 했지만 무엇보다 그런 쪽에서 그와 레이코는 공범이었다. 꿈의 계단 중 하나를 올라서면 쉴 새도 없이 다시 다음 계단에 발을 딛고 더욱더 큰 성공을 향해 함께 뛰었다. 특히 텔레비전 광고의 성공으로 인기가 폭발한 뒤부터 레이코의 야심과 허영심은 마치 온몸을 파먹는 병마 같은 느낌마저 들었다.

"난 더, 더 유명해지고 싶어."

술에 취한 눈을 허공에 고정한 채 잠꼬대처럼 중얼거리는 소리를 들으면 등이 오싹해질 때가 있었다. 적어도 그의 눈에는 그렇게 보였다.

"당신, 사 년 전에 '위'라고 했었지?"

그렇기 때문에 올 3월에 레이코가 갑작스럽게 한 장의 사진을 내밀며 르네 마르탱과 두 사람의 관계를 빌미로 협박했을 때, 전혀 다른 여자가 나타난 것처럼 생경했다.

"그때 분명하게 '위'라고 대답했잖아. 당신은 어린 양 한 마리를 도축장에 보낸 거야. 자신의 야심을 위해서."

그 뒤 팔 개월 동안 레이코는 똑같은 말을 반복했다.

"아니, 그 덕분에 너는 마르탱의 마음에 들어서 유럽에서도 유명한 모델이 됐잖아."

"내가 정말로 성공 따위를 꿈꾼 줄 알아요? 나는 단지 이 업계에서 살아남으려면 당신들과 똑같은 수위까지 타락하는 수밖에 없다고 생각했어. 하지만 마르탱의 더러운 손도, 당신의 창피한 줄 모르는 눈빛도, 진짜 나를 잊게 해주지는 못했어. 문득 돌아보니 엉망으로 망가진 잔해뿐이었어. 당신과 똑같은 쓰레기였다면 아마 이런 잔해 같은 몸이라도 질질 끌고 살아갔을지도 모르지. 하지만 여전히 나는 나였어."

그가 아무리 설명해도 소용이 없었다. 레이코는 도무지 영문 모를 시비로밖에는 생각되지 않는 대구를 되풀이할 뿐이었다.

"넌 나보다 더 성공하고 싶어 했어. 네 입으로 직접 더욱더 유명해지고 싶다고 했잖아. 그것도 거짓이었다는 거야?"

"그래요, 다 거짓이었어. 당신 같은 사람에게 진실을 말해 봤자 소용없다는 거, 뻔한 일이었거든. 당신은 자신밖에 사랑하지 못하는 사람이야. 거울 속이 아니면 다른 사람은 거들떠보지도 않았어. 그래서 나를 당신과 똑같이 계산속 빠삭하고 성공을 위해 무슨 짓이든 하는 파렴치한 인간이라고 당신 멋대로 믿었던 것뿐이야."

"〈라이프〉지의 표지에 실리고 싶다고 했던 것도 거짓이었 다고?"

"그래요, 다 거짓이었어!"

지난달의 그날 밤에도 레이코의 맨션에서 두 사람은 그런 식으로 서로를 공격했다.

그 이전에 몇 달 동안 지어왔던 미소까지 벗어던지고 두 사 람은 분노를 서로에게 내던지며 말다툼을 했다. 먼저 입을 다문 건 그쪽이었다. 그리고 여전히 소리를 지르는 레이코의 얼굴을 조용한 눈빛으로 지켜보며 마침내 이 여자를 입 다물게 할 때가 왔다고 생각했다.

올 초에 르네 마르탱의 방에서 오래 전에 훔쳐 왔다는 한 장의 사진을 그의 눈앞에 들이댔을 때부터 언젠가 이 여자를 죽 이고 말 거라고 예감했었다. 마르탱과 그가 벌거숭이로 뒤엉킨 수치스러운 사진이었다. 레이코가 미소를 담은 입술로 사진을 물고 옷을 벗어던지며 어둠 속에 하얀 나신을 드러낸 채 그에게 사진보다 더욱더 수치스러운 자세를 요구했을 때, 이제는 죽이 는 수밖에 없다고 다짐했다.

그로부터 몇 달 동안 그는 단지 기회가 오기만을 기다렸다. 그날 밤에 그 기회가 바로 코앞에 있었다. 레이코가 제 손으로 독 약을 넣은 술잔과 또 하나의 술잔, 그 두 개를 바꾸기만 하면 되 었다. 단지 그것만으로 다른 사람을 범인으로 만들 수 있었다. 끔 찍한 협박 재료를 손아귀에 움켜쥔 여자를, 지난 몇 달 동안 자신 에게 온갖 굴욕감을 안긴 여자를, 죽일 수 있었다.

"살고 싶다면 방법이 딱 한 가지 있어…." 레이코는 술에 취한 눈빛을 허우적거리며 말했다. "나를 오늘 밤 안에 죽이는 거야."

하지만 곧바로 날카로운 웃음으로 입술을 삐죽거리며 말했다.

"하긴 소심하고 못나 빠져서 당신은 그럴 용기도 없지."

그녀의 비웃음을 보며 마침내 레이코를 죽이기로 결심했다.

소심하고 못났다는 말에 대한 굴욕감이 지난 몇 달 동안의 경멸 중에서도 가장 거센 회오리로 그의 뇌리를 몰아쳤다. 오 분 뒤, 자기 대신 범인이 되어줄 의사의 전화가 걸려오고 레이코가 수화기를 내동댕이쳤다.

"이 사람, 집에 가서 또 혼자 술을 마신 모양이야."

그 말을 들은 순간, 자신의 결심을 재확인했다. 다시 오 분이 지나 레이코가 침실에 담요를 찾으러 갔을 때, 그의 손은 일말의 망설임도 없이 두 개의 술잔을 바꿔치기했다.

레이코가 거실로 돌아왔다. 눈앞에 앉은 사람이 자신을 지키기 위해서라면 살인 따위 간단히 해치우는 대담한 인물이라는 것도 모르는 채, 바꿔놓은 술잔을 자기 잔이라고 생각하고 손에 들었다. 그리고 다시 오 분이 흘렀다. 그를 어지간히 초조하게 만든 끝에 레이코는 침실 문을 열려다가 빙글 몸을 돌리더니 손에 든 잔을 높이 들어 그에게 건배를 보냈다. 그의 파멸을 축하한다는 그 건배가 자신의 파멸을 위한 건배가 되리라는 것도 알지 못한 채….

단숨에 술을 마셨고 오 초 뒤에는 끔찍한 비명을 내질렀다.

182

그 부르짖음에 아름다운 얼굴이 단지 살덩어리로 일그러지는 것을 그는 차가운 미소로 지켜보았다. 레이코가 몸을 뒤틀며 거친 파도처럼 침실로 뛰어드는 것과 동시에 그는 천천히 걸음을 옮겼다. 그리고 삼 초 뒤에는 침대 위에서 이미 숨을 거둔 레이코를 똑같은 미소로 내려다보았다.

입에서 황갈색 액체가 흘러나와 긴 줄을 그리며 목을 타고 흘러 파란색과 흰색 줄무늬 스웨터의 가슴 안으로 사라졌다. 그는 지난 몇 달 동안 겪었던 굴욕감이 마침내 보상을 받았다고 생각했다. 올해 초의 어느 날 밤, 역시 그 침실의 연보랏빛 어둠 속에서 옷을 벗어던진 레이코는 입에 문 사진을 바닥에 떨구며 말했었다.

"내가 마르탱에게 당했던 거, 오늘 밤부터 그대로 당신에게 해줄게."

그리고 멍하니 서 있는 그의 옷을 한 장 한 장 벗겼던 것이다….

"내가 너한테 그런 짓을 당할 이유는 없어!"

목구멍까지 터져 나오는 그런 말을 분노 같은 굴욕감 속에 지그시 억눌렀다. 레이코에게 당하기 전부터 이미 르네 마르탱이 그에게 수없이 똑같은 짓을 해왔다. 마르탱은 레이코에게 명령한 것과 똑같은 자세를 그에게도 명령했던 것이다. 물론 레이코에게는 여자에 대한 미움 때문에, 그리고 그에게는 남자에 대한 애정 때문에.

이 년 전쯤에 파리에서 돌아온 레이코가 말했던 적이 있었다.

"가슴에 상처가 남았어. 한동안 남들 앞에서 옷은 못 벗어. 오늘 쇼 무대 때 옷 갈아입는 건 당신 혼자서 도와줘."

쇼가 시작되고 대기실 한쪽에서 드레스를 벗겼을 때, 레이코의 왼쪽 가슴 나비 문신에 또렷한 쇠사슬 자국이 찍혀 있었다. 똑같은 상흔이 그의 가슴에 조금 더 생생하게 남아 있다는 것을 레이코는 알지 못했다.

올 초부터 몇 달째, 그는 지난 몇 년간 마르탱에게서 맛본 굴욕감을 이번에는 레이코라는 또 다른 주인의 지시대로 되풀이한 것에 지나지 않았다. 다만 마르탱의 경우와는 달리 레이코가 떠안긴 굴욕에서는 아무 보상도 기대할 수 없었다. 잔혹한 쇼를 실컷 즐긴 뒤에 그 한 장의 사진을 하이에나 같은 주간지 기자들의 먹잇감으로 던져줄 게 뻔했다. 그는 오로지 파멸을 위해, 마르탱을 비롯한 수많은 남자들이 아폴로 상에 비유했던 아름다운 자신의 회청색 몸을 희생하지 않으면 안 되었다. 남자들뿐만이 아니라 만일 여자들이 그의 나신을 볼 기회를 가졌다면 역시 상찬의 말을 아끼지 않았을 것이다. 단 한 사람, 레이코만 유일하게 그의 몸에 경멸의 시선을 던졌다. 벌거벗은 제 몸을 그의 몸에 맞대며 말하곤 했다.

"그 썩어 문드러진 몸으로 나를 안을 수 있으면 안아봐. 그러면 용서해줄 테니까."

그러고는 빨간색 검은색 매니큐어를 칠한 손톱으로 그의 온몸을 애무했다. 증오감밖에는 느껴지지 않는 여자의 애무는 채찍이나 사슬보다 더 격한 고통을 그의 몸에 안기곤 했다.

하지만 그것도 이제 끝이 났다. 그는 레이코의 사체에 침을

뱉고 싶은 충동을 가까스로 한숨으로 바꿔 토해내고 침실을 나왔다. 깔끔하게 거실의 지문도 처리했다. 살인 현장이 된 맨션을 나설 때, 현관 벽에 걸린 하트형 거울을 들여다보니 자신의 눈 밑의 다크서클이 아름다운 윤곽을 그려내고 있었다. 범죄를 저지른 덕에 미모에 한층 깊이가 더해진 것 같았다. 그는 거울 속에서 그 아름다운 애인에게 아주 잘했어, 라고 고개를 끄덕여주었다. 머플러로 얼굴 아래 부분을 감싸고 깊숙이 눌러쓴 모자 차양으로 얼굴 윗부분을 가린 채 맨션을 나섰다….

"나는 뭘 하면 될까요?"

곁에서 여자애가 물었다. 그는 그날 밤의 일을 떠올리며 어느새 자신의 침실 거울을 멍하니 바라보고 있었다. 자신의 얼굴에 홀린 것처럼 빠져든 그를 으스스한 표정으로 쳐다보는 여자애의 얼굴이 같은 거울 속에 있었다.

"검은색 아이섀도, 갖고 있니?"

여자애는 핸드백을 끌어당겨 아이섀도를 꺼내 그에게 건넸다. 그 색깔을 자신의 눈 밑에 칠하고 손가락으로 다독다독한 뒤에 거울 속에서 여자애에게 물었다.

"어때, 나는 눈 밑에 다크서클이 있는 게 훨씬 더 아름답지?"

그의 미소에 안도했는지 여자애는 몇 번이나 고개를 끄덕였다.

촉촉한 눈빛에는 남자를 향한 교태가 담겨 있었다. 그는 등짝에 한기를 느끼고 얼굴이 문득 싸늘하게 굳어버렸다.

"너, 미오리 레이코나 이케지마 리사가 되기 위해서라면 뭐든 다 하겠다고 했지?"

확인하듯이 물었다. 목소리까지 갑자기 차가워진 것에 여자애는 더럭 겁이 났는지 굳은 표정으로 고개를 끄덕였다.

그는 말없이 베갯머리로 다가가 꽃병 속의 장미를 모조리 뽑아 침대에 던졌다. 백 송이 가까운 장미로 뒤덮인 침대는 마치 꽃으로 만든 깔개처럼 화려해졌다. 중지에 박힌 가시를 이로 깨물어 빼내고 동그랗게 맺힌 물방울에 입술을 대면서 여자애에게 남은 속옷을 마저 벗으라고 말했다. 순순히 옷을 벗은 여자애는 무슨 영문인지 모르겠다는 듯이 침대 위의 장미꽃과 그의 너무도 차가운 눈빛을 번갈아 바라보았다.

"내가 디자인한 드레스를 입고 싶어? 그럼 그 전에 이 장미 의상을 걸치지 않으면 안 돼."

순간, 여자애의 눈에 공포가 내달렸다. 한 걸음 주춤 물러서며 고개를 젓는 여자애의 귓가에 그는 입을 대고 상냥한 목소리로 속닥거렸다.

"걱정할 거 없어. 이건 일종의 의식이야. 내가 디자인한 이 최고의 의상을 소화해내지 못하면 넌 앞으로 어떤 옷도 입을 수 없어."

사실 그건 그의 디자인이 아니라 르네 마르탱이 사랑과 증오의 제물들을 위해 고안해낸 의상이었다.

육 년 전, 처음 파리에 건너가 어느 파티에서 르네 마르탱을 소개받았다. 자신도 디자이너가 되려고 한다고 말하자 마르탱은 그날 밤 그를 자신의 집으로 데려갔다. 그리고 똑같은 장미 침대를 준비하고 똑같은 말을 그의 귓가에 속닥거렸다. 장미꽃

186

가시의 아픔은 그에게도 레이코에게도 성공으로 가는 첫 번째 관문이었다. 그리고 올해 5월, 이번에는 레이코가 그를 위해 다시 한번 그 장미 가시를 준비했던 것이다. 그때 맛본 치욕을 레이코를 닮은 목소리를 가진 이 여자애의 몸으로 앙갚음해 주지 않으면 안 된다.

여자애는 다시 고개를 저으며 뭔가 말하려고 했다.

그 입을 자신의 손으로 막고 조용히 여자애의 벗은 몸을 침대로 밀었다. 그 순간 어떤 아픔이 등의 살갗을 찌르는지, 그는 이미 두 번의 경험으로 잘 알고 있었다. 그것은 아픔이라기보다 등에 불의 비를 맞은 듯한 뜨거움이었다. 여자애의 몸이 그의 팔 밑에서 꿈틀거리고 입을 막은 손에는 비명이 부딪혔다. 공포로 여자애의 눈빛이 깜빡거렸다. 그는 미소를 지으며 그 눈을 들여다보았다. 이윽고 여자애의 몸이 조용해졌다. 그렇다, 뜨거운 통증을 느끼는 것은 최초의 몇 초뿐인 것이다. 그는 여자애의 입에서 손을 떼고 바닥에 떨어져 내린 다리를 침대로 들어 올렸다.

여자애는 드러누운 채 머뭇머뭇 몸을 움직여 자세를 바로잡으려고 했다. 꽃 조각이 자글거렸다. 그때마다 농밀한 향기가 방 안의 밤기운에 번져갔다.

"이게 내가 주는 아름다움의 세례야."

육 년 전 르네 마르탱이 했던 말을 그대로 입에 올렸을 때, 돌연 베갯머리의 전화가 울렸다. 그는 짜증 난 손길로 수화기를 들었다.

"이나키 요헤이 씨?"

처음 듣는 남자 목소리가 귓속에 뛰어들었다.

"조금 전에 두 번 전화했는데 두 번 다 통화 중이더군. 실은 내가 그날 밤 우연히 미오리 레이코의 맨션 뒤쪽에 있다가 당신이 안색이 홱 변한 채 비상계단을 뛰어내려와 도망치는 것을 목격했어. 당신 얼굴은 잡지에서 여러 번 봤기 때문에 잘 알고 있어."

"그날 밤이라니, 어떤 밤이라는 거야?"

"11월의 그날 밤, 당신이 미오리 레이코를 죽인 날 밤."

"거짓말도 잘하는구나. 나는 그때 머플러로 얼굴을 가려서…."

실언이라는 것을 깨닫고 저절로 앗 하고 부르짖었을 때, 그보다 큰 비명이 방 안을 울렸다. 가만히 있었으면 좋았을 텐데 여자애가 움직였던 것이다. 한 차례 크게 움직이면 그 아픔을 피하려고 다시 더 크게 몸을 움직여야 한다. 꽃 깔개는 가시 지옥이 되고 아픔의 늪으로 변한다. 꽃잎 태풍에 휘말려 여자애의 나체는 하얀 파도처럼 거칠게 뒤척였다. 비명이 쉴 새 없이 터져 나오고 꽃잎 태풍과 함께 침실은 방향芳香으로 칠해져 갔다. 너무도 농밀해서 이제는 그야말로 악의 향기였다.

안 돼, 이대로 두면 소중한 상품을 완전히 못쓰게 돼.

그렇게 생각하면서도 그는 귀에서 수화기를 뗄 수 없었다.

전화 목소리가 이렇게 말했던 것이다.

"오늘 저녁에 사와모리 에이지로가 레이코를 죽였다는 유서를 남기고 엽총 자살을 한 것을 알고 있나? 하지만 사와모리는 레이코를 죽이지 않았어. 실제 범인은 당신이야…."

10장

누군가

誰か

죽은 그 애의 스웨터를 걷어 올리고 왼쪽 젖가슴의 검은 나비에 내 오른쪽 가슴의 빨간 나비를 맞댔다. 살아 있을 때, 우리는 곧잘 그렇게 침대 위에서 서로를 탐했다. 그 애의 몸은 살아 있을 때도 차가웠지만, 그날 밤에도 얼음 나비에 살을 댄 듯한 느낌이었다. 빨간 나비와 검은 나비의, 나와 그 아이의, 마지막 입맞춤이었다. 이제 보름 뒤에는 영악한 가사도우미가 찾아와 사체를 발견하고, 경찰의 손에 온몸이 파헤쳐진 뒤 관 속에서 나비와 함께 불타 없어질 것이다.

"아, 가엾어라. 너도, 네 젖가슴의 나비도 진심으로 사랑했는데."

나는 혼잣말을 중얼거리며 그 애의 파란색과 흰색 줄무늬 스웨터를 반듯하게 다듬어주고 내 가슴팍의 단추를 다시 채운 뒤에 침실을 나왔다. 문을 열어둔 채 거실로 나와 악어가죽 핸드백에서 장갑을 꺼내 그날 밤 처음으로 침실 문 손잡이를 잡았다. 문을 닫은 뒤에는 거실에서 뭔가 내 손이 닿은 게 없는지 생각해보았다. 손댄 것이라고는 내가 마시던 술잔과 그 애가 "술 좀 따라줘"라고 했을 때 손에 들었던 브랜디 병, 얼음 집게뿐이었다. 처음 집에 들어올 때 현관문을 여닫는 건 그 애가 했다. 그리고 얘기하던 중에 그 애를 죽이기로 결심했기 때문에 되도록 아무것도 손대지 않도록 조심했었다. 머릿속에 기억해둔 지문을 손수건으로 닦아내고 백목 테이블에서 재떨이를 가져와 사사하라라는 바보 같은 중년 의사의 담배꽁초에 그 애의 꽁초를 섞어두고 내 꽁초는 종이에 싸서 핸드백에 넣었다. 그리고 내가 사용한 재떨이와 유리잔은 주방 싱크대에서 꼼꼼히 씻어 선반에 다시 올려놓았다.

소파 앞 테이블에 남은 술잔은 한 개뿐이었다. 그 잔에는 의사와 그 애의 지문이 찍혀 있을 뿐이다. 의사가 마셨다는 술잔과 그 애의 술잔을 바꿔치기할 때, 손수건을 사용했던 것이다. 또한 가지, 그 애가 침실 문 앞에서 죽기 직전에 바닥에 떨어뜨려 깨져버린 유리잔에도 내 지문은 찍히지 않았다.

테이블 위의 두툼한 봉투도 잊지 않고 핸드백 속에 챙겨 넣었다. 그것만으로 그날 밤 그 맨션에 다녀간 사람은 그 애에게 버림을 받고 증오심에 불타던 중년 의사 한 명뿐인 셈이 되었다. 나는 맨션을 나서자마자 바로 옆의 문을 열고 비상계단을 뛰어 내려왔다. 얼굴은 스카프와 선글라스로 가렸지만 발소리를 들었다면 나라는 것을 알았을지도 모른다. 계단을 내려올 때, 내 다리는 저절로 타다당 타다당 하는 리듬을 새기는 것이다. 왜 그런 리듬이 이따금 내 몸속에서 솟아나는지 알지 못한 채 나는 그 리듬과 쇼의 배경음악의 리듬을 착각해 곧잘 걸음이 꼬이곤 했다….

그렇다, 발소리를 들었다면 알았을지도 모른다. 하지만 어두운 비상계단에서 스카프와 선글라스로 가려진 얼굴이 누구 얼굴인지 정말로 알아볼 수 있을까.

"당신 얼굴은 잡지에서 여러 번 봤기 때문에 잘 알고 있어…."

방금 전화를 걸어온 남자는 분명하게 말했다.

"흥, 장난치지 말아요."

차가운 목소리로 그렇게 대꾸해주었다. 내 얼굴을 알아봤다니, 거짓말이 틀림없다.

"당신, 그거 아직 몰라요? 오늘 월드섬유회사 사장이 레이코를 살해했다는 유서를 남기고 자살했어요."

"죽은 사람의 유서에 반드시 진실만 담겼다고는 할 수 없지. 진범은 당신이야. 나는 잘 알고 있어."

"한밤중에 전화해서 어이없는 소리를 하시네. 아니, 내가 그 애를 왜 죽이죠? 우린 정말 친한 사이였어요."

"아무튼 거래를 하자. 내일 밤에 다시 전화할 거야. 그때까지 잘 생각해봐."

"좋아요, 내일 밤 아홉 시에 다시 이 번호로 전화해요. 녹음해서 경찰에 신고할 테니까."

말을 내뱉고 수화기를 내동댕이치듯이 내려놓았다. 진짜로 녹음테이프는 준비해두는 게 좋을 것이다. 단순한 장난 전화가 틀림없으니까 또 다시 걸어올 일은 없겠지만, 혹시라도 또 온다면 그대로 녹음해서 정말로 경찰에 신고할 것이다.

전화 목소리는 '진범은 당신'이라고 말했다. 분명 그날 밤, 그 아이를 죽인 건 나다. 사와모리 에이지로가 그 아이를 죽였다고 유서에 고백한 것은 전화 목소리가 말했던 대로 죽기 전에 엉터리 같은 소리를 늘어놓은 것이다. 어쩌면 나와 마찬가지로 그 애를 지나치게 사랑한 나머지 제 손으로 죽였다고 믿고 싶었던 모양이다.

하지만 내가 그 애를 죽인 것은 결코 그런 망상이 아니다. 그날 밤 내 손으로 독이 든 술잔과 그 애의 술잔을 바꿔치기했고 십여 분 만에 내 눈앞에서 그걸 마시고 침대 위에서 숨이 끊겼으니까. 정말로 죽어 있었다. 그 애의 왼쪽 젖가슴을 눌러봤을 때,

검은 나비는 이미 그 안에서 심장 소리를 들려주지 않았다.

어렸을 때, 나는 하얀 피부에 검고 큰 눈동자의 인형을 갖고 있었다. 엄마도 없고 자매도 없었기 때문에 너무 외로워서 항상 그 인형을 마주하고 놀았다. 인형은 긴 속눈썹이 달린 눈을 떴다 감았다 했다. 감으면 조용히 잠든 것 같고, 뜨고 있으면 까만 눈동자가 어딘지 쓸쓸해 보였다. 나는 이런저런 얘기를 인형에게 들려주었고 인형도 내게 이런저런 말을 해주었다. 하지만 인형의 목소리는 나한테만 들렸던 모양이다. 어느 날 아버지는 재수 없다면서 인형을 빼앗아 연립주택 6층 창문 밖으로 던져버렸다. 아버지는 항상 뭔가에 화를 냈다. 나는 얻어맞는 게 무서워서 하룻밤을 그대로 뒀다가 다음 날 아침 일찍 그 인형을 찾으러 갔다. 인형은 망가지지는 않았지만 반짝 뜬 눈으로 원망하듯이 나를 노려보고 그때부터 무슨 말을 해도 대꾸하지 않았다. 아마 곧장 구하러 오지 않아서 화가 났던 것이리라. 인형은 그전부터 무척 제멋대로 구는 아이였다. 내가 말을 걸어도 모르는 척하거나 때로는 무시무시한 부탁을 해서 나를 난처하게 만들었다.

인형이 가장 좋아하는 노란색 레이스 옷을 입히고 다정하게 품에 안고 긴 머리칼을 한 올 한 올 쓰다듬으며 나는 엉엉 울면서 애원했다.

"애, 제발 부탁이야, 뭔가 말 좀 해봐."

하지만 인형은 두 번 다시 마음을 열어주지 않았다.

어느 날 놀이터에서 더 이상 아무 말도 안 하는 인형에 불끈 화가 나서 머리칼을 쥐어뜯고 옷을 찢어발기고 그네 체인에 몇 번이고 내리쳤다. 인형은 목이 부러지고 한쪽 눈이 멀었다. 반쯤 망가진 인형을 쓰레기장에 던져버리고 집으로 돌아왔다. 하지만 그날 밤 내내 어둠 속에서 인형이 훌쩍거리며 우는 소리를 들었다. 너무 가엾어서 다음 날 아침에 찾으러 갔지만 쓰레기장에 이미 인형은 없었다….

오 년 전 마가키 선생의 패션쇼에서 처음 그 애를 만났을 때, 곧바로 어린 시절의 그 인형이 떠올랐다. 긴 속눈썹도, 까맣고 쓸쓸해 보이는 동그란 눈동자도, 이따금 미소 짓는 것 외에는 항상 백지처럼 마음을 닫고 있는 무표정도 완전히 꼭 닮았다.

그 애는 얼마 뒤에 인기 스타가 되어서 다들 내 라이벌이 나타났다고 떠들어댔다. 하지만 나한테는 그런 건 전혀 문제가 아니었다. 반년쯤 뒤에 더는 참을 수 없어서 어느 패션쇼 무대가 파한 뒤에 슬쩍 말을 붙였다.

"우리, 친구할래?"

"응, 좋아." 그 애는 고개를 끄덕이더니 조용히 내 집에 따라왔다. "한숨 자게 해줄래? 어젯밤에 거의 잠을 못 잤어."

그렇게 말하고 그 애는 내 무릎을 베개 삼아 눈을 감았다. 그 애가 잠든 동안 나는 내내 그 긴 머리를 쓰다듬었다. 이윽고 눈을 감은 채 부스스 몸을 일으키더니 나를 돌아보며 천천히 눈을 떴다. 속눈썹의 움직임에 당겨지듯이 나타난 검은 눈동자는 아직 잠든 꿈의 색깔로 물들어 있었다. 나는 다시 한번 말했다.

"우리 친하게 지내자. 넌 나의 인형이야."

그렇게 속삭이자 그 애는 조용히 고개를 끄덕였다. 나는 가슴을 드러내 붉은 나비 문신을 보여주면서 말했다.

"친구가 된 징표로 너도 나비 문신을 하는 건 어때?"

그때도 그 애는 고개를 끄덕였다.

"나는 검은 나비가 좋은데."

고개를 끄덕일 때마다 눈이 감기는 점도 그 인형을 떠오르게 했다.

우리는 자주 내 집이나 그 애 집 침실에서 옷을 벗고 침대에 누워 두 마리의 나비 날개를 맞대며 놀았다. 내 몸은 달아올라 나비가 불꽃처럼 뜨거웠지만 그 애의 나비는 항상 어둡고 차갑게 식어 있었다. 두 마리의 나비는 완전히 다른 세계를 날면서 이따금 서로의 세계에 들어가 날개와 날개를 맞대며 입을 맞췄다. 때로는 내 날개의 불꽃이 그 애의 얼음 같은 날개를 녹이고 그 차가움은 내 나비의 불길을 식혀주곤 했다.

우리가 침실에서 은밀히 어울린다는 것도 모르고 사람들은 톱 모델 자리를 놓고 경쟁하고 미워한다고 자기들 좋을 대로 소문을 퍼뜨렸다. 오히려 나는 그 애를 지나칠 만큼 사랑했다. 그 애가 르네 마르탱의 패션쇼에 나가 세계적으로도 이름을 떨치고 내 인기를 뛰어넘었을 때도 진심으로 축하한다는 인사를 건네고 내 품에 그 애의 얼굴을 안고 긴 머리를 쓰다듬어줬다.

그 애는 변덕스럽고 제멋대로 구는 구석이 있었다. 술에 취해 장난치는 사이에 느닷없이 자리에서 일어나 가버리고, 내가 일 때문에 나가봐야 한다고 하면 내 품에 안겨들어 달콤한 목소리를 내며 나를 놓아주지 않기도 했다.

"싫어, 나 혼자 두고 가지 마. 외롭단 말이야."

언젠가 마가키 선생의 패션쇼에서 내가 입기로 했던 웨딩드레스를 보고 벌컥 화를 낸 적도 있었다.

"그거, 내가 입을래. 나도 웨딩드레스 잘 어울린단 말이야."

결국 자기가 원하는 대로 해주지 않자 눈물을 글썽이며 대기실을 뛰쳐나갔다. 하지만 그런 점이 어린 시절의 인형을 꼭 닮아서 나는 무척 마음에 들었다. 마가키 선생에게 나는 괜찮으니 레이코에게 입혀달라고 부탁했지만 퉁명스러운 답이 돌아왔다.

"안 돼, 요즘 레이코가 너무 제멋대로야. 좀 반성하는 게 좋아."

그랬는데 그 얘기를 어디서 주워들었는지 주간지에서 '둘이 웨딩드레스를 서로 입겠다고 잡아당기는 바람에 자칫하면 백만 엔짜리 의상이 찢어질 뻔했다. 미오리 레이코가 제멋대로 굴자 이케지마 리사는 불같이 화를 내며 두 번 다시 레이코와 같은 쇼에 나가지 않겠다고 말했다'라는 엉터리 기사를 냈다.

나는 그 정도의 떼쓰기는 아무렇지도 않았다. 그다음 날 저녁에 그 애가 내 집에 왔을 때는 애써 위로까지 해주었다.

"너도 웨딩드레스 잘 어울려. 이다음에 마가키 선생에게 꼭 입혀달라고 내가 부탁해볼게."

어린 시절의 그 인형은 훨씬 더 무모한 떼를 썼다. 달에 데려가 달라느니 너희 아버지가 너무 싫으니까 흠씬 패주라느니…….

침대 위에서 노닐 때, 그 애의 왼편 젖가슴의 나비가 높아진 심장 소리를 빨아들여 살갗에서 불쑥 떠올라 훨훨 날아가는 것처럼 보이는 순간이 좋았다. 내 무릎을 베개 삼아 잠든 그 애의 머리칼을 한 올 한 올 내 손가락에 휘감는 것도 좋았다. 그래서 항상 그 귀에 대고 속닥거리곤 했다.

"조금 더 떼를 써도 괜찮아. 내가 얼마든지 들어줄 테니까."

196

그러면 그 애도 긴 속눈썹을 떴다 감았다 하면서 온갖 억지를 부려 나를 난처하게 만들곤 했다.

"이 신문기사, 공개해도 돼?"

올 2월 말, 오래 전 신문 기사의 스크랩을 불쑥 내게 들이밀었을 때, 또다시 말도 안 되는 억지를 쓰는구나 하고 어이없어 했을 뿐 그리 귀담아듣지도 않았다.

신문 기사는 내가 어릴 때 살던 연립주택에서 방화 사건이 일어났고 범인으로 우리 아버지가 체포되었다는 내용이다. 그 사건으로 연립 한 동의 반절쯤이 불에 탔고 어린애 한 명과 한창 나이의 회사원 한 명이 숨졌다. 아버지는 실직 중이었는데 일자리를 찾지 못해 항상 화가 나 있었고 아무에게나 화풀이하는 바람에 주민들에게서 미움을 샀다. 그게 다시 아버지의 분노를 불러 술에 취하면 매번 주민들을 죽이겠다고 고함을 쳤다. 그날도 아버지는 술에 취해 있었지만 사망자가 두 명이나 나왔기 때문에 징역 삼십 년이라는 엄한 처벌을 받고 지금도 센다이의 교도소에서 복역 중이다. 나는 고아원에 보내졌고 그 뒤로 한 번도 아버지를 만난 적이 없다.

"어떻게 그 기사를 찾아냈어?"

나는 얼굴에 미소를 띤 채 물었다.

"십칠 년 전의 신문쯤은 어디서든 구할 수 있어."

그 애는 그렇게 말하며 후후후 작은 소리로 웃었다.

"이케지마 리사의 아버지가 흉악한 방화범으로 교도소에 복역 중이라는 깜짝 놀랄 기삿거리, 어떤 주간지에 팔아넘길까. 아니면 조용히 입 다물고 있을까."

"나야 물론 조용히 넘어가고 싶지."

"그럼 지금 가진 현금, 전부 꺼내 봐."

하라는 대로 20만 엔쯤을 꺼내주자 그 애는 돈을 갈기갈기 찢어 창문 밖으로 던졌다. 그때도 나는 여전히 미소를 짓고 있었다. 그 애가 떼를 쓸 때마다 항상 하던 대로 내 가슴을 그 애 가슴에 맞대려고 했다. 하지만 그 애는 마치 감전이라도 된 듯이 펄쩍 물러서더니 내 뺨을 찰싹 내리쳤다.

"그 더러운 손, 치워! 여태까지 네가 원하는 대로 몸을 맡긴 것은 너의 더러운 손에 나도 똑같이 더러워지면 업계에서 버텨낼 수 있다고 생각했기 때문이야. 하지만 이제 이런 곳은 견딜 수가 없어. 왜 빙글빙글 웃어? 너를 증오한다니까? 너도 나를 엉망으로 망가뜨린 인간이야. 오늘부터 그 앙갚음으로 너도 엉망진창으로 망가뜨려 줄 거야."

뺨의 아픔이 겨우 신경에 전해졌을 때, 그제야 그 애의 말이 진심이라고 실감했다.

"신문 기사만으로 내 아버지라는 걸 어떻게 알 수 있지?"

그러자 그 애는 핸드백에서 다른 종이를 꺼내 한 장의 사진과 함께 내게 툭 던졌다.

"흥신소에 의뢰해서 네가 살던 고아원을 조사해달라고 했어. 사진도 있어."

부모에게 버림받은 아이들이 모여 사는 고아원이다. 거기서 찍은 사진들은 그곳을 나올 때, 기억에서 깨끗이 지워버렸는데…. 나는 다른 고아들 사이에서 가장 음산한 얼굴을 하고 있었다. 사진 뒷면에는 아이들의 이름이 적혀 있었다. '하야카와 마사코'라는, 까맣게 잊어버렸던 내 본명도 물론 거기에 있었다.

"네가 얘기해준 본명도 가짜였어. 열여섯 살에 고아원을 나온 뒤로 단 한 번도 간 적이 없다면서? 하지만 고아원 선생님이 잡지에서 모델로 활약하는 네 모습을 보고 꼭 한번 만나고 싶다던데?"

조사 보고서의 메마른 글씨로 아무에게도 말한 적이 없는 한 가지 과거가 적혀 있었다. 아니, 단 한 사람에게 말했었다. 그애였다. 내가 소개해준 문신사에게서 검은 나비를 새기고 며칠 뒤, 둘이 처음으로 두 마리 나비의 입맞춤을 즐겼던 날, 그 애는 자신의 가족은 모두 화재로 사망했다고 얘기해 주었다. 나와 똑같이 불로 인한 슬픈 추억을 갖고 있다는 것을 알고 나는 내 과거를 털어놓지 않을 수 없었다.

"그랬구나. 네가 더 가엾었네. 우습다, 톱 모델 둘이 똑같이 어느 누구에게도 말할 수 없는 과거를 가졌다니."

그 애는 나를 가엾어 하며 혼잣말처럼 중얼거리고는 쓸쓸한 듯 미소를 지었던 것이다.

나는 그걸로 우리 두 사람이 정말 친한 사이가 되었다고 생각하고 그 애의 가슴에 더욱더 강하게 내 가슴을 밀착시켰다. 그렇듯 동정심을 보여주었던 그 애가 설마 사 년 뒤에 협박자로 표변하리라고는 상상조차 못했다.

"네가 신문 기사며 흥신소 조사 보고서를 진짜로 주간지 기자에게 보내겠다면 나도 지난 팔 개월 동안 네가 나를 협박했다는 거, 세상에 까발려줄게."

지난달 중순의 그 마지막 날 밤에 내가 그렇게 말했을 때,

그 애는 태연한 얼굴로 응했다.

"단 한 번도 너한테 돈이든 뭐든 요구한 적이 없어. 그게 어떻게 협박이야?"

실제로 어떤 요구도 한 적이 없었다. 처음에는 가진 돈을 전부 꺼내보라고 했을 뿐이다. 내가 내준 지폐를 가리키며 "괜찮지?"라고 의미심장한 웃음을 지으며 확인까지 했다. 내가 고개를 끄덕였을 때가 아니면 돈을 찢은 적이 없었다. 그리고 봄이 끝나갈 무렵부터는 만날 때마다 내가 먼저 10만, 20만 엔의 돈을 내줬다.

"네 돈, 내가 전부 버려줄게."

말은 그렇게 했지만 그 애가 엄청난 분노를 담아 지폐를 찢어발길 때마다 나 대신 돈에 앙갚음한다는 느낌이 들었다.

"너도 사람들에게 알려지면 곤란한 일이 있을 텐데?"

4월이었던가, 내가 그렇게 쏘아붙인 적이 있었다.

그건 재작년 연말이었다. 여느 때처럼 내 무릎 위에서 잠든 그 애의 머리칼을 손끝으로 빗겨주던 참에 전화가 울렸다. 그 애를 깨우지 않으려고 가만가만 일어나 수화기를 들자 돌연 아직 젊은 여자인 듯한 목소리가 말했다.

"내일까지 백만 엔 준비해. 내가 입 다물어줬잖아, 싫다고는 못 할걸? 돈을 못 주겠다면 지금 당장이라도 그 얘기, 주간지에 알릴 거야."

혼자 주워섬기더니 뭔가 이상했는지 갑자기 말투가 달라졌다.

"왜 그래, 누가 옆에 있어? 뭐, 좋아, 내일 다시 전화할게."

그러고는 툭 끊어버렸다. 그 목소리는 어둡고 수수께끼 같은 음색이었다. 나는 그 전화에 대해서는 조용히 덮어뒀지만, 분명 그 애가 협박을 당하는 것이었다. 게다가 사람들에게 알리고 싶지 않은 과거의 비밀일 터였다.

　"그 전화만이 아니야. 언젠가 톱 모델 둘이 똑같이 어느 누구에게도 말할 수 없는 과거가 있는 게 너무 우습다고 했지? 하지만 가족이 모두 화재로 죽었다는 얘기라면 굳이 숨길 필요가 없잖아, 다들 가엾게 생각해서 오히려 인기가 올라갈 텐데. 너, 뭔가 더 큰 비밀이 있지? 나보다 훨씬 더, 사람들에게 알려지면 곤란한 과거가 있지?"

　"그래, 협박당했어. 하지만 그 여자가 원하는 건 돈뿐이니까 나는 전혀 두렵지 않아."

　내 말 따위 코웃음을 치며 가볍게 넘겨버리더니 그 애는 여느 때처럼 "괜찮아?"라고 물으면서 내가 건넨 돈을 집어 들었다.

　"내가 원하는 건 돈이 아냐. 너의 파멸이지."

　그 말과 함께 다른 때보다 더 거친 손길로 20만 엔의 돈을 찢어발겼다.

　"너를 파멸시킬 거야. 나는 모두 다 잃었어. 그러니까 너한테서도 모든 걸 빼앗을 거야."

　지난 달 중순의 그날 밤에도 그 애는 악명 높은 주간지 기자에게 보내는 봉투에 신문에서 오려낸 그 기사와 흥신소 조사 보고서를 넣으면서 그런 말을 했다.

　"넌 잃을 게 너무 많지? 하지만 난 이제 잃을 게 아무것도 없어!"

분노로 미친 듯이 부르짖는 그 애를 보며 창백해진 나는 바닥에 주저앉아 그 인형이 또 다시 나를 미워하기 시작한 거라고 생각했다.

"나는 네가 싫어. 너무 싫어. 너도 나 싫어하지? 그렇다면 나를 죽여…."

예전에 놀이터에서 그네를 탈 때, 느닷없이 인형은 화를 내며 그렇게 말했던 것이다.

"왜 그런 말을 하니? 나는 너를 정말 좋아해. 정말 좋아한단 말이야."

품에 끌어안으며 부르짖었지만 인형은 눈빛에 증오를 담아 같은 말만 되풀이할 뿐이었다.

"나를 죽여. 나를 죽여…."

그 아이도 똑같은 눈빛으로 나를 보고 있었다.

"나를 죽여…."

두 개의 술잔을 바꿔놓으면서 내 귀는 단지 인형의 목소리만 듣고 있었다. 문득 정신을 차렸을 때, 인형은 머리칼을 쥐어뜯기고 한쪽 눈이 일그러지고 얼굴이 뭉개진 채 침대 위에 내던져져 있었다. 아니, 인형이 아니라 그 애였다. 나는 어린 시절의 인형을 다시 엉망으로 망가뜨려 쓰레기장에 버렸다. 그 애가 내 과거를 세상에 까발리겠다고 했기 때문이 아니었다. 내가 그토록 사랑하고 소중히 여겼는데도 어느 날 느닷없이 나를 미워하고 내 마음이라고는 전혀 알아주지 않았기 때문이다. 사체의 얼굴에 몸을 숙여 나는 다시 한번 중얼거렸다.

"사랑했어, 나는 진심으로…."

그리고 내 가슴의 버튼을 풀고 사체의 가슴팍을 열었다. 빨간 나비는 마지막 입맞춤을 검은 나비에게 내주었다….

돌연 차임벨이 울렸다. 나는 퍼뜩 정신을 차리고 베갯머리의 인터폰 버튼을 눌렀다.

"경찰입니다. 밤늦게 죄송하지만, 잠깐 물어볼 게 있어서…."

경찰이라고? 조금 전 전화한 남자가 경찰에 신고한 걸까. 하지만 괜찮다. 그런 어이없는 얘기, 당연히 거짓말이다.

그대로 외출해도 될 만한 분홍색과 검은색 줄무늬의 세련된 가운을 걸치고 현관으로 향했다. 문을 열자 두 남자가 한밤중의 조용한 복도에 서 있었다. 추운 듯 싸구려 코트 깃을 세우고 어깨를 웅크린 것이 영화나 텔레비전에서 본 형사를 그대로 닮았다.

"이케지마 리사 씨지요?"

내가 고개를 끄덕이자 두 형사는 현관으로 들어와 문을 닫았다.

"실은 오늘 저녁에 이상한 편지가 경찰서에 도착했어요."

그렇게 말을 꺼냈다. 누가 보냈는지 알 수 없는 편지에 미오리 레이코를 살해한 자는 이케지마 리사라고 적혀 있었다, 단순한 장난이라면 괜찮겠지만, 왼손으로 일부러 필적을 감추듯이 쓴 글이고, 미오리 레이코의 속사정을 잘 아는 듯한 내용이 있어서 장난이라고 단정하기 어렵다, 그래서 확인차 알아보는 중이라고 설명했다.

"당연히 악질적인 장난이죠. 진짜 어처구니가 없네요."

"하지만 편지에 당신이 미오리 레이코에게 협박을 당했다고 적혀 있던데요."

"주간지마다 내가 레이코와 항상 경쟁하고 시샘한다는 기사가 실렸지만, 실은 진짜 친한 사이였어요. 왜 협박이니 뭐니 하는 말이 나오는지 모르겠군요."

그녀는 속마음을 얼굴빛에 드러내지 않도록 조심하며 말을 이어갔다.

"그보다 오늘 월드섬유 사장이 범인은 자신이라고 고백하고 자살했다면서요? 그리고 어제 체포된 사람, 이름이 뭐였더라, 레이코에게 파혼 당한 그 의사 분은 어떻죠?"

젊은 형사가 뭔가 얘기하려는 것을 중년 형사 쪽이 가로막으며 말했다.

"경찰에서는 아직 그 점에 대해 어떤 언급도 할 수 없습니다. 다만 확인차 문의하는 거예요. 지난달 14일 전후에 뭘 하셨는지 얘기해주시겠습니까?"

"알리바이 조사인가요?"

그녀는 번거롭다는 듯이 되묻고 집 안에서 스케줄 수첩을 가져왔다.

"어디 보자, 12일부터 14일까지는 일이 없어서 여기 집에서 뒹굴뒹굴하며 보냈네요. 15일과 16일에는 규슈 여행을 했어요. 15일 점심때 비행기로 도쿄를 떠났다가 16일 밤늦게 돌아왔죠. 사진작가 기타가와 준 선생님과 동행했으니까 그 쪽에 물어보시면 알 거예요."

사실은 스케줄 수첩을 들여다볼 것도 없이 그날 밤 전후의 일정은 똑똑히 기억하고 있었다. 하지만 즉석에서 대답하면 형사들이 수상하게 여길 것 같았다.

"현재로서는 사건 날짜를 13일 혹은 14일인 것으로 보고 있어요. 그러니까 15일 이후보다 13일과 14일에 대해 조금 더 자세히 얘기해주셔야 합니다. 특히 밤에 어디서 뭘 했는지…. 집에서 쉬고 계셨다고 했는데 그걸 증명해줄 누군가 제삼자는 없습니까?"

그녀는 고개를 저으며, 일이 없을 때는 대부분 차임벨이 울려도 문을 열어주지 않고 전화도 부재중 녹음으로 돌려놓고 받지 않는다, 12일과 13일 이틀 동안에도 그랬다고 대답했다.

"근데 왜 그 이틀 동안이죠? 신문에는 사망 추정 일시가 언제인지 정확히 알지 못한다고 나왔어요. 그러면 15일이나 16일 밤일 수도 있잖아요?"

"그건 그렇지만 미오리 레이코는 15일 아침에 파리로 떠날 예정이었기 때문에…."

"레이코는 거의 습관적으로 갑작스럽게 예정을 변경했어요. 해외에 간다면서 걸핏하면 당일에 취소했거든요. 이번에도 갑자기 마음이 바뀌어 15일에도 도쿄에 있었을 걸요."

말투가 지나치게 집요했는지 형사들이 의아한 표정을 보여서 그녀는 그쯤에서 입을 다물었다. 아직은 아무 말도 하지 않는 게 좋다. 알리바이에 대한 것은 마지막 카드로 남겨두어야 한다….

실제로 확인차 물어본 것뿐인지 형사들은 수첩에 기타가와 준의 이름을 메모하더니 미안하다는 인사를 남기고 돌아갔다. 문을 닫아걸면서 대체 누가 그런 밀고 편지를 경찰에 보냈을지 생각해보았다. 아까 전화했던 그 남자인가. 하지만 어떻게 레이코가 나를 협박한 것을 알고 있을까. 2월 말부터 둘이 만날 때는 다른 사람들의 눈에 띄지 않도록 특히 주의했던 것이다.

그녀는 고개를 저었다. 전화도 밀고 편지도 단지 악의적인 장난일 뿐이다. 혼자 끙끙거리며 고민해봤자 별 볼 일 없다.

그래도 형사가 집에까지 찾아왔다는 게 마음속에 컴컴한 불안의 그림자를 드리웠다.

"괜찮아."

소리 내어 중얼거리고 그녀는 가까스로 그림자를 떨쳐냈다. 정말로 괜찮다. 경찰에서는 자살한 사와모리 에이지로를 진범이라고 단정했다. 그녀가 레이코를 죽인 것은 경찰에서는 결코 알 수 없다. 그녀의 소녀 시절을 빨갛게 불태웠던 옛날 얘기도 주간지 기자가 알아낼 일은 영원히 없다….

그녀는 거실 스테레오의 스위치를 켜놓고 가운을 벗어던지고 욕실로 들어갔다. 유리문 너머로 라디오에서 흘러나오는 자장가 같은 노랫소리가 들렸다. 그 소리에 맞춰 콧노래를 흥얼거리며 샤워를 했다. 탈의실에서 간단히 물기를 닦고 맨살에 가운을 두르고 욕실을 나왔다. 테이블 위의 담배를 집으려고 몇 걸음 옮기다가 문득 발을 멈췄다. 그 몇 걸음을 계단을 내려올 때와 똑같은 리듬으로 걸은 것을 깨달았기 때문이다. 그녀는 스테레오 쪽을 돌아보았다. 라디오에서는 여전히 자장가 같은 노래가 흘러나와 아름다운 현의 울림이 밤기운에 스며들었다. 춤추듯이 몸을 움직여보았다. 몸 안에서 솟아오르는 타다당 타다당 하는 리듬과 노래가 완벽히 녹아들어 자연스럽게 몸이 움직였다. 이 노래야, 옛날에 이 노래를 들은 적이 있어….

노래가 끝나고 남자 목소리로 바뀐 뒤에도 그녀의 발은 똑같은 리듬을 새기며 뛰놀았다. 머릿속에는 아직도 노래가 흘러갔다. 연주가 아니다. 그건 어느새 휘파람 소리로 바뀌었다. 누군가가 그 자장가를 휘파람으로 불고 있어….

계속 발을 움직이며 눈을 감자 어둠 위로 저녁노을의 붉은 빛이 보였다. 붉게 물든 어스름을 휘감은 컴컴한 얼굴이 바닥에 쓰러진 그녀의 얼굴을 들여다보았다. 휘파람과 함께 술 냄새를 풍풍 풍기는 입김이 연기처럼 그녀의 얼굴에 훅 끼쳤다. 휘파람의 리듬에 맞춰 남자의 손이 그녀의 다리를 쓰다듬었다. 마치 그 리듬을 영구히 그녀의 다리에 칠하려는 것처럼…. 손이 이윽고 그녀의 다리를 벌리려고 했다. 아직 어린 그녀는 아버지의 손이 왜 그런 짓을 하는지 알지 못했다. 방금 그 손이 창문 밖으로 던져버린 인형이 어떻게 되었는지, 그것만 걱정하고 있었다….

그녀는 발을 멈추고 거울 앞에 앉아 가운의 가슴팍을 벌렸다. 목욕으로 달궈진 살갗에 오른쪽 젖가슴의 나비는 평소보다 선명한 진홍색으로 번들거려서 작은 불꽃이 타오르는 것 같았다. 이 업계에 들어온 직후에 그 문신을 새겼지만, 왜 문신을 새길 마음이 났는지 스스로도 이유를 알지 못했다. 그런데 그 이유를 이제야 겨우 알 것 같았다. 나비가 아니라 불꽃 모양을 평생의 낙인으로 가슴에 남겨두고 싶었던 것이다.

레이코를 사랑했기 때문에 죽었다. 그건 사실이다. 하지만 레이코의 협박이 두려웠던 것도 사실이었다. 그 애가 너희 아버지가 방화범이라고 세상에 까발리겠다고 말할 때마다 공포가 가슴을 옥죄었다. 아버지가 범죄자라는 것 따위, 알려져도 전혀 두렵지 않았다. 하지만 그 애의 목소리는 항상 그다음 말을 거침없이 내뱉을 것만 같았다.

"불을 지른 건 너희 아버지가 아니야! 너희 아버지는 진짜 범인을 감춰준 것뿐이었어!"

거울에 비친 오른편 젖가슴의 나비 모양 불꽃은 금세라도 활활 타올라 그녀의 몸을 삼켜버릴 것 같았다.

하지만 내 탓이 아니야….

그녀는 고개를 저었다. 그날도 나는 놀이터 모래밭에서 인형을 모래 속에 파묻으며 놀고 있었을 뿐이다. 얼굴만 모래에서 쏙 내민 인형이 또다시 떼를 쓰면서 나를 난처하게 만들었다…. 아버지는 술에 취해 잠들었어, 너한테 그런 치욕스러운 짓을 하는 아버지 따위, 난 진짜 싫어. 어제저녁에 창문으로 나를 내던져서 난 풀덤불 속에서 밤새 울었어, 너를 위해. 지금이라면 간단해. 연립에 불을 지르면 돼. 저렇게 술에 취했으니까 잠이 깰 일도 없어. 죽여…. 저 끔찍한 자를 죽여….

경찰

11장

警察

12월 2일 밤, 사와모리 에이지로의 자살 현장에서 돌아온 지 세 시간 만에 아사이는 책상 위에서 한 통의 봉투를 발견했다. 겉에 경찰서 이름과 '형사과장님께'라고 적혀 있었다. 아침 일찍 배달된 모양이었다. 하지만 세이조 경찰서 관할의 자살 사건 현장에서 돌아오자마자 아사이는 다시 사사하라를 취조했다. 게다가 사와모리의 유서 내용을 어디서 얻어들었는지 우르르 몰려온 기자들을 대응하고 검찰에 연락을 취하며 상층부로부터 호출을 받느라, 종일 경찰서 안을 이리저리 뛰어다녀야 했던 것이다.

사사하라가 마침내 털어놓은 사건 당일의 행동은 사와모리의 유서 내용과 세세한 부분까지 일치했다. 따라서 이제는 사사하라가 범인이 아니라는 것, 즉 그가 사건 날 밤에 현장에 남겨둔 청산가리를 사와모리가 슬쩍 도용해서 레이코를 살해한 게 틀림없다고 판단할 수밖에 없었다.

언론사 기자들에게는 "사와모리 에이지로의 유서 내용은 신빙성이 높다. 따라서 사건을 재검토하고자 한다"라는 설명으로 대충 둘러댔다. 하지만 경찰 윗선에는 사사하라 노부오를 체포한 건 잘못이었다고 솔직히 인정하지 않을 수 없었다. 징계처분도 각오하라는 상사의 말이 귀에 왕왕 울려서 아사이는 평소보다 길고 어둡게 보이는 복도를 무거운 걸음으로 건너왔다. 형사과로 돌아와 겨우 자리에 앉자마자 이번에는 그 편지가 기다리고 있었다.

봉투에도, 안의 편지지에도 보낸 사람의 이름은 없었다. 일부러 서툰 손으로 썼는지 삐뚤빼뚤한 글씨였다.

'사사하라는 범인이 아니다. 진범은 다음 여섯 명 중 한 명

이다. 레이코는 여섯 명의 비밀을 손에 쥐고 오래전부터 협박을 해왔다.'

그리고 여섯 명의 남녀 이름이 적혀 있었다. 이케지마 리사, 사와모리 에이지로, 마가키 기미코, 기타가와 준, 이나키 요헤이, 다카기 후미코.

편지를 단순한 장난으로 묵살할 수는 없었다. 실제로 그중한 명인 젊은 사장 사와모리 에이지로의 유서에는 미오리 레이코에게 협박을 당했다는 내용이 적혀 있었다. 그저 어림짐작으로 넘겨짚었다고 하기는 어려웠다.

아침에 사와모리에게 전화한 남자와 편지를 보낸 자가 동일 인물인지 어떤지가 문제였지만, 아직 확실하게 말할 수 있는건 없었다. 우표에 찍힌 날짜로 보면 편지를 보낸 것은 어제, 즉 12월 1일이었다. 경찰에 편지를 보낸 뒤에 오늘 아침에는 직접사와모리에게 전화했다, 라는 가능성도 전혀 없는 건 아니었다.

"다만 유서 내용만 봐서는 사와모리에게 전화한 인물은 사건 당일 밤에 우연히 현장 부근에 있었던 것뿐일 거예요. 이 편지를 보낸 자는 조금 더 사건과 깊은 관계가 있을 것 같네요. 피해자가 사와모리를 협박했다는 건 장본인 외에는 알 수 없잖아요. 근데 그걸 알고 있어요. 서로 다른 사람이라고 보는 게 좋을 것같은데요."

오니시가 컹컹 기침을 해가며 느릿느릿 말하자 젊은 오카베가 반응을 보였다.

"이 편지, 사사하라가 보냈다고 생각해보는 건 어떻습니까. 체포된 게 어제 오후였으니까 편지를 부칠 시간은 충분히 있었어요."

아사이도 동감이었다. 이제 체포되는 건 시간문제라는 것을 알고 범인으로 짐작되는 자들을 경찰에 알려주기로 마음먹었다고 해도 부자연스럽지 않다. 겨우 석 달이었다지만 피해자와 약혼을 했을 정도의 사이인 것이다. 미오리 레이코라는 여자의 사각死角 부분에 대해 가장 잘 알고 있는 사람인지도 모른다.

하지만 다시 취조실에 불려온 사사하라는 형사가 내민 편지를 보고 "아니, 나는 아닙니다"라고 고개를 저었다.

"다만 이 여섯 명의 이름을 보니 생각나는군요. 약혼한 무렵에 레이코가 내게 얘기한 적이 있습니다. 자신을 죽이고 싶을 만큼 미워하는 사람이 일곱 명이라고 했어요. 그중 여섯 명이 이 이름이었습니다."

"그러면 일곱 번째 사람은?"

"실은 일곱 번째 사람에 대해서는 레이코가 입을 딱 다물었어요. 아마 남자인 것 같긴 한데…. 어쩌면 이 편지를 보낸 사람이 그 일곱 번째 남자인지도 모르겠네요."

사사하라의 말에 아사이도 마음속에서 수긍했다. 미오리 레이코가 굳게 입을 다물었다는 일곱 번째 인물이 묘한 수수께끼처럼 머릿속에 어두운 그림자로 떠올랐다. 편지에는 '진범은 여섯 명 중 한 명이다'라고 분명하게 단정하고 여섯 명의 이름만 적혀 있었다. 제7의 인물이 있다면 그자가 자신을 지키려고 이런 밀고를 했을 가능성이 높다. 하지만….

"아까 저녁 때 얘기하기로는 이들 중 사와모리 에이지로라는 자가 범행을 인정하고 자살했다고 하셨지요? 그렇다면 이제

212

이런 편지는 아무 의미도 없는 거 아닙니까?"

아사이가 머릿속에서 중얼거린 말을 사사하라가 그대로 입 밖에 냈다. 맞는 말이었지만 아사이는 뭔가 석연치 않은 게 남아 있었다.

아니, 사사하라도 실제로 뭔가를 알고서 이런 말을 하는 게 아닐지도 모른다.

사와모리가 레이코 살해를 고백하고 자살했다는 소식을 전했을 때, 사사하라는 뜻밖에도 한순간 못 믿겠다는 표정을 보였다. 부정하듯이 머리까지 가로저었다. 사와모리가 그런 고백을 하고 죽은 게 그에게는 예상 밖의 일이었던 것이다. 왜 그렇게 놀라느냐고 묻자 사사하라는 말했다.

"아뇨, 사와모리 에이지로라면 잡지 기사에서도 봤고 레이코를 통해 얘기도 들었지만, 자살할 사람이라고는 전혀 생각을 못 했으니까요."

하지만 그건 급히 둘러대는 말처럼 느껴졌다. 그 증거로, 사와모리의 유서 내용을 자세히 알려주자 사사하라의 입에서 범인임을 부정하는 말이 자기도 모르게 튀어나왔다.

"아뇨, 그 유서는 사와모리가 꾸며낸 얘기겠죠. 혹시 진짜 범인이 강제로 그런 유서를 쓰게 한 뒤에 살해한 거 아닙니까?"

"하지만 당신의 주장과 사와모리의 유서 속 고백이 완전히 일치해요. 사와모리의 유서를 부정하는 건 당신의 주장도 부정하는 게 됩니다."

아사이는 지금까지보다 더 정중한 어조로 말했다.

"아니, 부정하는 건 아니고… 단지 너무 뜻밖이라서…. 내게 누명을 씌우려고 했던 교활한 범인이 그렇게 쉽게 자백하고 죽어버렸다는 게 선뜻 믿어지지 않아서….”

사사하라는 더듬더듬 시원찮은 대답을 했다. 아사이는 그 말투에서 뭔가 수상한 것을 감지하고 캐물었다.

“당신, 혹시 사와모리가 범인이 아니라는 확증이라도 있어요?”

그러자 그는 당황한 기색으로 어물어물 말끝을 흐렸다.

“아니요, 그런 게 아니라….”

그러더니 갑자기 홱 바뀌어 유서를 긍정하는 말을 늘어놓았다.

“네, 범인은 역시 사와모리겠네요. 레이코가 생전에 그에 대해 자주 얘기했습니다. 자신의 사업을 위해서라면 태연히 살인도 저지를 사람이라고.”

허둥거리는 사사하라를 보며 아사이는 방금 자신이 던진 질문이 정곡을 찌른 것인지도 모른다고 느꼈다. 이 사람은 사와모리가 범인이 아니라고 믿을 만한 확실한 근거를 갖고 있는 것이다. 어쩌면 다른 진짜 범인을 알고 있는 건가. 아니면 역시 그 자신이 레이코를 죽였기 때문인가….

세 시간이 지났는데도 그 의문이 머릿속 한 귀퉁이에서 계속 맴돌았다. 사와모리의 자살 소식에 사사하라가 크게 동요하던 모습이 떠오를 때마다 아무래도 석연치 않은 뭔가가 마음에 걸렸다. 사건에는 조금 더 깊은 속사정이 있는지도 모른다. 사사하라는 이제 완전히 사와모리가 범인이라고 확신하는 태도를 보였지만 그건 연극이고 역시 뭔가를 숨기는 눈치였다. 무엇보다 사건의 배후에는 사와모리의 자살에 방아쇠 역할을 한 전화 협박자와 밀고장을 보낸 자, 최소한 두 명의 수수께끼의 인물이 숨어 있는 것이다.

"이제 나는 석방되는 건가요?"

사사하라는 밀고 편지에서 아사이의 얼굴로 시선을 옮기며 물었다.

"내일 아침에 다시 한번 취조한 다음에 고려해보겠습니다. 사와모리가 진범이라고 해도 그가 사용한 독약은 당신이 가져간 것이었어요. 미오리 레이코의 맨션에서 자살할 생각이었을 뿐이라고 주장하셨지만, 그게 거짓이고 조금이라도 살의가 있었다면 실제로 일을 저지르지 않았더라도 법률적으로 문제가 됩니다."

"그보다 미오리 레이코의 사체는 어떻게 되지요?"

"이미 부검은 끝났는데 아직 인수하겠다는 친지가 없어서 그런 사람이 나타날 때까지 경찰 쪽에서 조금 더 보관하게 됩니다."

"아뇨, 아무도 없을 겁니다. 혈육이라고는 한 사람도 없어서 자신은 죽을 때도 혼자라고 레이코가 자주 말했으니까요. 그녀에게 큰 배신을 당하긴 했지만 그렇게 딱하게 죽었으니 최소한 내 손으로 장례식은 치러주고 싶군요. 저의 구속 기간이 연장된다면 병원 후배 중에 하마노 야스히코라는 이가 있으니까 그 친구에게 시신을 인수해 모양새만이라도 장례를 치러주라고 전해주세요. 제가 아끼던 후배니까 그렇게 해줄 겁니다."

아사이는 그건 전해주겠다고 말하고 취조실을 나왔다. 그리고 혹시나 해서 수수께끼의 밀고장에 이름이 적힌 여섯 명을 찾아가 미오리 레이코에게서 협박을 당한 사실이 있는지, 한 명한 명 탐문해보라고 지시했다.

전원이 탐문 수사를 나간 뒤, 아사이는 혼자 창가에 앉아 컴컴한 겨울밤을 바라보며 생각에 잠겼다. 자신의 징계처분보다 사건 자체의 해명되지 않은 부분이 자꾸만 마음에 걸렸다.

그중 하나는 미오리 레이코라는 여자의 신원이었다. 계속 수사를 진행했지만 아직까지 오 년 전 데뷔하기 이전에 대한 것이 하나도 나오지 않았다. 얼굴의 미세한 부분까지 성형을 했다는 건 알아냈지만, 그녀의 과거는 원래 얼굴과 마찬가지로 수수께끼에 감싸여 있었다. 미오리 레이코라는 예명으로 등장하기 전에 잠시 야마시타 하루미라는 이름을 썼던 모양인데 그게 본명인지 아닌지도 아직 알지 못한다. 여권을 조사해보면 본명은 금세 밝혀질 텐데 왜 그런지 맨션 자택에서 여권이 발견되지 않았다. 외무성을 통해 알아보기로 했지만 사체가 발견된 11월 30일부터 지금까지 상황이 너무도 급박하게 돌아가는 통에 아직 거기까지 손을 쓸 여유가 없었다.

또 한 가지 알 수 없는 것이 있었다. 사건이 일어난 정확한 날짜와 시각이다. 사와모리 에이지로의 유서에도 '11월의 그날 밤'이라고만 적혀 있고, 사사하라도 13일인지 14일인지 정확하게 생각나지 않는다고 말했다.

하지만 더욱더 마음에 걸리는 건 그 두 가지가 아니었다. 오랜 세월 발동해온 형사의 직감에 뭔가가 몹시 거치적거리는 것이다. 용의자 체포와 그것을 뒤엎는 진범의 자살…. 그러나 사와모리가 스스로 방아쇠를 당긴 엽총의 폭발음만으로는 사건이 해결되지 않는다. 반드시 또 다른 뭔가가 있을 것이다. 확실한 근거도 없는 채 그런 예감이 창문에 달라붙은 어둠처럼 컴컴한 빛깔로 아사이의 뇌리를 떠나지 않았다.

탐문을 나갔던 형사들이 전원 돌아온 것은 새벽 1시를 지난 시각이었다. 그날 밤에 만나지 못한 사람은 다섯 명 중 한 명뿐이었다. 마가키 기미코라는 여성 디자이너로, 그녀는 자택에 없었다고 한다.

예상은 했었지만, 네 사람은 이구동성으로 미오리 레이코에게서 협박당한 사실이 없다고 부정했다. 허식의 세계에서 가면을 쓰고 살아가는 자들이다. 얼굴빛 하나 변하지 않고 부정했다고 해도 전혀 믿음이 가지 않았다. 다만 단 한 명 다카기 후미코라는 여자는 '협박'이라는 말에 저도 모르게 한순간 눈을 숙였다고 한다.

밀고장에 이름이 적힌 여섯 명 중에 다카기 후미코라는 인물만은 경찰서의 누구도 알지 못했다. 연예 주간지에 전화해보니 그녀는 인기 가수 여러 명이 소속된 전국 톱클래스의 레코드 회사에서 디렉터로 일하는 여자라고 알려주었다. 재작년에 레이코가 모델로 부쩍 인기를 끌던 시기에 가수 쪽으로도 활동 무대를 넓히라고 설득해서 마이크 앞에 세운 여자였다.

미오리 레이코는 물론 아마추어라서 가창력은 별로였지만 폭발한 인기와 함께 꿀이 떨어질 듯 달콤한 목소리 덕분인지 〈머나먼 눈빛〉과 〈사랑의 여운〉이라는 노래 두 곡이 상당한 히트를 했다고 한다.

"세 번째 노래도 기획했는데 미오리 레이코가 가수 활동은 더는 안 하겠다고 했대요. 하지만 그 뒤에도 다카기 후미코는 미오리 레이코와 개인적으로 친밀한 관계를 이어온 것 같습니다. 누구보다 친했던 사이인데 내가 왜 죽이겠느냐고 하더라고요. 하지만 협박이라는 말에는 분명하게 얼굴빛이 달라졌어요. 그런 기억은 없다고 부정했지만, 입이 바들바들 떨렸거든요. 협박을 당했던 건 사실인 것 같습니다."

자택에 탐문 수사를 나갔던 형사는 그렇게 보고했다. 다카기 후미코, 36세, 원래는 자신이 가수가 되려는 꿈을 품고 업계에 뛰어들었지만 결국 데뷔하지 못한 채 프로듀서 일을 시작했다. 미오리 레이코와 함께한 작업이 십 년 경력 중에 처음이라고 할 만큼 대히트를 했고 그밖에 별다른 업적은 없었다. 약간 통통한 몸집이고, 말투나 담배를 피우는 손놀림, 때때로 관자놀이가 파르르 떨리는 버릇 등에서 신경질적인 면이 엿보이는 여자였다고 한다.

"밀고장에 나온 대로 미오리 레이코가 여섯 명 전부를 협박했을 수도 있어요."

오니시의 의견이었다. 아사이는 사사하라가 얘기했던 일곱 번째의 남자가 다시 어두운 그림자로 머릿속에 떠올랐다. 지금까지 별다른 말 없이 다른 형사들의 보고며 의견을 듣고 있던 오카베가 문득 혼잣말처럼 중얼거렸다.

"어째서 네 명 모두 가장 중요한 13일과 14일 밤의 알리바이는 없고, 오히려 15일 밤만 확실한 알리바이가 있는 걸까요…"

그 말에 모두가 돌아보자 오카베는 당황한 기색으로 손을 내저으며 말했다.

"아, 아뇨, 별거 아닙니다."

하지만 그의 말에 이케지마 리사를 만나러 갔던 오니시가 고개를 끄덕였다.

"맞아, 내가 만난 사진작가 기타가와 준도 13일 밤에는 신주쿠 뒤쪽의 처음 들어간 바에서 술을 마셨다는 불확실한 얘기뿐이고 14일 밤의 알리바이는 아예 없었어요. 혼자 암실에 틀어박혀 일했다는데 그건 증인이 없으니까요. 그런데 15일 밤에 대해서는 이케지마 리사와 규슈에 갔고 나가사키 호텔 바에서 새벽까지 술을 마셨다고 확실한 알리바이를 대더라고요."

15일 아침 일찍 갑작스럽게 이케지마 리사가 전화로 규슈에 가자고 했다는 것이다. 오랜만에 운젠에서 나가사키까지 돌아보자는 그녀의 제안에 기타가와는 망설임 없이 응했다고 한다. 칠 년 전에 아직 무명이던 이케지마 리사를 운젠의 보랏빛으로 물든 협곡이며 나가사키의 외국 정서를 배경으로 찍은 사진으로 일약 스타덤에 올렸기 때문이다. 당시에는 기타가와 본인도 아직 이름이 알려지지 않은 신인 작가였다. 그의 성공을 이끌어낸 것은 그때의 이케지마 리사의 사진, 그리고 이 년 뒤에 미오리 레이코를 찍은 사진이었다. 마침 드물게도 일정이 비어 있었다. 벌써 일 년 전부터 이케지마 리사가 다시 한번 그 운젠의 협곡을 배경으로 새로운 나를 찍어달라고 부탁했었고, 그도 꼭 찍어보고 싶은 참이었다고 한다.

두 사람은 통화하고 한 시간 만에 하네다 공항에서 만났다. 규슈로 날아가 렌터카로 운젠에서 나가사키까지 반나절 동안 돌아다니며 작업을 한 끝에 저녁에는 나가사키 이진칸 근처 호텔에 체크인을 했다.

"13일과 14일 밤의 행적에 대해서는 별말이 없더니 15일 밤에 나가사키 호텔에 숙박했다는 것에 대해서는 갑자기 태도가 바뀌어서 세세하게 얘기해주더라고요. 호텔 직원과 바텐더 중에 자신과 이케지마 리사의 얼굴을 알아본 사람이 있으니까 그쪽에 물어보면 안다고까지 했어요. 그래서 우리는 레이코 씨가 15일 아침에 파리로 떠날 예정이었으니까 사건이 일어난 건 그 이전, 즉 13일이나 14일 밤인 것으로 추정한다고 말했죠. 그랬더니 그때까지 냉정하던 기타가와가 약간 안색이 달라지면서 그걸 어떻게 아느냐, 레이코는 변덕이 심해서 그 전에도 여러 번 외국 여행을 당일에 취소한 적이 있다, 이번에도 갑작스레 마음이 바뀌어 15일 밤에도 도쿄에 있었을지 모른다, 라고 하는 거예요."

"이케지마 리사도 완전히 똑같은 진술을 했어."

아사이의 말에 오니시가 다시 고개를 끄덕였다.

다른 두 사람을 탐문한 형사들에게 물어보니 이나키 요헤이도 다카기 후미코도 비슷한 반응을 보였다고 한다. 이나키는 13일 밤에는 9시까지 파티에 참석했지만, 그다음 날인 14일은 종일 제삼자가 증언해줄 만한 알리바이가 없었다. 그런데 15일 얘기가 나오자 저녁때부터 다음 날 아침 10시까지 모델 세 명, 조수 다섯 명과 함께 철야로 작업을 했다는 확실한 알리바이가 있었다. 다카기 후미코도 마찬가지여서 13일과 14일 밤의 알리바이는 애매한데 15일 밤에는 5시에 회사를 나와 마치다 시에 사는 고등학교 동창을 찾아가 밤새 얘기를 나눴다고 했다. 협박이라는 말에 얼굴이 새파래졌던 다카기 후미코도 15일 밤의 알리바이에는 자신감을 되찾은 듯 열을 내어 얘기했다는 것이다.

"흠, 우연이라고 하기에는 뭔가 좀 이상해…."

아사이의 중얼거림에 저마다 고개를 끄덕였다. 하지만 네 사람이 어째서 15일 밤의 알리바이를 강조했는지, 그 의미는 여전히 알 수 없었다. 아니, 정말로 뭔가 의미가 있는지 어떤지조차 현재로서는 확실하지 않았다.

모두가 조용히 입을 다문 가운데 창문을 때리는 밤바람 소리만 울렸다. 결론을 내리지 못한 채 다들 퇴근했다. 마지막 남은 오카베가 형사실을 나서는 참에 갑작스러운 얘기를 꺼냈다.

"과장님, 죄송하지만 어머니가 내일 암 수술을 하기로 해서 하루만 휴가를 내도 괜찮을까요? 조금 더 일찍 말씀드렸어야 하는데…."

그리고 다음 날, 사사하라 노부오는 석방되었다.

사와모리의 유서는 이제 결정적인 것이 되어서 경찰은 그를 범인으로 단정할 수밖에 없었다. 사사하라가 레이코의 맨션에 청산가리를 지니고 간 것에 대해 살의가 있었는지 아닌지 확실하게 밝혀내지 못한 채, 자살을 위해서였다는 그의 주장을 그대로 인정해주는 분위기였다. 언론에서는 진범의 엽총 자살 이상으로 경찰의 오인 체포를 연일 문제 삼으면서 사사하라에게 동정적인 여론이 비등했다. 한시라도 빨리 석방하라고 서장에게서 지시가 내려왔을 정도였다.

동시에 아사이에게는 십오 일간 자택 근신 처분이 내려졌다. 사건이 난 날 밤에는 우연에 우연이 겹쳐서 진범이 사사하라에게 누명을 씌우기 쉬운 상황이었다. 수사팀에게 전적으로 책임이 있다고는 할 수 없었지만 그런 변명이 통하는 조직이 아니었다.

아사이의 마지막 임무는 그날 4시, 정문 앞에 몰려든 보도진을 피해 뒷문으로 몰래 사사하라를 차에 태워 내보내는 것이었다. 차가 떠나기 직전, 사사하라는 지난 이틀 동안 부쩍 헬쑥해진 얼굴을 묘하게 무표정으로 유지한 채 아사이를 향해 목례를 건넸다.

사사하라는 자택이 아니라 아사이가 예약해준 긴자 뒤편의 작은 비즈니스호텔에 은신하기로 했다. 그는 우선 지난 삼 일간의 신문을 구해달라고 프런트에 부탁했다. 호텔 측에서 가져다준 그 신문을 구석구석까지 읽었다. 그러고는 유치장과 똑같이 사방이 벽으로 막힌 호텔 방에서 눈을 감고 팔짱을 낀 채 숙고에 들어갔다.

우선 생각해야 할 것은 언론에서도 크게 다룬 사와모리 에이지로의 자살이었다. 자살의 방아쇠를 당긴 것은 어제 아침에 걸려온 수수께끼의 전화라고 했다. 그가 하마노에게 부탁한 전화다. 그렇다면 둘이 한 사람을 죽음으로 몰아넣은 셈이다. 설령 사와모리가 한 여자를 살해한 범인이고, 그 혐의를 자신에게 덮어씌우려고 했던 비열한 자라고 해도 한 인간에게 죽음을 떠안긴 데 대한 죄책감은 어두운 바늘이 되어 그의 가슴을 찔렀다. 예상도 못 했다…. 그는 그 말을 내내 가슴 속에서 중얼거렸다. 상상조차 못 했던 것이다, 그가 하마노에게 부탁해 걸었던 전화에 이토록 빠른 결과가 나올 줄은. 그리고 이토록 빠르게 그 자신이 석

방될 줄은.

7시가 되자 그는 요요기에 있는 하마노의 오피스텔에 연락했지만 아직 집에 오지 않았는지 전화를 받지 않았다. 혹시나 해서 음성을 바꿔 병원에도 연락해봤는데 교환 여직원이 하마노는 어제부터 삼 일 동안 휴가를 냈다고 알려주었다.

그로부터 세 시간을 계속 시도한 끝에 10시에 드디어 콜 사인이 통화 중으로 넘어가서 하마노가 집에 들어왔다는 것을 알았다. 귀가하자마자 어딘가에 전화를 한 것이다. 십 분을 기다렸다가 다시 걸었더니 그제야 받아주었다. 겨우 이틀 동안이지만 내내 형사 목소리만 듣던 귀에 하마노의 목소리는 무척 반갑게 울렸다.

"호텔 지하층에 심야 2시까지 영업하는 레스토랑이 있는데 지금 와줄 수 있겠나?"

하마노는 바로 출발하겠다고 대답해주었다.

한 시간 뒤, 그는 지하 레스토랑 테이블에서 하마노와 마주 앉았다. 하마노는 이틀 전과 똑같이 성실함이 묻어나는 얼굴에 어색한 미소를 지으며 말했다.

"풀려나셔서 정말 다행입니다."

그도 미소로 답했지만, 곧바로 진지한 얼굴로 돌아와 중얼거리듯이 응했다.

"이런 결과가 나올 줄은 생각도 못 했어…."

그 말에 하마노도 한숨만 내쉬었다. 그 한숨이 어떤 말을 대신한 것인지, 충분히 이해할 수 있었다. 두 사람은 말하자면 너무도 소심한 한 남자를 죽음으로 몰아넣은 공범인 것이다. 한참 동안 어떤 말을 꺼내야 할지 모른 채 서로 시선을 피하며 가만히 앉아 있을 수밖에 없었다.

정확히 같은 시각, 아사이가 자택 욕조에 몸을 담그고 앞으로의 일에 대해 이래저래 생각을 굴리는 참에 아내가 유리문 너머로 말을 건넸다.

"여보, 오카베 씨가 오셨어. 응접실로 모셨으니까 얼른 나와요."

서둘러 몸을 닦고 가벼운 차림으로 응접실로 나갔다. 소파에 앉아 있던 오카베가 일어서더니 새삼스럽게 공손히 머리를 숙였다. 오카베는 우선 이런 밤늦은 시간에 찾아온 것을 사과하고 어젯밤에 했던 어머니 수술 얘기는 거짓이었다고 말했다.

"자살한 사와모리를 범인으로 단정하고 이번 사건을 마무리할 게 뻔하잖습니까. 그래서 오늘 저 혼자라도 단독 수사를 해보려고 그런 거짓말로 휴가를 냈습니다."

오카베는 경찰서에서와 똑같은 말투로 오늘 오전에 이나키 요헤이와 다카기 후미코를 다시 찾아갔었다고 보고했다.

"15일 밤의 알리바이라는 게 아무래도 마음에 걸렸어요. 이케지마 리사가 그날 나가사키에 가자고 한 것도, 사진작가 기타가와 준이 그 제안에 즉각 응한 것도 뭔가 급조된 느낌이 들었거든요. 그런데 이상한 건 그 두 사람만이 아니었습니다. 이나키 요헤이도 15일 아침에야 갑작스럽게 스태프들에게 철야 작업을 지시했더라고요. 봄 컬렉션이 끝난 참이라 평소 같으면 가장 한가한 시기였는데 느닷없이 다음 달에 다시 패션쇼 계획이 있다면서 모델들을 불러들였답니다. 네, 전혀 예정에 없던 패션쇼였어요. 아, 이나키를 직접 만나지는 못했고, 이런 얘기는 조수로 일하는 젊은 남자에게서 들었습니다."

"그리고 다카기 후미코도?"

"네, 후미코와 함께 밤새 얘기했다는 친구를 마치다 시에 찾아가 직접 물어봤습니다. 거의 일 년 넘게 소식도 없었던 후미코가 그날 아침에 뜬금없이 전화해서 오늘 밤에 놀러 가도 되느냐고 했답니다. 후미코는 저녁 6시쯤에 도착했고, 늦어도 자정 전에는 돌아갈 줄 알았는데 꾸벅꾸벅 조는 사람을 깨워가며 새벽까지 혼자 수다를 떨었대요. 그 사이에 친구가 자리를 비운 것은 술을 사러 잠깐 십 분쯤 슈퍼에 갔던 때뿐이었다고 합니다. 그것도 술을 사 오라고 거의 떠밀다시피 했다, 아무래도 그날 밤 후미코의 태도가 이상했다, 라는 거예요…. 과장님, 어떻습니까, 뭔가 좀 이상하지요? 네 명 다 15일 밤에 의도적으로 다른 사람들을 곁에 붙잡아두려고 한 느낌이에요."

"아직 만나지 못한 마가키 기미코도 똑같을 것 같군. 혹시 사건이 일어난 게 15일 밤이었던 거 아냐?"

"네, 그건 저도 생각해봤어요. 하지만 그렇다고 해도 어째서 네 명 모두 그날 밤을 위한 알리바이를 준비했는지, 그 이유는 해명되지 않습니다. 다만 네 명이 어젯밤 수사관에게 15일의 알리바이를 똑같이 강조한 것은 단순한 우연이 아니라는 건 분명해요."

아사이가 고개를 끄덕이기를 기다려 오카베는 다시 입을 열었다.

"오후에는 문신사를 만나고 왔습니다. 예전에 미오리 레이코에게 문신을 해준 자예요."

그러고는 사진 한 장을 보여주었다. 피해자의 왼편 젖가슴의 검은 나비 문신을 확대 촬영한 사진이었다. 부검 때 찍어서 경찰서에 보관해둔 것이다.

"미오리 레이코의 과거를 알아볼 필요가 있었어요. 그 여자의 과거에 대해서는 지금까지 아무것도 밝혀진 게 없으니까요. 문신은 그걸 알려주는 단서가 될 거로 생각했죠."

우선 모델 친구 두세 명에게 문의해봤더니 중요한 애기가 나왔다.

"이케지마 리사와 색깔만 다르게 똑같은 나비 문신을 했다니까 그녀에게 물어보면 어떤 문신사가 해줬는지 알 거예요."

그때 이케지마 리사는 호텔 패션쇼에 출연 중이었다. 즉시 대기실로 찾아갔더니 마침 쇼가 끝난 참이었다. 리사는 입고 있던 웨딩드레스를 오카베 앞에서 태연히 벗어던지며 짜증 난 목소리를 냈다고 한다.

"어젯밤에도 다른 형사님이 찾아왔었는데, 또 무슨 볼일이죠?"

오카베의 질문에는 "이 문신?"이라고 고스란히 드러난 젖가슴의 붉은 나비를 긴 손톱 끝으로 가리켰다.

"그 애가 이걸 보고 너무 예쁘다, 자기도 하고 싶다고 해서 소개만 해준 것뿐이에요."

리사는 젖가슴을 잡고 흔들기까지 했다. 비쩍 말라 갈비뼈 위가 약간 봉긋한 정도였지만 그래도 붉은 나비는 날개를 하늘거리며 창백한 살갗에서 금세라도 날아갈 것처럼 보였다.

그런 이유뿐이었나, 하고 내심 낙담하면서도 오카베는 혹시나 해서 신주쿠 역 뒤편의 맨션 이름을 메모했다. 그렇게 두 톱 모델에게 두 가지 색깔의 나비 문신을 해준 사람을 찾아갔다.

미국인이지만 일본어를 잘하니까 괜찮다, 라고 미리 들었던 대로 벨을 누르자 얼굴을 내민 금발의 남자는 훌륭한 일본어를 구사하며 질문에 답해주었다. 나이가 마흔이라는데 한 세대 이전의 히피 같은 차림새 때문인지 아니면 파란 눈동자 때문인지 아직 청년 같은 인상이었다. 기계 문신을 하고 있고 벌써 이십 년째라고 했다. 미오리 레이코의 가슴에 새긴 나비 문양의 정교함을 봐도 실력은 상당한 것 같았다. 맨션 방 한 칸을 작업실로 쓰고 있고 벽은 온통 문신 사진으로 채워졌다. 국내 문신사와는 달리 색감이 밝고 풍부했지만 역시 인간의 살갗에 평생 낙인처럼 찍힌 그림들은 어딘가 요요하고 퇴폐적인 느낌을 풍겼다.

그는 미오리 레이코를 또렷이 기억하고 있었다. 하지만 안타깝게도 개인적인 교류는 전혀 없었기 때문에 사건과 관련이 있을 만한 진술은 나오지 않았다. 문신하는 동안에도 자기 얘기는 거의 하지 않았다는 것이다.

다만 피부가 깨끗해서 가슴 이외의 곳에도 문신을 해보는 게 어떠냐고 권했다고 얘기해주었다. 레이코는 얼굴이 상품만 아니라면 아예 얼굴에 문신하고 싶다고 대답했다. 이유를 물어보니 "난 얼굴에 낙서하는 걸 좋아하거든요"라고 했다.

무슨 뜻인가 하고 의아한 표정을 짓는 그에게 레이코는 조용히 미소를 짓더니 핸드백에서 립스틱을 꺼내 "이렇게요"라면서 뺨이며 이마에 꽃인지 벌레인지 알 수 없는 모양을 죽죽 그렸다. 선이 뒤엉켜서 그 얼굴은 깨진 도자기처럼 되었다. 직업상 문신한 얼굴에는 익숙한 편이지만, 미모의 여성인 만큼 그걸 망가뜨린 붉은 선은 으스스하게 보였다고 한다.

"거짓말로 휴가까지 냈는데 별다른 수확은 없었어요. 다만 한 가지 재미있는 정보가 있었습니다. 지난 9월 말에 어떤 젊은 여자가 미오리 레이코의 가슴 사진을 들고 와서 똑같은 문신을 똑같은 자리에 해달라고 했다는 거예요. 모델 레이코를 정말 좋아하는 팬이라면서."

"젊은 여자가?"

"안타깝게도 얼굴은 기억을 못하더라고요. 여기서 산 지도 꽤 오래됐고 말도 나보다 오히려 잘하던데 여전히 동양인의 얼굴, 그것도 평범한 얼굴은 구별이 안 된다네요. 젊은 여자인 건 틀림없다는 얘기만 했습니다. 어쨌든 아무래도 그 여자가 마음에 걸려요. 가정부 오타 미치코가 그런 얘기를 했었지요, 2월 말에 레이코가 어떤 젊은 여자를 과도로 찔러 피를 본 적이 있었다고. 경찰에 신고한 것도 아니고, 그리 중요한 일은 아니라고 생각했는데…."

"그 과도에 찔린 여자가 문신사를 찾아온 여자와 동일 인물이라는 건가?"

"네, 그럴 가능성이 있습니다."

미오리 레이코와는 다르게 그 여자는 말이 많은 편이었다. 다음 달 초에 볼일이 있어 미국에 갈 거라면서 현지 얘기를 꼬치꼬치 물었다고 한다. 그 참에 미오리 레이코가 어떤 여자인지도 얘기했다. 광팬이라더니 역시 그 톱 모델에 대한 것을 속속들이 파악한 모양이었다.

"이를테면 레이코가 어릴 때 가난하게 자라서 지금도 빵에 아무것도 안 바르고 먹는다, 라고 웬만해서는 알지 못할 얘기들을 했다는 게 이상해요. 미오리 레이코와 뭔가 특별한 관계였던 게 아닌가 싶은데…."

전화 협박자와 밀고자 외에 또 한 명, 사건의 이면에서 수수께끼의 베일에 감싸인 여자가 나타난 것이다. 오카베의 말처럼 아사이도 그 여자가 레이코가 살해되기 보름 전에 레이코와 똑같은 문신을 했다는 게 마음에 걸렸다. 하지만 그게 어떤 의미가 있는지는 알 수 없었다.

"그리고 이건 별 관계는 없겠지만, 미오리 레이코가 문신 작업이 끝났을 때 딱 한 마디 '죽은 피부에 죽은 나비네요'라고 중얼거리며 쓸쓸한 표정을 지었다고 합니다. 그 미국인도 레이코에 대해 이런저런 소문을 들었지만 실제로 보니 마음속에 슬픔을 감춰둔, 어딘가 불행의 그늘이 있는 여자라는 느낌이었대요. 의외로 전혀 타인인 외국인의 눈이 더 정확할지도 모른다는 생각이 들더라고요."

아사이는 겨울의 정적을 깨지 않으려는 듯 애써 목소리를 낮추는 오카베의 얼굴을 지그시 바라보았다. 얼굴과 목소리가 영 어울리지 않는 친구지만 그때는 그게 우스꽝스럽게 느껴지지 않았다.

그 여자가 '죽은 피부에 죽은 나비네요'라고 중얼거렸다는 말을 듣고 아사이는 왠지 사건 초기에 오카베가 혼잣말처럼 중얼거렸던 질문이 불현듯 떠올랐다.

"자살로 볼 수는 없을까요?"

12장

誰か

누군가

"자네를 이런 번잡스러운 일에 끌어들여서 미안하네…."

점원이 가기를 기다려 눈앞의 사사하라가 드디어 입을 열었다.

"설마 내가 자네에게 부탁한 전화를 받고 사와모리가 자살까지 할 줄은 상상도 못 했어."

"괜찮습니다. 사와모리는 제가 전화하지 않았어도 어차피 죽음을 선택할 상황이었어요. 게다가 전화한 사람이 나라는 걸 경찰이 알아챌 가능성은 전혀 없습니다. 그보다 경찰에서는 정말로 사와모리가 미오리 레이코를 살해했다고 판단한 건가요?"

"오늘 조간신문에 레이코 살해에 관해 고백한 부분의 유서 내용이 실렸어. 그걸 보면 경찰은 사와모리를 범인으로 단정할 수밖에 없겠지. 내 기억과도 일치해. 자네는 그가 범인이 아닌 것 같아?"

"아니요…."

그는 말끝을 흐렸다. 오늘 조간신문에서 그 유서를 보며 느꼈던 구토감이 새삼 목을 타고 올라오는 것 같아 급히 와인을 한 모금 마셔서 가라앉혔다.

사와모리가 유서에 고백한 사건 날 밤의 행동은 하나하나 그날 밤 그 자신이 한 행동이었다. 사사하라에게 죄를 덮어씌우기로 결심한 것도, 레이코가 담요를 찾으러 잠깐 침실에 갔을 때 지문이 남지 않도록 손수건을 꺼내 독이 든 술잔과 레이코가 마시던 술잔을 바꿔치기한 것도 똑같았다. 침실에 가서 레이코의 죽음을 확인한 뒤에 거실로 돌아와 백목 테이블 위의 사사하라의 담배꽁초가 든 재떨이를 유리 테이블 쪽으로 옮긴 것도 모두 그 자신이 그날 밤 레이코의 맨션에서 했던 일이었다. 유서에 적힌 그 밖의 세세한 뒤처리도 완전히 사와모리와 똑같이 해둔 다음에 그 맨션을 나왔던 것이다.

사와모리는 유서에 '그렇게 나는 처음 도착했을 때는 예상도 못 했던 살인자가 되어 그 집을 나왔다'고 고백했지만, 들어갈 때는 예상도 못 했던 살인자가 되어 그 집을 나온 것은 다름 아닌 그 자신이었다. 또한 레이코가 침실 문 앞에서 독이 든 술을 마셨고 몇 초 뒤에는 끔찍한 비명을 지르며 온몸을 뒤틀다가 쓰러지듯이 침실 안으로 들어갔다고 했지만, 그 모습을 조금 떨어진 위치에서 지켜본 것도 사와모리가 아니라 그였다.

그날 밤 사와모리가 그 맨션 어딘가에 숨어 있다가 레이코와 그의 대화와 행동을 처음부터 끝까지 목격했고, 알지도 못하는 그를 감싸주려고 자신이 한 짓이라는 거짓 유서를 남긴 채 죽어갔다, 라는 게 아니고서는 설명이 되지 않는 내용이었다.

사와모리는 손목의 맥을 짚었다고 했다. 하지만 그 역시 레이코의 손목의 맥을 짚어 사망을 확인했다. 그리고 그는 지금 눈앞에 앉아 있는 사사하라와 똑같은 의사다. 그때의 사망 확인에 실수 따위가 있었을 리도 없는 것이다.

그렇다면 사와모리가 맥을 잘못 짚었던 것이고 그때만 해도 아직 레이코가 살아 있었는가. 아니, 그럴 리도 없다. 그 정도 분량의 청산가리를 마시고도 살아 있을 수는 없는 것이다. 사와모리가 바꿔치기한 술잔의 독약을 마시고 레이코는 틀림없이 죽었을 터였다.

마치 그날 밤에 그는 한 번도 만난 적이 없는 사와모리 에이지로라는 사업가가 그녀의 맨션에 몰래 숨어들어 그와 한 몸이 되어 똑같은 행동을 한 것 같았다. 아니, 그게 아니라 사와모리의 몸속에 그가 몰래 들어가기라도 한 것인가…. 구토감이 정점에 달해 저절로 조간신문 위에 몸을 웅크렸다. 그 순간이었다. 한 가지 떠오르는 게 있어서 그는 고개를 번쩍 들었다. 구토감은 사라지고 그 대신 머릿속에서 어지러울 만큼 생각이 펼쳐져 갔다. 그렇다, 사와모리도 범인이고 나도 범인이다. 하지만 거기에 한 가지 큰 착각이 있었다….

어제 아침에 마가키 기미코가 그의 전화에 이상한 반응을 보였던 게 떠올랐다.

"모레 밤 11시에 다시 이 번호로 전화하세요. 어떤 얘기든 받아줄 테니까."

이제야 그 이유를 알 것 같았다. 마가키 기미코도 범인인 것이다. 똑같은 큰 착각 아래 그도 사와모리도 마가키 기미코도 살인범이 되었던 것이다.

착각이 어떻게 일어났는지, 왜 일어났는지는 알 수 없었다. 그는 미오리 레이코의 과거를 이제라도 자세히 알아보는 게 좋겠다고 생각했다. 레이코는 교통사고가 일어나기 전의 과거를 모조리 버리고 싶어 했다.

성형수술이 알려질 우려 때문에 숨긴 것도 있었겠지만 단지 그것만은 아니었는지도 모른다. 뭔가 더 중요한 비밀이 있었던 게 아닐까.

어쩌면 그걸 찾아낼지 모른다는 기대감을 품고 그는 오늘 오후 가와구치 시에 다녀왔다.

오 년 전, 뉴욕에서 수술을 받기 위해 레이코, 아니, 본명은 이시가미 요시코라고 했지만, 그 요시코를 대신해 여권을 만들 때 그녀의 본적지와 현주소를 파악했다. 당시에 살던 곳은 가와구치 시의 세이에이 기숙사로 되어 있었다. 그 두 가지는 가까스로 잊지 않고 기억이 났다. 그때 이시가미 요시코가 기숙사는 예전에 살던 곳이고 지금은 다른 데로 옮겼다고 말했지만, 지금 생각해보니 그건 거짓말이었던 것 같다. 실은 사고를 당한 그때도 세이에이 기숙사에 있었는데 자신이 사는 모습을 들킬까 봐 그런 거짓말을 했다는 의심이 들었다.

역 앞 파출소에 문의해보니 도쿄에 여러 개의 체인점을 가진 유명 양과자점의 기숙사로 아라카와 천변에 있다고 했다. 일러준 대로 찾아가 보니 양과자점이라는 이미지와는 전혀 다른 느낌으로 근처 철공소와 구별이 안 될 만큼 허름한 판자벽으로 둘러싸인 곳이었다.

정문을 들어서자 바로 오른편에 기숙사 건물과는 별동으로 작은 건물이 있었다. 그 앞에서 어깨 폭이 넓은 육십 대 정도의 아줌마가 청소를 하고 있었다. 그를 보자마자 먼저 다가와 자신이 이 기숙사 사감인데 무슨 볼일이냐고 물었다. 몹시 딱딱거리는 말투였다.

"예전에 이 기숙사에서 지냈던 이시가미 요시코의 친척 되는 사람입니다. 요시코와 벌써 오 년 가까이 연락이 끊겨서 걱정되어 찾아왔습니다."

애써 공손하게 말하자 기숙사 사감은 금세 태도며 말투가 부드러워졌다.

"여자 기숙사라서 가끔 이상한 남자들이 어슬렁거리거든요."

사과하려는 듯 머리를 숙이며 말했지만, 가장 중요한 이시가미 요시코라는 이름은 기억에 없는 모양이었다.

"여기서 잠깐 지내다 떠나는 경우가 많아요. 대부분 시골에서 취업차 올라온 애들인데 일이 년 사이에 도쿄에 더 좋은 일자리를 구해서 떠나니까요."

사감이 건물 안으로 안내해주었다. 책장에서 두툼한 명부와 앨범을 꺼내더니 자신은 요즘 눈이 안 좋아졌으니 직접 찾아보라면서 건네주었다. 명부를 넘겨보니 상당한 수의 여자 이름이 기록되어 있었다. 그래도 이시가미 요시코의 이름은 중간쯤에서 의외로 쉽게 발견되었다. 지금부터 구 년 전 4월에 입주했고, 떠난 날짜는 적혀 있지 않았다.

"정식으로 나간다고 얘기한 애들은 기록해두죠. 근데 클럽 같은 데 뽑혀가는 애들은 소리도 없이 떠나버려요. 짐을 그대로 놔두고 하루아침에 사라지기도 한다니까."

이름 옆에 숫자와 알파벳이 있었다. 이시가미 요시코의 이름에는 '4-B'라고 적혀 있었다. 무슨 표시냐고 물어보니 기숙사 방 번호이고, 2인 1실이니까 또 한 명 같은 번호를 가진 아이가 있을 거라는 대답이었다.

같은 페이지의 조금 아래쪽에 또 하나의 '4-B'가 눈에 띄었다. '가와다 기요코'라는 이름으로, 기숙사에 들어온 건 이시가미 요시코와 같은 시기였지만, 이쪽도 기숙사를 나간 날짜는 기록되어 있지 않았다.

"이름까지는 몰라도 얼굴이야 대부분 기억하죠. 같이 찍은 사진을 짚어주면 누군지 알 거예요."

사감의 말에 그는 앨범을 들춰보았다. 젊은 여자들이 사감을 둘러싸고 즐거운 듯 웃고 있었다. 비슷비슷한 사진이 몇 페이지나 이어졌다. 처음 사진은 벌써 빛이 바래서 꽤 오래전이라는 걸 알 수 있었다.

역시 앨범의 중간쯤에서 문제의 얼굴을 찾아냈다. 오 년 전 뉴욕의 병원에서 그 여자가 의사에게 내민 초상화와 똑같은 얼굴이다. 상당히 그림을 잘 그렸던 것이리라, 딱히 별다른 특징이 없는 평범한 얼굴인데도 그는 금세 알아보았다. 흔한 흰색 블라우스를 입고 다른 아이들이 크게 웃고 있는 가운데 혼자서만 따분한 표정을 하고 있었다.

"이 아이라면 기억이 나요. 옆에 조금 더 예쁘장한 아이가 있죠? 약간 시건방진 데가 있는 이 여자애와 같은 방을 썼어요. 아마 한 삼 년쯤 있었을 텐데 좀 음울한 느낌이었어요. 그러다 남자 친구가 생긴 모양이에요, 누군지는 모르지만. 휴일이면 예쁘게 차려입고 신이 나서 뛰어나가곤 했거든."

사감이 기억하는 건 그것뿐이었다. 삼 년쯤 지나서 갑작스럽게 사라졌지만 그게 정확히 언제인지도 모르겠다고 했다. 이시가미 요시코가 언제 이 기숙사에서 사라졌는지는 사실 그가 더 정확히 알고 있었다. 오 년 전, 그가 거침없이 밟은 액셀이 큰 비극을 초래했다. 찌는 듯이 무더운 그 여름날 밤이다.

이시가미 요시코 옆에 앉은 가와다 기요코라는 여자는 아닌 게 아니라 그중에서는 빼어나게 아름다운 얼굴이었다. 하지만 이를 내보이며 웃고 있는데도 어딘지 드센 느낌이 있어서 그리 호감이 가는 얼굴은 아니었다. 어쩌면 사감보다는 같은 방을 썼던 이 여자가 이시가미 요시코의 과거에 대해 더 잘 알지도 모른다. 그래서 가와다 기요코는 지금 어디 있는지 아느냐고 물어봤지만 사감은 고개를 저었다.

"그만한 미인이니 카바레에라도 뽑혀갔나…. 댁이 찾는 이시가미 요시코도 아마 그런 데서 데려갔을 거예요."

그 말에 마음속에서만 고개를 저었다. 다시 한번 앨범 속의 여자들을 대략 훑어본 뒤에 사감에게 감사 인사를 건네고 문을 나섰다. 공장가 너머 저 멀리 하늘을 두툼하게 덮은 회색 구름을 가르고 저녁노을이 이따금 피처럼 붉은 띠를 드리웠다. 역을 향해 걸음을 옮기는 동안에 사진 속 젊은 여자들의 얼굴이 차례차례 그의 머릿속을 스쳐 갔다. 미오리 레이코도 예전에는 그런 무수한 얼굴 중 하나에 지나지 않았던 것이다.

남자 친구가 생겨 신이 나서 뛰어나가곤 했다는 말을 듣고는 레이코가 어느 날 밤, 모래시계의 모래를 그의 등에 쏟았을 때가 생각났다. 흠칫해서 등 뒤를 돌아보자 레이코는 조금 쓸쓸한 듯 중얼거렸었다.

"똑같은 얼굴을 하네?"

그와 똑같이 흠칫 놀란 표정으로 돌아본 그 남자 친구와 레이코는 어쩌면 평범한 가운데 나름대로 행복한 일생을 보냈을지도 모른다. 그런 평범한 얼굴을 겨우 한 달 사이에 눈을 홱 돌리고 싶을 만큼 추한 얼굴로 뭉개버린 것도, 모든 젊은 남자들의 시선을 한 몸에 받을 만큼 아름다운 얼굴로 바뀌버린 것도 그였다.

하지만 다른 무엇보다 그가 바꿔버린 것은 그녀의 운명이었을 것이다.

"너무 외로워서 죽으려고 했어…."

다시금 그녀가 삼 년 전 처음 그의 오피스텔에 찾아왔을 때 중얼거렸던 말이 떠올랐다.

올 3월 들어 그녀는 악마에 홀린 듯 아름다운 미소를 지으며 그에게 쉴 새 없이 끔찍한 협박의 말을 퍼부었지만, 악의 꽃으로 활짝 피어난 얼굴 뒤편에서 역시 삼 년 전과 똑같이 죽을 만큼 외로웠던 것인지도 모른다. 그날 밤, 마침내 미소의 가면도 벗어던지고 그에게 엄청난 분노를 쏟아내며 덤벼들었다. 하지만 그 분노의 이면에서도 그녀는 죽고 싶을 만큼 외로웠을 것이다…. 그렇다, 죽고 싶을 만큼.

도쿄로 돌아와 항상 가던 카페의 텔레비전으로 사사하라의 석방 뉴스를 보았다. 석방되자마자 가장 먼저 자신에게 연락할 터였지만 그와 마주하는 것을 한 시간이라도 뒤로 미루려고 오랜 시간 카페에서 뭉그적거리다가 밤 10시가 되어서야 겨우 자리를 털고 일어섰다.

집에 돌아와 우선 이케지마 리사에게 전화했지만 부재중이었다. 아니, 집에 있으면서도 어젯밤처럼 장난 전화라고 생각하고 일부러 안 받았는지도 모른다. 그게 아니면 이케지마 리사도 그와 똑같이 오늘 조간신문에서 사와모리의 유서를 보고 충격을 받아 그저 겁에 질려 있는지도 모른다. 이케지마 리사도 역시 미오리 레이코를 살해한 자들 중 한 명인 게 아닐까….

이케지마 리사는 어젯밤 그의 전화에 몹시 화를 냈다. 생각해보면 분노하는 방식도 어딘가 이상했다. 이케지마 리사뿐만이 아니다. 기타가와 준도, 이나키 요헤이도, 다카기 후미코도 그가 한 말에 하나같이 특이한 반응을 보였다.

"내가 그날 밤 우연히 미오리 레이코의 맨션 뒤쪽에 있다가 당신이 안색이 확 변한 채 비상계단을 뛰어 내려와 도망치는 것을 목격했다…."

기타가와 준은 결국 조용히 침묵해버렸고, 이나키 요헤이는 헉하고 경악하는 목소리를 냈다. 다카기 후미코는 파르르 떨며 "나는 그런 거 몰라!"라고 큰 소리로 부르짖었다.

오늘 아침 신문을 보다가 큰 착각을 깨닫고 사와모리 에이지로도, 나도, 그리고 어쩌면 마가키 기미코도 범인인지 모른다고 생각했다. 하지만 그보다 더 큰 착각이었다면 더 많은 레이코 살해범이 있는지도 모른다. 마가키 기미코도, 기타가와 준도, 이케지마 리사도 아침 신문을 보고 사와모리가 남긴 유서의 의미를 어떻게 해석해야 좋을지 끙끙거리며 오늘 아침에 그가 느꼈던 것과 똑같은 전율을 느끼지 않았을까. 하지만 설령 그렇다고 해도 그들은 오늘 아침 그가 깨달은 '큰 착각'은 아무도 깨닫지 못할 것이다. 왜냐면 그들 중 어느 누구도 미오리 레이코의 얼굴이 인공적으로 만들어졌다는 사실을 아직 알지 못하기 때문이다. 자신 외에도 미오리 레이코를 살해한 범인이 있다…. 그렇게 추리하고 큰 착각을 풀어낼 열쇠를 손에 쥘 수 있는 사람은 피해자의 얼굴이 성형수술로 만들어졌다는 사실을 사건의 발단부터 알고 있는 자신, 단 한 명뿐이다….

하지만 11월 중순의 그날 밤에 미오리 레이코의 맨션에서 대체 무슨 일이 있었는지, 선명하게 잡히는 건 없었다. 그날 밤, 침실을 감싼 옅은 불빛 속에서 사진으로밖에는 알지 못하는 사와모리의 얼굴이, 마가키 기미코의 얼굴이, 이나키 요헤이의 얼굴이, 그리고 자신의 얼굴이 하나같이 살의로 일그러진 채 차례차례 떠오를 뿐이다. 어젯밤에는 범인이 많으면 많을수록 진범은 유리하다고 생각했다. 하지만 그게 막상 현실이 되고 보니 한 여자를 여러 사람이 완전히 똑같은 방법으로 살해했다는 것은 진짜 구역질이 날 만큼 오싹하고 끔찍한 일이었다….

"자네에게 한 가지 물어볼 게 있어."

사사하라가 음식 접시에서 얼굴을 들고 테이블 너머로 그의 눈을 지그시 들여다보며 말했다.

"어제 누군가 경찰에 밀고 편지를 보낸 모양이야. 범인은 내가 아니라 여섯 명 중 한 사람이라는 내용이야. 거기 적힌 여섯 명의 이름이 내가 자네에게 알려준 것과 완전히 똑같았어. 설마 자네가 그 밀고 편지를 보낸 건 아니지?"

그는 고개를 저었다. 그런 걸 경찰에 보낸 적은 없다.

"여섯 명의 이름을 아는 사람은 자네와 나, 둘뿐이라고 생각했는데…. 그렇다면 레이코가 자신을 미워하는 여섯 명을 누군가 다른 사람한테도 얘기했던 모양이군."

"선생님은 일곱 번째 남자가 있다고 하셨지요? 그 이름은 없었습니까?"

그는 애써 아무렇지도 않은 척하며 물었다.

"아니, 여섯 명뿐이었어. 레이코는 누구에게도 일곱 번째 남자 이름은 말하지 않은 모양이야. 형사는 밀고 편지를 보낸 게 그 일곱 번째의 남자가 아니냐고 하더라고. 나는 그자가 남자인지 여자인지, 전혀 짐작도 못하겠어."

그는 이번에는 마음속으로만 고개를 저었다. 사사하라는 아직 아무것도 눈치채지 못했지만 레이코를 죽이고 싶을 만큼 미워한 일곱 번째의 남자는 바로 그 자신이다. 그런 그가 밀고 편지 따위는 보낸 적이 없는 것이다.

"왜 그러나, 안색이 안 좋군."

"아뇨, 음식 맛이 좀⋯."

애매하게 말끝을 흐리며 얼버무리고 다시 구역질이 몰려올까 봐 급히 말을 이어갔다.

"선생님, 오늘 밤에는 병원에 들어가 봐야 합니다. 환자 한 명이 사경을 헤매고 있어요. 선생님의 앞으로의 일 등은 나중에 다시 만나서 얘기해야겠습니다."

그러고는 이제 쓸 일이 없어졌으니, 라는 말과 함께 체포되기 전에 사사하라가 건네준 50만 엔을 돌려주었다. 오는 길에 산골루아즈 담배 한 보루도 같이 내밀었다.

"이 담배는 이제 피우지 않기로 유치장에서 결심했는데."

사사와라는 그렇게 대답했지만 일부러 사 온 성의를 생각했는지 한 갑만 집어 가슴팍 호주머니에 넣었다.

그가 자리에서 일어서자 사사하라도 식욕이 없는지 음식을 반쯤 남긴 채 방으로 돌아가겠다고 말했다. 계산대에서는 그가 나서서 돈을 냈다.

"선생님도 이제 최대한 절약하셔야지요. 돈이라면 제가 조금 준비해드릴 수 있으니까 언제든지 말씀해주십시오."

그렇게 직원이 내준 잔돈을 상의 호주머니에 넣었을 때였다.

"이봐, 이게 떨어졌어."

사사하라가 작은 쪽지를 내밀었다. 호주머니에서 돈을 꺼낼 때, 바닥에 떨어진 모양이었다. 그 쪽지는 오늘 아침에 집을 나오는 길에 적어온 메모였다. '가와구치 시, 세이에이 기숙사, 이시가미 요시코'라는 세 가지를 급히 갈겨썼다. 사사하라도 그걸 봤을 텐데 딱히 뭔가 눈치챈 기색은 없었다. 아마 레이코가 사사하라에게도 자신의 본명이나 과거에 대해서는 입을 굳게 다물었던 것이리라.

내심 안도하면서도 그는 적잖이 당황해서 쪽지를 얼른 호주머니에 넣었다.

"내일이라도 제가 다시 연락드리겠습니다."

1층에서 사사하라를 남겨두고 혼자 엘리베이터에서 내려 호텔을 나왔다. 벌써 한겨울처럼 추운 날씨였다. 긴자 뒷골목은 변함없이 화려한 불빛들이 가득했지만, 색감은 겨울의 기척에 꽁꽁 얼어붙은 것처럼 묘하게 쓸쓸해 보였다. 지하철 역 방향으로 걸음을 옮기다가 길모퉁이에서 전화박스를 발견하고 안으로 들어갔다.

아무에게도 들킬 걱정이 없는데 저도 모르게 코트 깃을 세워 얼굴을 감췄다. 이제는 완전히 외워버린 이케지마 리사의 전화번호를 돌렸지만, 아직 귀가하지 않았는지 아니면 부재중 전화로 돌려놓았는지, 그것도 아니면 전화를 받을 만큼 마음의 여유도 없는 것인지 수화기 너머로 들려오는 건 콜 소리뿐이었다.

어젯밤에 이케지마 리사에게 전화한 것은 경찰에게 자신이 사사하라를 구하기 위해 범인을 찾고 있다는 게 알려져 용의 선상에서 제외되는 효과를 노린 것이었다. 하지만 지금 전화하는 목적은 다르다. 조간신문으로 사와모리의 유서를 확인하기 전까지는 어차피 망상에 빠진 얘기라서 경찰이 깨끗이 무시할 거라고 생각했다. 하지만 그 유서에는 살인범의 완벽한 고백이 있었고 경찰은 사와모리를 범인으로 단정할 수밖에 없는 모양이었다. 그건 그에게도 불리할 게 없는 일이지만, 동시에 구역질이 날 만큼 오싹한 수수께끼 한 가지를 안겨주는 것이기도 했다. 어째서 사와모리도 나도 범인인가. 아니, 두 사람만이 아니다. 더 많은 범인이 있는 게 아닌가….

이번 사건에는 진범인 그조차 알지 못하는 어떤 조작이 감춰져 있다. 그렇게 생각하고 자신의 손으로 그 조작을 밝혀내기로 마음먹은 것이다.

우선 이케지마 리사와 접촉해 그녀도 미오리 레이코를 죽인 한 명이 아닌지, 알아보고 싶었다.

하지만 몇 번을 시도해도 상대는 수화기를 들지 않았다. 그는 포기하고 다음으로 다카기 후미코의 자택 전화번호를 눌렀다. 어젯밤 그의 전화에 다카기 후미코도 특이한 반응을 보였던 것이다. 어쩌면 다카기 후미코라는 레코드 디렉터도 미오리 레이코를 죽인 범인인지 모른다…. 어젯밤 전화에서 후미코는 바들바들 떠는 목소리였다. 소심한 성격의 여자인 것이리라. 그런 점을 보면 진상에 다가갈 만한 단서를 얻는 데 더 유리할지도 모른다. 디자이너 마가키 기미코에게서도 중요한 단서가 나올 것 같은데 그녀는 삿포로의 패션쇼로 내일까지 도쿄에 돌아오지 않는다.

열한 번, 열두 번, 열세 번….

콜 소리는 밤공기보다 차갑게 귓속에 흘러들었다.

집에 없는 건가. 스무 번째의 콜에 포기한 채 수화기를 내려놓으려고 했을 때였다. 마침내 상대가 수화기를 들고 몇 초의 당황한 듯한 침묵 끝에 겁에 질린 목소리를 냈다.

"누구…세요?"

하마노가 수화기를 향해 뭔가 얘기하는 것을 그는 전화박스에서 3미터쯤 떨어진 길모퉁이 뒤쪽에 몸을 숨기고 오로지 시선만 날카롭게 벼린 채 지켜보았다. 하마노는 아주 중요한 것을 그에게 감추고 있다. 그런 눈치를 챈 것은 조금 전 레스토랑 계산대 앞에서 하마노의 호주머니에서 떨어진 한 장의 쪽지를 봤을 때부터였다. 쪽지에는 올해 5월 그가 미오리 레이코에게서 들은 본명과 예전에 일했던 양과자점의 기숙사 이름 등이 적혀 있었다. 대체 왜 그런 것을 갖고 있는가. 게다가 그가 주워줬을 때 왜 한순간 움찔 그의 눈치를 살피고 급히 호주머니에 감췄는가. 레스토랑에서의 태도도 이상했다. 안색이 평소와 달리 잔뜩 긴장한데다 무슨 고민거리라도 있는지 그의 질문을 무시하고 생각에 잠겨 있었다.

하마노는 내게 뭔가를 숨기고 있다….

그렇게 눈치챈 순간부터 그는 갑작스럽게 자신이 잘 알고 있고 누구보다 신뢰했던 열 살 연하의 남자에 대해 아무것도 알수 없게 되었다. 그를 조심하지 않으면 안 된다고 직감적으로 판단했다.

누구와 전화 통화를 하는 건가. 어쩌면 그 용의자 목록 중의 한 사람인지도 모른다. 하지만 그렇다고 한다면 대체 왜?

하마노는 유리 전화박스 안에서도 얼굴을 코트 깃으로 가리고 있었다. 그를 응시하는 눈빛이 점점 더 초점이 좁혀지고 어둡게 벼려져 가는 게 스스로도 느껴졌다. 통화는 좀체 끝나지 않았다. 그는 답답해서 담배를 피우고 싶었지만 성냥이 없었다. 아까 받아둔 새 골루아즈 담뱃갑에서 한 개비를 빼내 입에 물고 씹는 것으로 꾹 참았다. 침에 씁쓸한 다갈색 맛이 섞였다.

"다갈색 맛이네. 당신을 닮았어."

올해 5월, 두 사람이 아직 행복하던 시절에 레이코는 그의 입에서 담배를 빼내 한 모금 피운 뒤에 그렇게 중얼거렸다. 그의 입에 되돌려주고 그러고는 다시 자신의 입에 물고, 두 사람은 그런 식으로 한 개비의 담배를 나눠 피웠다. 그 이 분 동안이 어쩌면 자신과 레이코의 가장 행복한 시간이었으리라. 변덕스럽고 제멋대로 구는 고양이 같은 여자였지만, 언제나 이면에는 누군가의 다정함에 굶주린, 몹시도 외로움을 타는 인간의 모습이 있었다.

"당신뿐이야. 내 외로움을 알아주는 건…. 다정한 건 당신뿐이야. 내가 사랑하는 것도 당신뿐이야."

둘이서 나눠 피운 담배를 재떨이에 비벼 끄면서 그때 레이코는 말했었다. 그리고 똑같은 입술로 석 달 뒤의 어느 여름날,

돌연 이런 말을 내뱉었다.

"나, 사실은 당신을 사랑하지 않아."

사 개월 전의 그 차가운 목소리가 되살아나 얼어붙은 밤바람과 함께 그의 귀를 때렸을 때, 드디어 하마노가 수화기를 내려놓는 게 눈에 들어왔다. 그 수화기를 다시 들고 하마노는 또 번호판을 꾹꾹 눌렀지만 중간에 마음이 바뀌었는지 수화기를 내려놓고 전화박스에서 나왔다.

성격에 어울리게 묘하게 각이 진 등짝이 충분히 멀어지기를 기다려 그는 길모퉁이에서 나와 뒤를 밟았다. 하마노는 병원도 아니고 자택도 아닌 어딘가 다른 곳에 가는 것 같았다. 병원에 들어간다고 했던 것은 거짓말이다. 그가 오후에 직접 병원에 전화해 확인해본 것을 하마노는 알지 못하고 있었다.

13장

누군가

誰か

그녀는 수화기를 내려놓자마자 카펫 위에 무너지듯이 주저앉아 전화기에 머리를 기댄 채 눈을 질끈 감았다. 하지만 눈꺼풀이 파르르 떨려서 단 몇 초도 눈을 감고 있을 수 없었다. 게다가 눈 감은 어둠은 몸도 생명도 삼켜버릴 것 같아서 더 무서웠다.

하지만 눈을 떠도 그곳에 있는 것은 어둠보다 컴컴하고 추운 살풍경한 방이었다. 벌써 네 개의 벽에 둘러싸인 감옥에 갇혀버린 것처럼 그녀는 그 방에서 누구에게도 도움을 청할 수 없었다. 11월 중순의 그날 밤, 미오리 레이코의 맨션에서 두 개의 술잔을 바꿔치기한 순간부터 이미 후회하고 있었다.

안 돼, 이런 짓을 하면 언젠가 죄책감에 괴로워하고 들볶이고 갈기갈기 찢겨 생명까지도 잃게 될 거야. 하지만 술잔을 다시 원래대로 되돌려놓자고 마음먹었을 때는 이미 레이코가 침실에서 나와 테이블 위의 잔을 손에 들어버렸다. 안 돼, 그 잔에는 독약이 들어 있어. 가슴 속에서 소용돌이치는 목소리를 그녀는 끝내 입 밖에 내지 못했다. 그리고 그녀의 침묵 속에 십 분이 지나고 레이코는 침실 문 앞에 선 채 잔을 단숨에 비워버렸다. 돌연 거친 파도처럼 뒤채기 시작한 레이코의 몸을 고개를 저으며 지켜보면서 이제 아무 의미도 없는 말을 뒤늦게 부르짖었다.

"안 돼, 독이 들어 있어, 마시면 안 돼!"

레이코보다 훨씬 더 엄청난 진동이 그녀의 몸속에 일어났다. 몇 번이나 넘어지고 발이 꼬이면서 침실 안으로 들어가 이미 숨이 끊겨버린 레이코를 발견했다. 격통에 시달려 금세라도 튀어나올 것 같은 그녀의 눈을 벌벌 떨리는 시선으로 들여다보고 가까스로 정말로 죽어버린 것을 확인했다. 그리고 그 순간부터 그녀는 죄의식에 시달렸다. 면도날처럼 차갑고 날카로운 것이 쉴 새 없이 심장을 그어댔다. 그래도 경련처럼 바들바들 떨리는 손으로 자신이 그 집에 다녀간 흔적을 모두 닦아내고 급하게 뛰쳐나왔다. 그리고 밤의 어둠에 섞여 뒷골목을 내달리듯이 시부야의 자택까지 돌아왔다. 그때도 집에 들어서자마자 카펫 위에 주저앉아 머리를 침대 가장자리에 기대고 있었다. 하라주쿠에서부터 계속 뛰어온 탓에 금세 터질 것 같았던 심장의 두근거림은 이윽고 가라앉았다. 하지만 조용해진 심장을 죄책감과 후회가 이전보다 더 날카로운 칼날이 되어 사정없이 죽죽 그어댔다. 왜 죽이고 말았는가, 왜 그런 짓을 저지르고 말았는가, 그런 말이 피에 녹아들어 온몸을 내달렸다.

죽인 이유는 알고 있었다. 올 3월 초, 레이코가 돌연 사진 몇 장을 들이대며 협박을 시작했기 때문이다. 흥신소에 부탁해 몰래 촬영한 것인지 그녀와 경쟁사 중역의 밀회 모습이 자못 의미심장한 분위기를 풍기며 어두운 빛으로 찍혀 있었다. 그 뒤로 팔 개월 동안 레이코의 지시는 모두 다 들어주었다.

"그 인기 가수, 건방지더라고요. 뭔가 그럴싸한 소문 좀 퍼뜨려줄래요? 아, 그렇지, 남자관계가 복잡해서 벌써 사오십 명의 남자들과 잠자리를 했다는 건 어때요?"

"그 가수도 마음에 안 들어요. 제멋대로 굴고 변덕스럽고, 벌써 몇 번째 일을 펑크 냈다고 주간지에 슬쩍 흘려줘요. 알았죠? 이번 달에 기사가 실리지 않으면 그 사진, 쫙 뿌려버릴 테니까."

레이코가 왜 다른 가수들의 인기까지 시샘하고 줄줄이 나

뻔 소문을 퍼뜨리려고 하는지는 잘 알고 있었다. 자신을 괴롭혔던 소문에 그런 모양새로 복수를 하려는 것이다. 자신이 나쁜 소문으로 상처 입은 만큼 다른 인기 스타들도 똑같이 상처 입히지 않고서는 속이 풀리지 않는 것이다. 레이코에게서 전화가 올 때마다 그녀는 그럴싸한 거짓말을 지어내야 했다. 그게 자신의 입에서 나왔다는 건 알지 못하게 은밀히 소문을 내고 또한 주간지에도 흘리지 않으면 안 되었다. 겨우 두 달 만에 지칠 대로 지쳐버렸지만 똑같은 협박이 그 후로도 반년이나 이어졌다.

인기 가수들만 괴롭히려는 게 아니라 무엇보다 그녀에 대한 복수이기도 했다. 작년에 레이코를 설득해 반강제로 마이크 앞에 세운 것에 대한 앙갚음이다. 분명 레이코는 자신의 목소리를 상품화하는 것을 싫어했다. 하지만 싫어하는 진짜 이유를 듣고 그녀는 설득에 나섰다.

"괜찮아, 노래 목소리라는 건 바탕 목소리와는 달라서 그리 쉽게 누군지 알아차리지 못해. 에코를 넣어서 목소리의 느낌을 바꿔줄게."

그러자 레이코가 그럼 딱 한 곡만 해보겠다면서 제법 의욕을 보였다.

"나는 모델로 일하는 거, 예전 지인들에게 알리고 싶지 않아요. 얼굴은 화장으로 그럭저럭 가릴 수 있지만 내 목소리는 특징이 두드러지잖아. 노래를 듣고 미오리 레이코가 예전에 알던 그 아이였다고 눈치채는 거, 너무 싫어요. 당신은 잘 모르겠지만 인기 모델이라는 게 나한테는 정말 수치스러운 직업이라고요."

레이코는 노래하기를 싫어하는 진짜 이유를 그렇게 설명

했었다.

〈머나먼 눈빛〉에 이어 다시 한번 설득해 마이크 앞에 세운 〈사랑의 여운〉도 히트를 했다. 수입도 상당히 챙겼을 터였다. 그런데도 왜 자신이 앙갚음을 당해야 하는지 알 수 없었다. 그래도 어떻게든 사진이 뿌려지는 것만은 막아보겠다고 레이코의 협박에 여태껏 노예처럼 고분고분 따라왔다. 경쟁사 중역과 호텔에서 밀회했다는 게 알려지면 그녀는 두 가지를 잃지 않으면 안 된다. 회사에서의 지위, 그리고 상대 남자였다. 그녀는 지난 몇 년 동안 이쪽 회사의 비밀을 경쟁사의 그 남자에게 슬쩍슬쩍 흘려왔다. 그는 가정이 있는 남자라서 밀회에 대한 게 드러나면 그녀를 헌신짝처럼 내버리고 아내와 아이에게 돌아갈 게 틀림없다. 그녀에게 그 두 가지를 잃는 것은 곧 인생 전부를 잃는 것이었다.

그날 밤에 마침내 레이코는 그 사진들을 그녀도 잘 아는 악덕 주간지 기자에게 보내겠다고 선언했고, 그녀는 인생 모두를 잃는 건 도저히 견딜 수 없었기 때문에 죽이자고 결심했다.

레이코를 살해한 이유는 그렇듯 너무도 잘 알고 있었다. 그런데도 그녀는 밤새 바닥에 주저앉아 머리를 쥐어뜯으며 "왜, 왜…"라는 말만 되풀이했다.

보름 가까이 지난 사흘 전에 사체가 발견되었다는 소식을 들었고, 그저께 오후에는 예상대로 사사하라 노부오가 체포되었다. 하지만 그녀는 안심할 수 없었다. 반드시 뭔가가 나를 덮칠 것이다. 살인이라는 끔찍한 죄를 저지른 것이다. 반드시 뭔가 뜻밖의 일이 일어나 내게 벌을 내릴 것이다….

죄책감이 심장의 피와 함께 쥐어 짜낸 듯한 불길한 예감은 적중했다. 어젯밤에 들어본 적도 없는 남자 목소리의 전화가 걸려와 이렇게 말했던 것이다.

"내가 그날 밤 우연히 미오리 레이코의 맨션 뒤쪽에 있다가 당신이 안색이 홱 변한 채 비상계단을 뛰어 내려와 도망치는 것을 목격했어…."

그리고 그로부터 한 시간도 안 되어 이번에는 형사가 찾아왔다. 그들은 진짜 범인은 사사하라 노부오가 아니라 바로 당신이라고 누군가 밀고 편지를 보냈다고 통고했다. 침착하지 않으면 안 된다고 생각하면서도 입술이, 관자놀이가 바들바들 떨렸다. 그녀는 이제 끝장이라고 마음속으로 체념했다. 패배할 게 뻔히 보이는데도 마지막 성채를 필사적으로 지키려고 하는 병사처럼 마지막 힘을 쥐어짜 대답했다.

"15일 밤에는 마치다에 사는 고등학교 동창 집에서 밤새 얘기하고 놀았어요."

11월 15일 밤의 알리바이, 그것만 있으면 어떻게든 체포되는 것만은 피할 수 있을 터였다.

"오늘 밤 안에 나를 죽이면 그야말로 완벽한 알리바이가 성립되거든요. 어때, 알려줄까요?"

레이코는 그날 밤 그렇게 말하며 카세트테이프를 들려주었다. 녹음기를 틀자 곧바로 귀에 익은 레이코의 목소리, 꿀이 흐를 듯 달콤한 목소리가 울렸다.

"나야. 후후, 놀랐지? 오늘 15일인데 난 아직 도쿄에 있어. 왠지 하루 더 뭉그적거리고 싶더라고. 그래도 내일 아침에는 꼭 파리에 가야겠지? 뭐, 그냥 잠깐 변덕이 난 거야. 지금 밤 9시인데 오늘 밤 내가 살해될 수도 있어. 시간 되면 나 좀 구해주러 올래?"

그녀는 처음에는 그 테이프의 의미도, 왜 알리바이가 성립되는지도 알지 못했다. 하지만 그날 밤 레이코는 의사 한 명을 파멸의 늪에 빠뜨리는 데 성공했다는 쾌감에 흠뻑 젖어 있었는지, 그야말로 신이 난 듯이 그 방법을 설명해주었다.

"오시타 아키라라고 최근에 인기 있는 남자 모델, 당신도 알죠? 걔가 요즘 나한테 열을 올리고 있거든요. 그래서 이따금 이런 장난을 그 애의 부재중 전화에 녹음해두는 거예요. 내일 파리로 떠나기 전에 누군가에게 부탁할 거야, 밤 9시쯤에 그 애 집에 전화해서 이 테이프를 부재중 전화에 녹음해달라고. 사실은 당신한테 부탁하려고 했는데, 그건 안 되겠죠? 당신은 진짜로 나를 죽이고 이걸 알리바이로 이용할지도 모르잖아."

"왜 그 테이프가 알리바이가 되지?"

그녀는 그렇게 물어보았다. 목소리가 살짝 떨렸지만 술에 취한 레이코는 눈치채지 못한 것 같았다.

"어머, 이런 바보, 그것도 몰라요? 오늘 밤 안에 나를 죽이고 이 테이프를 내일 저녁 9시에 당신이 직접 오시타 아키라의 부재중 전화에 녹음해두면 되잖아. 그리고 누구든 만나서 내일 밤의 알리바이를 만들어두는 거예요. 이 부재중 녹음을 들으면 경찰은 틀림없이 내가 15일 밤에 살해되었다고 생각할 테니까."

"하지만 오시타가 내일 밤에 직접 전화를 받을 수도 있잖아?"

"오시타는 놀러 다니느라 자정 전에는 절대 집에 들어가지 않는 인간이에요. 밤늦게 돌아와 이 테이프를 들으면 깜짝 놀라겠지만, 단순한 농담이라고 넘겨버릴 거예요. 그러다가 정말로 내가 살해된 걸 알면 이 테이프의 내용은 중요한 의미를 갖게 되겠죠. 게다가 오시타는 내 목소리가 담긴 부재중 전화 테이프는 틀림없이 지우지 않고 남겨둘 테니까 아주 유력한 증거가 될 거라고요."

물론 그녀는 살인 현장을 나올 때, 그 테이프를 핸드백에 챙겨 넣었다. 그리고 오시타 아키라의 집 전화번호를 알아낸 뒤에 다음 날 밤, 고등학교 동창을 찾아가 밤새 수다를 떨며 알리바이를 만들어뒀다. 전후 시간에 누군가 다른 사람의 녹음이 끼어들면 안 될 것 같아서 정확히 9시에 전화를 걸었다. 동창 친구는 술이 부족하니 어서 빨리 사 오라고 등을 떠밀다시피 내보냈다.

11월 말에 사체가 발견되었다. 언제쯤이나 부재중 전화에 대한 것이 알려져 경찰이 범행 일시를 15일 밤으로 확정했다는 뉴스가 나올지, 혼자 애를 태우며 기다렸다. 하지만 그런 기사도 뉴스도 없이 헛되어 사흘이 흘러갔다. 혹시 오시타 아키라가 15일 밤의 부재중 녹음테이프를 못 들었거나 듣고도 잊어버린 건 아닐까. 고민 끝에 사무실 쪽에 목소리를 위장해 전화해보니 그는 진즉에 촬영차 피지로 떠났고 12월 6일에나 귀국한다는 것이었다.

그런 머나먼 남쪽 섬에 갔다면 국내에서 레이코가 사체로 발견되었다는 건 알지 못할 가능성이 높다. 6일에 돌아와 사건에 대한 소식을 들으면 몹시 놀라리라. 그와 동시에 15일 밤의 부재중 녹음을 즉각 경찰에 신고할 것이다. 레이코가 말했던 대로, 농담으로 흘려들은 얘기가 실제 살인 사건이라면 그 부재중 녹음은 그야말로 중요한 의미가 있다.

살해당한 본인이 방법을 알려준 알리바이가 있는 한, 걱정할 필요 없다….

그렇게 생각하면서도 형사들이 돌아간 뒤 그녀는 불안해서 견딜 수가 없었다. 사와모리 에이지로라는 사업가가 레이코 살해를 고백하고 자살했다는 뉴스는 들었지만, 어젯밤 시점에는 아직 그 뉴스가 어느 정도나 신빙성이 있는지 미심쩍기만 했다. 그런 유서 따위, 거짓이라는 게 곧 밝혀질 것이다. 미오리 레이코를 죽인 게 그 사업가였을 리 없기 때문이다.

누군가 그날 밤 그녀가 비상계단을 뛰어 내려와 도망치는 것을 목격해버렸고, 그걸 빌미로 협박 비슷한 전화를 했다. 게다가 그녀가 레이코에게 협박을 당했다는 사실을 아는 자가 있고, 누군가는 경찰에 밀고 편지를 보냈다. 지금 당장이라도 형사들이 다시 돌아와 그녀의 손목에 수갑을 채울 게 틀림없다….

그녀는 불안감에 휩싸여 결국 밤새 한숨도 못 잤다. 불안의 이면에는 지난 보름 동안 씻어내지 못한 후회와 죄책감이 밤의 어둠 같은 색깔로 찰싹 달라붙어 있었다. 그녀는 어둠을 두려워하며 벌벌 떨었지만, 이윽고 밤이 끝나자 그보다 훨씬 더 끔찍한, 모든 것이 백일하에 드러나는 아침이 찾아왔다.

펼쳐 든 조간신문에 겨울빛이 차갑게 꽂혔다. 3면에 실린 사와모리 에이지로의 유서 내용을 한 문장씩 읽어 내려갈 때마다 그녀는 고개를 내저었다. 흐트러진 머리칼이 채찍처럼 뺨을 때리는 것도 모른 채 그녀는 "왜, 대체 왜…"라는 중얼거림만 되풀이했다. 술잔을 바꿔치기한 것도, 침실 문 앞에서 레이코가 끔찍한 비명을 내지른 것도, 침대에 쓰러진 레이코의 죽음을 확인한 것도 모두 그녀 자신이었던 것이다. 그날 밤 레이코의 맨션에서 그녀 자신이 했던 행동이며 본 것, 들은 것들이 한 번도 만난 적 없는 사업가의 시선과 손으로 낱낱이 적혀 있었다. 이건 눈을 뜬 채로 꾸는 악몽이다. 아침 햇빛이 너무 눈부셔 환각의 글자가 보이는 것이다….

오후에 텔레비전 뉴스로 경찰이 그 유서를 유효하다고 보고 미오리 레이코 살해범을 사와모리로 단정했다는 소식을 들었지만, 안도감은 전혀 들지 않았다. 이건 함정이다. 경찰이 진범을 찾아내려고 이런 함정을 판 것이다. 그러지 않고서야 이런 말도 안 되는 일이 일어날 리 없다….

늦은 오후에야 회사를 무단결근했다는 게 생각났다. 전화로 적당한 변명을 둘러댔다. 그게 그날 오후부터 밤까지 그녀가 취한 유일한 행동이었다. 그러고는 밥도 거른 채 카펫 위에 웅크리고 앉아 머리칼을 쥐어뜯으며 "왜, 왜…"라는 말만 중얼거렸다. 눈에 보이지 않는 수많은 마수가 자신을 사로잡으려 하는 것을 온몸으로 분명하게 감지했다.

몇 시간이나 그러고 있었는지, 가까스로 현실을 되찾아준 것은 전화벨 소리였다. 어느새 불빛 하나 없는 캄캄한 어둠에 휘감긴 채 그녀는 벨 소리를 아직 몽롱한 소리로만 인식했다. 그 사람이다, 어젯밤에 협박 같은 말을 그녀의 귀에 남겼던 자가 오늘밤 또 연락한 것이다. 그런 전화는 안 받는 게 좋다. 이번에 받으면 그자는 어젯밤보다 훨씬 더 무서운 얘기를 귓속에 남길 것이다. 그렇게 생각하면서도 몸이 저절로 일어나고 손이 전등 스위치를 켜더니 전화기로 향했다. 수화기를 들어도 한참 동안 아무 소리도 없었다.

"누구…세요?"

떨리는 목소리로 물어보자 겨우 소리가 들려왔다. 어젯밤의 그 남자일까. 특징 없는 메마른 목소리여서 잘 알 수 없었다.

"오늘 조간신문은 봤나? 거기에 적힌 사와모리 에이지로의 고백은 그대로 당신의 고백이지? 당신이 미오리 레이코를 죽였잖아. 나는 다 알고 있어….."

그리고 그다음에도 이런저런 말을 이어 갔지만 그녀의 귓속에는 이미 의미 있는 언어로 들어오지 않았다. 겨우 말소리가 끊겼을 때, 그녀는 되풀이해서 부르짖었다.

"그만해, 제발 그만해….."

"지금 내가 만나러 갈 거야."

마지막에 남자는 그런 말을 한 것 같았다. 전화가 끊기는 것과 동시에 "왜, 대체 왜…"라는 말이 저절로 입 밖으로 흘러나왔다.

그리고 수화기를 내려놓자마자 카펫 위에 무너지듯이 주저앉아 전화기에 머리를 기대고 눈을 감았다. 이제 더는 뭘 어떻게 해야 좋을지 알 수 없었다. 누군가에게 큰 소리로 도움을 청하고 싶었다. 하지만 과연 누구에게 도움을 청할 수 있을까. 몇 년 동안 사랑해온 남자는 그녀가 범죄자인 것을 알면 단 한 번도 본적이 없는 사람처럼 차가운 얼굴을 하리라. 그런 비겁한 남자였다. 단지 경쟁사의 정보를 얻어내려고 사랑하지도 않는 그녀와 잠자리를 해온 자인 것이다. 그런 비겁한 남자를 잃을까 봐 그녀는 영원히 돌이킬 수 없는 죄를 범했다. 그리고 그 죄의 대가로 아무것도 알 수 없는 혼란의 감옥에 갇혀버렸다.

어느새 그녀는 울고 있었다. 아니, 우는 게 아니다. 눈에서 눈물을 흘리면서도 입으로는 자신의 것이라고는 생각되지 않는 웃음소리를 내고 있었다. 왜 웃는지도 알지 못한 채 목이 갈라질 듯 아파도 웃음이 멈추지 않았다.

온 집 안을 울리는 웃음 속에서 현관 벨 소리를 들었다. 벨은 집요하게 이어지고 한 차례 끊겼다가 잠시 뒤에 다시 시작되었다. 어느새 그녀의 몸은 몹시 고요해져 있었다. 벌어진 입에서 더 이상 웃음소리는 흘러나오지 않았다. 천천히 몸을 일으켜 현관으로 나가 문을 열었다.

복도에 한 남자가 서 있었다.

눈물을 모조리 흘려버려 말라비틀어지고 금이 간 그녀의 눈에 남자의 얼굴은 흐릿한 윤곽으로밖에는 비치지 않았다.

"방금 전화한 사람이에요?"

그렇게 묻고 상대가 고개를 끄덕이기를 기다려 안으로 맞아들였다. 남자를 안내해 소파에 앉히고 다시 말했다.

"뭘 원해요? 내가 뭐든 할게요."

"당신은 그날 밤 레이코의 맨션에서 그녀를 죽였어. 그걸 아는 사람은 현재까지 당신과 나뿐이야. 아니, 그래서 내가 당신을 지켜줄 수 있다는 얘기야. 하라는 대로만 하면 당신은 틀림없이 안전해. 그 대신 다달이 내게 10만 엔을 부쳐주면 돼."

"또 협박이에요? 뭐, 좋아요, 협박이라면 지난 몇 달 사이에 완전히 익숙해졌으니까. 그보다 어떻게 된 일인지 알려줄래요? 어째서 사와모리 에이지로가 그런 유서를 썼는지, 당신은 알고 있죠?"

그 말에 남자가 고개를 끄덕였을 때, 그녀는 마침내 도움의 손길이 자신에게 찾아왔다고 생각했다. 협박이든 뭐든 두렵지 않았다. 단지 아주 조금의 운신조차 허락하지 않는 수수께끼와 혼란의 두툼한 갑옷을 깨뜨려주기만 하면 된다….

"그 전에 이건 계약이니까 당신이 레이코를 죽였다는 고백을 문서로 받아야겠어. 아니, 걱정할 거 없어. 그걸 경찰에 건네는 것은 다달이 10만 엔을 부쳐주지 않았을 경우뿐이니까."

그녀는 고개를 끄덕였다. 방에 들어가 종이와 펜을 가져왔다. 남자의 지시에 따라 움직이는 몸이 자신의 것이 아닌 듯한 마음이 들었다.

"어떻게 쓰면 돼요?"

"글쎄, 이렇게 써주면 좋겠군…. 미오리 레이코를 살해한 진범은 사와모리 에이지로가 아니라 나였습니다. 11월 중순의 그날 밤, 레이코는 나를 불러내 그동안 숨겨왔던 한 가지 비밀을 세상에 공표하겠다고 했습니다. 그 일로 올 3월부터 계속 나를 협박해 왔습니다. 레이코의 얘기를 들어보니, 마침 그날 밤에 사사하라 노부오라는 사람이 내가 가기 직전에 역시 그 맨션에 찾아와 독약으로 자신을 죽이려다가 실패했다는 것이었습니다. 그가 남겨두고 간 독약을 레이코가 반쯤 농담 삼아 사사하라의 술잔에 넣었을 때, 나는 레이코를 죽이기로 결심했습니다. 그리고 몇 분 뒤…."

남자가 불러주는 대로 받아쓰는 손도 자신의 것이 아닌 듯한 마음이 들었다. 최면술사에게 조종당하듯이 그녀는 그의 말을 자신의 글씨로 옮겨 적었다. 이 남자는 예사 사람이 아니라는 생각까지 들었다. 그날 밤에 누구도 본 적이 없는 자신의 행동을 낱낱이 알고 있는 것이다. 어쩌면 신의 사자인지도 모른다. 신은 살인이라는 큰 죄를 범한 내게 지난 며칠 동안 후회와 죄책감과 불안이라는 연옥을 안기고 마지막에 자애의 손길을 내밀어 이 사람을 보냈는지도 모른다. 이 사람이 하라는 대로만 하면 틀림없이 안전하다. 그렇게 생각하며 남자의 말이 끝나기를 기다려 그녀는 펜을 내려놓았다.

"이제 됐지요? 그러면 사와모리가 왜 그런 유서를 남기고 죽었는지 알려주세요."

"그 전에 계약이 성립된 것을 축하하는 건배를 할까. 술은 있지?"

그 말에도 순순히 응해서 그녀는 주방에서 미즈와리(목넘김을 부드럽게 하기 위해 도수 높은 술에 물을 타서 묽게 한 것)를 만들어왔다. 남자는 자신의 술잔을 번쩍 들더니 고개를 돌려 뒤를 보며 말했다.

"틈새로 바람이 부는 것 같군. 현관문이 제대로 안 닫힌 모양이야."

그녀는 현관에 나가 봤지만 문은 단단히 잠겨 있었다.

"감기라도 걸렸나, 어쩐지 등짝이 써늘하네."

남자는 어깨를 으쓱 쳐들더니 그녀가 손에 든 잔에 자신의 잔을 맞댔다. 맑은 소리와 함께 금빛 액체가 흔들렸다.

남자는 한 모금 꿀꺽 마시고 숨을 후우 토해내면서 "그 수수께끼, 내가 알려주지"라고 마침내 입을 열었다.

"그날 밤, 당신도 레이코를 죽였고 사와모리도 레이코를 죽였어. 레이코는 두 번 죽은 거야. 아니, 두 번만이 아니야. 세 번, 네 번, 다섯 번, 여섯 번, 일곱 번⋯."

그녀는 무의식중에 술잔을 입에 대고 금빛 액체를 꿀꺽꿀꺽 마셨다. 남자의 말소리가 끊기고 오 초쯤 모든 것이 조용했다. 그리고는 돌연 분노 덩어리가 그녀의 뱃속에서 솟구쳤다. 지난 팔 개월 동안 자신을 노예처럼 괴롭혔던 레이코에 대한 분노, 지난 몇 년 동안 자신을 마침 좋은 정보원으로 취급했던 그 남자에 대한 분노, 그런 인간을 여태껏 사랑하며 젊음을 허비해버린 자신에 대한 분노. 그게 분노가 아니라 불덩어리 같은 통증이라는 것을 알았을 때는 이미 늦었다. 뜨거운 용암이 목구멍을 뚫고 올라와 입 밖으로 분출했다. 온몸이 거친 파도처럼 뒤틀렸다. 그날 밤 침실 문 앞에서 레이코가 췄던 지옥의 춤을 이제는 자신이 추고 있었다. 그리고 그 춤에도 지칠 대로 지쳐 온몸의 힘을 잃고 테이블에 머리를 떨구었다. 아니, 머리는 벌컥 입을 벌린 깊은 어둠의 밑바닥으로 떨어진 것이다. 한없이 깊은 밑바닥으로 떨어지면서 그녀는 "왜"라고 중얼거렸다.

"왜, 왜⋯."

결국 그녀는 자신이 죽어가는 이유를 알지 못했다. 살아가는 이유와 마찬가지로.

14장

경찰

警察

12월 4일은 새벽부터 비가 내렸다. 그전에 사체가 발견된 날에도 비가 왔지만, 그때부터 이미 겨울빛이 완연했다.

그날 내린 비도 계절이라는 단어를 포기한 것처럼 회색빛에 차갑고 메말라 있었다. 주위에서 소리와 색깔을 앗아가며 쏟아지는 비를 보고 있으려니 겨울은 계절이 아니라 그저 가을에서 봄까지의 허망한 틈새에 지나지 않는다는 느낌이었다.

아침 일찍 아사이는 우산을 들고 자택 마당에 내려가 손바닥만 한 작은 연못에서 헤엄치는 잉어에게 먹이를 주었다. 내 손으로 느긋하게 잉어를 돌보는 게 벌써 몇 달 만인가. 그런 생각을 하며 연거푸 먹이를 뿌리던 손이 흠칫 멈췄다. 사건 첫날에 느꼈던 작은 의문이 불쑥 떠올랐던 것이다.

살해 현장에는 미오리 레이코의 사체만이 아니라 또 하나의 작은 사체가 있었다. 수조 밑바닥에 가라앉은 열대어. 사체가 입고 있던 스웨터와 똑같은 파란색과 흰색 줄무늬였다. 게다가 그 수조의 물에서도 청산가리 성분이 검출되었다.

아사이가 의문을 가진 것은 왜 수조에 청산가리 성분이 있었느냐는 것보다 왜 그 열대어가 한 마리뿐이었느냐는 것이었다. 가사도우미 오타 미치코는 예전부터 레이코가 열대어를 한번에 여러 마리 사다가 차례차례 죽어가는 것을 즐겼다고 말했다. 게다가 지난 이 년 동안 수조는 텅 비어 있었고, 11월 10일 오타 미치코가 마지막에 그 집을 나올 때도 수조는 텅 빈 그대로였다고 한다. 현장에는 한 마리 외에 다른 열대어 사체는 없었다.

그렇다면 10일부터 살해된 14일 전후까지 레이코는 열대어를 단 한 마리만 사 왔었다는 얘기다. 분명 그렇게 생각해도 무방할 것이다. 하지만 달랑 한 마리만 사 왔다는 건 아무래도 이상하다.

오타 미치코의 증언을 들으며 품었던 의문을 지난 사흘 동안 상황이 급박하게 돌아가는 통에 깜빡 잊고 있다가 방금 연못속의 잉어를 보고 다시 떠올린 것이다. 빗방울과 먹이가 만들어낸 물의 동그라미 밑에서 검은색과 은색이 섞인 비늘이 요요한빛으로 출렁거렸다.

아사이는 거실로 돌아와 오타 미치코의 집에 전화했다. 미오리 레이코가 어디서 열대어를 샀느냐고 물어보았다. 그거라면하라주쿠 사거리 근처에 '엔젤'이라는 열대어 전문점이라고 금세 알려주었다. 가게 전화번호로 연락해보니 주인인 듯한 여자가 받았다. 지난달 10일경에 미오리 레이코가 찾아와 자신이 입은 스웨터와 똑같은 파란색과 흰색 줄무늬의 물고기가 있느냐고물었다고 한다.

공교롭게도 지금 우리 가게에는 없지만 긴자 본점에 주문해서 받아 오겠다고 했으나 미오리 레이코는 지금 당장 필요하니 자신이 직접 가겠다면서 긴자 본점의 위치를 알려달라고 했다. 가게 앞에서 택시를 타는 걸 봤으니까 아마 본점 쪽에서 사갔을 것이다, 라는 얘기였다.

거기서 본점 전화번호를 문의해 다시 걸어보니 이번에는남자 목소리가 받았다. 미오리 레이코라면 지난달에 한 차례 가게에 와서 열대어 일곱 마리를 사 갔다고 했다.

"일곱 마리라고요? 확실합니까?"

아사이는 재우쳐 물었다.

"네, 일곱 마리였어요. 여덟 마리가 있어서 한 마리는 덤으로 드리겠다고 했는데, 일곱 마리면 된다고 화난 얼굴로 쏘아붙여서…."

남자 목소리는 그렇게 대답했다. 계산서를 확인해달라고 하자 잠시 뒤에 주인이 알려주었다. 11월 13일의 일이었다.

"오후 2시쯤이었어요. 뭔가 급하게 서두르는 것 같았는데…."

고맙다고 인사하고 아사이는 수화기를 내려놓았다.

역시 한 마리가 아니었다. 하지만 일곱 마리 중 다른 여섯 마리는 어떻게 되었는가. 단순히 생각하면 13일부터 살해되기 전까지 여섯 마리가 죽었고 레이코가 자신의 손으로 치웠다고 볼 수 있다. 하지만 아무래도 그렇게 단순한 일이 아니라는 마음이 들었다. 지금 당장 필요하다, 라는 말과 일곱 마리를 고집했던 점에서 레이코의 어떤 계획 같은 게 엿보였던 것이다.

일곱 마리….

7이라는 숫자를 최근에 어디선가 들었던 것 같은데?

즉시 머릿속에 떠오르는 게 있었다. 그저께 저녁에 취조실에서 밀고 편지를 보여주었을 때, 사사하라가 했던 말이다.

레이코는 전에 자신을 죽이고 싶을 만큼 미워하는 사람이 일곱 명이라고 말한 적이 있다….

일곱 번째의 인물이 누군지는 모르지만 레이코를 죽이고 싶어 하는 자가 일곱 명이었던 것과 레이코가 사건 전에 구입한 열대어가 일곱 마리였던 것은 단순한 우연이 아니라 뭔가와 정확히 부합하는 느낌이 들었다.

하지만 그게 어떤 의미가 있는지 알 수 없는 채 반나절이 지났다. 오후 4시쯤, 저녁 어스름에 더욱 강해진 빗발을 내다보며 마루 끝에서 발톱을 깎고 있는데 전화벨 소리가 울리고 아내가 그를 불렀다.

"여보, 오카베 씨 전화야."

수화기를 들자마자 귀에 익은 목소리가 불쑥 말했다.

"과장님, 뉴스 보셨습니까?"

"아니, 무슨 일 있었어?"

"어젯밤에 다카기 후미코가 사망했어요. 현재로서는 누군가 찾아온 흔적은 찾지 못했고 유서가 있었기 때문에 자살인 것으로 보입니다."

"자살?"

다카기 후미코는 시부야 번화가에서 조금 떨어진 곳에 자리한 작은 단독주택에서 혼자 살고 있었다. 오늘 정오쯤에 이웃에 사는 주부가 대문이 계속 열려 있는 게 이상해서 안을 살펴보다가 거실 테이블에 엎드린 채 죽어 있는 것을 발견하고 즉시 경찰에 신고했다. 오카베는 지금까지 그 현장에 나가 있었다고 한다.

"유서는 자필인 모양인데… 사와모리의 유서와 거의 흡사한 내용이었어요. 미오리 레이코를 죽인 것은 사와모리가 아니라 자신이라는 겁니다. 게다가 살해 방법까지 똑같아서 마치 사와모리의 유서를 그대로 베껴 쓴 것 같더라고요. 현장에 어제 날짜의 조간신문이 있었는데 그 신문에 사와모리의 유서가 실렸잖습니까. 다들 후미코가 조간신문을 보다가 뭔가 망상에 빠져 사와모리의 유서와 자신의 상황을 혼동한 게 아니냐고 얘기하고 있습니다."

"자살 방법은?"

"위스키에 청산가리를 타서 마셨어요. 미오리 레이코의 사인과 똑같습니다. 실은 과장님, 잠깐 알아봐 주실 게 있습니다. 내일이라도 제가 휴가를 내서 직접 알아보려고 했는데 또 이런 자살 사건이 터졌으니 저는 마음대로 움직일 수 없게 됐어요."

"뭘 알아보라는 거지?"

"N항공에 친구가 있다고 하셨지요? 가사도우미 오타 미치코가 10월 초에 미오리 레이코가 뉴욕에 갔었다고 얘기했던 게 생각나서 좀 더 정확한 날짜를 전화로 문의해봤거든요. 출발한 건 10월 2일이라고 했습니다. 미오리 레이코가 항상 N항공을 이용했다니까 10월 2일 뉴욕행 때, 누군가 레이코와 나이나 키가 비슷한 여자와 동행하지 않았는지, 그걸 알아봐 주셨으면 합니다. 부검의가 레이코의 성형수술은 매우 실력 있는 전문가의 솜씨여서 어쩌면 외국에서 수술한 게 아니냐고 했었지요? 그게 뉴욕의 병원이고 미오리 레이코가 10월 초에 그 병원을 다른 여자와 같이 갔었던 게 아닌가 싶어서요."

"지난번에 얘기했던 여자 말인가? 9월 말에 똑같은 문신을 새겼다는 여자."

"네, 그 여자도 10월 초에 뉴욕에 간다는 얘기를 했다고 문신사가 진술했었죠."

"자네…, 무슨 생각을 하는 거야?"

잠시 침묵한 뒤에 오카베는 분명하게 말했다.

"지난달 14일 전후, 사건이 일어난 시점에 미오리 레이코가 두 명이었다, 라는 생각입니다. 조금 더 일찍 알아차렸어야 했어요. 미오리 레이코의 얼굴이 인공적인 것이라면 또 한 명 누군가의 얼굴을 똑같이 만들어내는 것도 가능하다는 얘기잖아요. 골격이 비슷하다면 똑같은 얼굴도 충분히 만들어낼 수 있겠죠."

"이봐, 좀 더 자세히 설명해봐."

"아뇨, 아직 모든 게 해명된 건 아니에요. 그보다 아까 말씀드린 것부터 부탁드릴게요. 시간이 대략 얼마나 걸릴까요?"

"지금 당장이라도 움직여야지. 마침 심심하던 참이야."

"알겠습니다. 그럼 오늘 밤에라도 다시 연락드리겠습니다."

오카베가 전화를 끊으려고 했다. 서둘러 그를 붙잡은 아사이는 아침부터 생각해온 열대어에 관한 의문을 얘기해보았다.

"일곱 마리와 일곱 명…."

오카베는 혼잣말처럼 중얼거리더니 딱 잘라 대답했다.

"그건 단순한 우연이 아닙니다."

15장

誰か

누군가

썩어가는 문패에 '세이에이 기숙사'라는 글씨가 새겨진 정문을 지나 그는 옆쪽 작은 건물의 문을 두드렸다. 곧바로 사감인 듯한 중년 여성이 얼굴을 내밀었다. 앞치마 차림의 그 여자에게 그는 슬쩍 거짓말을 했다.

"경찰에서 나온 사람인데요, 잠깐 물어볼 게 있습니다."

경찰이라는 말에 사감은 미간을 좁히며 의아한 표정을 보였다. 그를 안으로 안내하고 우산도 없이 오는 바람에 흠뻑 젖어버린 그에게 수건을 건네주었다.

"오 년 전에 이 기숙사에서 지냈던 이시가미 요시코에 대해 혹시 최근에 물어보러 온 사람이 있었습니까?"

그의 질문에 사감은 고개를 끄덕이며 어제 낮에 친척이라는 사람이 왔다고 말했다.

"서른대여섯 살에 안경을 쓴 각진 얼굴의 남자였습니까?"

사감은 그 질문에도 고개를 끄덕였다. 역시 하마노는 레이코의 과거를 훑어보려는 것이다. 하지만 목적이 무엇인가. 게다가 왜 그걸 나한테 숨기는 것인가…. 그는 마음속으로 중얼거리면서 다시 물었다.

"그래서 이시가미 요시코에 대해 어떤 얘기를 해주셨지요?"

"아니, 내가 그 아이에 대해 거의 기억나는 게 없어서 별 얘기도 못 했죠."

사감은 앨범을 가져오더니 노안이 왔는지 팔을 멀리 물린 채 페이지를 넘겼다. 이윽고 아, 이거네, 라면서 사진 한 장을 그에게 내보였다. 주름이 쪼글쪼글한 손끝으로 사진 속 한 명의 얼굴을 짚었다. 그 여자에 대해 하마노와 어떤 대화가 오고 갔는지 자세히 말해줬지만, 딱히 마음에 걸릴 만한 건 아무것도 없었다.

"이 여자가 이시가미 요시코예요?"

"그런가 봐요. 나는 이름까지는 기억을 못 했는데 어제 그 사람이 알려줬거든요."

"이 여자와 같은 방을 썼다는 여자는?"

레이코는 이 기숙사에서 있었던 일들에 대해서도 자주 얘기했었다.

"나보다 훨씬 예쁜 여자애가 있었어. 쉬는 날마다 꽃무늬 원피스를 입고 남자 친구가 좋아한다는 값비싼 재스민 향수를 뿌리고 나가는 거야. 그게 늘 부러웠어. 하지만 나중에 나도 남자 친구가 생기긴 했지."

레이코가 했던 말이 또렷이 생각났다.

"그 옆에 있는 아이예요. 꽤 예쁘장하죠?"

비교해보니 확실히 그쪽이 훨씬 더 예쁘다. 그는 잠시 두 여자의 얼굴을 번갈아 바라보다가 알겠습니다, 라고 말하고 자리에서 일어나 머리를 숙였다. 그러자 사감이 걱정스러운 듯이 물었다.

"저기, 어제 그 사람이 무슨 나쁜 짓이라도 했어요?"

"아뇨, 그냥 잠깐 알아보는 겁니다."

"그렇다면 다행이지만…. 실은 그 사람이 오늘 아침에도 전화를 했어요. 어제 내가 이시가미 요시코와 같은 방을 썼던 가와다 기요코는 아마 클럽에서 데려갔을 거라고 얘기했거든요. 근데 그 클럽이 어딘지 아느냐는 거예요. 기요코를 찾아가 요시코 얘기를 듣고 싶다고 하더라고요."

"그래서 클럽 이름을 알려주셨어요?"

"아니, 확실한 건 나도 모르지만, 신주쿠의 엘리제라는 대형 클럽에서 자꾸 속닥속닥해서 여자애들을 빼내 갔으니까 아마 거기일 거다, 라고 대답은 했죠."

"그렇습니까. 네에, 고맙습니다."

그가 공손히 머리를 숙이자 사감은 조금 망가지기는 했는데, 라면서 우산을 챙겨주었다. 그것도 공손히 거절하고 역까지 철벅거리는 길을 우산 없이 걸었다. 주물공장의 녹슨 쇳내가 비보다 더 불쾌하게 그의 몸에 휘감겼다. 코트 깃으로 얼굴을 가려 냄새를 피하면서 마음속으로는 역시 하마노가 내게 뭔가 숨기고 있다고 되뇌었다.

뭔가 숨기고 있다, 뭔가 중요한 것을….

점원의 안내를 받아 자리를 잡자 그는 호주머니에서 만 엔짜리 지폐 한 장을 꺼내 내밀었다.

"사오 년 전에 여기서 일했던 여자에 대해 잠깐 물어볼 게 있어. 누구든 그때 일을 알 만한 호스티스가 있으면 잠깐 불러줄 수 있겠나? 몇 명이든 다 불러줘."

점원은 황송하다는 듯이 돈을 받아들고 멀어져갔다. 오 분쯤 지나자 세 명의 여자가 나타났다. 서른다섯 살에서 마흔 살 정도의, 그야말로 고참답게 침착한 분위기의 여자들이다.

마시고 싶은 건 뭐든 시키라고 말했다. 주문한 음료들이 테이블에 차려질 때까지 여자들의 외설스러운 대화에 맞장구도 쳐주었다. 비가 내리는 탓인지 아니면 아직 5시 반이라서 그런지,

빌딩의 한 층을 독차지한 플로어에는 손님도 여자들도 띄엄띄엄 앉아 있을 뿐이었다.

잔마다 술을 따라 건배를 나눈 뒤에 그는 얘기를 꺼냈다.

"실은 좀 알아볼 게 있어요. 사오 년 전에 가와다 기요코라는 여자가 여기서 일하지 않았어요? 지금은 그만뒀는지도 모르지만."

고참들만 부른 것은 그 여자가 이미 떠났을 가능성이 크다고 봤기 때문이었다.

"가와다 기요코?"

호스티스들은 이름을 중얼거리며 서로 마주 보더니 일제히 고개를 가로저었다.

"그 여자를 왜 찾고 있죠?"

"가와다 기요코가 예전에 양과자점 기숙사에서 살았는데 그때 같은 방을 쓰던 친구에 대해 알아보려는 거예요."

그 친구가 미오리 레이코라는 말은 할 수 없었다. 톱 모델 미오리 레이코라면 이 호스티스들도 이미 알고 있을 것이다.

"그 기숙사, 혹시 가와구치 시에 있는 거?"

검은 드레스를 입은 호스티스가 불쑥 물었다. 그는 크게 고개를 끄덕이며 그쪽으로 시선을 향했다.

"그렇다면 맞네, 그 무렵에 몇 명인가 그 기숙사에서 데려왔거든."

그러고는 별일 아니라는 듯이 뒤를 이었다.

"그 가와다 기요코라는 여자를 꼭 찾고 싶다면 다음에 요시코가 우리 집에 놀러 왔을 때 물어볼게요. 요시코도 그 기숙사에서 여기로 왔으니까요."

"요시코? 성씨는?"

"이시가미 요시코예요. 여기서 일 년쯤 일하다 관뒀는데 요즘에도 우리 집에 가끔 놀러 오거든요."

"이시가미 요시코…."

그녀는 레이코의 본명을 처음 듣는 이름처럼 천천히 입에 올렸다. 레이코가 이 가게에서 일 년 동안 일했다고? 게다가 이 검은 드레스의 여자 집에 이따금 놀러 가고?

"이시가미 요시코는 지금 무슨 일을 하지요?"

"글쎄 그걸 잘 모르겠어요. 요즘 뭐 하고 사느냐고 물어봐도 웃으면서 딴 얘기만 하더라고. 어쨌든 여기 관둔 뒤로 갑자기 씀씀이가 커졌어요. 모피코트에 엄청 큰 다이아 반지도 끼고…. 어디서 돈 많은 남자라도 물었나 봐. 걔가 그냥 평범한 얼굴이었는데 돈의 힘이란 게 무섭더라니까, 여기 관둔 뒤로 부쩍 예뻐졌어요."

"클럽을 그만둔 건 언제였어요?"

"그게, 재작년인가… 아, 아니다, 삼 년 전이네, 삼 년 전 여름이었어요."

이건 아니다. 이시가미 요시코와 미오리 레이코는 다른 사람이다. 아니, 미오리 레이코의 본명이 이시가미 요시코가 아니었다….

머릿속에서 맴도는 그 이름이 뜻밖에도 검은 드레스의 호스티스 입에서 튀어나왔다.

"진짜 클럽 그만둔 뒤로 엄청 예뻐졌다니까. 이번에 살해된 미오리 레이코를 닮은 얼굴이라고 걔가 자랑도 많이 쳤거든요. 뭐, 그래봤자 미오리 레이코를 따라갈 정도는 아니지만."

"이시가미 요시코를 마지막으로 만난 건 언제였어요?"

검은 드레스의 여자가, 완전 형사처럼 캐묻는다면서 깔깔 웃었다.

"마지막에 우리 집에 왔던 게 9월 말이고 10월에는 뉴욕에 간다고 했어요."

"그래서 뉴욕에서는 언제 돌아왔죠?"

"한 달 일정이라고 했으니까 진즉에 돌아왔을 텐데…. 그러고 보니 요즘 통 안 보이네?"

그의 머릿속에서 끈끈한 소용돌이를 그리며 거꾸로 흐르기 시작하는 것이 있었다. 어제 세이에이 기숙사에서 봤던 사진 속 두 여자의 얼굴이 겹쳐졌다가 떨어졌다. 그리고 붕대 밑에서 드러난 망가진 점토 같은 얼굴이며 뉴욕 거리에서 어떤 표정도 없었던 가면 같은 얼굴, "눈물도 가짜야"라면서 한 방울의, 실제 눈물이라기보다 보석 같은 눈물을 흘리던 얼굴, 팔 개월 동안의 미소, 그날 밤 끔찍한 비명을 지르며 일그러졌던 얼굴까지 미오리 레이코의 온갖 얼굴들이 머릿속에 떠올랐다가 사라졌다.

"왜 그래요?"

옆에서 말을 거는 바람에 퍼뜩 정신을 차리자 어느새 플로어에 손님이 가득 찼고 무대에서는 쇼가 시작되었다. 세 명 중 두명은 자리를 떴고 검은 드레스의 여자만 곁에 앉아 이상하다는 듯이 진땀을 흘리는 그를 지켜보고 있었다. 그는 여자에게 고맙다고 인사를 건네고 급히 밖으로 나왔다.

신주쿠의 밤은 아직도 세찬 비가 네온사인을 때리고 있어서 인적이 드물었다. 손에 든 우산에 빗방울이 돌팔매처럼 떨어졌지만 그는 역으로 가는 대신 가드를 따라 서쪽 출구 쪽으로 나갔다. 어두운 뒷골목만 골라가듯이 요요기 쪽으로 걸음을 옮겼다.

　　머릿속의 역류는 아직도 계속되었다. 강풍에 날려 옆으로 눕듯이 들이치는 비가 우산 따위는 의미도 없이 그의 어깨를 후려쳤지만 그런 것에 신경 쓸 겨를도 없었다.

　　뭔가 큰 착각 속에서 그날 밤 똑같은 장소, 똑같은 시각에 똑같은 여자를 여러 명이 살해했다. 아마도 자신을 포함한 일곱 명의 남녀가…. 어제 조간신문에서 사와모리의 유서를 봤을 때부터 그는 착각의 정체를 조금씩 깨닫기 시작했다. '똑같은 장소'라는 건 맞는 얘기일 것이다. 하지만 '똑같은 시각', '똑같은 여자'라고만 생각했기 때문에 뭐가 뭔지 영문을 알 수 없었다. 일곱 명의 남녀가 일곱 개의 시각에 일곱 명의 여자를 살해했다고 생각하면 되지 않을까.

　　하지만 레이코의 얼굴이 아무리 인공적이었다고 해도 일곱 명씩이나 똑같은 얼굴의 여자를 만들어내는 건 불가능하다. 그렇게 생각하다가 그 또한 착각이라는 것을 깨달았다. 똑같은 얼굴을 일곱 개씩이나 만들어낼 필요는 없다. 똑같은 얼굴이 두 개만 있다면, 즉 레이코 외에 또 한 명 똑같은 얼굴의 여자가 있다면 그날 밤에 일곱 명의 레이코로 바뀔 수 있었다….

　　그렇다면 레이코에게 붕어빵처럼 꼭 닮은 자매가 있었는지도 모른다고 생각했다. 그래서 과거를 훑어보기 위해 어제 세이에이 기숙사에 찾아갔고 오늘은 레이코와 같은 방을 쓴 여자가 일했다는 클럽에 가본 것이다. 그런데 그 탐색에서 방금 엄청난 진실이 담긴 제비를 뽑아버렸다.

레이코는 오 년 전 여권을 신청할 때, 그에게 가짜 이름을 알려주었다. 실제 이름은 가와다 기요코였지만 그에게는 같은 방을 썼던 이시가미 요시코의 이름을 알려준 것이다. 물론 본적지도 이시가미 요시코의 것을 알려주었다. 그리고 이름뿐만 아니라 뉴욕에서 의사에게 초상화를 보여줄 때, 레이코는 자신의 얼굴까지 거짓으로 그려주었다. 그녀가 그려준 초상화는 세이에이 기숙사에서 같은 방을 썼던 여자의 얼굴이었다. 그래서 어제 사감이 보여준 한 장의 사진에서 그는 초상화와 꼭 닮은 평범한 얼굴의 여자를 레이코의 전신前身이라고 생각했다. 그 평범한 여자는 분명 이시카미 요시코라는 이름이었다. 하지만 그 얼굴도 그 이름도 지금의 레이코가 아니다. 그가 파인더 너머로 들여다본 망가진 점토 얼굴, 그리고 미오리 레이코로서 그가 오랜 동안 봐왔던 다양한 얼굴들, 미소 짓는 얼굴, 화난 얼굴, 그러한 얼굴들의 원형은 어제 그 사진에서 생김새는 아름답지만 건방지고 오만해 보여서 그다지 호감을 느낄 수 없었던 그 얼굴이었다.

미오리 레이코의 전신은 가와다 기요코였던 것이다.

충분히 아름다운 얼굴인 가와다 기요코가 왜 뉴욕의 의사에게 초상화를 그려줄 때, 그저 평범한 이시가미 요시코의 얼굴을 내밀었는지, 그건 알 수 없다. 하지만 가와다 기요코라는 여자가 사고로 얼굴을 잃은 것을 계기로 자신을 이시가미 요시코와 바꿔치기했다는 것은 이제 틀림없는 일이었다.

레이코가 이 년 전 어느 날, 어떤 사람에게 성형수술을 한 것을 들켜서 그걸로 협박당하고 있다고 말했던 게 생각났다.

"그 사람이라면 나를 알아보는 게 당연한 일이었거든."

그 어떤 사람이라는 게 바로 이시가미 요시코였던 것이리라. 가와다 기요코의 얼굴은 이시가미 요시코의 초상화를 원형으로 삼아 뉴욕의 성형외과 명의의 손에 의해 미오리 레이코의 얼굴로 만들어졌다. 새로운 얼굴은 당연히 그 초상화와 비슷한 선을 갖고 있었다. 이시가미 요시코의 친척이나 친구라면 모델 미오리 레이코의 얼굴 생김새가 예전에 알고 지내던 요시코를 닮았구나, 라고 느꼈을지도 모른다. 하지만 미오리 레이코는 너무도 아름다웠고 그녀의 목소리를 들을 기회가 있었다면 완전히 딴사람이라고 생각할 수밖에 없었을 것이다.

하지만 이시가미 요시코 본인은 레이코의 목소리를 들었다면 곧바로 전에 자신과 같은 방을 썼던 가와다 기요코의 목소리라는 걸 알 수 있다. 미오리 레이코의 얼굴에서 자신과 똑같은 윤곽을 발견하고 그 얼굴이 어쩌면 자신을 닮게 성형한 게 아닐까, 라는 의혹을 품을 수 있는 유일한 인물인 것이다.

이시가미 요시코가 10월 초에 뉴욕에 간다고 말했다는 것을 생각하면 이미 추리에 틀림은 없다. 어째서 사건 날 밤에 미오리 레이코를 사와모리가 살해하고, 그가 살해하고, 아마도 마가키 기미코, 다카기 후미코, 이나키 요헤이, 이케지마 리사, 기타가와 준도 살해했는지, 그 이면에 숨겨진 트릭이 드디어 밝혀진 것이다.

그는 어느새 집에 도착해 돌계단을 오르고 있었다. 계단에는 누군가 앞서 올라갔는지 젖은 발자국이 남겨져 있었다. 하지만 그 발자국이 그의 집이 있는 층에서 끊긴 것은 미처 알아차리지 못했다. 현관문이 잠기지 않은 것도 아침에 나갈 때 깜빡했다는 정도로밖에는 생각하지 못했다.

벽의 스위치를 켜자 세찬 빗소리에 무너져내릴 듯한 살풍경한 주방이 드러났다. 그는 손목시계로 7시가 지난 것을 확인하고 전화기에 손을 내밀었다.

아침에 마가키 기미코에게 전화했을 때, 오늘 밤 7시에 다시 걸어달라고 했던 것이다. 마가키는 몹시 기다렸는지 콜이 울리자마자 수화기를 들었다.

"마가키 씨에요?"

그의 물음에 네에, 라는 떨리는 목소리가 돌아왔다.

"전화로 얘기하는 것보다 직접 만나서 설명하는 게 좋겠군요."

그 말에도 마가키는 네에, 라고 궁지에 몰린 쥐처럼 가녀린 목소리로 대답했다.

밤 10시에 그녀의 집으로 찾아가기로 약속하고 전화를 끊었다. 수화기에서 손을 떼는 것과 동시에 빗물이 흐르는 유리창에 방 안쪽에 서 있는 사람의 모습이 비친 것을 발견하고 그는 흠칫 놀라서 뒤를 돌아보았다.

"서, 선생님…."

그의 입에서 탄식 같은 말이 새어 나왔다.

사사하라 노부오는 안쪽 방에서 천천히 주방으로 나오더니 테이블 의자에 앉으며 말했다.

"관리인에게 얘기해서 열쇠를 빌렸어. 조금 전, 십 분쯤 전에 도착했네."

평소와 다름없는 목소리여서 그는 일단 마음이 놓였다. 하지만 사사하라는 전화기에 시선을 던지며 말했다.

"왜 자네가 마가키 기미코에게 전화를 하지? 그 건은 이제 괜찮다고 하지 않았나?"

"아뇨, 아무래도 이해가 안 되는 게 좀 있어서…."

그런 말로 둘러댔지만 사사하라는 쐐기를 박듯이 그다음 질문을 던졌다.

"게다가 왜 자네가 미오리 레이코의 과거를 캐고 다니지?"

역시 어젯밤 계산대 앞에서 흘린 '세이에이 기숙사, 이시가미 요시코'라고 갈겨쓴 쪽지를 봤던 것이다.

몇 초 동안 두 사람 사이에 침묵이 털썩 떨어지고 오로지 빗소리만 방 안을 울렸다.

"딱히 이유가 있는 건 아니고…."

단지 그 몇 마디의 변명을 가까스로 내뱉었다.

"아니, 이제 더는 숨길 거 없어."

사사하라가 고개를 틀어 정면으로 그의 눈을 보며 말했다.

"레이코에게서 다 들었거든. 자네와 레이코의 진짜 관계…."

입에 옅은 미소가 떠 있었다. 하지만 눈은 웃고 있지 않았다.

"자네는 나를 속였다고 생각했겠지만, 실은 내가 자네를 속인 거야. 나는 모든 걸 알고 있어. 내가 알지 못한 것은 자네가 지난 이틀 동안 어째서 레이코의 과거를 캐고 다니고 어째서 다카기 후미코에게 전화를 걸었는지, 그것뿐이었어. 그런데 이제 겨우 알았어. 자네는 레이코 살해 사건의 진상을 밝히려는 거야, 범인의 한 사람으로서. 나는 알아….”

그리고 사사하라는 천천히 덧붙였다.

“자네가 바로 레이코를 죽이고 싶을 만큼 미워한 일곱 번째 남자라는 것도. 자네가 다른 여섯 명과 마찬가지로 그날 밤 레이코를 죽였다는 것도.”

누군가

誰か

그녀는 밤 10시 20분이 지났는데도 초인종이 울리지 않는 것에 초조해하고 있었다. 그 남자는 틀림없이 10시에 오겠다고 말했던 것이다.

단 일 분이라도 빨리 만나고 싶었다. 그저께 아침에 처음 전화를 했을 때는 그날 밤 자신의 모습을 목격한 위험한 증인이라는 생각에 덜컥 겁이 났지만 이제는 그 남자가 유일한 구원자라는 마음뿐이었다.

어제 아침에 삿포로 호텔에서 신문에 실린 사와모리 에이지로의 유서를 봤을 때는 저도 모르게 비명을 지를 뻔했다. 레스토랑에서 조식 중이었기 때문에 사람들의 시선이 있어서 가까스로 비명을 꿀꺽 삼켰다. 하지만 식사도 대충 끝내고 방에 돌아와 혼자가 되자 계속 고개를 가로저었다. 유서에는 그녀 자신이 고백하지 않으면 안 될 것들이 모조리 사와모리라는 남자의 고백으로서 실려 있었다.

"쇼 시작할 시간이에요."

야마가미 아키라가 알려주러 왔을 때 그녀는 창가에서 아래쪽에 펼쳐진 은빛 세계를 노려보고 있었다. 눈의 새하얀 빛으로 자신의 시선을, 저주스러운 그날 밤의 기억을, 현실이라고 생각되지 않는 이 현실을 모조리 태워버리고 싶었다.

뭐가 뭔지 알지 못한 채 도쿄로 돌아왔는데 오늘 저녁 텔레비전 뉴스에서는 더욱더 뜻밖의 뉴스가 흘러나왔다. 얼마 전에 레이코와 레코드 작업을 했던 여성 디렉터 다카기 후미코가 마치 사와모리의 고백을 흉내라도 내듯이 다시금 레이코 살해를 고백하고 자살했다는 것이다. 하지만 레이코를 죽인 범인은 자신이었다. 그렇건만 왜 이토록 차례차례 아무 관계도 없을 터인 사람들이 살인범이라고 고백하며 죽음을 택하는 것인가.

도무지 뭐가 뭔지 알 수가 없었다. 다른 사람들이 대역을 떠맡은 듯 죄를 고백하고 죽어줬으니 진범으로서는 기뻐해야 할 일인지도 모른다. 하지만 이런 기묘한 상황에 던져진 채 마냥 기뻐하거나 안도할 수는 없다. 아마도 이면에 엄청난 계략이 숨어 있을 터였다. 하지만 그게 무엇인지 짐작도 가지 않았다. 전체상이 보이지 않는 거대한 기계 속에 작디작은 한 개의 톱니바퀴처럼 끼워진 채 닳아빠진 톱니가 끼익끼익 울리는 소리를 듣고 있는 것만 같아서 그녀는 초조했다.

평소처럼 자신의 기분까지도 거짓으로 칠해버리려고 해 봤다.

그래, 그런 일은 없었어. 역시 그날 밤에 나는 레이코를 죽이지 않았고 그녀의 맨션에는 가지도 않았어. 신문에 실린 유서가 진실이야. 언론에서 거짓 뉴스를 실었을 리 없잖아….

하지만 삿포로의 눈은, 도쿄의 비는, 더 이상 그녀에게 어떤 거짓도 허락하지 않았다. 이십 년 동안 이 허식의 세계에서 오로지 돈과 지위만 좇으며 살아왔다. 그런 자신이 몹시도 고독했던 것처럼 레이코를 죽음에 몰아넣은 게 자신이라는 것 또한 너무도 확실한 일이었다. 하지만 신문에 실린 사와모리의 유서도 엄연한 사실이자 현실이었다. 이걸 대체 어떻게 생각해야 하는가….

오늘 아침에 도쿄의 자택에 돌아오자 약속대로 남자가 전화를 걸어왔다.

"어제 조간신문, 보셨지요: 깜짝 놀랐을 겁니다. 분명 사와 모리 에이지로는 미오리 레이코를 살해했습니다. 하지만 당신도 레이코를 살해했어요. 나는 다 알고 있어요…."

목소리를 들으면서 확신했다. 그렇다, 이 남자는 모든 걸 알고 있는 게 틀림없다, 이 남자라면 짙은 안개 같은 현실에서 나를 구해줄 것이다….

그래서 직접 만날 수 있겠느냐고 말하려는 참에 현관 초인종이 울렸다. 잠깐만 기다리라고 말하고 수화기를 걸쳐둔 채 현관으로 나갔다. 문 앞에 중년 남자와 젊은 남자가 짝꿍처럼 나란히 서 있었다. 경찰수첩을 제시하기도 전에 그녀는 이미 형사라는 것을 알았다.

중년 형사가 컹컹 기침을 하면서 말했다.

"실은 그저께 밤에 경찰서에 이상한 밀고 편지가 도착했어요. 당신이 미오리 레이코를 살해한 진짜 범인이라고 적혀 있었습니다. 그래서 잠깐 문의하려고 찾아왔습니다."

가슴을 송곳으로 찔린 듯한 느낌이었지만, 그 동요를 털끝만큼도 얼굴에 드러내지 않았다. 이십 년 동안 수많은 위기에서 그녀를 구해준 무표정의 가면을 쓰고, 지금 통화 중이라고 양해를 구했다. 일단 거실로 돌아와 수화기를 들고 남자에게 말했다.

"미안하지만 오늘 밤 7시에 다시 전화해줄래요?"

형사들은 이십여 분만에 돌아갔지만, 별다른 얘기도 없었다. 밀고 편지는 요즘 흔해빠진 악의적 투서였던 것 같다고 오히려 그녀를 위로해주었다. 그 밀고 편지는 방금 전화한 남자가 보냈을 거라고 생각했는데 아무래도 그건 아닌 모양이다. 그렇다면 전화한 남자는 그녀와 거래를 하려는 게 틀림없다. 아마 돈이 목적이리라. 그렇다면 중요한 미끼를 경찰에 내주는 바보짓은 안 할 것이다.

다만 한 가지 마음에 걸리는 것은 확인차, 라면서 형사가 알리바이에 대해 질문했을 때였다. 그녀가 15일 밤의 알리바이를 강조하자 두 형사가 서로 마주 보며 의미심장한 시선을 주고받았던 것이다. 그녀는 13일 밤과 14일 밤의 알리바이는 없었다. 그중 하루의 알리바이는 당연히 있을 리 없다. 레이코의 맨션에 가서 그녀를 살해한 날이기 때문이다. 하지만 15일 밤의 알리바이라면 완벽했다. 야마가미 아키라와 모델 한 명까지 집으로 불러들여 밤새 술을 마셨으니까. 두 사람이 그녀 곁을 떠난 것은 단 한 번뿐이었다. 9시쯤에 근처 슈퍼에 잠깐 심부름을 보낸 것이다.

"슈퍼에 다녀오는 데 이십 분쯤 걸렸나? 둘 다 금세 돌아왔어요."

그렇게 설명했을 때 형사들이 왜 의아한 표정을 보였을까. 아니…. 그녀는 고개를 저었다. 형사들은 13일이나 14일 밤에 사건이 일어났다고 생각했을 것이다. 그래서 15일의 알리바이 따위는 들어봤자 별 볼 일 없다고 실망한 것이다. 피지에 가 있는 모델 오시타 아키라가 6일에 귀국하면 그녀의 말에 어떤 의미가 있었는지 비로소 알게 될 것이다. 그렇다, 아무것도 걱정할 필요 없다. 오시타 아키라가 돌아와 미오리 레이코 살해 소식을 듣고 문제의 테이프를 경찰에 신고해 주기만 하면 모두 밝혀질 일이다….

16장 누군가

오후가 되자 그녀는 비서 야마가미 아키라가 운전하는 포르쉐를 타고 걸어가도 십오 분 거리인 자신의 가게에 나가 저녁 때까지 단골손님인 프랑스 대사 부인의 의상 구입을 도와주었다. 항상 그렇듯이 돈이 썩어날 만큼 많으면서도 스카프 값의 단돈 천 엔 차이에도 매처럼 눈을 번뜩였다. 내심 지긋지긋해하면서 그녀는 내내 시계 소리에 신경이 쓰였다. 대사 부인이 5시에 돌아가자마자 다시 포르쉐를 타고 자택에 돌아왔다. 성실한 야마가미가 저녁때까지 자리를 지키려고 하길래 피곤한 얼굴로 차갑게 쫓아냈다.

"눈 좀 붙여야겠어. 미안하지만 그만 돌아가 줄래?"

그녀는 혼자 방에 틀어박혀 전화가 오기만을 기다렸다. 그리고 전화벨이 7시 6분에 울렸고 남자는 틀림없이 10시에 집으로 오겠다고 약속했다.

하지만 10시에서 삼십 분이 지나고 사십 분이 지나도 아무도 찾아오는 기척이 없었다. 남자에게 무슨 일이 일어났는지도 모른다. 하지만 그자에 대해 아무것도 모르는 그녀는 대체 어떤 일인지 짐작도 가지 않았다.

괜찮아, 반드시 올 거야, 오늘 아침에도, 그리고 저녁에도 약속대로 전화를 해줬잖아. 반드시 와서 사건의 진상을 밝혀줄 거야. 그걸 위해서라면 천만 엔, 아니, 이천만 엔을 요구해도 기꺼이 던져줄 거야….

담배를 끼운 손가락이 들썩거리고 이유 없이 가슴이 두근거리는 것을 진정시키려고 그녀는 혼잣말을 중얼거리며 몇 번이나 자리에서 일어나 창가를 서성거렸다. 두툼한 유리창은 세상의 소리를 완벽하게 차단하고 있었다. 몸을 일으킬 때마다 이제 비는 그쳤을 거라고 생각했지만 창밖의 빗발은 점점 거세질 뿐이었다. 평소에는 눈 아래로 야광충처럼 떠오르던 도쿄의 네온사인들이 사라졌을 만큼 쏟아졌다.

현관 초인종이 아니라 전화벨이 울린 것은 이미 11시가 다 된 시각이었다. 그녀는 덮치듯이 수화기를 집어 들었다.

"미안하지만 제가 갈 수 없게 됐어요. 당신이 이쪽으로 와 줬으면 합니다."

남자는 한층 더 음울한 무채색의 목소리로 요요기의 오피스텔과 정확한 위치, 그리고 자신의 이름을 밝혔다. 그녀가 한 번도 들어본 적이 없는 이름이었다.

수수한 코트에 스카프를 두르고 선글라스를 챙겨 즉각 집을 뛰쳐나왔다. 집 앞에서 택시를 타기까지 몇 초 사이에 온몸이 흠뻑 젖었다. 하지만 그런 것에 신경 쓸 겨를은 없었다. 최대한 빨리 가달라고 말했지만 운전기사는 이렇게 퍼붓는데, 라고 투덜거릴 뿐이었다. 실제로 이런 빗속에는 서행 운전을 하는 수밖에 없다. 게다가 빨간 신호에 유난히 자주 걸렸다. 북유럽과 남미까지 다녀왔지만 기껏 이십여 분의 거리가 그 어떤 여행보다 더 길게 느껴졌다. 별수 없이 핸드백에서 만 엔짜리 지폐를 꺼내 운전기사에게 건넸다. 그는 룸미러로 흘끗 살펴보더니 급하게 액셀을 밟았다.

택시는 밤과 호우를 찢으며 내달렸다. 한없는 미지의 세계로 그녀를 데려가듯이. 실제로 그 오피스텔에서 그녀를 기다리는 것은 지금까지의 수수께끼의 어둠보다 더 깊고 캄캄한 암흑

의 세계였다. 하지만 오피스텔 앞에 내려선 그녀는 물론 그걸 알
턱이 없었다.

　예상보다 크고 세련된 건물이었다. 건물 한쪽 귀퉁이에 계
단이 있었다. 그녀는 그 계단을 천천히 올라갔다. 그날 밤 레이코
의 맨션 비상계단을 올라갈 때와 똑같이 천천히…. 그렇다, 남자
를 만나면 가장 먼저 물어볼 것이다. 왜 첫 번째 전화에서 내가
그 비상계단을 뛰어 내려왔다는 거짓말을 했느냐고….

　알려준 대로 3층으로 올라가자 초록색 철제문 옆에 그 이
름이 있었다. 하마노 야스히코. 정말로 전혀 들어본 적이 없는 이
름이다. 몇 살이나 된 사람일까. 무슨 일을 하고, 어떻게 이번 사
건의 진상을 알고 있을까.

　한순간 망설이다가 문 옆의 벨을 눌렀다. 두 번, 세 번…. 하
지만 안에서는 아무 응답도 없었다. 문은 그저 고요하기만 했다.
다시 한순간 망설이다가 그녀는 손잡이를 잡았다. 반 바퀴를 돌
리자 문이 안쪽으로 열렸다. 문 틈새로 몸을 밀어 넣었다. 누구
계십니까, 라고 불러보려고 했지만 실내의 어둠이 그 목소리를
막았다. 그녀는 잠시 어둠에 감싸인 채 가만히 서 있었다. 눈이
어둠에 익숙해지면서 한구석에 사람 그림자가 있다는 것을 알았
다. 누군가 의자에 앉아 있는 것 같았다. 누구세요, 라고 그녀가
입을 열기 전에 남자 목소리가 울렸다.

　"잘 오셨습니다…."

　암흑 덩어리를 깨부술 만큼 세찬 빗소리가 소리의 특징을
앗아가서 살아 있는 인간의 목소리라고는 생각되지 않았다. 사
람 그림자가 일어서는 기척이 들렸다. 그것은 천천히 그녀 쪽으

로 다가왔다. 발소리는 들리지 않았다. 1미터쯤 앞에서 멈춰 서서 말했다.

"스카프가 젖었군요. 잠깐 주시겠습니까?"

시키는 대로 스카프를 풀어 그림자 쪽에 내밀었다. 머리칼에서 빗물이 두세 방울 이마에 떨어졌다.

그림자는 스카프를 움켜쥐더니 조용히 멀어져갔다. 그리고 돌연 비명이 들렸다.

"이러지 마! 살려줘, 살려줘!"

비명과 동시에 그림자가 기묘한 춤을 추기 시작했다. 아니, 춤이 아니었다. 큰 소리를 내지르며 몸부림치듯이 괴로워하고 있었다. 그녀는 꼼짝도 못 한 채 어둠을 벗겨내려고 그림자의 거친 파도 같은 움직임을 한껏 노려보았다. 그곳에 다른 그림자는 없었다. 그런데도 그림자는 누군가의 거친 공격을 받은 것처럼 보였다. 어느새 심장이 미친 듯이 뛰었지만 그래도 그녀는 꼼짝할 수 없었다. 거센 빗소리에 의자가 넘어지는 소리가 겹쳐지더니 문이 열렸다. 그림자는 그 문 안으로 사라졌다. 곧바로 뭔가 묵직한 것이 쿵 쓰러지는 소리가 들렸다. 그리고 그것을 끝으로 문득 세상이 고요해졌다.

왜 그래요, 무슨 일이에요….

안쪽을 향해 묻고 싶었지만 입이 얼어붙어 단지 공기가 새는 듯한 숨만 내뱉었다. 그러고도 한참 동안 지그시 어둠을 마주하고 빈 동굴 같은 몸속을 울리는 빗소리만 듣고 있었다. 이윽고 그녀는 정신을 차리고 전등 스위치를 찾으려고 벽을 더듬었다. 가까스로 손에 닿은 것을 누르자 지나치게 환한 불빛에 남자 혼자 살림인 듯한 살풍경한 주방이 드러났다. 그 공간에는 그녀 혼자뿐이고 방으로 들어가는 문은 닫혀 있었다. 아니, 아주 조금 열려 있다. 그녀는 구두를 벗고 살금살금 발을 옮겼다.

"누구 있어요? 무슨 일이에요?"

떨리는 목소리로 겨우 말해봤지만 문은 아무 대답도 하지 않았다. 손잡이를 잡고 깊이 숨을 들이쉬면서 힘껏 밀었다. 안은 어두웠다. 주방 쪽에서 흘러든 불빛이 그래도 방 한복판의 침대를 비춰주었다. 다리가 바닥으로 축 늘어졌다. 그때와 비슷했다. 레이코의 침실 문을 열었던 그때와….

그녀는 천천히 그 침대로 다가갔다. 회색 바지에 감싸인 채 늘어진 두 개의 다리는 묘하게 힘을 잃어서 마치 멈춰버린 시계추 같았다. 흘러든 불빛은 침대에 누운 남자의 허리쯤에서 끊기고 상반신은 희미한 어둠 속에 녹아들었다. 베갯머리에 스탠드 같은 게 있었다. 손으로 더듬더듬 스위치를 눌렀다. 옅은 불빛이 어둠을 벗겨냈다. 남자의 상반신이 떠올랐다.

처음 보는 낯선 얼굴이었다. 고통으로 한껏 일그러진 눈 옆에는 깨진 안경이 미끄러져 내려왔다. 그녀가 알게 된 것은 남자가 이미 죽었다는 것뿐이었다. 내가 또다시 그날 밤의 그 침실에 와 있다…. 그녀는 그렇게 생각했다. 그리고 이제 죽을 때까지 이곳에서 도망칠 수 없으리라는 것도.

남자의 목을 휘감고 있는 게 조금 전까지 자신이 둘렀던 스카프라는 것을 깨달은 순간, 비명이 터져 나왔다. 젖은 스카프는 배배 꼬인 굵은 밧줄이 되어 사체의 목덜미에 빗물을 뚝뚝 떨구고 있었다.

내가 아니야, 내가 죽인 게 아니야.

그녀는 가슴속에서 부르짖었다. 하지만 그 공간에는 사체와 그녀밖에 없었다. 그날 밤에도 그렇게 가슴 속에서 부르짖었다. 내가 아니야, 그 사사하라라는 남자가 죽였어. 레이코에게 버림받고 앙갚음하려고 죽인 거야. 나는 이 맨션에 오지 않았어…. 그날 밤에 그런 거짓말로 자신의 마음까지 속였던 그녀는 지금 그 거짓의 대가를 치르지 않으면 안 되었다. 정말로 이 오피스텔에서는 아무 짓도 하지 않았는데 그녀가 죽였다고 생각할 수밖에 없는 사체가 있는 것이다.

그날 밤 내가 사사하라에게 죄를 덮어씌웠듯이 이번에는 누군가 내게 죄를 덮어씌우려 한다…. 어쩌면 그건 이 남자 자신인지도 모른다. 아까 몸부림치며 괴로워할 때, 어둠 속에는 이 남자 한 명밖에 없었다. 자기가 자기 목을 조르고 그 죄를 내게 덮어씌우려는 것일까. 하지만….

그때 방 한쪽의 옷장 문이 삐그르르 귀에 거슬리는 소리를 내며 열리는 것이 눈에 들어왔다. 그녀는 침실 문 쪽으로 주춤주춤 뒷걸음질을 쳤다. 우선 발과 다리가 나왔다. 마지막에 옷장 틈새로 나온 얼굴에 시선이 못 박힌 채 그녀는 마음속으로 중얼거렸다.

나는 저 사람을 알아, 그날 밤 내가 죄를 덮어씌우려고 했던 그 남자야….

사사하라 노부오는 침대 위의 사체를 흘끗 쳐다보더니 그 시선을 공포로 부들부들 떨고 있는 그녀 쪽으로 던졌다.

"아직도 모르겠어?"

사사하라가 말했다.

"조금 전에 내가 문 앞에서 죽는 연기를 했어. 그리고 침실 안으로 들어와 스카프를 저 사체의 목에 감아놓고 옷장 안에 숨었지. 사체는 원래부터 저 침대 위에 있었어."

사사하라는 그녀의 눈빛에 담긴 의문을 읽어냈는지 한 차례 고개를 끄덕이며 덧붙였다.

"그래, 그날 밤 레이코가 이런 식으로 죽음의 연기를 했던 거야."

17장

警察

경찰

"늦어서 죄송합니다, 이제야 일 끝내고 집에 왔어요."

오카베는 우선 새벽1시에 전화하게 된 것부터 사과했다.

"아냐, 내가 먼저 연락하고 싶었는데 아직 경찰서에 있을 것 같아서 못 했어. 자네가 얘기했던 거, 간단히 알아냈어. 미오리 레이코가 실제로 10월 2일에 뉴욕으로 출발했더라고. 스튜어디스가 기억하고 있었어. 비행기에 또래 여자 한 명이 동승했는데 둘이 얼굴이 닮아서 여동생이나 언니라고 생각했다는 거야. 안타깝게도 귀국 날짜가 언제인지까지는 모르는 모양이야."

"바로 그 여자가 뉴욕에서 예전에 미오리 레이코의 성형 수술을 맡았던 의사의 집도로 레이코와 똑같은 얼굴로 바뀌어 돌아왔겠지요. 역시 11월부터 미오리 레이코는 두 명이었던 겁니다."

문제의 여자와 뉴욕에 동행했을 것이라는 오카베의 추리가 옳았다는 게 증명된 셈이다. 미오리 레이코가 두 명이라는 어처구니없는 사태를 이제는 믿지 않으면 안 될 것 같다.

"하지만 어떻게 그런 추리를 하게 됐지?"

"결정타는 다카기 후미코가 사와모리와 완전히 똑같은 고백을 남기고 사망한 것이었어요. 여자 한 명이 죽었는데 범인이 두 명이라면 어느 한 쪽은 거짓 유서를 쓴 것이라고 다들 얘기했습니다. 하지만 범인이 두 명이라면 피해자가 두 명이라고 생각해볼 수도 있겠지요. 즉 미오리 레이코가 두 명이라면 두 통의 유서도 진실이었다는 얘기가 됩니다."

"그러면 사와모리와 다카기 후미코는 각각 미오리 레이코와 또 한 명의 여자를 살해했다는 건가?"

300

"아뇨, 그건 아닐 겁니다. 그런 거라면 미오리 레이코와 또한 명의 여자가 그날 밤에 완전히 똑같은 연극을 사와모리와 다카기 후미코 앞에서 했다는 얘기잖아요. 하지만 레이코는 아주 특징이 강한 목소리였으니까 또 한 명의 여자는 결코 똑같이 흉내 낼 수 없었어요. 그러니까 이렇게 생각하는 게 타당하겠지요. 레이코가 미리 또 한 명의 여자를 독살해 자신과 똑같은 옷을 입혀 침실 침대에 눕혀두었다…. 실은 사와모리의 유서를 여러 번 읽다 보니 한 가지 흥미로운 점이 눈에 띄었습니다. 침실 문 앞에서 고통스러워하던 미오리 레이코가 쓰러지듯이 침실로 들어갔고 사와모리는 몇 초 뒤에 들어가서 침대 위에 죽어 있는 레이코를 발견했다는 거였어요. 즉 몇 초쯤이지만 사와모리는 레이코의 모습을 놓쳤던 겁니다."

"그렇다면…."

"네, 맞습니다. 침실 문과 그 몇 초의 빈틈 때문에 침실로 뛰어든 레이코와 침대 위에 쓰러진 여자를 같은 사람으로 착각한 거예요. 실제로는 문 앞에서 고통스러워하는 연기를 하며 침실로 뛰어들자마자 레이코는 옷장에 몸을 숨겼겠죠. 몇 초 정도면 충분히 가능합니다. 사와모리는 사체가 레이코와 똑같은 얼굴이었기 때문에 자신이 레이코를 죽였다고 생각해버린 거예요."

"그럼 미오리 레이코는 다카기 후미코에게도 똑같은 방법을 쓴 건가?"

"네, 아마도."

"그러면 진짜 미오리 레이코는 아직 살아 있겠네?"

"아뇨, 죽었죠. 과장님, 저는 이번 사건의 범인이 사와모리와 다카기 후미코, 두 명만이 아니라고 생각합니다. 방금 말씀드린 그 방법이라면 미오리 레이코는 더 많은 사람을 자신을 죽인 살인자로 만들 수 있었어요. 사사하라가 밀고 편지를 봤을 때, 언젠가 레이코가 자신을 죽이고 싶을 만큼 미워하는 사람이 일곱 명이라고 얘기했었다고 진술했지요?"

"그래, 일곱 명과 일곱 마리…."

"그렇습니다. 레이코는 방금 말한 연극을 일곱 명 앞에서 일곱 번을 연기했던 겁니다. 열대어는 그 연극의 소도구 같은 것으로 수조 안에서 일곱 번을 죽어야 했어요. 그래서 일곱 마리가 필요했겠지요. 단 여섯 번까지 연기한 뒤에 레이코는 가짜 사체를 치우고 일곱 번째 연기에서 실제로 독주를 마시고 죽었어요. 실제 레이코를 죽인 사람은 그 일곱 명 중 단 한 명입니다."

"미오리 레이코의 죽음은 자살이기도 했다는 얘기네."

"네, 자살이자 타살이었습니다. 사와모리의 유서에 미오리 레이코가 번번이 '나는 엉망으로 망가졌어'라고 말했다고 적혀 있었어요. 거짓투성이의 세계에서 거짓 얼굴로 살아가야 하는 게 몹시 외로웠던 모양이에요. 과장님이 조금 전에 '진짜 미오리 레이코'라고 하셨지요? 하지만 성형으로 얼굴을 잃고 업계에서 몸까지 엉망이 된 그녀에게는 이미 진짜 자기 자신이라는 게 없었어요."

오카베의 목소리가 문득 끊겼다. 그 침묵을 아사이도 자신의 침묵으로 듣고 있었다. 이윽고 그는 혼잣말처럼 중얼거렸다.

"하지만 하룻밤 사이에 일곱 번이나 똑같은 연극을 한다는 게 가능할까…."

"그 점이 저도 고민이었어요. 근데 아무래도 이틀 밤으로 나눠서 했던 것 같습니다."

"아, 13일 밤과 14일 밤이로군."

"그렇죠. 사사하라 노부오가 미오리 레이코의 맨션에 갔던 게 이틀 중 어느 날 밤이었는지도 몇 시였는지도 기억나지 않는다, 라고 무책임한 답변만 했던 것은 그 때문이었어요. 사와모리와 그 밖의 인물들이 미오리 레이코를 죽이려고 결심한 이유 중 하나는 그 직전에 다녀갔다는 사사하라에게 죄를 덮어씌울 수 있다고 생각했기 때문이에요. 하지만 사와모리와 다카기 후미코는 어느 정도 시간 간격을 두고 찾아갔기 때문에 둘 다 그 직전에 사사하라가 다녀갔다는 건 사실과 부합하지 않습니다."

"그러면 사사하라가 미오리 레이코의 연극에 중요한 역할을 했던 거네."

"네, 저희는 진범보다 오히려 사사하라에게 감쪽같이 속아 넘어갔어요."

오카베는 한숨을 내쉬며 말을 이어갔다.

"미오리 레이코가 일곱 명의 남녀에게 파놓은 함정을 범죄라고 한다면 사사하라 노부오는 공범이었습니다."

18장

공
범

共
犯

"나, 사실은 당신을 사랑하지 않아."

약혼하고 삼 개월이 지나 8월에 접어들었을 때, 레이코가 돌연 그런 말을 했다. 나는 딱히 놀라지 않았다. 레이코는 단지 다정함과 사랑에 굶주린 외로움 타는 여자였을 뿐이다.

그녀의 얼굴이 만들어진 것이라도 상관없다는 내 말을 다정함이라고 생각하고, 당신을 위해서라면 뭐든 하겠다는 내 말을 사랑이라고 생각하며, 잠시나마 내 품에서 외로움을 달랠 수만 있다면 다 괜찮다고 생각했을 것이다.

내가 다정했기 때문에 레이코는 내게 모든 것을 상의했고, 내가 사랑했기 때문에 레이코는 내게 자신의 과거를 모두 얘기해주었다. 본명이 '가와다 기요코'라는 것도, 어린 시절에 화재로 가족을 잃었다는 것도, 내 부하 직원 하마노 야스히코가 일으킨 교통사고 때문에 얼굴이 망가졌고 뉴욕의 병원에서 성형수술을 받았다는 것도, 그때 자신의 진짜 얼굴을 예전에 양과자점 기숙사에서 한방을 썼던 여자애의 얼굴로 바꿔치기했다는 것도, 여권에 그 여자애의 이름을 사용했다는 것도, 그리고 이 업계에 들어와 어떤 인간들이 자신을 엉망으로 망가뜨렸는지도….

이전부터 그들에게 복수하기 위해 기회를 엿보며 온갖 비밀을 차곡차곡 모아왔고 올 2월 말부터 마침내 앙갚음에 나선 것도 목적은 단지 협박만이 아니라는 것, 올 일 년 안에 마음먹고 한 가지 행동에 나서서 그들에게 평생 지울 수 없는 낙인을 찍어주기로 계획했다는 것도….

2월 말과 일 년 안에, 라는 말에는 특별한 의미가 있었다. 2월 초에 그녀는 상당량의 피를 토했다. 근처 작은 병원에서 진찰해

보니 이대로 가면 앞으로 일이 년 남은 시한부 목숨이라는 게 밝혀졌다. 큰 병원에서 진찰을 받아보라고 권했지만 아직 스물세 살의 젊은 여자답게 죽음이라는 말이 현실이 되어버릴까 두려웠던 것이리라. 한편으로는 죽음을 각오하고 자신을 파멸시킨 일곱 명에 대한 복수 계획을 짜면서도 4월까지 큰 병원에 찾아갈 용기를 내지 못했다. 하지만 계속해서 토혈이 이어졌고 4월 들어 이틀을 연달아 대량의 피를 토하자 더 회피할 수 없었다.

　　실은 그녀 가까이에 의사가 한 명 더 있었다. 하마노 야스히코, 오 년 전에 그녀의 운명을 바꿔놓은 자였다. 하지만 하마노는 복수 계획의 중요한 희생자 중 한 사람이었기 때문에 자신의 병에 대해서는 결코 밝힐 수 없었다. 그녀는 전에 하마노에 대해 흥신소에 조사를 의뢰한 적이 있었다. 그 참에 직속 상사인 내 이름과 하마노와의 관계, 그리고 내 성격 등에 대해서도 알게 되었다. 그래서 어느 날 내게 전화를 걸었다.

　　"선생님이 신임하시는 하마노 야스히코라는 사람에 관해 긴히 말씀드릴 게 있어요."

　　그때 나는 미오리 레이코라는 패션모델에 대해 거의 아는 게 없었다. 당연히 이름이나 얼굴쯤은 어디선가 봤지만, 너무 유명한 것도 너무 젊은 것도 너무 아름다운 미모도 나와는 아무 인연이 없는 세계였다. 미오리 레이코와 하마노 사이에 무슨 관련이 있는지도 모르는 채 그녀가 정해준 레스토랑에 나갔다. 거기서 그때까지 오 년에 걸친 하마노와 레이코의 관계에 대한 얘기를 들었다. 하지만 레이코가 나를 불러낸 진짜 목적은 하마노에게 얼마나 심한 짓을 당했는지 호소하려는 것이 아니었다.

"실은 제가…."

말끝을 어물거리면서도 그녀는 몹쓸 병에 걸렸고 큰 병원에서 정밀 검사를 받아야 하는데 그걸 선생님이 맡아주실 수 있겠느냐고 물었다. 그녀의 제안에는 한 가지 조건이 있었다. 단독으로 검사를 진행해서 병원 내 누구에게도 비밀로 하고, 외부에는 단지 과로로 입원했을 뿐이라고 말해달라는 것이었다. 병원에서의 내 지위를 감안하면 그건 간단히 응해줄 수 있는 조건이었다. 내가 고개를 끄덕이자 그녀는 백만 엔의 돈을 내밀었지만 나는 즉각 거절하고 대신 질문을 던졌다.

"왜 나를 선택했을까?"

"흥신소의 조사 보고서에 선생님이 친절하고 훌륭한 분이라고 적혀 있었거든요."

그녀는 그렇게 말하고 미소를 지었다. 그토록 환하게, 또한 그토록 슬프게 미소 짓는 여자는 처음 보았다. 그 눈부심에 놀라 어쩔 줄 모르는 내게 그녀는 다시금 미소를 건네주었다.

상의했던 대로 4월 중순에 입원한 그녀를 위해 나는 비밀리에 검사를 진행했다. 입원 기간 동안에 하마노의 기색이 심상치 않다는 것을 눈치챘지만 전혀 모르는 척 아무것도 묻지 않았다. 그때부터 이미 레이코와 둘만의 비밀을 지키기 위해 하마노를 배신했던 것이다.

8월에 나를 사랑하지 않는다고 털어놓으면서 레이코는 4월에 입원한 것도, 내게 접근한 것도 하마노를 괴롭히기 위해서였다고 고백했다. 한때는 진심으로 하마노를 신뢰했지만 어느 날 크나큰 배신감에 깊은 상처를 입은 것이었다.

단지 그런 목적으로 내게 접근했다는 것을 알게 되었지만 나는 화가 나지도 않았고 후회하지도 않았다. 레이코는 그렇게 말했다.

"하지만 당신은 착한 사람이고, 여태까지 살아오면서 처음 만난 인간다운 사람이에요."

착한 사람, 인간다운 사람….

나에 대한 실제 속마음이 그렇다는 것을 알고 있었던 만큼 괴롭기는 했지만 후회는 없었다. 레이코를 만난 이상 그걸 감수해야 했고, 결국 이렇게 되는 길밖에 없었다.

입원한 동안 한 검사에서도 그녀의 목숨은 앞으로 몇 개월 뿐이라는 결과가 나왔다. 길어야 올해 연말까지였다. 그 결과에 누구보다, 장본인인 레이코보다 더 슬퍼한 사람은 나였을 것이다. 엽총으로 자살한 사와모리와 똑같이 나는 레이코를 처음 만난 순간부터 사랑에 빠졌다. 사와모리는 유서에서 나를 가엾게 여긴다고 했다. 하지만 8월에 레이코에게서 자신을 죽이고 싶어 한다는 일곱 명의 남녀 얘기를 상세히 들었을 때 나는 단 한 명, 사와모리에게는 딱한 마음이 들었다.

마흔이 넘은 남자가 딸 같은 나이의 젊은 여자를 사랑하고 말았을 때 어떤 심정이 드는지 나는 잘 알고 있다. 끊임없이 젊음에 협박이라도 당하는 것처럼 자신의 나이에 겁을 먹고, 대체 어떻게 하면 이 여자를 내 곁에 묶어둘 수 있을까, 오로지 그것만 생각하는 것이다. 레이코는 사와모리가 자신의 몸을 거액의 돈으로 사들인 것 때문에 그를 증오했다.

"아예 천 엔짜리 한 장으로 나를 샀다면 그토록 큰 상처는 입지 않았을 거예요.”

하지만 사와모리는 아직 어린애처럼 젊은 그녀의 나이가 끊임없이 자신에게 던지는 무언의 협박에 못 이겨 계속 돈다발을 떠안겼을 것이다. 마찬가지로 나는 레이코에게 언제 어떤 요구에도 매번 똑같은 말을 안겨주려고 했다. 알았어, 라고.

레이코가 아무리 제멋대로 굴어도 용서해주고 어떤 부탁을 하든 들어주면서 지속적으로 착한 사람을 지불해주는 것만이 내 나이의 남자에게 허락된 사랑의 방식이었다. 나와 사와모리는 똑같은 방식으로 한 여자를 사랑했다. 차이가 있다면 사와모리는 레이코의 얼굴이 만들어진 것인 줄 알지 못했지만 나는 처음 만났을 때부터 그 점을 다 알았다는 것이리라. 그게 인간의 손으로 만들어진, 얼굴이라기보다 하나의 작품이라는 걸 뻔히 알면서도 레이코가 외로운 듯 미소를 지었을 때, 나는 그 미소를 손에 넣기 위해서라면 무슨 짓이든 하겠다고 마음먹었다.

봄 햇살이 부드럽게 사물의 윤곽을 그려내는 병실에서 나는 말했다.

“그리 큰 병은 아니지만 수술을 할 필요가 있어.”

그때 레이코는 똑같은 미소를 지으며 혼잣말을 하듯이 답했다.

“착한 거짓말을 하시네요. 하지만 정말로 착한 분이시라면 사실대로 말씀해주세요.”

눈 속의 빛이, 단 하나 인공적인 것이 아닌 그 눈빛이, 언어를 뛰어넘어 내게 호소했을 때 나는 “알았어”라고 응할 수밖에 없었다. 사실을 알게 된 레이코는 수술을 하면 사 년, 아니, 십 년이라도 더 살 수 있다는 내 달콤한 말에 귀를 기울이지 않았다.

"이 일은 누구에게도 발설하시면 안 돼요. 나는 하고 싶은 일이 있거든요. 사 년의 목숨보다 그걸 택할래요. 약이나 주사로 하루라도 더 오래 살 수 있게 해주시기만 하면 돼요. 나를 사랑한 다면 그렇게 해주세요."

차갑게 보일 만큼 자신만의 껍질 속에 틀어박힌 옆얼굴로 그렇게 말했을 때도 나는 "알았어"라고 대답할 수밖에 없었다. 퇴원하고 보름 뒤에 레이코는 말했다.

"나를 사랑한다면 부인과 아이는 버려주세요. 나는 당신을 사랑해요. 내가 지금 원하는 건 생명보다 사랑이에요. 모두 다 버 리고 나 한 사람만 사랑해줄 사람이 필요해요."

그때도 나는 "알았어"라고 대답했다.

그로부터 3개월이 지난 한여름 밤에 레이코는 내 생일 축 하 파티를 하겠다면서 나를 맨션으로 불렀다. 마흔다섯 살의 나 이를 알리는 촛불을 훅 불어 끈 뒤, 레이코는 "나, 당신을 사랑하 지 않아"라고 입을 열었다.

"하지만 당신은 착한 사람이고, 여태까지 살아오면서 처음 만난 인간다운 사람이에요."

그리고 갑작스럽게 그 계획을 내게 털어놓고 "도와줄래 요?"라고 물었을 때도 나는 "알았어"라고 대답했다.

그때의 촛불은 지금도 눈을 감으면 어둠 속에 켜져 있다. 그 불빛에서 마흔다섯 살이라는 내 나이를 아플 만큼 실감했다. 지금 생각해보면 그 나이 때문에 나는 레이코를 사랑했고 그런 어처구니없는 계획에도 협력을 맹세했던 것인지도 모른다. 스물

두 살이나 어린 여자를 젊음 탓에 사랑했고, 그 젊음을 내 것으로 만들기 위해 어떤 짓이라도 하겠다고 결심했다.

마지막까지 문제가 되는 것은 언제나 시간이다.

나는 지금 유서를 써 내려가면서 그 문제만 생각하고 있다. 이 유서를 다 쓸 때까지 시간이 얼마나 걸릴까. 그리고 이 유서를 완성한 뒤에 남은 세 사람을 모두 살해하기까지 내게 허락된 시간은 얼마나 될까….

이미 다카기 후미코, 하마노 야스히코, 마가키 기미코를 살해했다. 다카기 후미코를 살해할 때는 마음이 급하고 혼란스러워서 자살로 위장할 그럴싸한 방법이 생각나지 않았다. 결국 품속에 감춰두었던 청산가리를 쓰고 말았다. 11월 12일에 병원에서 훔쳐 온 것이다. 3분의 2는 13일과 14일 이틀 밤의 살인 연극 때 일곱 번에 걸쳐 나눠 썼다. 그리고 남은 3분의 1은 혹시라도 계획이 어그러질 경우, 자살하기 위해 바지 허리의 되접은 곳에 넣고 실로 꿰매두었다. 덕분에 경찰에 유치된 동안에도 무사히 지니고 있었다.

경찰은 병원에서 청산가리를 훔쳐낸 사람이 나라는 것을 알고 있다. 다카기 후미코에게 유서를 쓰게 해서 자살로 위장한 것까지는 괜찮았지만 이제 곧 사인이 청산가리라는 게 밝혀지면 그 죽음에 내가 관련되었다고 의심할 것이다…. 아니, 그보다 내일 하마노의 오피스텔에서 두 구의 교살 사체가 발견된다면 관리인은 어제 오후에 누군가 오피스텔 열쇠를 빌려갔다, 라고 진술할 것이고 그게 나라는 것쯤은 간단히 밝혀낼 것이다. 그러면 이번에야말로 틀림없이 경찰에 체포된다. 즉 지금 내게 허락된 시간은 스물네 시간 정도라는 계산이 나온다.

이 유서를 쓰자마자 남은 세 명, 기타가와 준, 이나키 요헤이, 이케지마 리사를 살해하는 작업에 나서지 않으면 안 된다. 그리고 세 명을 다 처치한 뒤에는 조금 남은 청산가리로 나 스스로 목숨을 끊을 작정이다.

하지만 자살은 내가 살해한 자들에 대한 사죄도 아니고, 더구나 경찰이나 세상에 대한 참회도 아니다. 내가 죽음으로써 사죄하지 않으면 안 될 사람은 사망한 지 보름 넘게 지나 깊은 암흑에 휩싸여 있는 레이코다. 왜냐하면 8월의 생일날 밤, 그녀가 아름다운 입술로 털어놓은 일곱 명에 대한 복수 계획에 그들을 살해한다는 것은 포함되지 않았기 때문이다. 레이코는 마지막 순간까지 공범인 나에게 죽음이라는 형태의 복수는 원하지 않는다고 거듭 강조했다. 그런데도 나는 결과적으로 레이코의 바람을 배신하고 그들에게 죽음을 안기고야 말았다.

또 한 가지 레이코에게 사죄해야 할 것은 사건의 진실을 써 내려간 이 유서다. 결국 살해하는 형태로 복수를 해줄 수밖에 없는 상황이었다면 이번 사건의 진상만이라도 영원한 수수께끼로 묻어두는 게 레이코의 바람이었을 게 틀림없다.

하지만 하마노를 교살하고 똑같은 스카프로 마가키 기미코까지 살해한 뒤, 빗속을 뚫고 이 호텔로 돌아오자 나는 아직도 얼얼한 통증이 남은 손으로 정신없이 펜을 들어 유서를 쓰기 시작했다. 어째서인지는 모르겠다. 내가 아는 것은 단지 죽음을 앞두고 누군가를 향해 이번 사건의 진실을 밝히고 싶은 충동이 생겼다는 것뿐이다. 그런 점에서도 나와 사와모리는 꼭 닮았다. 사십여 년을 살았다는 것은 삶 속에서 헤아릴 수 없이 많은 거짓말을 해왔다는 뜻이기도 하다. 그러니 죽음을 앞두고 누군가를 향해 진실을 말하고 싶은 마음이 드는 것인지도 모른다.

이렇게 글을 쓰는 동안에도 내 의식은 초침 소리를 듣는다. 그렇다, 이제 내게 허락된 시간은 얼마 남지 않았다….

8월에 복수에 대한 얘기를 듣고 그 계획을 둘이서 세세한 부분까지 재검토하면서 내가 줄곧 의식한 것도 시간이었다. 레이코에게는 이제 생명의 시간이 얼마나 남아 있는가….

레이코는 그 계획에 몰두하고 있었다. 내가 비밀리에 계속 치료를 해줬기 때문이라기보다 어떻게든 복수를 완벽하게 해내겠다는 열망이 버팀목이 된 덕분이었을 것이다. 그 무렵 레이코는 생기가 넘쳐서 전보다 더욱 아름답게 빛났다. 하지만 설령 그 상태가 한동안 지속되더라도 올 연말에는 스러져갈 터였다. 우리는 그 전까지 어떻게든 계획을 실행에 옮겨야 한다고 결의했다.

레이코의 계획이란 결국은 자살이었다. 죽음으로 지난 오년 동안 자신을 파멸로 이끌어간 일곱 명의 남녀를 '살인범'으로 만들고, 얼핏 보기에는 일곱 명의 인물에게 동시에 살해되었다고 생각할 수밖에 없는 사건을 꾸며내 그들을 진정한 파멸로 몰아넣겠다는 것이었다. 하지만 레이코 스스로 목숨을 끊는다는 점은 다를 게 없었다. 레이코는 곧잘 말했다.

"병 따위는 그저 방아쇠 역할을 한 것뿐이에요. 이 병에 걸리기 전에 나는 이미 죽은 것이나 마찬가지였어요. 그들에게 당할 대로 당했으니까. 나는 언제든 죽을 수 있었어요. 죽는 것 따위, 전혀 무서울 게 없어요. 이런 업계에서 이렇게 살아 있다는 게 오히려 미쳐버릴 만큼 끔찍한 일이었으니까."

하지만 나는 가능하면 그녀가 하루라도 더 살아 있기를 바랐다. 그래서 쓰러지기 전의 아슬아슬한 시간까지 어떻게든 계획을 미루고 싶었다. 다만 레이코가 언제 쓰러질지 정확히 예측한다는 건 불가능했기 때문에 벌써 8월 무렵부터 나는 끊임없이 초침에 신경을 써가며 시간 문제로 늘 초조해했다.

레이코의 계획은 어떤 여자가 혼자 중얼거린 얘기를 듣고 떠올린 것이라고 했다.

"나도 성형수술을 받아서 너하고 똑같이 됐으면 좋겠는데…."

오 년 전, 레이코와 기숙사에서 한 방을 쓴 여자였다. 한참 전부터 레이코가 성형수술을 했다는 것을 눈치채고 그녀를 협박해 보석이며 돈을 뜯어갔다. 나도 두 번 만나봤지만 그 여자의 얼굴이라면 분명 미오리 레이코와 붕어빵처럼 닮은 모습이 나올 것 같았다. 당연한 일이다. 레이코는 뉴욕에서 성형수술을 받을 때 그 여자의 얼굴 모습과 똑같이 만들어달라고 했기 때문이다. 레이코는 기숙사에서 지내던 시절에 항상 그 여자가 부러워서 그녀처럼 되고 싶다고 꿈꾸었다고 한다. 자신의 얼굴을 다시 만들어야 했을 때, 뉴욕 의사에게 보여주기 위해 사진이 아니라 초상화를 그렸다. 당시 선망과 꿈의 대상이었기 때문에 연필이 저절로 자신이 아닌 그 여자 얼굴을 그려냈다는 것이다.

이시가미 요시코는 패션모델 미오리 레이코가 예전에 같

은 방을 쓰던 가와다 기요코라는 것을 당장 알아차린 건 아니었다. 하지만 어느 날 우연히 레이코가 호텔 레스토랑에서 누군가와 이야기하는 목소리를 들었다. 예전에 자신을 부러워하며 "나도 너 같은 얼굴이 되고 싶어"라고 말했던 그 목소리였다.

"우리는 체격이 비슷하니까 실력 있는 성형외과 의사가 손을 봐주면 이 얼굴, 가능하지 않을까?"

요시코는 우쭐한 기분에 농담 삼아 대꾸하곤 했다. 그때마다 기요코는 자못 심각하게 되물었던 것이다.

"그래도 성형수술은 엄청 돈이 많이 들잖아."

이시가미 요시코의 용모는 지극히 평범했다. 그래서 나는 레이코의 예전 얼굴이 그보다 더 평범했던 모양이라고 막연히 상상했었다. 하지만 오늘 오후에 레이코가 예전에 살던 기숙사에 찾아가 두 사람의 얼굴 사진을 봤을 때, 놀라지 않을 수 없었다. 어린 시절의 레이코는 그 여자보다 훨씬 더 아름다웠던 것이다. 당시에 레이코는 가와다 기요코라는 이름을 썼지만, 그 기요코에 비하면 요시코는 오히려 못생긴 편이었다. 어린 기요코가 왜 그런 여자를 부러워했는지, 한순간 당혹스럽기까지 했다.

하지만 그것도 레이코의 성격을 생각하면 알 듯한 마음이 들었다. 레이코는 항상 자기 자신을 싫어했다. 증오하는 것처럼 보이기까지 했다. 한꺼번에 일곱 명의 손에 살해되는 계획을 생각해낸 심리의 밑바탕에는 그런 자기 자신에 대한 증오가 있었던 것이라고 나는 생각한다. 레이코는 일곱 명의 남녀 때문에 자신이 파멸했다고 말했지만, 그들의 지시에 순순히 따르고 그들의 손에 몸을 내맡긴 자기 자신을 다른 누구보다 증오했는지도 모른다.

이번 사건은 실은 그런 아름다운 여자가 자신보다 오히려 추한 여자에게 품었던 그릇된 선망과 질투심에서 비롯된 일이었다. 뉴욕의 의사가 그 초상화보다 훨씬 더 아름다워지고 싶지 않으냐고 물었을 때도 레이코는, 아니, 가와다 기요코는 붕대에 둘둘 감긴 얼굴로 말없이 고개를 저었다.

레이코에게서 처음 그 계획을 들었을 때, 그런 어처구니없는 짓을 정말로 할 생각이냐고 나는 한숨을 내쉬며 고개를 저었다. 그때 절대로 그런 생각을 해서는 안 된다고 아버지뻘 나이의 인간에게 적합한 분별력을 단호하게 보였어야 했다. 그런데도 눈을 질끈 감은 어둠 속에 내 입으로 훅 불어 껐을 터인 촛불이 여전히 생생한 빛깔로 빛나는 것을 본 순간, 나는 또다시 대답하고 말았다. "알았어"라고.

레이코의 계획이 어처구니없는 그만큼 내가 공범이 되어주면 그녀는 완전히 내 것이 될 것 같았다. 그 미소와 젊음과 생명과 죽음까지도. 레이코가 병마에 시달리며 죽어가는 모습을 지켜보는 게 너무도 고통스러웠기 때문에 아예 내 손으로 죽이는 게 마음 편하겠다고 생각한 적도 있었다. 하지만 레이코의 계획은 중년 남자의 그런 이기적인 욕망까지도 만족시켜주는 것이었다. 레이코의 죽음에 내가 중요한 역할을 할 수 있다. 또한 하나의 사건을 그녀와 공유하면서 레이코가 죽어 없어진다는 현실의 깊은 상실감을 조금이라도 위로받고자 했는지도 모른다.

게다가 모든 계획을 털어놓으며 내게 협력을 청한 단계에서는 레이코가 이미 일을 벌여서 일곱 명의 남녀를 상대로 더는 뒤로 물러설 수 없을 만큼 험악한 협박 연기에 돌입한 상태였다.

"당신이 도와주지 않아도 나 혼자 반드시 해치울 거예요. 하지만 당신이 정말로 나를 사랑한다면 도와줬으면 좋겠어요."

사랑을 확인하려는 듯한 그녀의 말에 나는 또다시 대답하지 않으면 안 되었다. "알았어"라고.

내가 협력자가 된다면 계획은 훨씬 더 정교해지고, 범인이 될 일곱 명과 경찰을 한층 더 진상에서 멀리 떼어놓을 수 있다. 우리는 거듭거듭 계획을 정비하고 검토했다. 그리고 8월 중순, 돌연한 약혼 취소 스캔들로 주위와 세상을 떠들썩하게 뒤흔들었다. 나는 어린 약혼녀에게 버림받고 그녀를 미워하게 된 가엾은 중년 남자를 연기하고 레이코는 그것을 즐기는 듯한 끔찍한 악녀를 연기하기 시작한 것이다. 그건 꼭 연기라고는 할 수 없었다. 레이코는 나를 신뢰했지만 사랑하지는 않았고, 내가 그 스물세 살의 아름다운 여자의 사랑에 굶주렸던 것은 사실이었으니까. 그렇게 나는 어린 여자의 장난질에 놀아나 가정도 직장도 모두 잃은 어리석은 사십 대 남자의 역할을 그로부터 두 달 반이 지난 12월 7일 저녁까지 연기했다.

한편으로 레이코는 비밀리에 일곱 명의 남녀를 협박하는 잔인한 여자를 연출했다. 또한 자신을 협박해 돈을 뜯어 가는 여자에게 문신사를 소개해서 우선 똑같은 나비 문신을 새겨주었다. 그런 다음에 슬쩍 말을 건넸다.

"나와 똑같은 얼굴로 바꿔보는 건 어때? 뉴욕의 좋은 의사 선생님을 소개해줄게."

자기 얼굴과 비슷하면서도 훨씬 더 아름다워진 레이코에

게 질투심을 품고 있던 그 여자에게 성형수술을 권한 것이다.

"아예 네가 미오리 레이코 역할을 맡아도 좋아. 난 이제 인기도 돈다발도 갈채도 지겨워졌어. 괜찮아, 가끔씩 바꾸는 정도라면 약간 스타일이 달라져도 아무도 눈치채지 못해. 말만 안 하면 목소리 차이도 모를 거야. 미오리 레이코를 바라보는 남자들의 뜨거운 시선과 박수갈채, 꽤 근사하거든."

어린애를 달래듯 달콤한 말로 낚아 올려 그 여자에게 자신의 본명인 가와다 기요코로 여권을 만들어주고 10월 초에 뉴욕에 데려갔다.

출발 전에 또다시 피를 토했던 레이코는 귀국해서 10월 말의 패션쇼에 출연했고, 그 직후에 전과는 비교도 되지 않을 만큼 대량의 토혈을 했다. 4월부터 해온 치료와 투약도 점점 효과가 떨어져간 것이다. 대량의 피에 자신의 죽음이 머지않다고 느꼈던 것이리라. 11월에 접어들자 레이코는 암울한 결의가 담긴 눈빛으로 말했다.

"이제 더 어물거릴 때가 아니에요. 13일과 14일이 마침 좋아요. 그 이틀이라면 일곱 명 모두 도쿄에 있을 거니까."

내가 시선을 떨구며 얼굴빛이 흐려지자 그녀는 오히려 나를 위로하듯이 미소를 지었다.

"괜찮아요. 나는 이미 오래전에 죽었는걸요. 그건 당신도 잘 알잖아요?"

13일 전에 우리가 미리 해두지 않으면 안 될 일이 있었다. 오타 미치코라는 확실한 증인 앞에서 거친 사랑싸움을 연기해서 그 가사도우미의 귀에 "죽여버릴 거야"라는 내 말을 또렷하게 새겨두는 것이었다.

그건 말하자면 사건의 전주곡이었다. 그리고 그것을 완벽하게 연주해내자 다시 그다음 연주에 들어갔다. 병원에서 약사의 시선을 끌듯이 일부러 수상쩍은 행동으로 약품실에 들어가 청산가리를 훔쳐냈다. 레이코는 우선 네 명에게 내일 밤 자신의 맨션으로 오라고 연락했다. 물론 방문 시간을 한 시간씩 다르게 정했고 그 시각을 반드시 지키라고 지시했다. 하룻밤 안에 일곱 번이나 똑같은 살인극을 연출하는 건 불가능하기 때문에 네 명은 13일에, 남은 세 명은 14일에 부르기로 했다.

실은 살인극을 이틀로 나눠서 하는 바람에 한 가지 곤란한 문제가 생겼다. 우리의 계획에 따르면 살인범으로 선택된 자가 찾아오기 직전에 나는 그 맨션에서 레이코를 살해하는 데 실패하고 청산가리를 그대로 남겨둔 채 뛰쳐나간 것으로 해두지 않으면 안 되었다. 그건 방문자의 마음속에 살의를 불러일으키기 위해 꾸며낸 일이었다. 하지만 나중에 계획대로 내가 경찰에 체포되었을 때, 형사는 반드시 며칠에 레이코를 살해하러 갔는지 물을 것이고, 13일과 14일 중 어느 하루의 날짜를 대답해버린다면 다른 날에 방문한 살인범은 이상하다고 생각할 터였다.

그 문제는, 내가 11월 초부터 신경증에 시달려 날짜 감각이 없어졌다, 13일과 14일 중 하루인 것 같은데 정확히는 기억나지 않는다, 라는 식으로 얼버무리기로 했다. 내가 그 맨션에 찾아간 시간에 관해서도 마찬가지였다. 그곳에 머문 시간을 정확히 대답해버리면 다른 시간에 다녀간 방문자들이 의심을 할 터라서 시간도 잊어버렸다고 진술하기로 했다.

거기까지 준비를 마치자 그다음은 13일 밤 7시에 첫 방문자가 현관 벨을 누르기 전에 또 다른 전주곡 하나를 연주하는 것만 남았다. 우리는 그날 저녁 6시, 얼핏 레이코와 구별하기 어려운 모습의 이시가미 요시코를 맨션으로 불렀다. 그 여자는 주간지에서 파혼 문제로 다투는 중이라고 떠들어댄 당사자가 집 안에 같이 있는 것에 흠칫 놀란 기색이었지만 그건 적당히 둘러댔다. 레이코는 선물이라면서 요시코에게 파란색과 하얀색 줄무늬 스웨터를 입혔고 이어서 청산가리가 든 술을 권했다.

뉴욕에서 돌아온 뒤로 처음 만났기 때문에 그 여자가 어떤 인공적인 흔적도 없이 극히 자연스럽게 레이코와 똑같은 얼굴로 변한 것을 보고 몹시 놀랐다. 하지만 그 놀람의 여운이 가시기도 전에 독이 든 술을 마신 이시가미 요시코는 스웨터의 파란색과 하얀색 줄무늬를 뒤틀며 무시무시한 죽음의 춤을 추기 시작했다. 나는 그때의 레이코의 눈빛을 지금도 또렷이 기억하고 있다.

바로 다음 날 밤에는 자신이 추게 될 그 지옥의 춤을 레이코는 멍한 시선으로 마치 저 먼 곳의 경치라도 구경하듯이 바라보고 있었다. 그리고 몇 초 뒤, 새로 만든 얼굴을 그새 망가뜨린 것처럼 여자가 눈을 뒤집고 입은 찢어질 듯 벌린 채 바닥에 쓰러지자 천천히 그 옆으로 다가가 한참 동안 그 얼굴에서 보이는 자신의 죽음을 응시했다.

"끝났네요. 침실로 옮기죠."

이윽고 너무도 차가운 목소리로 말했다. 둘이서 사체를 침실 안으로 옮겨 침대에 반듯하게 눕혔다. 레이코는 냉정한 손놀림으로 사체의 머리칼을 조금 더 흐트러뜨리고 또한 냉정한 눈빛으로 입가에 흐른 토사물의 상태를 확인했다.

"하마노의 차에 치여 망가졌던 내 얼굴은 훨씬 더 끔찍했는데…."

다시 한번 추하게 일그러진 얼굴을 확인하듯이 내려다보며 중얼거렸다.

"당신, 내일 밤에 내가 이런 끔찍한 얼굴로 죽어 있어도 사랑해줄 거죠?"

레이코는 그렇게 물었다. 알았어, 라는 말 대신 고개를 끄덕여주자 조용히 미소까지 지었다. 11월 들어 안색은 더욱더 창백해지고 뺨도 움푹 패었지만 마지막 광채였는지 그날 밤의 미소는 지금까지의 어떤 미소보다 더 아름답게 보였다.

레이코는 자신도 사체와 똑같은 파란색과 흰색 줄무늬 스웨터를 입고 머리 스타일도 사체와 똑같이 만든 뒤에 말했다.

"좋아요, 8시부터 한 시간 반마다 여기로 전화하는 거, 잊지 말아요."

나도 1막이 끝날 때마다 반드시 우리 집에 전화해 보고해달라고 재차 확인하고 침실을 나왔다. 거실에는 테이블 위의 술잔이며 붉은 밀랍 약봉지, 또 다른 테이블 위의 재떨이와 수조의 열대어 한 마리 등, 무대장치가 완벽하게 갖춰졌다. 나는 밖으로 나와 비상계단을 내려왔다. 침실을 나올 때는 옅은 불빛 아래 두 명의 똑같은 여자가 한쪽은 잔혹한 죽음으로 얼굴이 일그러지고 또 한쪽은 생명의 마지막 광채로 아름답게 빛나는 것을 보며 믿을 수 없는 기적이라도 목격한 듯한 느낌이었다. 하지만 비상계단을 내려와 택시를 탔을 때는 두 개의 얼굴도 잊어버렸다. 맨션을 나서자마자 내게 남겨진 가장 중요한 문제는 단 한 가지, 시간에 대한 것뿐이었다.

7시 오 분 전에 집에 도착했다. 그 뒤에는 오로지 손목시계만 들여다보았다. 초침이 7시를 통과했을 때, 지금쯤 그 맨션 현관에서 오늘의 첫 번째 방문자가 현관 벨을 누를 거라고 상상했다.

2월 말부터 8개월 동안, 내가 협력하기로 약속한 8월부터 계산해도 삼 개월 동안의 준비 기간을 거쳐 일곱 개의 죽음 변주곡이 그 벨소리 소리와 함께 시작된 것이다.

12월 6일에 오시타 아키라라는 남자 모델이 피지에서 돌아와 레이코의 사망 소식을 듣고 전화에 녹음된 메시지를 확인하면 경찰에 신고할 것이다. 살인을 유도하기 위해 레이코는 일곱 개의 테이프를 준비해 일곱 명의 방문자에게 알리바이 조작 방법까지 가르쳐주었다. 그 테이프에는 레이코 자신의 목소리로 15일에도 아직 살아 있다는 것을 보여주는 내용이 녹음되었다. 일곱 명 모두 현장에서 테이프를 가져갔기 때문에 그중 몇 명은 그걸 오시타 아키라의 부재중 전화에 녹음해두고 여차할 때는 15일 밤의 알리바이를 주장할 터였다. 경찰에서는 오시타의 전화에 녹음된 내용을 듣고 처음에는 레이코가 15일에도 살아 있었다고 생각하겠지만 금세 아무 의미도 없다고 알아챌 것이다. 똑같은 목소리와 내용이 여러 개라면 레이코의 실제 목소리가 아니라 테이프에 녹음된 것을 보냈다는 게 드러난다. 그건 레이코가 범인들에게 했던 소소한 장난이었다.

이틀 밤에 걸쳐 일곱 개의 변주곡이 어떤 식으로 연주되었는지는 사와모리의 유서를 통해 다들 알고 있을 것이다. 유서에 적힌 사와모리의 행동이며 심리는 사와모리 단 한 명이 아니라 이틀 밤에 걸쳐 찾아온 일곱 명 모두의 행동이자 심리였다. 다만 처음 여섯 명은 각자 자신이 술잔을 바꿔치기했다고 생각했지만 실제로는 레이코가 그 전에 방문자의 눈을 피해 한 차례 술잔을 바꿔뒀기 때문에 단지 원래 자리로 돌려놓은 것뿐이었다. 레이코는 침실 앞에서 독이 없는 술을 마시고 고통으로 몸부림치는 연극을 한 뒤에 쓰러지듯 침실로 뛰어들어 몇 초 사이에 벽의 붙박이장 안으로 숨었다. 뒤따라 들어온 방문자는 침대 위의 사체를 레이코라고 생각하고 자신이 죽였다고 믿어버리는 것이다.

살인범을 만든다, 라는 최종 목표를 테마로, 단지 방문자만 다양하게 변화하는 일곱 개의 변주곡이었다. 누구도 자신이 레이코에게 조종당해 각자의 변주곡을 연주했을 뿐이라는 건 알아차리지 못했다. 변주곡의 이면에 끔찍한 테마가 감춰져 있다는 것도 눈치채지 못했다. 8월부터 레이코와 내가 한 음 한 음 음미해가며 완성한 변주곡이었다.

방문자가 도착하고 한 시간쯤 지났을 때를 노려 나도 레이코의 집에 전화를 걸어 일 분 정도 그 변주곡에 참여했다. 일 분 가까이 되었을 때 레이코가 방문자의 귀에 다 들리도록 큰 소리로 "변명 따위 관둬요. 이제 더 이상 당신 목소리도 듣고 싶지 않아!"라고 부르짖을 때까지 나는 수화기를 향해 "내가 잘못했어, 미안해. 용서해줘. 단 한 조각이라도 당신의 사랑을 베풀어줘"라는 사과와 애원을 되풀이하는 것이다. 물론 그건 연극이었다. 내 전화 목소리가 방문자의 귀에 들어갈 리는 없으니까 나까지 연극을 할 필요는 없었다. 하지만 레이코가 "수화기에 대고 나 혼자 큰소리를 치기는 어려워요. 당신도 진짜처럼 연기해줘요"라고 지시했다.

그녀의 지시 때문만이 아니라 "용서해줘"라는 말에도, "단 한 조각이라도 당신의 사랑을 베풀어줘"라는 말에도 열기가 담겨서 때때로 나 자신을 잃고 그게 연기라는 것도 잊어버렸다. 레이코의 젊음이며 아름다움을 나처럼 나이 많고 평범하고 매력이라고는 하나도 없는 남자가 사랑해버린 것이 늘 양심에 찔려서 만날 때마다 가슴속에서 의미도 없이 사죄의 말을 중얼거리곤 했다.

첫째 날의 한밤중에 네 번째 살인범이 돌아간 뒤, 레이코는 내게 전화를 걸어 진행 상황을 알려주었다.

"오늘 밤은 모든 게 계획대로 잘 풀렸어요."

나는 계획의 제1막이 레이코의 죽음과 함께 막을 내릴 때까지 최대한 사무적으로 처리하고 싶었다. 그래서 일부러 의사다운 말투를 강조하며 물었다.

"피곤한 목소리군. 몸은 괜찮아?"

실은 괜찮으냐고 세 번이나 물었다. 그때마다 레이코는 걱정할 것 없다고 대답했다.

"그보다 사체의 입에서 흘러나온 게 말라버렸는데 어떻게 하죠? 침실이 어둠침침하긴 해도 내일은 훨씬 더 말라서 자칫 눈치챌 수 있잖아요."

"내일 저녁에 다섯 번째 방문자가 오기 직전에 사체의 입가를 물로 살짝 적셔두면 돼."

그리고 또 한 가지, 시취屍臭가 침실에 고이면 곤란하니까 오늘은 밤새 침실 창문을 살짝 열어두는 게 좋다는 조언을 해주고 나는 레이코보다 먼저 수화기를 내려놓았다.

작은 금속음이 울렸다. 밤의 정적이 나를 감쌌다. 그때처럼 밤에서 아무 소리도 없는 진공 같은 고요함을 느낀 적은 없었다. 귓속에 방금 통화한 레이코의 목소리가 되살아났다. 나와 마찬가지로 레이코는 메마른 사무적 말투였지만 그래도 꿀이 흐르는 듯한 끈적함이 남아 있었다. 그녀의 목소리를 떨쳐내려고 손목시계를 귀에 바짝 댔다. 초침 소리가 귀를 통해 밤에 녹아들어 어두운 몸속으로 흘러들었다. 심장의 고동보다 그 소리가 오히려 내가 살아 있다는 증거가 되어주었다.

다음 날 밤 10시에 나는 레이코의 맨션에 갔다. 그날도 두 명의 방문자를 살인범으로 만드는 데 성공했다고 레이코는 말했다.

"그자가 십 분쯤 전에 허둥지둥 뛰쳐나갔어."

그런 얘기를 하면서 수조의 물을 갈고 죽은 물고기를 살아 있는 물고기로 바꾸었다.

"마지막 한 마리야…"

혼잣말처럼 중얼거리더니 아직 거칠게 출렁이는 물속에서 힘없이 헤엄치는 작은 물고기 한 마리를 한참이나 지켜보았다. 마지막 일곱 번째 손님은 자정에 오기로 되어 있었다. 그때까지 한 시간을 비워둔 것은 침실의 사체를 옷장에 숨기기 위해, 그리고 월말에 가사도우미가 사체를 발견한 다음에 내가 취할 행동을 다시 한번 확인하기 위해서였다. 레이코는 마지막 방문자가 바꿔치기한 독이 든 술을 마시고 이번에야말로 실제로 죽을 터였지만, 죽고 난 다음이 레이코의 복수 계획의 가장 중요한 부분이었다.

"괜찮죠? 잘 해주셔야 돼요."

벌써 여섯 번이나 살해되는 역할을 해준 여자의 사체를 둘이서 옷장 안에 숨긴 뒤에 레이코는 세 시간이 지나면 자신의 영원한 잠자리가 될 침대에 앉아 그렇게 말했다.

"경찰의 관심이 지나치게 그자들에게 향하는 것도, 지나치게 무관심한 것도 좋지 않겠죠. 몇 번이나 말했지만 그게 가장 어려운 부분이에요."

사체가 발견되자마자 나는 체포될 게 틀림없다. 그게 우리가 짠 계획 중에서 가장 공들인 부분이었다. 나를 주요 용의자로 잡아두면 경찰에서는 그들에게 필요 이상으로 의심의 시선을 던지지 않을 것이다. 자칫 그들에 대해 철저히 수사하고 나서면 이번 사건의 흑막을 경찰이 간파해버릴 우려가 있었다.

레이코는 그들 중 누군가가 경찰에 체포되는 것을 바라지 않았다. 심리적으로는 확실하게 일곱 명 모두 살인을 저질렀다. 하지만 마지막 방문자로 선택되어 실제로 레이코를 죽음에 몰아넣은 자 이외의 다른 여섯 명의 행위를 과연 법률적으로 처벌할 수 있을까. 마지막 인물의 행위도 레이코에게 죽을 의지가 있다는 걸 알았기 때문에 아무 처벌도 받지 않고 끝날지도 모른다.

레이코가 원하는 것은 그런 법률적인 형벌이 아니라 그들이 스스로 범한 죄 때문에 평생 두려움에 떨며 괴로워하는 것이었다. 그들이 겉모습과는 다르게 얼마나 소심한지 레이코는 뻔히 알고 있었다. 살인이라는 큰 죄를 범한 죄책감은 반드시 평생 지워지지 않는 낙인이 되어 그들을 괴롭히고 채찍질할 것이다. 실은 그 일곱 명을 죽이는 게 복수로서는 가장 간단했을지도 모른다. 하지만 제 죽음을 두려워하지 않았던 레이코는 그들에게 한순간의 죽음을 안기기보다 살인자라는 낙인이 찍힌 삶을 떠안기는 것을 선택했다. 앞으로 오랜 세월 살인이라는 저주스러운 죄의 십자가를 등에 지고 살아가는 게 죽음보다 무거운 형벌이라고 생각했던 것이다. 그들이 언젠가 그 십자가에 짓눌려 스스로 파멸하는 것이 레이코가 바라는 복수였다.

그러기 위해서는 경찰이 그들에게 지나치게 접근해서는 안 된다. 그렇다고 경찰이 나 하나만 용의자로 좁히고 누구에게도 의심의 시선을 던지지 않는 것도 문제다. 경찰이 일정한 범위 안에서 그들에게도 의심의 눈길을 보내서 겁에 질리게 해야 한다. 그들은 각자 자신이 범인이라고 믿고 있기 때문에 경찰이 조금이라도 움직이면 충분히 불안과 공포의 바늘에 수없이 찔릴 게 틀림없다.

그래서 체포 직전에 여섯 명의 이름이 적힌 밀고 편지를 경찰에 보냈다. 체포된 뒤에는 한동안 묵비권을 행사하다가 편지가 도착하기를 기다려 나도 직접 경찰에 그들의 이름을 알릴 작정이었다. 그리고 우리의 의도가 성공해서 괌에서 돌아온 오시타 아키라가 문제의 녹음 테이프를 경찰에 신고한다면 어떤 형태로든 그들은 조사를 받게 될 것이다.

거기에 경찰 외에 협박자 한 명을 만들어서 그들을 두려움에 몰아넣기로 했다.

그들 중 한 명을 이용해서.

진상을 들키면 안 되는 것은 경찰만이 아니었다. 일곱 명 중 누구에게도 들켜서는 안 되는 것이다. 한 사람 한 사람이 자신이, 자신만이 진범이라고 믿어 의심치 않게 만들어야 한다.

"조심해야 할 사람은 하마노 한 명뿐이에요. 다른 여섯 명은 괜찮아요. 바보 같은 자들이고 실제의 나를 알지 못하니까요. 하지만 하마노만은 나에 대해 알아챘는지도 모르겠어요. 그 남자 앞에서 내가 한 차례 눈물을 보인 적이 있거든요."

8월에 계획을 재점검할 때 레이코가 말했던 대로 나의 후배 의사 하마노 야스히코는 레이코의 죽음이 실은 자살이고 이 엄청난 연극에 내가 협력하고 있다는 것을 간파할 정도의 두뇌와 냉철함을 가진 자였다. 하마노가 진상에 접근하지 못하게 하려면 어떻게든 나를 신뢰하게 해야 했다. 그러기 위해 나 자신이 우선 그를 완전히 신뢰하는 척하면서 협박자 역할을 그에게 부탁하기로 했다. 자신이 진범이라는 양심의 가책 때문에 하마노는 반드시 그 역할을 맡아줄 터였다. 또한 그 역할이 제 범죄에 방패막이가 되기도 하므로 순순히 내 부탁을 실행에 옮겨줄 터였다. 우리는 거기까지 계산하고 있었다.

내가 체포되어 발이 묶인 동안에 다른 한 명의 협박자가 움직여주면 여섯 명의 범인들을 충분히 두려움에 떨게 할 수 있다. 범인들은 오로지 나라는 존재만을 두려워할 터였다. 왜냐하면 나만이 나 이외에 범인이 있다는 것을 알기 때문이다. 하지만 거기에 또 한 사람, 진상을 아는 듯한 인물이 나타난 것이다. 하마노의 전화 한 통이 그들을 더욱더 죄책감의 궁지로 몰아넣는다는 건 분명했다.

하지만 하마노에게 그 역할을 부탁하기로 결정한 것은 단지 그것만이 목적이 아니었다.

누구보다 하마노 자신을 난처하게 만들고 고통 속에 빠뜨리려는 것이었다.

하마노는 계산속 빠르고 교활한 면이 있어서 자신을 완전히 신뢰하는 나를 내심 비웃었겠지만, 반면에 스스로 깨닫는 것 이상으로 소심하고 신경질적인 인물이다. 그 기묘한 역할은 그의 신경을 닳아빠지게 하고 결국 파탄의 단초가 될 것이다. 아마도 일곱 명의 살인자 중에서 가장 죄책감에 시달리는 것도, 또한 가장 냉철하게 계산해 그 죄에서 도망치려는 것도 하마노일 것이다. 모순된 두 가지 성격 사이에 생겨나는 균열이 어려운 역할을 떠맡는 것으로 아예 위태롭게 깨져버릴 가능성이 있었다.

물론 그 가능성에만 기댄 것은 아니다. 어느 시점엔가 하마노를 경찰에 넘길 생각이었다. 다른 여섯 명과 마찬가지로 범인으로서가 아니라 어디까지나 의혹이 있는 인물로서. 오 년 전에 레이코의 얼굴을 뭉개버린 것도, 뉴욕에 데려가 성형수술을 받게 해준 것도 하마노라는 건 간단한 조사만으로도 알려질 테니까 경찰은 그에게서 의혹의 시선을 거두지 않을 것이다. 하지만 경찰이 흑백을 결정하게 해서는 안 된다. 어디까지나 다른 여섯 명과 똑같이 하마노에게 향하는 의혹도 계속 회색으로 유지해야 한다. 경찰이 일곱 명 중 누군가 한 사람이라도 범인으로 단정하면 다른 여섯 명은 안도하게 되고, 자기 이외에도 범인이 있다는 사실에 우리가 꾸며낸 조작이라는 걸 눈치챌 위험성이 있었다.

그리고 그들의 용의를 회색으로 유지하려면 무엇보다 나 자신의 용의 또한 회색으로 남겨두지 않으면 안 된다. 앞뒤가 맞아떨어지는 스토리로 무죄를 주장하면서도 어떤 점에서는 수상한 언동도 남겨서 경찰에서 역시 가장 유력한 용의자로 여기게 해야 한다. 다만 완전히 범인으로 생각해서도 안 된다. 무죄 가능성을 형사들의 머릿속에 심어서 다른 일곱 명에게도 의혹을 품게 해야 한다.

레이코가 실제로 잘 될지 걱정했던 것이 그 점이었다.

"내가 당신까지 엉망으로 망쳐버렸네요."

레이코는 마지막 순간에 그렇게 말했다.

나는 범인으로 몰려 재판에 부쳐질 가능성이 크다. 그들 일곱 명에게 의혹의 시선을 던진다고 해도 경찰에서는 그들이 범인이라는 증거를 찾아낼 수 없다. 왜냐하면 피해자인 레이코 자신이 완전범죄를 할 수 있게 도와줬기 때문이다. 그들이 맨션에 찾아올 때마다 문은 레이코가 직접 여닫았고, 아무것도 손대지 않게 곧장 소파로 안내해 지문 흔적을 남기지 않도록 주의했다. 범행 후에 그들이 뒤처리를 깜빡 잊은 것이 있을 때는 자기 손으로 처리해줄 예정이었다.

그런데 나한테는 유력한 증거가 있었다. 유능한 변호사를 쓴다면 그런 증거만으로는 처벌하기에 불충분하다는 주장으로 무죄를 얻어낼지도 모른다. 그럴 경우에는 자유의 몸이 되어 경찰과는 별도로 그 일곱 명을 내가 직접 몰아붙일 수 있다. 만일 유죄가 되더라도 2심 3심으로 항소를 계속하면 최종 판결이 나올 때까지 상당한 시일이 소요된다. 경찰은 사건 수사를 포기할지도 모르지만, 그 동안에 나는 무죄를 주장하며 변호사를 통해 그들 일곱 명을 찾아내 꽉 막힌 감옥 안에서라도 자유로운 세상에 사는 일곱 명을 죄책감의 감옥에 가둬둘 생각이었다. 나는 레이코와 일곱 명의 관계를 샅샅이 알고 있는 것이다. 부자연스럽지 않을 만큼만 그런 일들을 조금씩 흘려주면 경찰을 대신해 변호사가 그들에게 접근할 수 있다. 어느 쪽이 됐건 나에게는 유능한 변호사가 필요할 것이다. 그러기 위해서는 큰돈이 필요했지만 아내와 이혼할 때 거의 대부분의 재산을 잃고 말았다. 레이코가 약혼 파기의 위자료로 내게 2천만 엔을 지불해준 것은 실제로는 유능한 변호사를 고용하기 위한 자금을 내 통장에 넣어두기 위한 구실에 지나지 않았다.

"내가 선택한 파멸이야. 당신의 경우와는 달라."

나는 그렇게 대답했다. 레이코는 얼굴을 들어 우두커니 서 있는 나를 가만히 바라보았다. 가엾어하는 눈빛이었다. 아마도 내가 마흔다섯 살 나이의 추레한 남자였기 때문이리라. 레이코는 나를 단지 두 종류의 시선으로만 바라보았다. 존경과 동정. 언제든 내가 아니라 내 나이를 바라본 것이다. 자정에는 마지막 살인자가 찾아온다. 십 분 전까지는 맨션을 떠나야 했다. 우리에게는 칠 분밖에 남아 있지 않았다.

"내가 만일 일 년만 더 살 수 있었다면 분명 당신을 사랑했을 텐데."

레이코는 나지막하게 중얼거렸다. 지금까지 그녀가 했던 말 중에서 가장 무의미한 말이었기 때문에 나는 아무 대답도 하지 않았다. 레이코는 외로운 것처럼 보였다. 하지만 그건 불행하기 때문이 아니라 너무도 행복해서 잉여를 슬픔으로 채우지 않으면 감정의 균형이 잡히지 않는 듯한 것이었다. 등 뒤에서 비친 스탠드의 연한 불빛에 그녀의 머리카락이 올올이 반짝거렸다. 나는 손을 그녀의 머리에 얹었다. 다시 한 번만 레이코를 품에 안고 싶었다. 거부하지 않으리라는 건 알고 있었지만 결국 손끝으로 잠시 머리칼을 빗어 내렸을 뿐, 그 손을 거둬들였다. 그리고 공범답게 지나칠 만큼 냉철한 목소리로 말했다.

"실패할 경우에는 지난번 그 얘기대로, 알고 있지?"

우리의 계획은 너무도 큰 도박이었기 때문에 실패했을 경우도 생각해두지 않으면 안 되었다. 만에 하나 실패했을 때는 사건의 진상을 낱낱이 경찰에 밝힐 예정이었다. 그들은 어찌 됐든 심리적으로는 살인을 저지른 것이다. 그것과 함께 레이코가 협박 소재로 쥐고 있는 온갖 비밀이 세상에 알려지면 그들의 인생에 상당한 타격을 안길 수 있다. 그렇게 해두고 자유로운 몸이 된 다음에 기회를 노려 그들 모두를 살해할 작정이었다.

"내가 죽여줄게, 여차하면 그들을 모두를. 나는 이제 어떤 오명도 두렵지 않아."

레이코가 쓸쓸한 듯 입을 다물 때마다 나는 자장가처럼 그렇게 들려주었다. 그러면 레이코는 매번 고개를 저었다.

"죽음은 그들에게 가장 편한 길이에요. 그건 도저히 어떻게도 할 수 없을 때의 마지막 수단이에요."

그때도 나는 손목시계로 시각을 확인하며 "여차하면 다 죽이면 돼"라고 말했다. 말을 하면서도 나 아닌 다른 사람이 한 말처럼 느껴졌다. 항상 그렇다. 지극히 평범하고 따분한 인간이었기 때문에 죽인다든지 복수라든지 하는 말은 골루아즈 담배 냄새와 똑같이 나한테는 전혀 어울리지 않았다. 레이코는 역시 고개를 저으며 그건 최후의 수단으로 남겨둬야 한다고 말했다.

다시 한번 시계를 보며 눈짓만으로 이제는 가봐야 한다고 알렸다. 레이코는 고개를 끄덕였고 그러고는 입을 열어 뭔가 말하려고 했다. 하지만 더 이상 아무 말도 듣고 싶지 않아서 나는 "한 시간 뒤에 전화할게"라고 전하고 단호하게 등을 돌렸다. 순간, 하고 싶은 말을 입 모양으로만 남긴 채 정지해버린 레이코의 얼굴은 비할 데 없이 아름다웠다. 결국 레이코는 아무 말도 하지 않았다. 나는 이 초 만에 침실을 나왔고 오 초 만에 현관을 나서서 일 분 후에는 맨션 뒤편에 주차해둔 차를 타고 출발했다.

큰길로 나가는 모퉁이에서 차 유리창 너머로 일곱 번째 방문자가 레이코의 맨션 쪽으로 걸어가는 것을 보았다. 코트 깃에 가려져 얼굴은 확실하게 보이지 않았지만 이미 죄의 십자가를 짊어진 것처럼 웅크린 그 어깨와 무거운 걸음걸이로 금세 알아보았다. 뿌연 가로등 불빛을 받은 인도 한쪽을 그림자는 인간의 형태가 무너진 이상한 무늬를 그리며 기어가듯이 지나갔다. 그 그림자는 한 시간 반 뒤에는 내가 사랑하는 여자의 생명을 삼켜버리겠지만 그 모든 게 내게는 차 유리창 너머의 현실감 없는 사건이었다. 다만 그림자를 보며 저 인물도 분명 두 개의 잔을 바꿔치기할 거라고 확신했을 뿐이다. 백미러 안에서 멀어져가는 뒷모습을 지켜보며 나는 차를 몰았다. 내 것이라고 생각되지 않는 힘으로 핸들을 꺾어 차는 급커브를 그리며 컴컴한 밤의 큰길로 달려 나갔다.

한 시간 뒤, 자택에서 레이코의 맨션에 전화를 걸어 마지막 연극을 했다. 수화기를 내려놓자마자 다시 손목시계를 귀에 바짝 댔다. 초침 소리가 어느 때보다 더 크게 빈 동굴 같은 몸속에 울렸다. 하라주쿠의 고급 맨션에서 이틀 밤에 걸쳐 연주된 변주곡이 마침내 절정을 맞이하는 것이다. 나는 그 연주를 몇 킬로미터나 떨어진 자택 소파에 몸을 기대고 한없이 똑딱거리는 단조로운 초침 소리를 통해 듣고 있었다.

새벽 1시 반에 다시 집을 나와 2시에 레이코의 맨션에 도착했다. 조심스럽게 열쇠로 문을 열고 이름을 불러봤지만 대답은 없었다. 긴 정적이 레이코의 죽음과 변주곡이 끝났음을 알려주었다. 침실에서 사체를 발견했을 때도 슬픔의 감정은 없었다. 시간이 별로 없어, 라고 마음속으로 되뇌며 최대한 신속하게 움직였다. 레이코의 사체 대신 옷장 속의 또 다른 여자의 사체를 침대에 옮겨놓고, 레이코가 한 번의 살인극이 끝날 때마다 주방 한쪽에 치워둔 유리 파편이며 열대어 사체를 봉투에 쓸어 담았다. 여섯 개 분량의 유리 파편과 여섯 마리 분량의 열대어 사체는 그곳에서 똑같은 살인극이 일곱 번 되풀이되었다는 증거였다. 그 봉투를 가장 큰 증거인 레이코의 사체와 함께 떠메고 비상계단을 내려와 차에 실었다.

가짜 레이코의 사체를 가사도우미 오타 미치코가 발견하도록 한 것은 레이코의 사체는 위에 종양이 있어서 부검하게 되면 살해되지 않았더라도 어차피 죽을 운명이었다는 게 밝혀지기 때문이다. 그런 사실이 알려지면 일곱 명의 살인범은 죄책감

18장 공범

이 희박해지고 레이코의 죽음이 실은 자살이기도 했다는 것을 들킬 위험성도 커진다. 2월 말에 복수 계획의 윤곽이 거의 잡혔을 때부터 레이코는 무엇보다 누구에게도 자신이 시한부 인생이라는 것을 들키지 않도록 조심해왔다. 2월 말에 두 번째로 피를 토하는 것을 가사도우미에게 들켰을 때도 순간적인 기지를 발휘해 핏속에 과도를 떨어뜨려 마침 집에 와 있던 이시가미 요시코를 그 칼로 찌른 것처럼 위장했다. 레이코와 나 이외에 그녀가 불치병이라는 것을 아는 사람은 이시가미 요시코뿐이었다. 하지만 그 여자는 돈만 쥐여주면 침묵을 지키는 인간이고, 마지막에는 죽일 생각이었기 때문에 상관없었다.

이시가미 요시코의 사체는 위의 종양을 제외하고는 얼굴의 성형 흔적도 가슴의 문신도 거의 완벽하게 진짜 레이코와 일치했기 때문에 사체를 바꾼 것을 경찰이 알아볼 우려는 없었다.

심야의 고속도로로 차를 몰아 어느 산속 깊은 곳에 레이코의 사체를 묻었다(그 장소를 여기에 밝힐 수는 없다. 차가운 흙속에서 조용히 잠들고 싶다는 게 레이코의 바람인 것이다. 그 약속만은 지키지 않으면 안 된다). 그전에 이미 현지에 가서 땅을 파두었기 때문에 매장 작업은 간단히 끝나고 날이 밝을 무렵에는 다시 도쿄에 돌아왔다. 지칠 대로 지쳐 침대에 무너지듯이 쓰러졌을 때, 마침내 귀에서 초침 소리가 사라졌다. 희부연 새벽빛을 가로막은 커튼 덕분에 방 안에는 아직 어둠이 고여 있었다. 피로가 머리를 마비시켜 아무 생각도 할 수 없었다. 마음은 무척 고요해서 어쩌면 지금이 내 인생에서 가장 행복한 순간인지도 모른다고 생각했다.

나는 산속 깊은 땅속에 레이코를 매장하고 가슴속 깊은 어둠 속에 그녀와의 추억을 매장한 것이었다. 다만 눈을 감으려다가 마지막 헤어지는 참에 레이코가 입을 열려고 했던 것이 생각나 무슨 말을 하려고 했는지를 상상해보았다. 아마도 "고마워요"라는 말을 하려고 했던 것이리라. 그걸 잘 알기 때문에 가로막았던 것이다. 레이코는 내게 감사 인사 따위는 할 필요가 없다. 모두 내가 원해서 한 일일 뿐이다.

눈을 감자 깊은 어둠이 떨어져 내렸다. 제1막은 변주곡을 완벽하게 연주하고 드디어 막을 내렸다. 11월 30일에 가사도우미 오타 미치코가 레이코의 침실에서 비명을 지를 때까지 십오 일의 휴식 시간이 있었다. 사체 발견까지 십오 일 동안을 비워둔 것은 사망일시를 정확히 알아낼 수 없도록 하기 위해서, 그리고 내가 13일과 14일 중 어느 날에 레이코의 맨션에 갔는지 기억이 애매하다고 둘러대도 그리 부자연스럽지 않도록 하기 위해서였다. 무엇보다 제1막에서 기운을 다 써버린 나에게는 그만큼의 휴식 시간이 필요했다. 오타 미치코의 비명과 함께 시작되는 제2막에서 나는 혼자서 좀 더 중요한 역할을 연기하지 않으면 안 된다. 어둠의 간주곡에 젖어 들어 십오 일 동안 푹 잠들고 싶었다.

설마 제2막의 시작과 동시에 예상치 못한 사건이 일어나 오랫동안 준비해 온 우리의 복수극을 망쳐버릴 줄은 생각도 못했다.

여기까지 읽었다면 어떤 일이 우리의 계획을 망쳤는지 짐작할 수 있을 것이다. 사체가 발견되고 내가 체포된 것도, 체포되기 직전에 하마노에게 협박자 역할을 맡긴 것도, 하마노가 다른 살인자들에게 최초의 불안을 안겨준 것도, 모두 계획대로 순조롭게 흘러갔다. 이어서 밀고 편지가 경찰에 도착할 즈음을 노려 나는 범인이 아니고 단지 자살을 위해 독약을 소지하고 레이코의 맨션에 갔을 뿐이라고 호소했다. 그 일만 일어나지 않았다면 경찰은 밀고 편지와 내 진술 등을 토대로 약간은 그들 여섯 명에게도 의혹을 품고 그들에게 두 번째 불안을 떠안겼을 것이다. 자살을 위해 독약을 소지했다는 내 주장을 완전히 부정할 수는 없기 때문에 경찰에서는 나에 대한 혐의에 무죄 가능성도 넣어두게 될 터였다. 그런데 사건이 발각되고 제2막이 시작된 지 겨우 삼 일 만에 하마노의 전화가 방아쇠가 되어 사와모리 에이지로가 자살을 해버렸다. 유서에 레이코를 살해한 경위를 상세하게 남기고….

"사와모리가 미오리 레이코를 죽였다고 고백하고 자살했어요."

형사에게서 그 말을 들었을 때는 솔직히 크게 당황했다. 제2막의 첫머리에 연기할 대사를 수없이 곱씹으며 머릿속에 입력해두었는데 상대 배우의 입에서 예상도 못 한 말이 튀어나오는 바람에 그다음 대사를 모조리 까먹고 무대 위에서 어쩔 줄 모르는 서툰 배우 같은 꼴이었다.

"그 사람들, 그리 간단히 자살 안 해요. 소심한 자들이고 죄의식에는 시달리겠지만 어떻게든 살아남을 방법을 강구할 걸요. 자살한다고 해도 자신이 살인을 범했다고 고백하는 일은 절대 없어요."

338

레이코는 그렇게 말했고 2막의 각본은 전체적으로 그 말을 바탕으로 짜였다.

순간적으로 그 유서를 부정하는 말을 내뱉고 말았다. 하지만 내 입장이 미묘해서 오히려 누군가 살인을 자백하고 죽었다면 기뻐하는 게 자연스러웠다. 게다가 당연한 일이지만, 사와모리의 유서의 고백은 내 주장과 완전히 일치했다. 내가 보인 뜻밖의 태도에 형사가 의아해한다는 것을 알고 나는 얼른 유서를 긍정하는 척했지만 마음속 동요는 좀체 가라앉지 않았다. 복수 계획은 크게 틀어져 수정조차 불가능한 것처럼 보였다. 왜냐하면 범인 중 한 명이 죽음을 통해 구원을 얻는 바람에 다른 여섯 명은 마음 편히 살 수 있게 된 것이다. 경찰에서는 사와모리를 범인으로 단정하고 수사를 중단할 게 틀림없었다. 사건은 해결되고 경찰이 더는 움직이지 않아서 다른 범인들을 두려움에 떨게 할 일도 없게 된다. 사와모리가 자멸해준 것은 괜찮지만, 한 사람의 자멸이 나머지 여섯 명을 구해주면서 그들은 안도할 것이고 레이코의 죽음은 개죽음이 되고 만다.

그리고 그보다 훨씬 더 큰 문제가 있었다. 우리의 계획으로는 그들이 각자 자기만 진범이라고 굳게 믿을 필요가 있었다. 그런데 또 한 명의 진범이 나타나는 바람에 나머지 여섯 명의 누군가는 이상한 의혹을 품을 우려가 있었다.

한 가지 다행스러운 점이라면 내가 석방된다는 것이었다. 석방되면 크게 틀어진 계획을 어떻게 수정해야 할지 찬찬히 생각해볼 시간이 확보된다. 그렇게 생각하면서도 그날 또 하룻밤을 갇혀 있게 된 유치장의 어둠 속에서 실패나 파국 같은 불길한 단어가 자꾸만 떠오르는 건 어쩔 수 없었다.

　사와모리가 사업상으로도 파산 직전이었다는 점을 레이코가 알지 못했던 것은 어쩔 수 없으리라. 하지만 사와모리의 성격을 미리 꿰뚫어 보지 못한 건 치명적이었다. 내 나이대의 시선으로 보면 아직도 유치한 데가 있는 레이코는 평소에 강하게 나오는 자일수록 밑바닥까지 추락했을 때 더 무르고 약하다는 것을 알 리가 없었다. 어떤 악인이라도 죽음을 마주하면 지금의 나처럼 자신의 죄를 고백하고 싶은 충동에 휩싸인다는 것도 알지 못하는 나이였다.

　복수 계획은 그들 일곱 명의 성격을 바탕으로 세워진 것이라서 그 토대에 오류가 있다면 모래 위에 쌓아 올린 성에 지나지 않는다. 나는 모래성이 무너져가는 것을 말없이 지켜볼 수밖에 없는지도 모른다고 생각했다. 왜냐하면 하마노 이외의 다른 여섯 명은 만나본 적조차 없는 것이다. 그들의 성격에 대해서는 레이코가 들려준 말만 믿었지만, 그녀의 말대로 과연 하나같이 소심하고 못나서 제 몸을 지키는 것에만 급급한 에고이스트일 뿐일까. 사와모리의 너무도 빠른 자살이 내게 안겨준 가장 큰 타격은 바로 그것이었다. 나는 그들의 성격을 완전히 놓쳐버린 채 계획을 수정하지도 못할 것이라는 예감에 유치장의 어둠보다 더 깊은 혼돈에 빠져버렸다. 그리고 이미 그 시점에 석방되면 내 손으로 모조리 죽이는 수밖에 없다고 마음먹었다.

　그래도 희미하게나마 파악할 수 있었던 것은 단 하나, 하마노가 사와모리의 자살에 어떤 반응을 보이느냐는 것이었다. 영악한 자라서 반드시 사와모리의 죽음을 계기로 레이코의 살인에는 범인인 자신도 알지 못하는 큰 함정이 숨겨져 있다는 의문을 품을 터였다. 아니, 사와모리의 자살 이전에 이미 눈치챈 것은 아닐까. 하마노에게 협박자 역할을 맡긴 뒤에 나는 레이코가 잔인한 미소를 지으며 했던 말을 그대로 믿었다.

"걱정할 거 없어요. 자신에게 불리한 것은 시치미를 뚝 떼는 데 선수들이에요. 증거도 없는데 그리 간단히 협박에 응하겠어요? 다만 그런 협박자가 나타나면 그들은 겉으로는 아무렇지도 않은 척하면서 마음속으로는 벌벌 떨 거예요. 목적은 그거예요. 그들의 신경을 조금씩 갉아 먹을 수 있잖아요. 아니, 누구보다 협박자인 하마노의 신경을 갉아 먹겠죠."

하지만 실제로는 갑작스러운 협박자의 전화에 완전히 평정심을 잃고 제 잘못을 불어버린 자가 있었던 건 아닐까. 만일 그랬다면 하마노는 범인은 자신인데 왜 그들까지 겁에 질려 있는지 의아하게 생각할 게 틀림없다. 하마노에게 의혹의 씨앗을 심어주게 되는 것이다.

그나마 한 가지 다행인 게 있었다. 하마노가 사와모리의 유서의 상세한 내용까지는 알지 못한다면 단지 신경증 때문에 레이코를 죽였다는 망상을 품었다고 생각할 것이다. 그 가능성에 매달리며 나는 혼란 속에서도 복수 계획을 다시 한번 궤도에 올리기 위해 사와모리의 유서를 어떻게든 무효로 만들 방법을 찾아보려고 고심했다. 사와모리의 고백이 무의미해지면 경찰의 시선은 다시 나와 그들에게로 향하게 되는 것이다.

하지만 그 방법을 찾지 못한 상태에서 다음 날 신문, 즉 어제 신문에 사와모리의 유서 내용이 그대로 공개되면서 일루의 희망마저 사라졌다. 게다가 석방되고 가장 먼저 만난 하마노는 내가 예상했던 것보다 훨씬 더 진상에 바짝 다가서 있었다. 내 앞에서는 태연한 얼굴이었다. 다름 아닌 내가 그를 살인범으로 만들어낸 장본인이라는 것까지는 미처 알지 못하는 눈치였다. 하지만 헤어지는 참에 떨어뜨린 쪽지에 가와구치 시의 기숙사 이름이 적혀 있었던 것을 보면 진상의 단초를 잡았다는 건 틀림없었다. 그 기숙사에 찾아가 물어본다면 미오리 레이코의 전신前身이 이시가미 요시코도 아니고 뉴욕의 병원에서 의사에게 보여준 그림의 얼굴도 아니라는 것을 알게 된다. 아니, 이미 알고 있는지도 모른다.

어젯밤에 하마노를 미행해 그가 다카기 후미코의 집 현관 앞에서 벨을 누르는 것을 나는 옆집 돌담 뒤에 몸을 숨긴 채 지켜보았다. 그러는 동안 어떻게도 할 수 없는 불안과 초조감에 휩싸였다. 그가 다카기 후미코를 찾아간 것은 그녀 역시 살인범 중 한 명이라는 걸 확인하기 위한 게 아닐까. 분명 그날 밤의 사건이 조작된 함정에 지나지 않는다고 눈치챈 것이다….

겨울바람이 어두운 칼날처럼 내 가슴을 그었다. 아예 저 집에 따라 들어가 둘 다 죽여버릴까, 라고 생각했다. 하지만 하마노는 한 차례 벨을 누르고는 마음이 바뀌었는지 곧바로 자리를 떠났다. 밤과 짙은 색의 외투로 이중의 어둠을 걸친 듯한 그의 등짝이 충분히 멀어지기를 기다려 이번에는 내 손으로 그 집의 벨을 눌렀다. 죽이기로 확실하게 결심했던 것은 아니었다. 범인들 중 한 명이 사와모리의 유서에 어떤 반응을 보이는지, 그 정도만 확인하고 돌아올 작정이었다. 하지만 문이 열리고 다카기 후미코가 고뇌에 찬 얼굴을 내밀었을 때, 나는 그 여자를 살해하기로 마음먹었다. 내 이름과 얼굴을 알고 있을 텐데도 울고 있었는지 붉은 금이 죽죽 그어진 눈은 그저 멍하기만 했다. 문 앞에 서 있는 사람이 그날 밤 자신이 레이코 살해의 누명을 덮어씌우려고 했던 남자라는 것도 모르는 것 같았다.

다카기 후미코는 입술을 파르르 떨며 뭔가 중얼거렸다. 혀가 굳은 듯한 소리여서 잘 알아들을 수 없었지만 "도와줘"라고 말하는 것 같았다. 나는 고개를 끄덕이면서 마음속으로 중얼거렸다.

'그래, 사와모리의 유서를 무효로 만들고 경찰의 시선을 다시 이 범인들에게 향하게 할 방법이 한 가지가 있었어…'

이 여자가 사와모리와 똑같이 레이코를 살해했다고 고백하는 편지를 남기고 죽는다면 경찰은 사와모리의 유서만 믿고 있을 수 없게 된다. 전날 사와모리의 자살 소식을 들었을 때 느꼈던 충격과 혼란이 아직 거친 여파로 출렁이는 가운데 나는 오로지 경찰의 시선을 다시 이 사건으로 끌고 와야 한다는 것 외에는 아무 생각도 할 수 없었다. 절망이 인간다운 표정을 모조리 앗아가고 마치 금이 간 도자기처럼 금세라도 부서져 버릴 듯한 다카기 후미코의 얼굴을 본 순간, 나는 오늘 밤이야말로 큰 기회라고 느꼈다.

구두를 벗을 때 바지의 접힌 부분에 넣어둔 청산가리를 꺼냈고 삼십 분 뒤에는 단지 정적만 남은 그 집에서 나오기 위해 구두를 신었다. 현관문을 닫으면서 내가 대체 몇 명이나 죽인 것인가, 하고 생각했다. 이시가미 요시코, 다카기 후미코, 그리고 사지로 몰아넣었다는 점에서는 사와모리도 죽인 것이나 다름없었다. 그런 생각을 더듬으며 현장에서 충분히 벗어난 곳까지 걸어나와 택시를 잡아탔다.

다카기 후미코까지 레이코 살인을 고백하고 자살한 것을 알면 경찰에서는 다시 이 사건에 주목하리라. 하지만 그건 경찰을 사건의 진상에 한 걸음 다가가게 하는 일이기도 했다. 나는 또다시 너무도 위험한 도박에 나섰다. 그리고 이번에도 도박에 질 것이라고 마치 남의 일처럼 생각했다. 이미 택시에 탄 뒤에야 청산가리를 사용한 게 큰 실수였다는 것을 깨달았다. 경찰은 이 사건뿐만 아니라 나까지도 다시 주목할 터였다. 그렇게 되면 엄격한 감시를 받아 행동 범위가 지극히 제한된다. 어처구니없이 틀어져 버린 계획의 제2막을 다시 진행하기가 더욱더 어려워진다. 아니, 아니다….

나는 정말로 계획의 복원을 위해 다카기 후미코를 살해한 것인가. 다카기 후미코가 현관 문틈으로 고뇌에 찬 얼굴을 내밀었을 때, 돌연한 고통처럼 내게 덮쳐들어 온몸을 부르르 떨게 한 살의는 정말로 그 이유 때문이었는가…. 선뜻 답할 수 없었다. 내가 알았던 것은 단지 택시 안에서 매우 깊은 평안을 느꼈다는 것뿐이었다. 차창 너머로 밤이 흘러가고 거리는 잠들었고 나는 잔인한 살인자였다. 그리고 그것에 나 스스로 설명할 수 없는 충족감을 느끼고 있었다. 운전기사가 "손님, 왜 그렇게 웃고 계세요?"라고 물었을 때, 나는 "글쎄요, 뭘까요"라고 혼잣말처럼 중얼거렸다. 운전기사의 말을 듣고서야 비로소 내가 소리 내어 웃었다는 것을 알았다.

그때 설명할 수 없었던 것을 하마노와 마가키 기미코까지 다시 두 명을 살해한 지금은 알고 있다. 계획을 짜던 무렵, 나는 자주 말하곤 했다.

"아예 내 손으로 일곱 명을 죽이는 게 빠르겠어."

그때마다 레이코는 고개를 저었다.

"아니, 직접 손을 대는 건 이시가미 요시코 한 명이면 충분해요."

그래서 또다시 "알았어"라고 대답할 수밖에 없었다. 하지만 마음속으로는 레이코가 그 일곱 명을 죽이라고 지시해주기를 내내 기다렸다.

8월의 내 생일날 밤, 촛불 너머에서 레이코는 "난 이제 파멸이에요"라고 중얼거렸다. 그녀가 파멸이라는 단어와는 너무도 거리가 먼 아름다운 미소를 지은 그 순간부터 나의 파멸이야말로 레이코에 대한 사랑이라고 생각했다. 딸 같은 나이의 여자를 사랑한 순간부터 마흔다섯 살의 아무런 장점도 없는 남자는 노예가 되지 않을 수 없었다. 그리고 노예에게 허락된 사랑의 방식이 있다고 한다면 그건 주인을 위해 어떤 죄라도 감행해 스스로를 파멸에 몰아넣는 것뿐이었다. 어이없게도 그녀가 원하지 않는 것이더라도.

살인을 저지르는 것으로, 죄에 죄를 거듭하는 것으로, 극악인이 되는 것으로, 나는 그 일곱 명보다 나 자신을 파멸시키고 싶었다. 레이코가 파멸한다면 그 파멸에 동행하는 것이 나의 사랑이었다. 아니, 레이코보다 훨씬 더 큰 파멸을 맞이하는 것만이 나와 레이코 사이에 영원의 거리로 벌어진 애정의 격차를 메울 수 있는 유일한 방법이었다.

하마노를 죽인 것도, 마가키 기미코를 죽인 것도, 앞으로 남은 세 명을 죽이려고 하는 것도 지금 생각해보면 바로 그런 이유 때문이다. 하지만 어젯밤 호텔로 돌아온 시점에는 어디까지나 계획의 궤도를 수정하기 위한 것이라고 생각했다. 뒷문으로 호텔에 들어와 내 방으로 이어진 계단을 한 단 한 단 올라가면서 나는 하마노에 대해 생각했다.

밀고 편지의 여섯 명 중 두 명이 똑같은 유서를 남기고 자살한 것은 도리어 경찰에 진상의 열쇠를 내주는 꼴이지만, 경찰 쪽보다 더 염려되는 건 하마노였다. 경찰은 이제 범인이 두 명이라고 생각하겠지만, 하마노는 자신까지 포함해 범인이 세 명이라는 걸 알게 된다. 마가키 기미코도 이케지마 리사도 기타가와 준도 이나키 요헤이도 그건 마찬가지다. 하지만 하마노의 존재가 역시 머릿속에 가장 큰 그림자를 드리웠다.

방에 들어가 뒷손으로 문을 닫으면서 내일 가와구치 시의 기숙사에 가보자고 마음먹었다. 그곳에 찾아가 하마노가 레이코의 과거에 대해 뭘 알아보려고 했는지, 실제로 얼마나 진상에 다가갔는지 파악하지 않으면 안 된다. 하마노의 존재가 다른 누구보다 두렵게 느껴졌다. 그런데도 곧장 욕실로 들어가 거울을 봤을 때 그곳에 비친 마흔다섯 살의 지칠 대로 지쳐 얼굴이 흙빛이 된 남자가 어째서 안도하는 듯한 미소를 짓고 있는지 알 수 없었다. 다음 순간, 구역질이 덮쳤다. 이삼일을 거의 제대로 먹은 게 없었기 때문에 입에서 나온 건 황갈색 즙뿐이었다. 그 탁한 색깔이 세면대 구멍으로 빨려 들어가는 것을 응시하며 나는 세이에

이 기숙사에 가본 결과에 따라서는 하마노를 죽이지 않으면 안 되리라고 마음먹었다.

"속아 넘어간 쪽은 저였습니까…."

바로 세 시간 전에 내 입에서 사건의 진상을 모두 들은 하마노는 그렇게 말했다. 우리는 서로의 목숨까지도 배신한 관계였지만, 그의 말투는 처음 나를 만났을 때처럼 지나치게 공손하고 순종하는 성실함 그대로였다. 그 말이 질문인지 혼잣말인지는 알 수 없었지만 나는 고개를 끄덕이며 "그렇다"라고 답했다. 그리고 더는 서로 얘기할 것도 없어서 조용히 마주하고 있었다. 빗소리가 들렸다. 그 소리가 심장의 두근거림에 완전히 녹아든 초침 소리를 어긋나게 할 것 같아 나는 조금 초조해져서 시선을 하마노의 등 뒤 침대로 향했다.

그 침대에서 레이코는 하마노와 사랑을 나누었다. 레이코는 정말로 하마노를 사랑했었다. 그래서 용서할 수 없었던 것이다. 나도 하마노를 만난 첫 순간부터 마음에 들었다. 십 년이 지나 우리 두 사람은 적으로서 그의 오피스텔 갈색 침대 옆에 서 있었다. 다시금 시선을 하마노의 얼굴로 되돌렸을 때, 사죄할 마음이었는지 십 년 전과 마찬가지로 공손히 머리를 숙였기 때문에 삼십 초쯤 기다렸다가 죽이자고 결심했다. 하지만 그런 순간에조차 나는 나 자신을 닮은 그가 마음에 들었다. 삼십 초 사이에 나는 그가 아직 사건의 진상을 알지 못했을 때, 아직 자신이 살인범인 줄로만 알고 있을 때에 죽였더라면 좋았다고 생각했다. 레이코를 죽인 죄책감이 마지막 순간에 죽음의 공포를 조금이나마 누그러뜨렸을 것이기 때문이다.

그리고 이제 십 초, 라고 나 자신에게 확인하면서, 지금 침묵을 깬다면 이 악몽 같은 일이 모조리 현실이 될 것 같다고 말하는 듯한, 겁에 질리고 약간은 슬픈 듯한 하마노의 눈빛을 응시했다. 그리고 그를 죽이는 것은 진상이 알려졌기 때문이 아니라는 것을 그제야 겨우 깨달았다. 나는 단지 레이코에 대한 이루어질 수 없는 사랑을 죄를 거듭하는 것으로, 극악인이 되는 것으로, 지옥에 떨어지는 것으로, 조금이라도 메워보려는 것뿐이다. 내가 사랑한 여자가 이미 자신은 파멸했다고 말했을 때부터 그 여자보다 더 큰 파멸을 맞이하기를 원했던 것뿐이다. 그게 살인이라는 엄청난 죄로 내 손을 더럽힌 이유였다고 비로소 깨달았다….

정확히 삼십 초가 지났을 때 나는 말했다.

"이 방에도 큼직한 옷장이 있군."

그리고 하마노의 시선이 옷장 쪽으로 쏠린 틈을 노려 밧줄을 움켜쥔 손을 그의 목덜미에 내밀었다….

하마노를 죽이려 하면서도 내가 내민 그 손에는 악수라도 청하는 듯한, 상처 입은 동료를 위로하는 듯한 기묘한 선량함이 섞여 있다고 느꼈다. 이유는 알 수 없는 채 두 시간 뒤에 하마노의 오피스텔로 불러들인 마가키 기미코의 가슴에 나이프를 움켜쥔 손을 내밀었을 때도 똑같은 선량함을 느꼈다. 그리고 허식에 찬 세계에서 악의 휘황한 천을 짜내려 갔지만 실은 고독하고 가엾었던 사십 대 여자의 심장에 흉기를 깊숙이 박아 넣으면서 선량하게 미소 짓는 나 자신이 광인이나 살인귀라고 실감했다.

그때 만일 마가키 기미코가 내 얼굴을 볼 여유가 있었다면 미소 짓는 나를 어떻게 생각했을까. 하지만 그 여자에게 그런 여

348

유 따위는 없었다. 하마노의 사체가 눕혀져 있는 방에서 그 여자
는 다카기 후미코와 똑같이 얼굴에 깊은 절망이 새겨져 있었다.
나는 그 여자에게 사건의 진상을 밝히지 않았다. 잠시 얘기하다
가 그녀의 귀에 내 말소리 따위 들리지 않는다는 것을 알았기 때
문이다. 하마노 사체의 발치에 주저앉은 마카키 기미코는 숱이
적은 머리칼이 얼굴을 반쯤 가렸는데도 쓸어 올리지도 않고 멍
해진 한쪽 눈으로 허공만 노려보았다.

　　나는 입을 다물고 호주머니 안의 나이프를 움켜쥐며 이게
최선이라고 스스로에게 되뇌었다. 사건이 터지고 아직 이틀도
안 됐지만 이 여자도 다카기 후미코와 마찬가지로 이미 충분할
만큼 자신의 죄에 짓눌렸다. 즉 사와모리 에이지로의 자살로 우
리 계획이 틀어진 게 아니었다. 그 유서의 자백은 다카기 후미코
와 마카키 기미코, 두 범인의 머릿속을 혼란에 빠뜨리고 신경을
마모시키고 한 줄기 광명도 없는 캄캄한 암흑 속에 몰아넣었다.
레이코가 몇 년 동안 맛보았던 고통이며 슬픔을 두 사람은 단 이
틀 동안에 맛보았을 게 틀림없다. 눈앞에 주저앉은 사십 대 여자
의 고뇌로 일그러지고 절망으로 뭉개진 얼굴이 그걸 증명해주고
있었다. 그건 얼굴이라기보다 생명의 잔해였다. 오 년 전 사고로
뭉개진 한 여자의 얼굴보다 더 추하고 끔찍한 꼴이었을 것이다.
레이코도 그 얼굴을 봤다면 자신의 복수가 완벽하게 성공했다고
만족했으리라.

　　마카키 기미코뿐만이 아니다. 다카기 후미코도 사와모리
에이지로도, 그리고 하마노도…. 엽총 총구를 관자놀이에 댔을
때, 아마도 사와모리의 얼굴은 온통 지옥의 어둠으로 칠해졌을

것이다. 마가키 기미코와의 통화를 끝내고 뒤를 돌아본 하마노는 자신의 오피스텔에 내가 와 있는 것을 발견하고 놀랐다기보다 죽음의 나락에 떠밀린 것처럼 공포로 얼굴을 푸들푸들 떨며 한순간에 살이 쑥 빠져나갔다. 흙이 무너지듯 생명이 무너져 그건 더는 인간의 얼굴이 아니었다.

확실히 네 명의 범인은 그날 밤 자신이 범한 죄의 대가를 이미 받았다. 오랜 세월 기다릴 것도 없이 사건 후 겨우 십여 일 만에 그들을 이렇게까지 몰아붙였다면 우리의 계획은 예상보다 큰 성공을 거둔 셈이다….

죽은 레이코에게 변명이라도 하듯이 그렇게 나 자신을 다독이면서 마가키 기미코에게 일어서라고 지시했다. 그리고 의지 없는 인형처럼 부스스 일어선 그녀에게 흉기를 움켜쥔 잔인한 손을, 아니, 상처 입고 찢긴 날개를 나의 날개로 감싸주듯이 선량한 손을 내밀었다.

어차피 경찰은 내가 범인이라는 것을 곧 알게 되겠지만 조금이라도 시간을 벌기 위해 하마노의 사체를 욕실 천장 쇠 파이프에 매달고 발치에 피 묻은 나이프를 떨어뜨려 하마노가 기미코를 찌른 뒤에 자살한 것처럼 위장해놓고 그 오피스텔을 나왔다.

비가 점점 더 거세져서 어둠과 빗물로 도시는 금세라도 파괴될 것 같았다. 핏물 세례를 받은 몸을 코트 속에 감추고 나는 우산도 없이 그 길을 걸었다. 아직 얼얼한 통증이 남은 손은 내 의지와는 상관없이 몇 번이고 뭔가를 움켜쥐려고 했다. 손에는 두 사람을 살해하는 순간에 느꼈던 뜨거움이 아직 남아 있었다.

후려치는 차가운 비도 그것을 씻어낼 수 없었다. 그리고 살인의 마지막 순간에 왜 두 사람을 향해 갑작스럽게 선량한 손길이라고 느꼈는지, 나는 그 이유를 알고 있었다.

하마노는, 아니, 그뿐만 아니라 기미코도 나와 똑같은 부류였던 것이다. 왜냐하면 나 또한 레이코를 죽인 한 사람이기 때문이다.

딸 같은 나이의 여자에게서 유치하기 짝이 없는 어리석은 복수 계획을 들었을 때, 나는 의사다운, 어른다운 분별력으로 그 계획이 얼마나 무모하고 어리석은지 알려주고, 인간에게 가장 소중한 것은 운명이 허락하는 생명의 시간을 마지막 하루까지 살아내는 것이라고 타일렀어야 했다. 죽음을 향한 그녀의 의지를 가로막을 기회가 있었던 사람은 유일하게 나뿐이었다. 그런데도 나는 그 생일날 밤에 아무런 망설임도 없이 "알았다"라는 대답을 선택했다.

나는 어떤 변명도 할 수 없다. 마흔다섯 살의 남자가 젊은 여자를 향한 사랑에 미쳐 어처구니없는 계획에 동참하고 세 명의 인간을 살해한다는 것은 결코 일어나서는 안 될 일이었다. 그걸 굳이 저질러버린 나는 이번 사건의 일곱 명의 범인들 누구보다 큰 벌을 받아야 하리라. 자살과 타살이 뒤섞이고 피해자와 가해자가 겹쳐지는 이 기묘한 사건에서 유일하게 범인이라는 말에 값할 만한 인간이 있다고 한다면 그건 나인지도 모른다. 일곱 남녀의 살의가 미쳐 날뛰었던 11월의 그 밤보다 삼 개월이나 빠른 생일날 밤, 누구보다 먼저 레이코의 생명의 잔을 바꿔치기한 것은 바로 나였다….

어젯밤과 똑같이 나는 하마노의 오피스텔에서 충분히 벗어난 곳까지 걸어 나와 택시를 잡아타고 호텔 방으로 돌아와 이 고백의 글을 쓰기 시작했다. 그리고 지금 그것도 끝나가고 있다.

비는 여전히 유리창을 후려치고 있지만 내 귀에 들리는 것은 초침 소리뿐이다. 초침 소리는 점점 높아져 이제 새로운 변주곡을 연주하고 있었다. 제1막에서 레이코의 손끝은 일곱 명의 남녀를 가해자로 만들어내는 변주곡을 연주했다. 사와모리의 자살이라는 예상치 못한 사건으로 시작된 제2막에서 나의 서툰 손끝은 갑작스럽게 그들을 피해자로 만드는 변주곡을 치기 시작했다. 지금까지 가까스로 네 곡을 연주했다. 하지만 나머지 세 곡을 악보도 없이 내 익숙치 않은 손끝으로 무사히 연주해낼 수 있을까.

유서를 쓰고 나면 도쿄가 아직 밤과 비로 뒤덮여 있는 사이에 호텔을 나설 생각이다. 남은 세 사람을 어떻게든 경찰의 손이 뻗치기 전에 살해하는 것…. 제1막이 레이코의 죽음과 함께 막을 내린 것처럼 어긋나버린 제2막이 나의 죽음과 함께 무사히 막을 내리는 것….

지금 나는 오로지 그것만을 원하고 있다.

나의 죽음을 레이코보다, 일곱 명의 범인들보다, 더욱 완전한 파멸로 만들기 위해.

옮긴이의 말

파멸에 혼곤히 젖어 드는 미스터리

밤이 잘 어울리는 눈빛과 가녀린 몸매로 신비한 분위기를 빚어내는 세계적 스타, '동양의 진주'라고 불리던 톱 모델 미오리 레이코의 고백으로 이야기는 시작됩니다. 평범하고 소심했던 한 여자애가 어떻게 연예계에 들어왔고, 어떤 과정을 거쳐 유명해 져서 엄청난 부를 쌓아 올렸는지, 매우 흥미진진합니다. 하지만 그 과정에서 그녀는 가짜 아름다움을 얻었을 뿐, 몸은 더럽혀지 고 마음에는 깊은 상처를 입은 채 순수했던 자신을 잃어버린 것 에 대한 원한이 깊어져 간 듯합니다. 결국 누군가 자신을 살해할 수 있도록 일부러 자리를 마련한다는, 어딘가 뒤틀리고 선뜻 이 해하기 힘든 고백이 펼쳐집니다. 이윽고 바라던 대로 살해당해 죽음이라는 깊은 나락으로 떨어집니다. 그런데 미오리 레이코를 죽인 범인은 바로 나, 라고 생각하는 사람이 일곱 명이나 됩니다. 한 인간이 일곱 번 살해되는 미스터리라니, 이런 난해한 수수께 끼를 과연 풀어낼 수 있을까, 일곱 명 중에 진범은 누구일까, 추 리력이 발동합니다. 그런 독자에 맞서 각 장마다 놀라운 반전이 꼬리에 꼬리를 물고 이어집니다. 물론 곳곳에 복선도 교묘히 설 치돼 있습니다.

다른 수많은 미스터리와 마찬가지로 이 이야기에서도 살 인 사건이 일어납니다. 하지만 보통 미스터리에서 마지막 까지 감춰야 하는 것을 이 작품은 제1장에서 미리 밝힙니 다. 사건은 타살과 자살이 동시에 일어나기 때문에 가해자와 피해자의 이중주라고 해야 할지도 모르겠습니다. 그렇듯 중요한 진상의 일부가 첫 장부터 독자에게 제시됩니다. 또 한 가지, 이 이야기에는 여주인공을 죽음에 이르게 한 범인이 분명 존재하지만, 그게 등장인물 중 누구인지, 저도 알지 못합니다. 따라서 이 작품에는 '범인'의 장이 없습니다. 두 가지 룰을 깨뜨리고, 그러면서도 수수께끼가 있고 해결이 있는 미스터리를 쓸 수 있을까. 그런 난제에 도전해보고 싶었습니다. — '작가의 말'에서

1984년 후타바샤라는 출판사에서 처음 출간했는데 그 이후 신초문고, 하루키문고, 분슌문고를 거쳐 2021년에 가와테쇼보신샤에서 다섯 번째로 재출간된 소설입니다. 내로라하는 대형 출판사에서 사십 년 동안 세대를 뛰어넘어 몇 번이고 독자에게 읽히고 싶은 명작이었던 것이지요. 그래서 '불사조 미스터리', '전설의 책'이라는 별명이 붙었습니다. 그 밖에도 《암색 코미디》, 《패배의 개선凱旋》, 《황혼의 베를린》, 《유성과 놀던 무렵》 등의 작품이 젊은 독자들의 요청에 따라 2020년대에 속속 재출간되는 것을 보면 렌조 미키히코, 대단한 작가라고 할 수밖에 없습니다. 우리나라에서는 2022년에 복간된 《백광白光》이 크게 화제를 모았고, 이어서 《열린 어둠(원제: 밤이여, 쥐들을 위해)》이 많은 분의 선택을 받았습니다.

평론가들의 얘기를 종합해보면, 렌조 미키히코의 작품이 추리소설의 교과서처럼 두고두고 읽히는 이유가 짐작됩니다. 하나같이 대담하고도 독창적인 발상, 철두철미한 심리묘사, 뛰어

옮긴이의 말

난 구성, 아름다운 문장, 설득력 있는 해명, 그리고 파멸하는 인간에 대한 서술 트릭을 장점으로 꼽습니다.

나는 일곱 번 살해되었다…. 독자를 단숨에 끌어들이는, 도저히 풀리지 않을 듯한 강력한 수수께끼를 던지고, 정밀한('극사실주의'라는 평론도 있습니다) 서술을 복선으로 삼아 독자의 예상을 여지없이 뒤엎습니다. 결말에서는 모두가 고개를 끄덕일 만한 해명이 제시되기 때문에 다시 읽어볼수록 추리력을 발휘해 숨겨진 복선을 마치 깨달음처럼 찾아낼 수 있습니다. 파멸을 향해 치닫는 욕망이며 집착이며 악몽 같은 사랑을 서술하는 문장의 아름다움은 일반 상식과 동떨어진 광기 어린 심리를 모든 인간의 본원적인 슬픔과 매혹적인 암울로 확산시켜 독자들을 짙은 안개 속에서 헤매듯이 서서히, 흠뻑, 젖어 들게 합니다.

2014년 분슌문고로 출간되었을 때, 말미에 해설을 쓴 평론가 센가이 아키유키는 렌조 미키히코가 프랑스에 유학한 경험이 있어서 그 영향을 받았을 것이라고 합니다. 실제로 경력을 보면 와세다대학 정치경제학부 재학 중에 영화 시나리오 작가를 꿈꾸며 프랑스에 건너갔습니다. 묘사마다 눈에 선히 떠오를 정도로 영상미가 돋보이는 이유가 이해가 되지요. 영화계와의 교류도 활발했고 자신의 작품을 연극 무대에 올려 연출을 맡기도 했습니다. 단편집 《연문》을 쓸 때는 처음부터 '성격파' 배우 하기와라 겐이치의 이미지를 떠올리며 집필했다고 하는데 나중에 실제로 이 배우가 주연을 맡아 영화가 제작되었다는 얘기도 있습니다.

평론가 센가이는 당시에 번역판을 통해 일본에 알려진 프

356

랑스 추리 작가로 세바스티안 자프리소, 부알로-나르스작, 카트
린 아를레를 예로 들었습니다. 자프리소는 유럽에서 크게 히트
한 1983년 영화 「킬링 오브 섬머」의 원작 소설 저자입니다. 트라
우마를 겪는 아름다운 젊은 여성이 수많은 남성의 구애를 따돌
리고 수줍음 많은 한 남자 가수를 선택하여 처절한 복수극을 펼
치는 내용입니다. 이 영화는 젊은 시절 완벽한 미모뿐 아니라 요
정처럼 투명하고 신비한 분위기를 가졌던 이자벨 아자니가 주연
이었습니다. 어쩐지 미오리 레이코와 겹쳐지는 느낌이지요. 렌
조 미키히코가 데뷔 당시에 쓴 〈나의 탐정소설관〉이라는 글에
이런 내용이 있습니다.

> "내 안에서 윌리엄 포크너의 《8월의 빛》과 요코미조 마사
> 시(필명: 요코미조 세이시)의 《옥문도獄門島》는 완전히 동일한 가
> 치를 갖고 있습니다. 두 작품의 위대함은 그야말로 깊은
> 밑바닥까지 너무도 복잡하게 스토리가 얽혀드는, 마치 혼
> 자 피라미드를 건설하는 것처럼 인간의 능력을 뛰어넘는
> 구성력에 있고, 그 위대함 앞에서는 포크너가 죽인 것이
> '인간'이고 요코미조가 살해한 것이 '수수께끼의 일구一駒'
> 라는 구별 따위, 하찮게 여겨집니다. 마찬가지로 서머싯
> 몸과 마쓰모토 세이초의 단편은 단지 타고난 화술을 즐기
> 고 싶어서, 알베르 카뮈와 세바스티안 자프리소는 어감에
> 떠도는 심리의 슬픈 여운을 듣고 싶어서, 모두 내 안에서
> 하나의 소설 세계로 완전히 녹아들어 있습니다." — 〈환영
> 성幻影城〉, 1978년 5월호

공동 작가 부알로-나르스작의 《죽은 자들 사이에서》는 영화 「현기증」의 원작입니다. 앨프리드 히치콕 감독의 대표작이죠. 난도 높은 심리 스릴러물로 정평이 났습니다. 카트린 아를레라는 범죄에 손을 대고 궁지에 몰린 인간이 공포에 떠는 심리를 극명하게 묘사하고 파멸적인 결말을 끌어내는 것이 특징이었다고 합니다. 대표작인 악녀 스토리 《지푸라기 여자》는 1964년에 지나 롤로브리지다와 숀 코너리 주연 영화로 제작되었습니다. 우리나라에서는 배우 임수정 주연의 영화 「은밀한 유혹」이 이 스토리를 소재로 만들어졌다는군요.

여담을 덧붙이자면, 소설 안에서 작지만 의미 있는 소도구로 등장하는 게 바로 '골루아즈' 담배입니다. 프랑스 브랜드로, 1910년에 출시되었고 담뱃갑에 그려진 날개 달린 투구 로고는 골르(Gaule. 갈리아라고도 합니다) 지역을 상징하는 문양이라고 합니다. '골루아즈'는 '골르족의 여인'이라는 뜻이라네요. 파블로 피카소, 조지 오웰, 알베르 카뮈, 장 폴 사르트르 같은 예술인들이 즐겨 피웠다는 얘기가 전해져옵니다. 작가의 프랑스 생활에 대한 작은 추억인 걸까요.

그건 그렇고, 당시에 프랑스 탐정물은 영화를 넘나들며 추리소설의 역사에 중요한 한 획을 그었습니다. 주인공이 시리즈로 등장하는 건 선호하지 않고, 등장인물의 심리묘사를 중시한다, 주인공을 악몽 같은 비현실적 체험의 한복판에 내던지지만 마지막에는 모든 사안을 이론적으로 말끔히 해명한다, 서술 트릭을 구사하여 날카로운 대반전을 설정한다, 수수께끼가 풀려도 반드시 해피엔드인 것은 아니고 우수憂愁에 찬 여운을 길게 남긴

다, 정교한 문체로 침울하고도 탐미적인 분위기를 자아낸다, 모두 프랑스 탐정물의 특징이라고 합니다. 이렇게 보면 렌조 미키히코의 작품 세계의 원천이라고 할 만합니다. 나아가 프랑스 추리소설계의 경향을 답파하여 그 기본을 성실히 발전시켜나간 작가였다는 것도 알 수 있습니다.

일곱 번 거듭되는 죽음의 수수께끼가 무릎을 탁 치게 하는 뜻밖의 사실로 밝혀지기까지 독자는 수없이 배반을 당합니다. 게다가 이 소설에는 다시 그다음이 있습니다. 마지막에 휘몰아치는 서술 트릭은 참으로 압권입니다. 저물어가는 인생의 한 과정에서 늪처럼 빠져든 기묘한 파멸적 사랑에 혼곤히 젖어 들 수밖에 없습니다. 숨겨둔 또 한 명의 주인공이 등장하는 것이죠. 철저히 계산된 서술로 파멸의 심리를 매혹적인 세계로 구성해낸 전설의 미스터리 《7인 1역》, 마음껏 즐겨주십시오.

렌조 미키히코는 1948년에 태어나 2013년, 65세의 나이로 세상을 떠났습니다. 그해 10월 19일자 신문에 실린 부고 기사에는 '어린 나이에 사별한 부친의 뒤를 이어 40세를 앞두고 교토 히가시혼간지東本願寺에서 득도, 승려의 길에 들어섰다'라는 내용이 있었습니다. 정토진종 사찰 집안에서 성장한 것이지요. 법명은 지순智順이었습니다.

성형이라는 가짜 아름다움으로 거머쥔 최고의 자리, 파멸을 향해 치닫는 애증의 무상함을 떠올립니다. 번뇌 가득한 인생길에서 서술 트릭의 미스터리에 관심이 있다면 꼭 연구해봐야 할 고전 작품으로 우리 독자 여러분께 소개합니다.

옮긴이의 말

7인 1역

초판 1쇄 발행 2023년 12월 1일
초판 5쇄 발행 2024년 3월 15일

지은이   렌조 미키히코
옮긴이   양윤옥

편집인   이기웅
책임편집   김혜영
편집   안희주, 주소림, 양수인, 한의진,
           오윤나, 이현지, 이원지
디자인   6699프레스
책임마케팅 김서연, 김예진, 김지원, 박시은,
           류지현, 김찬빈, 김소희, 배성원, 박상은, 이서윤
마케팅   유인철
경영지원   박혜정, 최성민, 박상박
제작   제이오

펴낸이   유귀선
펴낸곳   ㈜바이포엠 스튜디오
출판등록   제2020-000145호(2020년 6월 10일)
주소   서울시 강남구 테헤란로 332, 에이치제이타워 20층
이메일   odr@studioodr.com

ISBN   979-11-93358-07-8 (03830)

모모는 ㈜바이포엠 스튜디오의 출판브랜드입니다.